아메리카나 2

아메리카나 2

치마만다 응고지 아디치에 장편소설

황가한 옮김

Americanah

Chimamanda

Ngozi Adichie

민음사

차례

3부

일러두기

나이지리아 토착어와 피진 잉글리시는 굵은 고딕체로 표기했고,
원문에서 강조 또는 인용을 나타내기 위해 사용한 이탤릭체는 가는 고딕체로
표기했다. 250여 개 부족이 사는 나이지리아에서 실제 사용되는 언어는
500여 가지에 달하며 공용어는 영어다.

23

런던에서는 밤이 너무 빨리 찾아왔다. 아침에는 위협처럼 공중에 걸려 있다가 오후가 되면 청회색 황혼이 내려앉으면서 빅토리아 양식 건물들이 하나같이 비통한 분위기를 입었다. 처음 몇주 동안 오빈제는 추위의 소리 없는 위협에 놀랐고, 콧구멍이 바싹바싹 말랐으며, 근심이 깊어졌고, 소변을 너무 자주 봤다. 그는 몸을 잔뜩 움츠리고 사촌이 빌려준 회색 털외투 — 소매가 그의 손가락까지 삼켜 버리다시피 하는 — 에 양손을 깊이 찔러 넣은 채 보도를 빠르게 걷곤 했다. 그러다 가끔은 지하철역 앞에, 대개 꽃이나 신문을 파는 노점상 옆에 서서 자신을 스쳐 지나가는 사람들을 쳐다보았다. 그들은, 이 사람들은 급히 가야 할 곳이 있는 것처럼, 삶에 목적이 있는 것처럼 빠르게 걸었지만 그에게는 둘 중 어느 쪽도 없었다. 그는 잃어버린 갈망이 담긴 눈으로 그들을 좇으며 생각하곤 했다. 당신들은 일할 수 있어. 당신들은 합법적인 체류자야. 그런데도 자신이 얼마나 운 좋은지 모르지.

그가 결혼을 알선해 줄 앙골라인들을 만난 곳 역시 지하철역이었다. 영국에 도착한 지 정확히 이 년 하고도 사흘째 되는 날이었다. 그는 날짜를 계속 세고 있었다.

"자세한 얘기는 이따가 차에서 해." 아까 통화할 때 그들 중 한 명이 말했다. 그들의 검은색 구형 벤츠는 유난스럽게 관리한 티가 났다. 바닥 매트는 진공청소기로 하도 빨아 대서 우글쭈글했고, 가죽 시트는 잘 닦아서 반질반질했다. 두 남자는 그냥 친구 사이라고 했지만 거의 일자로 연결되다시피 한 굵은 눈썹을 포함해 얼굴이 무척 닮은 데다, 가죽 재킷을 입고 긴 금목걸이를 한 차림새까지도 비슷했다. 머리 위에 높은 실크해트를 얹은 듯한 깍두기머리에 오빈제는 깜짝 놀랐지만 어쩌면 유행에 민감한 것처럼 보이기 위해 일부러 복고풍 헤어스타일을 한 건지도 몰랐다. 그들은 전에도 이 일을 해 본 사람들처럼 권위 있는 말투로 약간 생색내며 말했다. 사실 그의 운명은 그들 손에 달려 있었다.

"장소는 뉴캐슬로 정했어. 거기에 아는 사람도 있고, 요즘 런던은 너무 인기가 많거든. 런던에서 결혼을 너무 많이 한단 말이야, 응? 우린 말썽을 원치 않는다고." 그중 한 명이 말했다. "다 잘될 거야. 조용히 지내야 한다는 것만 명심해, 응? 결혼이 끝날 때까지는 주목받을 만한 일을 하지 말라고. 술집에서 싸움질하지 말란 말이야, 응?"

"전 원래 싸움에 소질이 없어서요." 오빈제가 냉소적으로 말했지만 앙골라인들은 웃지 않았다.

"돈은 가져왔어?" 다른 한 명이 물었다.

오빈제가 이틀에 걸쳐 전부 20파운드짜리 지폐로 현금 인출기에서 뽑은 200파운드를 건넸다. 그가 진심임을 증명하기 위한 착수금이었다. 나중에 여자를 만난 뒤에 2,000파운드를 더 줄 예정이었다.

"나머지도 선금이어야 해, 응? 일부는 경비로 쓰고 나머지는 여자애한테 줄 거야. 우리도 남는 거 하나도 없는 거 알지? 보통은 더 달라고 하는데 일로바 얼굴을 봐서 깎아 주는 거야." 첫 번째 남자가 말했다.

오빈제는 이때까지도 그들을 믿지 않았다. 그리고 며칠 뒤 쇼핑몰에 있는 맥도날드에서 그 여자, 클리오틸드를 만났다. 맥도날드 매장의 유리창은 길 건너편 지하철역의 축축한 출구를 향해 있었다. 그는 앙골라인들과 함께 자리에 앉아 서둘러 지나가는 사람들을 쳐다보며 저들 중 누가 그녀일까 궁금해했고, 앙골라인들은 둘 다 전화기에 대고 속삭이고 있었다. 아마 또 다른 결혼을 알선 중인 듯했다.

"안녕하세요!" 그녀가 말했다.

그는 그녀를 보고 깜짝 놀랐다. 화장을 떡칠해서 마맛자국을 가린 사람, 거칠고 잘난 척하는 사람이 나올 거라 예상했기 때문이다. 하지만 그의 앞에 있는 그녀는 올리브색 피부를 가진 생기발랄한 안경잡이로, 거의 아이처럼 수줍게 그를 향해 웃으면서 빨대로 밀크셰이크를 빨아 먹고 있었다. 그녀는 순진하거나 멍청한, 아니면 둘 다인 대학교 신입생처럼 보였다.

"당신이 확실히 마음의 결정을 내렸는지 알고 싶었어요." 그는 이렇게 말한 다음, 그녀가 자기한테 겁먹고 달아날까 봐 얼른 덧붙였다. "정말 감사하게 생각해요. 그리 오래 걸리진 않을 거예요. 일 년 뒤에 신분증이 나오면 바로 이혼할 거니까요. 하지만 우선 당신을 만나서 정말로 이 일을 해도 괜찮은지 확인하고 싶었어요."

"네." 그녀가 대답했다.

그는 그녀가 더 말하길 기다리며 쳐다봤지만 그녀는 그의 시선을 피하면서 수줍게 빨대로 장난만 쳤다. 잠시 뒤에야 그는 그녀가 이 상황보다 자신에게 반응하고 있음을 깨달았다. 그에게 호감을 느꼈던 것이다.

"엄마를 도와 드리고 싶어요. 살림이 빠듯하거든요." 그녀가 말했다. 그녀의 발음에는 영국식이 아닌 악센트의 흔적이 남아 있었다.

"내가 문제없다고 했잖아, 응?" 앙골라인이 마치 오빈제가 그들이 이미 말해 준 것을 감히 되묻기라도 했다는 듯이 짜증스럽게 말했다.

"네 신분증 보여 줘, 클리오." 다른 앙골라인이 말했다.

그가 그녀를 클리오라고 부른 것은 연기였다. 오빈제는 그의 말투와 그녀의 반응 — 놀라는 표정이 그녀의 얼굴을 스쳤다. — 을 보고 그렇게 느꼈다. 억지로 친한 척한 것이다. 앙골라인은 지금껏 단 한 번도 그녀를 클리오라고 부른 적이 없었다. 어쩌면 어떤 호칭으로든 그녀를 부른 것 자체가 처음인지도 몰랐다. 오빈제는 앙골라인들이 그녀와 어떻게 아는 사이인지 궁금했다. EU 국가 여권 소지자면서 돈이 필요한 여자들의 명단을 가지고 있는 걸까? 클리오틸드는 무슨 준비라도 하듯, 돌돌 말린 머리카락을 이리저리 잡아당기고 안경을 만지작거리고 나서야 여권과 운전면허증을 내놓았다. 오빈제는 그것들을 자세히 살펴봤다. 그걸 보지 않았다면 그녀가 스물세 살보다 어리다고 생각했을 것이다.

"전화번호 좀 알려 주실 수 있나요?" 오빈제가 물었다.

"궁금한 거 있으면 우리한테 전화해." 앙골라인들이 거의 동시에 말했다. 하지만 오빈제는 냅킨에 자기 번호를 적어서 그녀를 향해 밀었다. 앙골라인들이 그를 음흉한 눈빛으로 쳐다봤다. 나중에 통화할 때 그녀는 런던에 산 지 육 년 됐고 패션 학교에 가기 위해 돈을 모으고 있다고 말했다. 앙골라인들은 그녀가 포르투갈에 산다고 말했었다.

"우리 만날까요?" 그가 물었다. "서로에 대해 좀 알면 일이 훨씬 쉬워질 것 같은데."

"그래요." 그녀가 주저 없이 대답했다.

그들이 가장자리에 얇은 더께가 앉은 술집 테이블에서 피시 앤드 칩스를 먹는 동안 그녀는 자신이 얼마나 패션을 사랑하는지 이야기하고 나이지리아 전통 의상에 관해 물었다. 그녀는 지난번에 만났을 때보다 좀 더 성숙해 보였다. 그는 그녀의 뺨에 희미한 광채가 돌고 머리카락 말린 모양이 세련돼진 것을 보고 그녀가 오늘 특별히 꾸미고 나왔음을 알아챘다.

"신분증 나오면 뭐 할 거예요?" 그녀가 그에게 물었다. "나이지리아에서 여자 친구 데려올 건가요?"

그는 그녀의 직설적인 태도가 마음에 들었다. "여자 친구 없어요."

"아프리카에는 한 번도 안 가 봤어요. 가 보고 싶어요." 그녀는 외국인이 감탄하듯 이국적인 흥분이 가득 담긴 아쉬운 말투로 "아프리카"라고 말했다. 그녀의 흑인 앙골라인 아버지는 그녀가 세 살 때 백인 포르투갈인 어머니를 떠났다고 했다. 그 후로는 아버지를 본 적도, 앙골라에 가 본 적도 없었다. 이 말을 할 때 그녀는 전혀 신경 쓰지 않는다는 듯이 어깨를 으쓱하며 냉소적으로 눈썹을 추켜세웠는데 그 동작이 너무 어색하고 부자연스러워서 도리어 그녀가 얼마나 신경 쓰는지를 보여 줬다. 그는 그녀가 살면서 겪은 어려움에 대해 더 알고 싶었고, 그녀의 두툼하지만 균형 잡힌 몸을 만지고 싶었지만 일이 복잡해질까 봐 조심스러웠다. 그래서 이 결혼이 끝날 때까지, 그들의 업무상 관계가 끝날 때까지 기다릴 작정이었다. 이런 얘기를 서로 나누진 않았지만 그녀는 이미 이해한 듯했다. 그 후 몇 주에 걸쳐 만나서 얘기하는 동안, 때로는 이민국 심사 때 질문에 뭐라고 대답할까 연습하기도 하고 때로는 그냥 축구 얘기를 하기도 하면서, 두 사람의 억눌린 욕망은 점점 더 다급해져 갔다. 지하철역에서 열차를 기다리는 동안 서로 몸이 닿지 않게 가까이 서 있을 때에도, 그가 아스날 팬이고 그녀가 맨체스터 유나이티드 팬이라는 사실을 가지고 서로 놀릴 때에도, 상대를 지긋이 쳐다볼 때에도 마찬가지였다. 그가 앙골라인들에게 현찰로 2,000파운드를 준 뒤에 그녀는 그들이 자기한테 500파운드밖에 안 줬다고 말했다.

"그냥 말해 주는 거예요. 당신한테 돈 더 없는 거 알아요. 어차피 난 해 주고 싶으니까 상관없어요." 그녀가 말했다.

그를 쳐다보는 그녀의 눈은 말하지 않은 이야기로 촉촉했다. 그녀로 인해 그는 다시 온전한 사람이 된 것 같았고 자신이 얼마나 단순하고 순수한 것에 굶주려 있었는지 기억해 냈다. 그는 립

글로스 때문에 아랫입술보다 더 분홍색으로 빛나는 그녀의 윗입술에 키스하고 싶었고, 그녀를 안고 싶었고, 자신이 얼마나 참을 수 없을 만큼 깊이 고마운지 말하고 싶었다. 그녀라면 결코 그를 걱정의 소용돌이에 빠뜨리지도, 그의 면전에 대고 유세를 하지도 않을 것이었다. 일로바의 말에 따르면, 어떤 동유럽인 여자는 결혼식 한 시간 전에 나이지리아인 남자에게 1,000파운드를 더 주지 않으면 그냥 가 버리겠다고 했다. 공황 상태에 빠진 남자는 돈을 모으기 위해 모든 친구에게 전화를 돌리기 시작했다.

"형씨, 우리가 잘해 준 거야." 오빈제가 클리오틸드에게는 얼마 줬냐고 묻자 앙골라인은 예의 말투, 상대방이 자신을 얼마나 필요로 하는지 아는 사람들의 말투로 그렇게만 대답했다. 사실 그를 변호사 사무실에 데려간 것도 그들이었다. 낮은 목소리의 나이지리아인 변호사는 회전의자에 앉은 채 뒤로 미끄러져 가서 서류장을 향해 손을 뻗으며 말했다. "비자가 만료됐어도 결혼은 할 수 있어요. 사실 이제 선생님에게 남은 유일한 방법은 결혼뿐이죠." 그뿐 아니라 육 개월 전부터 그의 이름으로 뉴캐슬 주소에서 수도세와 전기세를 내 준 것도 그들이었고, 그의 운전면허증을 "처리" 해 줄 브라운이라는 수상쩍은 이름의 사내를 찾아낸 것도 그들이었다. 오빈제는 바킹에 있는 기차역에서 브라운을 만났다. 그는 약속한 대로 입구 근처의 북적이는 인파 한가운데에 서서 주위를 둘러보며 전화벨이 울리기를 기다렸다. 브라운이 자기 번호를 알려 주길 거부했기 때문이었다.

"누구 기다리는 중입니까?" 브라운이었다. 그는 겨울 모자를 눈썹까지 눌러쓴 여윈 남자였다.

"네. 제가 오빈제입니다." 그는 바보 같은 암호로 대화해야만 하는, 첩보 소설의 등장인물이 된 것 같다고 느꼈다. 브라운이 그를 조용한 구석으로 데려가더니 봉투를 건넸다. 그 안에 그의 사진이 붙은 운전면허증이 들어 있었다. 정말 발급된 지 일 년 된 것처럼 약간 낡아 보였다. 가벼운 플라스틱 카드였지만 주머니에 넣으니 묵직했다. 며칠 후 그는 런던의 한 건물로 걸어 들어갔다. 밖에서 보면 뾰족탑이 있고 장중해서 교회처럼 보이지만 안은 허름하고 낡고 사람들로 북적였다. 표지판 대신 사용 중인 화이트보드에는 이렇게 휘갈겨 쓰여 있었다. "출생 및 사망 신고는 이쪽. 혼인 신고는 이쪽." 오빈제는 무표정을 유지하려고 조심하면서 면허증을 탁자 너머의 담당자에게 건넸다.

그때 한 여자가 일행에게 큰 소리로 얘기하면서 문을 향해 걸어갔다. "사람 많은 것 좀 봐. 이거 전부 다 사기 결혼이라니까? 블렁킷[01]이 목을 조여 와서 그러는 거라고."

어쩌면 그녀는 사망 신고를 하러 왔다가 별 뜻 없이 슬픔을 토로한 것이었는지도 몰랐지만 그는 또다시 공포로 가슴이 죄어들었다. 담당자도 벌써 몇 분째 그의 면허증을 들여다보고 있었다. 일 초, 일 초가 한없이 늘어나서 얼어붙었다. 이거 전부 다 사기 결혼이라는 말이 오빈제의 머릿속에서 왕왕 울렸다. 마침내 담당자가 고개를 들더니 혼인 신고서를 내밀었다.

---

01 데이비드 블렁킷(1947~). 영국의 정치가. 내무 장관 재임 시 미국에서 9·11 테러가 일어나자 추방 불가능한 외국인을 재판 없이 구류할 수 있게 하는 강력한 반테러 정책을 썼다.

"결혼하시네요? 축하드려요!" 그 말에는 잦은 반복으로 인한 기계적인 쾌활함이 담겨 있었다.

"감사합니다." 오빈제가 굳은 표정을 풀려고 애쓰며 말했다.

담당자 뒷벽에 기대 세워진 화이트보드에는 결혼식 예정일과 장소가 파란 글씨로 적혀 있었다. 그런데 맨 밑에 있는 이름이 그의 시선을 끌었다. 오콜리 오카포르, 크리스털 스미스. 오콜리 오카포르는 그의 중등학교, 대학교 동창이었다. 이름 같은 성을 가졌다고 놀림받던 조용한 소년이었는데 나중에 대학에서 질 나쁜 사교 (邪敎)에 빠졌다가 긴 파업으로 인한 휴교 중에 나이지리아를 떠났다. 그런 그가 지금 여기 있었다. 유령 같은 이름이, 영국에서 결혼을 한다고. 어쩌면 그 역시 위장 결혼인지도 몰랐다. 오콜리 오카포르. 대학 때는 모두가 그를 오콜리 파파라치라고 불렀다. 다이애나 비가 죽은 날, 수업 시작 전에 학생들이 한자리에 모여서 그날 아침 라디오에서 들은 것에 대해 얘기하던 중 다들 거들먹거리고 아는 척하며 "파파라치"라는 단어를 계속 언급했다. 그런데 잠시 침묵이 흐를 때 오콜리 오카포르가 나지막이 "그런데 파파라치라는 게 정확히 누굴 말하는 거야? 오토바이 타는 사람들이야?"라고 묻는 바람에 그 즉시 오콜리 파파라치라는 별명을 얻었다.

빛다발처럼 선명한 그 기억과 함께 오빈제는 아직 우주를 자기 뜻대로 구부릴 수 있다고 믿던 시절로 되돌아갔다. 건물을 나서는 그의 어깨 위로 우울이 내려앉았다. 오래전, 그가 대학교 졸업반이었을 때, 아바차 장군이 죽었다고 사람들이 길거리에서 춤췄던 해에, 그의 어머니는 말했다. "어느 날 고개를 들어 보면 내가 아는 사람은 전부 죽거나 외국에 가고 없을 거야." 지친 듯한 말투였다. 그때 그들은 거실에 앉아서 삶은 옥수수와 우베[02]를 먹고 있었다. 그는 어머니의 목소리에서 패배자의 슬픔을 느꼈다. 그녀는 캐나다와 미국에 교수 자리를 얻어서 떠나는 친구들을 자신의 실패작으로 결론지은 듯했다. 순간 그는 자신의 인생 계획 역시 어머니에 대한 배신이 아닐까 생각했다. 미국에서 석사 학위를 받고, 미국에서 직장을 구하고, 미국에서 사는 것. 그것은 그가 오랫동안 품어 온 계획이었다. 물론 그도 미국 대사관이 불합리할 때가 많다는 사실은 알았지만 ── 하고많은 사람 중에 심지어 부총장도 비자를 거절당해 학회에 참석 못 한 적이 있었다. ── 자신의 계획에 의구심을 가져 본 적은 한 번도 없었다. 훗날 그는 자신이 왜 그렇게 확신했었는지 의아해하게 될 것이다. 그것은 어쩌면 그가 남들처럼 막연하게 외국에 가고 싶어 해 본 적이 한 번도 없었기 때문인지도 몰랐다. 요즘은 단지 외국에 가 보기 위해 남아공에 가는 사람들도 있다는 사실이 그는 재미있었다. 그에게는 늘 미국, 오직 미국뿐이었다. 그것은 오랜 세월에 걸쳐 키우고 보살펴 온 갈망이었다. 그가 구체적인 계획을 세우게 된 계기는 어렸을 때 본 「앤드루, 나이지리아를 뜨다」라는 NTA의 공익 광고[03]였다. "난 여길 뜰 거야." 앤드루가 거만하게 카메라를 쳐다보며 말했다. "이 나라에는 제대로 된 도로도 없고, 전기도 없고, 물도 없어. 탄산음료 하나 사 먹을 수가 없다고!" 그렇게 앤드루가 나이지리아

---

02 아보카도 비슷한 과일.

03 인기 드라마 「시골 교장 선생님」의 등장인물 앤드루가 출연한 광고. 국민들에게 이민을 떠나지 말고 국가 발전에 이바지할 것을 호소하는 내용으로, 당시 굉장한 화제가 되었다.

를 뜨는 동안 부하리 장군의 병사들은 거리에서 어른들을 채찍으로 때렸고, 교수들은 임금 인상을 요구하는 파업을 했으며, 그의 어머니는 이젠 예전처럼 그가 원할 때마다 환타를 마실 수 없고 오직 일요일에만, 그리고 자신의 허락을 받아야만 마실 수 있다고 말했다. 그래서 그에게 미국은 허락 없이도 환타를 마음껏 마실 수 있는 곳이 되었다. 그는 거울 앞에 서서 앤드루의 대사를 따라 하곤 했다. "난 여길 뜰 거야!" 훗날 미국에 관한 잡지와 책과 영화와 속설을 찾아다니면서 그의 갈망은 약간 신비주의적인 성격을 띠기 시작했고 미국에서 사는 것을 자신의 운명으로 여기게 되었다. 그는 자신이 할렘 거리를 걷고, 미국인 친구들과 마크 트웨인의 장점에 대해 토론하고, 러시모어산[04]을 바라보는 모습을 선연하게 그릴 수 있었다. 졸업식이 끝나고 며칠 뒤 그는 미국에 대한 지식을 충분히 쌓았다고 의기양양해하며 라고스의 미국 대사관에 비자 신청을 했다.

가장 후한 심사관이 턱수염을 기른 금발 남자라는 사실은 이미 알고 있었으므로 그는 줄이 짧아질 때마다 자기가 저승사자 — 마이크에 대고 소리 지르고 할머니들한테까지도 막말을 하는 것으로 유명한 예쁜 백인 여자 — 에게 가지 않게 해 달라고 속으로 빌었다. 마침내 그의 차례가 되자 금발 남자가 말했다. "다음 분!" 오빈제는 앞으로 걸어 나가서 유리 칸막이 밑으로 서류를 밀어 넣었다. 남자가 서류를 흘끗 보더니 친절하게 말했다. "미안합

---

04 미국의 역대 대통령인 조지 워싱턴, 에이브러햄 링컨, 토머스 제퍼슨, 시어도어 루스벨트의 거대한 두상이 조각된 산.

니다, 자격이 안 돼요. 다음 분!" 오빈제는 충격을 받았다. 그는 그후 몇 달에 걸쳐 세 번이나 더 갔다. 그때마다 심사관은 그의 서류를 제대로 보지도 않은 채 "미안합니다, 자격이 안 돼요."라고 말했고, 그때마다 그는 충격에 빠져 현실을 부정하면서 에어컨이 설치된 대사관 건물의 시원한 공기로부터 잔인한 햇빛 속으로 걸어나왔다.

"테러 때문에 그래." 그의 어머니가 말했다. "미국인들은 이제 젊은 외국인 남자를 꺼려."

그녀는 그에게 일단 직장을 구하고 일 년 후에 다시 신청하라고 말했다. 하지만 그의 구직 활동은 아무런 성과도 거두지 못했다. 그는 라고스와 포트하커트와 아부자까지 가서 평가 시험 — 그에겐 아주 쉬웠던 — 을 치르고 면접을 보고 질문에 유창하게 대답했는데도 뒤따라온 것은 길고 공허한 침묵뿐이었다. 취직한 친구들도 있었다. 오빈제처럼 우등 졸업을 하거나 말을 잘하지도 않는 애들이었다. 그는 고용주들이 자신의 숨결에서 미국에 대한 동경의 냄새를 맡거나 자신이 요즘도 얼마나 집요하게 미국 대학교 사이트를 보고 다니는지를 느낄 수 있는 걸까 생각했다. 그는 어머니와 함께 살면서 그녀의 차를 몰았고, 꾀기 쉬운 어린 학생들과 잤으며, 야간 할인 요금을 내고 PC방에서 밤새도록 인터넷 검색을 했고, 때로는 며칠씩 방 안에 틀어박혀 책을 읽으면서 어머니와 마주치는 걸 피했다. 그는 그녀의 차분한 응원도 싫었고 오바산조 대통령이 집권한 뒤로 세상이 변하고 있다느니, 이동 통신 회사들과 은행들이 규모를 키우면서 사람을 뽑고 있고 심지어 젊은이들에게 자동차 대출까지 해 준다느니 하면서 긍정적인 태도를 유지하려고 애쓰는 것도 싫었다. 그래도 그녀는 대개 그를 내버려 두었다. 그의 방문을 두드리지조차 않았다. 그저 가정부 애그니스에게 그가 먹을 음식을 냄비에 남겨 두라고, 그의 방에서 더러운 접시를 치우라고만 할 뿐이었다. 그러던 어느 날 그녀가 화장실 세면대에 쪽지를 남겨 두었다. 런던에서 열리는 학회에 초대받았다. 얘기 좀 하자꾸나. 그는 어리둥절했다. 그녀가 강의를 마치고 집에 돌아왔을 때 그는 거실 소파에 앉아서 그녀를 기다리고 있었다.

"엄마, 은노." 그가 말했다.

그녀는 그의 인사에 고개를 까딱하고는 거실 탁자에 핸드백을 내려놓았다. "내 영국 비자 신청서에 네 이름을 연구 조교로 올릴 거야." 그녀가 나직이 말했다. "그러면 육 개월짜리 비자를 받게 될 거다. 런던에서는 니컬러스네 집에 있으면 돼. 앞으로 뭘 할지 생각해 봐라. 거기서 미국으로 갈 수 있을지도 모르잖니. 네 마음이 이미 여길 떠난 거 알아."

그는 그녀를 똑바로 쳐다보았다.

"요즘은 이런 일이 비일비재하다는 거 안다." 그녀는 그의 옆에 앉으면서 일부러 퉁명스럽게 말하려 애썼지만 그는 그녀가 평소와 달리 딱딱한 말투로 말하면서 스스로 불편해하고 있음을 느꼈다. 그녀는 혼란스러웠던 세대에 속한 사람이었다. 나이지리아에 무슨 일이 일어난 건지 이해하지 못해서 자신이 시대의 흐름에 휩쓸려 가는 것을 방관했던 세대. 그녀는 남들과 어울리지도 않고 부탁도 하지 않는 사람, 거짓말하지 않는 사람, 편애하게 될까 봐 학생들로부터 크리스마스카드조차 받지 않는 사람, 어느 위원회에서 일하든 1코보의 사용처까지 일일이 다 밝히는 사람이었다. 그런데 지금은 진실을 말하는 것이 더 이상 누릴 수 없는 사치가 되어 버린 것처럼 행동하고 있었다. 그것은 그녀가 그에게 준 모든 가르침에 반(反)하는 일이었지만 지금 그들이 처한 상황에서는 진실이 정말로 사치가 되었음을 그도 알았다. 어머니가 그를 위해 거짓말을 했다. 다른 누가 그를 위해 거짓말했다면 별로 혹은 전혀 의미 없는 일이었겠지만 어머니가 그를 위해 거짓말을 해서 그가 영국에 육 개월 동안 체류할 수 있는 비자를 받은 것이다. 그래서 그는 떠나기도 전부터 자신이 실패자라고 느꼈다. 그는 몇 달 동안 그녀에게 연락을 하지 않았다. 전할 소식도 없었고, 전할 만한 소식이 생길 때까지 기다리고 싶어서 연락을 하지 않았다. 영국에 있었던 삼 년 동안 몇 번 통화한 게 전부였는데 긴장된 상태로 대화하는 내내 그녀가 속으로는 그가 왜 아무것도 되지 못하는지 궁금해할 거라고 상상했다. 하지만 그녀는 절대 자세한 얘기를 묻지 않았다. 그가 자발적으로 하는 얘기만 가만히 들을 뿐이었다. 나중에 나이지리아에 돌아왔을 때 그는 자신이 어머니에게서 받는 것을 당연히 여기고 무관심했던 것에 혐오감을 느끼고 옛일을 보상하기 위해, 예전 관계로 돌아가기 위해, 하지만 우선 그들이 어느 정도까지 소원해졌는지를 정확히 파악하기 위해 어머니와 많은 시간을 함께 보냈다.

24

나이지리아에서는 누구나, 외국까지 나가서 겨우 화장실 청소나 하는 사람들에 관한 농담을 했기에 오빈제는 아이러니를 느끼며 첫 직장에 취직했다. 이제는 다른 누구도 아닌 그가 외국에서 화장실 청소를 하는 처지가 되었던 것이다. 고무장갑을 끼고 양동이를 든 채, 런던의 한 빌딩 3층에 있는 부동산 중개인 사무실에서. 화장실에서 칸칸이 문을 열 때마다 나는 끼익 소리가 꼭 한숨 소리 같았다. 여자 화장실을 청소하는 미인은 그 또래의 가나인이었는데 그가 지금껏 본 사람 중에 가장 윤기 나는 까만 피부를 가지고 있었다. 그는 그녀의 말투와 태도에서 그녀가 자신과 비슷한 환경에서 자랐음을 느꼈다. 어린 시절을 가족과 규칙적인 식사와 꿈 — '런던에서 화장실 청소하기'는 끼어들 틈조차 없는 — 에 의해 보호받으며 보냈음을 알 수 있었다. 그녀는 그의 친근한 표현을 무시하고 최대한 딱딱하게 "안녕하세요."라는 말만 했지만 위층 사무실을 청소하는 백인 여자와는 친하게 지냈다. 한

번은 두 여자가 한산한 카페에서 차를 마시며 낮은 목소리로 얘기하는 모습을 본 적이 있었다. 그는 한동안 제자리에 서서 그들을 쳐다보았다. 마음속에서 울화가 치밀었다. 그녀는 우정을 원치 않았던 것이 아니라 그의 우정만 원치 않았던 것이다. 어쩌면 그들이 처한 현재 상황에서 우정이란 불가능할지도 몰랐다. 그녀는 가나인이었고 나이지리아인인 그는 모든 면에서 그녀와 너무 비슷했기 때문이다. 그녀는 그 앞에선 미묘한 변화조차 감출 수 없었지만 폴란드 여자 앞에서는 누구든 자기가 되고 싶은 사람으로 얼마든지 다시 태어날 수 있었다.

화장실은 그리 나쁘지 않았다. 가끔 소변기 밖에 소변이 묻어 있거나 물 안 내린 변기가 있는 정도였다. 은수카 캠퍼스의 화장실을 청소하는 게 훨씬 더 힘들었을 것이다. 당시 그는 벽에 똥칠이 되어 있는 걸 볼 때마다 도대체 누가, 왜 굳이 힘들게 저런 짓을 하는 걸까 생각하곤 했었다. 그래서 어느 날 저녁, 청소하려고 화장실 문을 열고 들어갔다가 변기 뚜껑 위에 있는 똥 더미를 발견했을 때 큰 충격을 받았다. 그것은 딱딱하고 뾰족했고, 마치 정확한 지점을 측정해 표시한 다음 심혈을 기울여 위치시킨 것처럼 정중앙에 놓여 있었다. 흡사 깔개 위에 똬리 튼 강아지처럼 보였다. 그것은 일종의 행위 예술이었다. 그는 영국인이 자신을 억누르기로 유명하다는 사실을 떠올렸다. 사촌 형수 오지우고가 언젠가 이런 말을 한 적이 있었다. "영국인은 몇 년 동안 옆집에 산 이웃에게도 절대 인사하지 않아요. 입에 자물쇠라도 건 것처럼 말이에요." 그런데 지금 이 행위는 일종의 자물쇠 열기와도 같았다. 해고당한 사람인가? 승진을 거부당했나? 오빈제는 그 똥 덩어리를 한참 동안 쳐다보면서 자신이 점점 더 작아지는 것을 느꼈고 마침내는 그것을 개인적인 모욕, 자신의 턱에 날아온 펀치로 생각하게 되었다. 이 모든 것의 대가가 한 시간에 3파운드라니. 그는 고무장갑을 벗어서 똥 덩어리 옆에 놓고 빌딩을 나왔다. 그날 저녁 그는 이페멜루에게서 이메일을 받았다. 천장, 어디서부터 말해야 할지 모르겠어. 오늘 쇼핑몰에서 우연히 카요데를 만났어. 소식을 끊어서 미안하다고 하는 건 내가 듣기에도 바보 같은 말이지만 정말 미안해. 내가 정말 바보 같았어. 무슨 일이 있었는지 전부 얘기할게. 네가 보고 싶었고 지금도 보고 싶어.

그는 그 이메일을 한참 쳐다봤다. 그가 그토록 오랫동안 애타게 바랐던 것이었다. 그녀에게서 연락이 오는 것. 그녀가 처음 연락을 끊었을 때 그는 그녀가 걱정돼서 몇 주 동안 잠 못 이루고 한밤중에 집 안을 서성거리며 그녀에게 무슨 일이 생긴 걸까 생각했다. 그들은 싸우지도 않았고, 그들의 사랑은 언제나처럼 불꽃이 튀었으며, 그들의 계획도 변한 바 없는데 그녀의 난데없는 침묵, 너무나 잔인하고도 완전한 침묵이 찾아왔던 것이다. 그는 그녀가 마침내 전화번호를 바꿀 때까지 전화를 걸고 또 걸었고, 이메일을 보냈고, 그녀의 어머니와 우주 고모와 기니카에게 연락했다. "이페멜루한테는 시간이 좀 필요해. 우울증에 걸린 것 같아." 라고 말하는 기니카의 말투는 마치 그의 몸에 얼음을 갖다 댄 것처럼 차가웠다. 이페멜루는 사고가 나서 불구가 되거나 장님이 된 것도, 갑자기 기억 상실증에 걸린 것도 아니었다. 기니카를 비롯한 다른 사람들에게는 연락을 하면서 그에게만 하지 않았다. 그녀는 그와 연락하길 원치 않았던 것이다. 그는 최소한 이유라도, 무슨 일이 있었는지라도 말해 달라는 이메일을 그녀에게 보냈다. 얼마 뒤 그의 이메일은 존재하지 않는 주소라며 반송되었다. 그녀가 계정을 삭제했던 것이다. 그는 그녀가 그리웠다. 가슴이 찢어질 듯 그리웠다. 그녀에게 화가 났다. 무슨 일이 있었던 걸까 끈질기게 궁리했다. 그는 다른 사람이 되었고 더욱 자기 속으로 침잠했다. 그리고 분노로 활활 타올랐다가, 혼란스러워하며 비뚤어졌다가, 슬픔으로 시무룩해지기를 반복했다.

그런데 지금 그녀에게서 이메일이 와 있었다. 말투도 예전과 똑같았다. 마치 그에게 상처 준 적 없다는 듯이, 오 년도 넘는 시간 동안 괴로워하도록 내버려 둔 적 없다는 듯이. 왜 이제 와서 이메일을 보내는 걸까? 그가 그녀에게 할 말이 뭐가 있나? 자신이 화장실 청소를 하고, 안 그래도 오늘 막 똬리 튼 똥을 맞닥뜨렸다고? 그녀는 어떻게 그가 아직 살아 있다는 걸 알았을까? 침묵의 시간 동안 그가 죽었더라도 그녀는 몰랐을 텐데. 배신감으로 인한 분노가 그를 휘감았다. 그는 "삭제"와 "휴지통 비우기"를 클릭했다.

그의 사촌 니컬러스는 불도그처럼 군턱 진 얼굴을 가졌는데도 어찌어찌해서 굉장히 매력적인 인물이었다. 어쩌면 여자들에게 어필한 것은 그의 이목구비가 아니라 분위기였는지도 모른다. 큰 키, 딱 벌어진 어깨, 자신의 남성성을 뽐내고 다니는 태도 같은 것 말이다. 은수카에서 그는 캠퍼스 최고의 인기남이었다. 그의 낡아 빠진 폭스바겐 비틀이 맥줏집 앞에 주차되어 있으면 그곳에서 술 마시는 사람들까지도 즉시 명망을 부여받았다. 퀸카들의 모임인 빅 칙스의 멤버 두 명이 니컬러스 때문에 벨로 호스텔에서 서로 블라우스를 찢으며 싸운 사건도 유명했지만 그는 어떤 여자하고도 사귀지 않는 나쁜 남자였다. 오지우고를 만나기 전까지는. 그녀는 오빈제 어머니의 애제자이자 연구 조교가 될 자격이 있는 유일한 학생이었는데 어느 일요일에 책 이야기를 하려고 오빈제네 집에 들렀다. 니컬러스는 원래 일요일마다 오빈제네 집에서 밥을 먹었던 터라 그날도 와 있었다. 오지우고는 주황색 립스틱을 바르고 찢어진 청바지를 입은 채 직설적으로 말하고 공공장소에서 담배를 피움으로써 여자애들 사이에서 악의적인 소문과 악감정을 불러일으켰다. 그녀가 이런 행동을 했기 때문이 아니라 외국에서 살다 오지도 않았고 외국인 부모를 둔 것도 아니면서 — 만약 그랬다면 사람들은 순응성이 결여된 그녀의 태도도 용서했을 것이다. — 감히 이런 행동을 하고 다녔기 때문이다. 오빈제는 그녀가 처음에 얼마나 니컬러스를 무시했는지 기억했다. 그녀가 그를 무시하는 동안 여자의 무관심에 익숙지 않았던 니컬러스는 점점 더 큰 소리로 떠들어 댔다. 하지만 결국 그들은 그의 폭스바겐을 타고 함께 떠났다. 그들은 그 폭스바겐을 타고 캠퍼스를 질주하곤 했다. 오지우고는 운전을 하고, 니컬러스의 팔은 조수석 창밖으로 나와 있고, 음악은 꽝꽝 울리고, 차는 급회전을 했다. 한번은 열린 앞 트렁크에 친구 한 명을 실은 채 달린 적도 있었다. 그들은 공공장소에서 함께 담배를 피우고 술을 마셨으며 매력적인 전설을 만들어 냈다. 한번은 오지우고는 니컬러스의 커다란 흰 셔츠만 입고 아랫도리에는 아무것도 안 입은 채로, 니컬러스는 청바지만 입고 웃통은 벗은 채로 맥줏집에 있는 모습이 목격된 적도 있었다. "요즘 형편이 어려워서 옷 한 벌을 나눠 입는 중이야." 친구들에게는 태연히 이렇게 말했다고 한다.

니컬러스가 젊은 시절의 도발성을 잃어버린 것은 전혀 놀랍지 않았다. 오빈제를 놀라게 한 것은 니컬러스가 그 시절에 대한 아주 사소한 기억까지도 잃어버렸다는 사실이었다. 남편이자 아버지이자 영국의 자가 소유자인 니컬러스가 취하지 않은 온정신으로 말하는 태도는 하도 험악해서 거의 우스꽝스러울 지경이었다. "일할 수 없는 비자로 영국에 왔을 때 가장 먼저 구해야 할 건 음식이나 물이 아니라 국민 보험 번호[05]야. 그래야 일을 할 수 있거든. 일자리는 얻을 수 있는 만큼 다 얻어. 그리고 한 푼도 쓰지 마. EU 회원국 국민과 결혼해서 신분증을 얻어. 그제야 비로소 네 인생은 시작되는 거야." 니컬러스는 지혜의 말씀을 전달하는 자신의 역할을 다했다고 느꼈는지 그 뒤로 몇 달 동안 오빈제에게 거의 말을 걸지 않았다. 열다섯 살이던 오빈제에게 담배를 피워 보라고 주고, 여자 다리 사이에서 손가락을 어떻게 놀려야 하는지 종이에 다이어그램을 그려서 가르쳐 주던 사촌 형이 더 이상 아닌 것만 같았다. 주말이면 니컬러스는 긴장감 도는 침묵에 싸인 채 근심에 가득 차서 집 안을 서성거렸다. 오직 아스날 경기 때에만 약간 긴장을 풀고 스텔라 아르투아 맥주 캔을 손에 쥔 채 오지우고랑 은나, 은네와 함께 "아스날, 화이팅!"을 외쳤다. 경기가 끝나면 그의 얼굴은 다시 굳어졌다. 퇴근해서 집에 오면 그는 아이들과 오지우고를 안아 준 다음 이렇게 묻곤 했다. "잘 있었어? 오늘은 다들 뭐 했어?" 오지우고는 그들이 그날 한 일을 줄줄 읊었다. 첼로. 피아

05　우리나라의 주민 등록 번호에 해당하는 영국의 개인 식별 번호.

노. 바이올린. 숙제. 구몬학습. 그리고 "은네는 악보 보는 게 점점 나아지고 있어요." 혹은 "은나가 구몬학습 풀 때 집중을 안 해서 두 개 틀렸어요."라고 덧붙였다. 그러면 니컬러스는 아이들 — 통통한 불도그 같은 얼굴을 가진 은나와 제 엄마의 까맣고 넓적하지만 예쁜 얼굴을 닮은 은네 — 각각을 칭찬하거나 혼냈다. 그는 아이들에게 영어로만, 정확한 문법의 영어로만 이야기했다. 마치 자신이 아내와 얘기할 때 쓰는 이보어 때문에 그들이 안 좋은 영향을 받아서 소중한 영국식 악센트를 잃어버릴지도 모른다고 생각하는 것처럼. 이야기가 다 끝나면 그는 늘 이렇게 말했다. "오지우고, 수고했어. 나 배고파."

"네, 니컬러스."

그녀는 접시를 쟁반에 담아 서재나 부엌 텔레비전 앞으로 가져다주곤 했다. 오빈제는 그녀가 접시를 내려놓을 때 허리 숙여 절을 하는 건지, 아니면 구부정한 어깨와 목선 때문에 절을 하는 것처럼 보이는 건지 가끔 궁금했다. 니컬러스는 그녀에게 말할 때도 아이들한테 말할 때와 똑같은 말투를 사용했다. 한번은 이렇게 말하는 걸 들은 적도 있었다. "너희, 내 서재를 어질렀구나. 이제 다들 내 서재에서 나가도록 해."

"네, 니컬러스." 그녀는 이렇게 말하고 아이들을 데리고 나왔다. "네, 니컬러스."는 그가 하는 대부분의 말에 대한 그녀의 대답이었다. 때때로 니컬러스 뒤에 있던 오빈제와 눈이 마주칠 때면 오지우고는 양 볼에 바람을 넣어서 부풀리거나 한쪽 입가로 혀를 쑥 내밀어서 우스꽝스러운 얼굴을 만들곤 했다. 오빈제는 그걸 볼 때마다 날리우드 영화의 조잡한 연기를 떠올렸다.

"저는 은수카 시절의 형이랑 형수님이 계속 생각나요."어느 날 오후에 그녀와 함께 요리하면서 닭을 자르다가 오빈제가 말했다.

"에이, 설마 설마! 오빈제는 우리가 공공장소에서 섹스 했던 거 알아요? 예술 극장에서도 했고, 어떤 날 오후에는 공대 건물에서도 했어요. 조용한 복도 구석에서요!"그녀가 웃었다. "결혼하면 모든 게 달라져요. 이 나라에서 사는 것도 쉽지 않고요. 나는 여기서 대학원을 나와서 신분증이 있었지만 형은 겨우 이 년 전에야 신분증을 받았잖아요. 그래서 아주 오랫동안 남들 이름으로 일하면서 두려움 속에서 살았어요. 그런 일을 겪으면 사람 머리에서 **에지오쿠** 신기한 일이 일어나기도 해요. 형한테는 전혀 쉽지 않은 일이었어요. 지금 다니는 직장은 아주 좋은 곳이지만 계약직이에요. 다음번에 재계약을 할지 안 할지 절대 알 수가 없죠. 아일랜드에서 좋은 일자리를 제안받았는데 오빈제도 알다시피 아일랜드가 지금 호황이고 컴퓨터 프로그래머들이 거기서 잘나가긴 하지만 형은 이사 가는 걸 원치 않아요. 아이들 교육 환경이 여기가 훨씬 좋으니까요."

오빈제는 찬장에서 양념 통 몇 개를 꺼내 닭고기에 뿌린 다음 냄비를 가스레인지 위에 올려놓았다.

"닭 요리에 육두구를 넣어요?"오지우고가 물었다.

"네."오빈제가 말했다. "안 넣으세요?"

"내가 뭘 알겠어요? 오빈제랑 결혼하는 여자는 정말 땡잡는 거예요. 그런데 이페멜루랑 어떻게 됐다 그랬죠? 그 아가씨 정말 마음에 들었는데."

"미국에 가더니 새로운 세상에 눈떠서 절 잊어버렸어요."

오지우고가 웃음을 터뜨렸다.

그때 전화벨이 울렸다. 오빈제는 늘 직업소개소의 전화를 기다리고 있었기 때문에 전화벨이 울릴 때마다 공포감으로 심장이 살짝 조이는 걸 느꼈고 그때마다 오지우고는 이렇게 말하곤 했다. "걱정 마요, 제트, 다 잘될 거예요. 내 친구 보세를 봐요. 걔가 망명 신청했다가 거부당해서 한참 뒤에 신분증 받기 전까지 정말 지옥 속에서 살았던 거 알아요? 그런데 지금은 어린이집을 두 군데나 운영하고 에스파냐에 별장도 있잖아요. 오빈제도 꼭 그렇게 될 테니 걱정 마요, **라푸바.**" 그녀의 위로는 공허하고 기계적인 호의의 표시였고 그를 돕기 위한 어떤 구체적인 노력도 약속하지 않았다. 그는 때때로 그녀가 정말로 그가 취직하길 바라는 걸까 담담하게 생각했다. 그가 취직을 하면 그녀가 갑자기 우유를 사러 테스코에 다녀오는 동안 아이들을 봐 줄 수도 없을 것이고, 아이들이 학교 가기 전에 그녀가 은네에겐 피아노와 바이올린 연습을, 은나에겐 첼로 연습을 시키는 동안 아침을 요리해 줄 수도 없을 것이었기 때문이다. 훗날 오빈제는 이 시절의 무언가를 그리워하게 될 것이다. 그가 여명 속에서 토스트에 버터를 바르는 동안 음악 소리가, 때로는 칭찬하거나 야단치느라 높아진 오지우고의 목소리 ─ "잘했어! 한 번 더!" 또는 "너 지금 도대체 뭐 하는 거니?"라고 말하는 ─ 와 함께 집 안을 떠돌던 이 시절을.

그날 오후, 학교에서 애들을 데려온 오지우고가 은나에게 말했다. "오빈제 아저씨가 닭 요리를 하셨단다."

"아저씨, 엄마를 도와주셔서 감사하지만 저는 닭고기를 안 먹을 것 같아요." 그는 제 엄마처럼 장난기가 많았다.

"애 좀 봐." 오지우고가 말했다. "아저씨가 엄마보다 훨씬 요리 잘하셔."

은나가 눈알을 굴렸다. "알았어요, 엄마. 엄마 말씀이 맞겠죠. 근데 저 텔레비전 봐도 돼요? 십 분만 볼게요."

"그래, 딱 십 분만이다."

아이들이 숙제를 마치고 나서 프랑스어 가정 교사가 오기 전까지 갖는 삼십 분간의 휴식 시간이었으므로 오지우고는 잼 샌드위치를 만들기 위해 조심스럽게 빵 껍질을 잘라 냈다. 은나는 텔레비전을 틀더니 크고 번쩍이는 사슬 목걸이를 몇 겹이나 목에 건 남자가 나오는 공연을 보기 시작했다.

"엄마, 제가 생각해 봤는데요." 은나가 말했다. "저 래퍼가 되고 싶어요."

"넌 래퍼가 될 수 없어, 은나."

"하지만 되고 싶어요, 엄마."

"넌 래퍼가 되지 않을 거란다, 아들아. 우리는 네가 래퍼가 되라고 런던에 온 게 아니야." 그녀는 오빈제를 돌아보면서 뭔가를 억누르는 듯한 미소를 지었다. "쟤 말하는 거 들었어요?"

그때 은네가 카프리썬을 들고 부엌에 들어왔다. "엄마, 이거 하나 먹어도 돼요?"

"그래, 은네." 오지우고는 이렇게 대답한 뒤에 오빈제를 보면서 과장된 영국식 악센트로 딸이 한 말을 따라 했다. "엄마, 이거 하나 먹어도 돼요? 얼마나 완벽한 상류층 발음인지 들으셨죠? 하! 우리 딸은 이다음에 정말 출세할 거예요. 이래서 우리가 브렌트우드 학교에 전 재산을 쏟아붓는 거라니까요." 그리고 오지우고는 쪽 소리가 나게 은네의 이마에 뽀뽀했다. 오빈제는 은네의 머리에서 삐져나온 땋은 머리 한 가닥을 느릿하게 정돈해 주는 그녀를 보면서 오지우고가 완벽한 자기만족에 빠진 사람임을 깨달았다. 또다시 은네의 이마에 뽀뽀. "기분이 어떠니, 은네?" 그녀가 물었다.

"좋아요, 엄마."

"내일 하라는 데까지 연주하지 말고 더 뒤까지 하는 거 잊지 마, 알았지?"

"알았어요, 엄마." 은네에게는 어른들을 만족시키며 살기로 결심한 아이 특유의 엄숙한 분위기가 있었다.

"얘 바이올린 시험이 내일인 거 알죠? 그런데 아직도 악보를 잘 못 읽어요." 오지우고가 말했다. 마치 오빈제가 그 사실을 잊어버렸을 수도 있다는 것처럼, 오지우고가 그렇게 한참 전부터 얘기했는데도 잊어버리는 게 가능하다는 것처럼. 지난 주말에 그는 오지우고랑 아이들과 함께, 목소리가 메아리칠 정도로 큰 홀에서 열린 생일 파티에 갔었다. 인도 애들과 나이지리아 애들이 이리저리 뛰어다니는 동안 오지우고는 그에게 누구는 수학을 잘하는데 맞춤법에 약하다는 둥, 누구는 은네의 가장 큰 라이벌이라는 둥 하는 이야기를 속삭였다. 그녀는 공부 잘하는 아이들의 지난번 시험 점수를 다 알고 있었다. 그러다가 은네랑 친한 인도 아이가 몇 점 받았는지 기억나지 않자 은네에게 물어보려고 아이를 부르기 시작했다.

"아니 아니, 형수님, 그냥 놀게 놔두세요."라고 오빈제는 말했다.

그리고 지금 오지우고는 세 번째로 쪽 소리가 나게 은네의 이마에 뽀뽀했다. "아유, 예쁜 것. 그러고 보니 파티에 입고 갈 드레스를 아직 안 샀구나."

"네, 엄마. 빨간색, 아니, 다홍색으로 사요."

"얘 친구가 파티를 열거든요. 바이올린 선생님이 같아서 친해진 러시아 앤데 걔 엄마를 처음 봤을 땐 그 여자가 무슨 멸종 위기 동물의 모피라도 입고 있는 줄 알았다니까요. 게다가 러시아식 악센트가 없는 척하려고, 영국 사람보다 더 영국적인 척하려고 드는 거 있죠!"

"걔네 엄마 좋은 분이에요, 엄마." 은네가 말했다.

"나쁜 사람이라고 하진 않았어, 아가." 오지우고가 말했다.

그때 은나가 텔레비전 소리를 키웠다.

"소리 줄여라, 은나." 오지우고가 말했다.

"엄마아!"

"당장 소리 줄이지 못해!"

"하지만 하나도 안 들린단 말이에요, 엄마!"

그는 소리를 줄이지 않았고 오지우고는 더 이상 아무 말도 하지 않았다. 그 대신 그녀는 오빈제 쪽으로 돌아앉으며 이야기를 계속했다.

"악센트 얘기가 나와서 말인데……" 오빈제가 물었다. "은나가 나이지리아식 악센트로 말했어도 지금처럼 혼나지 않았을까요?"

"그게 무슨 말이에요?"

"지난 토요일에 치카랑 보세 씨가 애들 데리고 놀러 왔을 때 그런 생각이 들었거든요. 여기 나이지리아인들은 애들이 외국식 악센트로 말하기 때문에 너무 많이 용서해 주는 것 같다고요. 원칙이 다른 것 같아요."

"**음바**, 악센트하곤 상관없어요. 그건 나이지리아에서는 부모가 자식한테 존경심 대신 두려움을 가르치기 때문이에요. 우리가 애들이 부모를 두려워하길 바라지 않는다고 해서 버릇없이 굴어도 된다는 뜻은 아니죠. 우리도 벌을 줘요. 은나도 자기가 허튼짓했다간 엄마한테 맞는다는 거 알아요. 정말 호되게 맞는다는 걸 말이에요."

"내 생각엔 왕비의 맹세가 너무 과하구나." 오빈제가 말했다.

"아, 그러나 약속은 지킬 겁니다."[06] 오지우고가 미소 지었다. "내가 책 안 읽은 지 정말 오래된 거 알잖아요. 시간이 없어요."

"어머니는 형수님이 훌륭한 문학 평론가가 될 거라고 말씀하시곤 했는데."

"그랬죠. 교수님 오라버니의 아들이 절 임신시키기 전까지는 말이에요." 오지우고는 잠시 말을 멈췄지만 얼굴에는 여전히 미소를 띠고 있었다. "지금은 애들이 전부예요. 나는 은나가 시티오브런던 학교에 진학했으면 좋겠어요. 그다음에는 하느님의 은총으로 말버러나 이튼에 갔으면 좋겠고요. 은네는 이미 수재 소리를 듣고 있으니 모든 명문 학교에서 장학금을 받겠지만요. 이젠 모든 게 애들 중심이죠."

"언젠가 애들이 자라서 집을 떠나고 나면 형수님을 그저 수치

---

06 윌리엄 셰익스피어의 희곡 『햄릿』의 대사. 햄릿이 희곡을 쓴 연극 속의 왕비가 자신은 과부가 되더라도 절대로 재혼하지 않겠다고 말하는 것을 본 뒤에 실제 왕비와 햄릿이 나누는 대화.

나 분노의 근원으로 여기게 될 테고 몇 주씩 형수님 전화를 받지도, 형수님에게 전화를 하지도 않을 거예요.” 오빈제는 이 말을 입 밖에 내자마자 후회했다. 그의 의도와 달리 옹졸하게 들렸기 때문이다. 하지만 오지우고는 기분 나빠하지 않았다. 그녀는 어깨를 으쓱하며 말했다. “그러면 짐 싸 들고 애들 집 앞에 가서 서 있어야죠 뭐.”

그녀가 자신이 잃어버린 모든 가능성을 아쉬워하지 않는다는 사실이 그는 이해되지 않았다. 여자들은 처음부터 그런 자질을 갖고 태어난 걸까? 아니면 자신의 개인적 회한을 숨기고, 자기 인생을 중단하고, 자녀 양육에 온전히 투신하는 법을 후천적으로 배운 걸까? 그녀는 인터넷 게시판을 돌아다니며 과외와 음악과 학교에 관한 글을 읽은 뒤에 자신이 알아낸 정보를 그에게 들려주곤 했다. 마치 음악이 아홉 살짜리의 수학 실력 향상에 미치는 효과에 세상 사람 모두가 자기만큼 관심을 가져야 한다고 진심으로 믿는 것처럼 말이다. 또는 몇 시간씩 수화기를 붙잡고 어느 바이올린 선생이 좋다느니, 어느 선생은 돈 낭비라느니 하는 얘기를 친구들과 나누곤 했다.

은네를 피아노 선생에게 데려다주느라 급하게 집을 나섰던 어느 날에는 오빈제에게 전화해서 깔깔대고 웃으며 이렇게 말한 적도 있었다. “내가 이 닭는 걸 잊어버린 거 알아요?” 그녀는 체중 관리 회사인 웨이트 워처스에 갔다 올 때마다 트윅스 초콜릿을 핸드백 안에 숨긴 채 자기 체중이 얼마나 늘었는지 혹은 줄었는지 말한 다음 싱글대면서 그에게 트윅스 하나 먹고 싶지 않냐고 묻곤 했다. 그러다 나중에는 또 다른 회사에 등록해서 다닌 지 두 번 만에 이렇게 말했다. "다시는 거기 안 갈 거예요. 나한테 무슨 정신적인 문제가 있는 것처럼 구는 거 있죠? 그래서 내가, 아니다, 나는 내적 갈등이 없다, 그냥 먹는 걸 좋아할 뿐이라고 했더니 젠체하는 여자가, 나한테 내적 문제가 있는데 내가 억누르고 있다는 거예요. 그게 무슨 헛소리냐고요. 하여간에 백인들은 모든 사람한테 정신적인 문제가 있다고 생각한다니까요." 그녀의 지금 몸집은 대학 다닐 때의 두 배였다. 옛날에 그녀가 입던 옷은 결코 세련되진 않았지만 스타일을 잘 연출한 덕에 독특하고 맵시가 났었다. 발목 한참 위까지 말아 올린 청바지, 한쪽 어깨가 드러나도록 내려 입은 헐렁한 블라우스. 하지만 그녀가 지금 입는 옷은 추레해 보이기만 했다. 청바지 위로 삐져나와 티셔츠의 실루엣을 망가뜨리는 물컹한 살덩어리 속에서 외계 생명체라도 자라고 있는 것 같았다.

가끔 그녀의 친구들이 놀러 오면 그들은 부엌에 앉아서 얘기를 나누다가 한꺼번에 애들을 데리러 후다닥 뛰어나가곤 했다. 오빈제는 전화벨이 울리기만 기다리던 몇 주 동안 그들의 목소리를 잘 알게 되었다. 위층 작은 방 침대에 누워 책을 읽으면서도 그들의 목소리를 똑똑히 들을 수 있었기 때문이다.

"내가 얼마 전에 남자를 만났는데……" 치카가 말했다. "괜찮은 사람이긴 한데, 오, 너무 촌놈이야. 오닛샤에서 자랐으니 악센트가 얼마나 촌스러울지 상상이 가지? ch랑 sh를 헷갈린다니까? 쵸핑센터에 가고 싶어, 셰어[07]에 앉아, 이래."

그들은 깔깔대고 웃었다.

07　체어(chair)를 잘못 발음한 것.

"아무튼 그 사람이 나한테 하는 말이, 자기가 나랑 결혼하고 찰스를 입양할 용의가 있다는 거야. 용의가 있다니! 무슨 적선이라도 하듯이 말이야. 용의가 있다고? 상상이 가? 하지만 그 사람 잘못은 아니야. 우리가 런던에 있기 때문이지. 그 사람은, 나이지리아에서라면 내가 데이트는커녕 쳐다보지도 않았을 남자잖아. 문제는, 여기 런던에서는 수준이 다른 물도 다 섞여서 흐른다는 거라고."

"런던이 우리를 평준화한 거지. 이제 우리 모두 런던에 사니까 이제 우리 모두 똑같은 사람이다, 정말 웃기는 얘기지 뭐야." 보세가 말했다.

"어쩌면 그 남자는 자메이카 여자나 만나야 할지도 모르겠다." 아마라가 말했다. 남편이 자메이카 여자 때문에 자신을 떠난 이후로 — 알고 보니 그 여자와의 사이에 네 살 된 아이도 있었다. — 그녀는 어떡해서든 모든 대화의 주제를 자메이카인으로 돌리곤 했다. "서인도 제도 여자들은 우리 남자들을 뺏어 가고, 우리 남자들은 멍청해서 그 뒤를 따라가지. 그다음에는 아이를 낳지만 그 여자들은 결혼하고 싶어 하지 않아, 오. 양육비만 원해. 그 여자들이 하는 일이라곤 그 돈을 자기 머리랑 손톱 관리하는 데 쓰는 것밖에 없는데 말이야."

"맞아." 보세와 치카와 오지우고가 모두 맞장구쳤다. 익숙하게 자동으로 나오는 맞장구였다. 아마라의 정신적 안녕이 그들의 진짜 속마음보다 중요했기 때문이다.

전화벨이 울렸다. 오지우고가 전화를 받아 통화를 끝내고는 돌아와서 말했다. "지금 전화한 여자 있잖아, 이 여자가 아주 물건이야. 그 여자 딸이랑 은네가 같은 관현악단에 있거든. 은네가 처음 시험 보러 갔을 때 만났지. 흑인 여잔데 기사 등등이 딸린 벤틀리를 타고 왔더라고. 나더러 어디 사냐고 묻길래 대답했을 때 표정을 보니까 속으로 무슨 생각을 하는지 뻔히 보이더라. '에식스에 사는 인간이 어떻게 국립 어린이 관현악단에 들어올 생각을 할수가 있지?'라는 표정이었어. 그래서 난 시비를 걸기로 작정하고 그 여자한테 이렇게 말했지. 우리 애는 브렌트우드에 다녀요. 너희가 그 여자 표정을 봤어야 하는데! 우리 같은 사람들은 사립 학교나 음악 과외 같은 얘기 하면 안 되잖아. 명문 중등학교 정도나 바라야지. 그래서 난 그 여자를 쳐다보면서 속으로 웃었어. 그런데 그때부터 이 여자가 애들이 음악 하려면 돈이 굉장히 많이 든다는 얘기를 하기 시작하는 거야. 바닥 난 내 계좌 잔고를 보기라도 한 것처럼 돈이 얼마나 많이 드는지 계속 떠들어 대더라고. 상상이 가니, 오? 그 여자는 어디를 가든 자기가 그곳에서 유일한 흑인이고 싶어 하는 부류였던 거야. 그래서 다른 흑인은 즉각적인 위협으로 인식하는 거지. 방금 전화해서도 하는 말이, 자기가 인터넷에서 어떤 기사를 봤는데 다섯 과목에서 우수한 성적을 받은 열한 살짜리 여자애도 국립 어린이 관현악단에 못 들어갔다는 거 있지? 그 여자는 왜 군이 나한테 전화까지 해서 그런 부정적인 얘기를 하는 걸까?"

"발전의 장애물이네!" 보세가 말했다.

"그 여자 자메이카 사람이니?" 아마라가 물었다.

"그냥 흑인 영국인이야. 어디 혈통인지는 모르겠어."

"분명 자메이카계일 거야." 아마라가 말했다.

25

날카롭다. 중등학교 시절 에메니케를 묘사할 때 모두가 쓰던 단어다. 날카롭다. 이 말에는 그들이 그에게 느꼈던 부정적인 감탄이 가득 담겨 있었다. 날카로운 녀석. 날카로운 남자. 만약 시험 문제가 유출됐다면 에메니케는 그것을 손에 넣을 방법을 알았다. 그는 어떤 여자애가 낙태를 했는지, 부유한 학부형들이 어떤 재산을 갖고 있는지, 어떤 교사들이 같이 자는 사이인지도 알았다. 그는 모든 대화가 논쟁인 것처럼 늘 빠르고 공격적으로 말했다. 그 속도와 힘이 그의 말에 권위를 실어 주고 반대 의견은 좌절시켰다. 그는 모든 것을 알았고, 알고자 하는 열의로 가득했다. 카요데가 런던에서 휴가를 보내고 최신 유행을 모두 습득해서 돌아올 때마다 에메니케는 그에게 새로 나온 음악과 영화에 관해 물은 다음 그의 구두와 옷을 찬찬히 뜯어봤다. "이거 명품이야? 이건 이름이 뭐야?" 에메니케는 갈망으로 번뜩이는 눈빛을 하고 묻곤 했다. 그는 모두에게, 자기 아버지가 고향의 **이궤**°인데 자기가 왕자로 사는 부담을 피하도록 스물한 살이 될 때까지 숙부네 집에서 살라고 라고스로 보냈다고 말했다. 그러던 어느 날 한 노인이 학교에 나타났다. 무릎 부분에 천을 덧대어 기운 바지 차림에, 얼굴은 수척하고, 몸은 가난이 억지로 떠안긴 겸손으로 구부정한 노인이었다. 그 사람이 에메니케의 아버지라는 사실이 알려지자 전교의 남학생들이 깔깔대고 웃었다. 하지만 그 웃음은 오래가지 않았다. 그 이유는 아마 처음부터 아무도 왕자 이야기를 진심으로 믿지 않았기 때문이거나 ── 카요데는 늘 에메니케의 등 뒤에서 그를 "촌놈"이라고 불렀다. ── 아니면 아무도 갖고 있지 않은 정보를 가진 에메니케가 그들에게 필요했기 때문이었을 것이다. 바로 이 점, 에메니케의 뻔뻔함에 오빈제는 끌렸다. 에메니케는 '책을 읽다'를 '공부하다'의 동의어로 생각하지 않는 드문 아이 중 한 명이었으므로 그들은 책 얘기를 하거나 지식을 맞교환하거나 낱말 만들기 게임을 하며 몇 시간씩 보내곤 했다. 그들의 우정은 점점 깊어 갔다. 대학 시절, 에메니케가 남학생 기숙사에 살아서 오빈제네 집에서 같이 살았을 때에는 사람들이 때때로 그를 오빈제의 친척으로 착각하기도 했다. "네 사촌은 어떻게 지내니?" 사람들은 오빈제에게 이렇게 묻곤 했다. 그러면 오빈제는 굳이 그와 에메니케가 친척 관계가 아니라고 설명하지 않고 그냥 "잘 지내."라고 대답하곤 했다. 하지만 에메니케에 대해 알지 못하는 것, 물어서는 안 됨을 본능적으로 아는 것이 많았다. 에메니케는 몇 주씩 결석하다가 다시 나타난 뒤에도 모호하게 '집에 다녀왔다'고만 하는 일이 잦

08   왕을 뜻하는 이보어. 족장을 부를 때 쓰는 존칭이다.

았고, 외국에서 '잘나가는' 사람 이야기를 끝도 없이 늘어놓았다. 그의 뒤틀리고 다급한 조바심은 운명이 실수로 자신을 진짜 목적지보다 낮은 곳에 떨어뜨렸다고 믿는 사람에게서 찾아 볼 수 있는 것이었다. 파업이 계속되던 2학년의 어느 날 그가 영국으로 떠났을 때 오빈제는 그가 대체 어떻게 비자를 받았는지 의아했다. 하지만 그래도 에메니케가 잘돼서 기뻤다. 에메니케의 야망은 잘 영글다 못해 폭발할 지경이었으므로 그가 누군가의 자비에 의해 비자를 받은 거라고 생각했다. 그 야망이 마침내 분출구를 찾았던 것이다. 그런 생각을 굉장히 금방 하게 된 이유는 에메니케가 계속해서 좋은 소식만 보내왔기 때문이었다. 석사 과정이 끝났다, 주택 관련 부처에서 일하게 됐다, 런던에서 사무 변호사로 일하는 영국 여자와 결혼했다 등등.

에메니케는 오빈제가 영국에 도착하고 나서 처음으로 연락한 사람이었다.

"아, 제트! 네 목소리 들으니까 반갑다. 근데 내가 지금 임원 회의에 들어가야 돼서, 나중에 전화할게." 에메니케가 말했다. 오빈제가 두 번째로 전화했을 때 에메니케는 약간 당황한 목소리였다. "나 지금 히스로 공항이야. 조지나랑 일주일 동안 브뤼셀에 가거든. 돌아오면 전화할게. 그동안 어떻게 지냈는지 정말 궁금하다야!" 에메니케가 보낸 이메일의 내용도 비슷했다. 네가 이렇게 와서 얼마나 기쁜지 모른다 야. 어서 빨리 만나고 싶네! 에메니케가 자신을 재워 주고, 정착하도록 도와줄 거라고 생각했던 오빈제가 바보였다. 고된 외국 생활로 인해 신뢰할 수 없고 심지어는 험악한 사람으로 변한 친구나 친척에 관한 이야기는 많이 들어서 알고 있었다. 그런데 질기디질긴 희망과 자신만은 예외라고 믿고 싶은 절박함이 대관절 무엇이기에 이런 일이 다른 사람에게만, 자신처럼 의리 있는 친구를 갖지 못한 사람에게만 일어났다고 믿게 만든 것일까? 그는 다른 친구들에게 전화를 걸었다. 졸업식 직후에 나이지리아를 떠났던 노사가 그를 지하철역에서 태워 술집으로 데려갔고 다른 친구들이 속속 모여들었다. 그들은 악수를 하고, 등을 두드리고, 생맥주를 마셨다. 학창 시절 추억을 이야기하며 웃었다. 현재 생활에 대해서는 자세히 얘기하지 않았다. 오빈제가 국민 보험 번호가 필요하다며 "근데 어떡해야 국민 보험에 가입할 수 있냐?"라고 묻자 그들은 하나같이 모호하게 고개를 내저었다.

"그냥 동향 파악을 게을리하지 마." 치디가 말했다.

"중요한 건 런던 시내에서 가까운 데에 있어야 된다는 거야. 에식스는 너무 멀어." 왈레가 말했다.

나중에 노사가 역까지 바래다줄 때 오빈제가 물었다. "너는 어디서 일해?"

"지하에서. 지금은 엄청 고되지만 차차 나아지겠지." 노사가 말했다. 지하철에서 일한다는 뜻이라는 건 알았지만 "지하"라는 단어를 들으니 땅속으로 파고들어 영원히, 끝없이 이어지는 컴컴한 터널이 생각났다.

"날카로운 남자 에메니케는 어떻게 지내냐?" 노사가 노골적인 적의가 담긴 목소리로 물었다. "요즘 아주 잘나가시고, 어머니뻘 되는 **오인보** 마누라랑 이즐링턴에 산다던데. 완전히 상류층 속물이 됐대, 오. 보통 사람하고는 말도 안 섞어. 충분히 널 도와줄 수 있을 거야."

"여행 중일 때가 많아서 아직 못 만났어." 오빈제가 말했다. 자신이 듣기에도 너무 맥없이 들리는 말이었다.

"네 사촌 일로바는 어떻게 지내?" 노사가 물었다. "작년에 에메카네 형 결혼식에서 봤는데."

오빈제는 일로바가 런던에 산다는 사실조차 잊고 있었다. 졸업식 며칠 전에 본 게 마지막이었기 때문이다. 일로바는 오빈제의 어머니와 같은 고향 출신일 뿐이었지만 자신이 오빈제의 친척이라고 하도 열심히 떠벌리고 다녀서 캠퍼스의 모든 사람이 둘이 사촌 간일 거라고 짐작했다. 그는 오빈제와 친구들이 노천 술집에 앉아 있으면 부르지도 않았는데 곧잘 의자를 들고 와서 웃으며 합석하거나 오빈제가 일요일 오후의 나른함에 지쳐 있을 때 현관 앞에 불쑥 나타나곤 했다. 한번은 일로바가 문리대 건물 중정에서 쾌활하게 "어이, 사촌!" 하고 오빈제를 불러 세우더니 오빈제가 거의 알지도 못하는 어머니 고향 출신 사람들의 경조사 얘기를 장황하게 늘어놓은 적도 있었다. "우도악푸아니가 몇 주 전에 죽었대. 너 그 사람 몰라? 그 집이 너희 외가 옆집인데." 오빈제는 일로바의 기분을 맞춰 주기 위해 고개를 끄덕이며 적당한 소리를 냈다. 왜냐하면 일로바의 태도는 항상 상대방의 기분과 상관없이 지나치게 쾌활했고, 그의 바지는 늘 너무 꽉 째고 너무 짧아서 앙상한 발목을 드러냈기 때문이다. 그 바지 때문에 생긴 "일로바 점프 업"이라는 별명은 곧 "로바 제이 유"로 변형되었다.

오빈제는 니컬러스에게서 그의 전화번호를 알아내 전화를 했다.

"제트! 우리 사촌! 너 런던 온다는 얘기 없었잖아!" 일로바가 말했다. "어머니는 어떻게 지내셔? 아바가나에서 결혼한 외삼촌은 어떻게 지내시고? 니컬러스는 어떻게 지내?" 일로바의 목소리는 순수한 행복감만으로 가득했다. 세상에는 태어날 때부터 어두운 감정, 복잡한 심경에 얽히는 것이 불가능한 사람이 있었는데 일로바도 그중 한 명이었다. 그런 사람에게 오빈제는 감탄과 지루함을 동시에 느꼈다. 국민 보험 번호 구하는 걸 도와줄 수 있냐고 물었을 때 일로바가 약간의 분노나 무례를 보였어도 이해했을 텐데 — 따지고 보면 뭔가를 부탁하려는 목적만으로 일로바에게 연락한 것이었으니까 — 그가 정말로 열심히 도와주려고 해서 오빈제는 깜짝 놀랐다.

"내 걸 쓰게 해 주고 싶지만 나도 일을 하고 있어서 위험해." 일로바가 말했다.

"어디서 일하는데?"

"런던 시내에서. 수위로. 쉽지 않아. 이 나라가 쉽지 않지만 근근이 살고 있지. 공부할 시간이 있어서 나는 밤 근무가 더 좋더라고. 지금 버크벡 대학교에서 경영학과 석사 과정을 밟고 있거든." 일로바가 잠시 말을 멈췄다. "제트, 걱정하지 마. 우리 머리를 맞대 보자. 주위에 좀 물어보고 연락 줄게."

일로바는 이 주 후에 전화를 걸어서 사람을 구했다고 했다. "이름은 빈센트 오비야. 아비아주(州) 출신이고. 내 친구가 소개해 줬어. 내일 저녁에 널 만나고 싶대."

그들은 일로바의 아파트에서 만났다. 그 아파트는 전체적으로 폐소 공포증을 일으킬 것 같은 느낌을 주었다. 나무 한 그루 없이 콘크리트로만 이루어진 동네, 생채기로 가득한 건물 벽들. 모든 것이 너무 작고, 너무 빡빡해 보였다.

"집이 멋진데, 로바 제이 유." 오빈제가 말했다. 아파트가 정말 멋져서가 아니라 일로바가 런던에 아파트를 갖고 있다는 사실 때문이었다.

"우리 집에 와 있으라고 하고 싶지만 사촌 둘이랑 같이 살고 있어서 말이야." 일로바가 맥주병 몇 개와 **친친**[09]이 담긴 작은 접시를 탁자에 놓았다. 이 손님맞이 의식이 오빈제의 폐부를 날카롭게 찌르며 향수를 불러일으켰다. 크리스마스 때마다 어머니와 함께 시골에 내려가던 것, 이모들이 그에게 **친친** 접시를 내밀던 것이 생각났다.

빈센트 오비는 커다란 청바지와 볼품없는 웃옷 속에 파묻힌 땅딸막한 사내였다. 오빈제와 그는 악수를 하면서 서로를 평가했다. 오빈제는 빈센트의 경직된 어깨와 거친 태도에서, 그가 아주 일찍부터 필요에 의해 자기 문제를 스스로 해결하는 법을 배운 사람임을 느꼈다. 오빈제는 빈센트가 나이지리아에서 살았을 삶을 상상했다. 맨발인 아이들로 가득한 공립 중등학교, 삼촌들의 도움으로 다닌 과학 기술 대학교, 그가 고향에 갈 때마다 커다란 빵 덩어리와 신중하게 분배될 용돈을 기대하는 형제자매들과 셀 수 없이 많은 군식구들. 오빈제는 빈센트의 눈으로 자신을 보았다. 버터를 먹으며 자랐지만[10] 지금은 그의 도움을 필요로 하는 대학 교수의 자식. 처음에 빈센트는 짐짓 영국식 악센트를 흉내 내며 "그렇잖

09 밀가루 반죽을 정사각형 모양으로 잘라 튀긴 것. 애피타이저로 먹는다.

10 도련님을 뜻하는 피진 잉글리시 '아제버터'에 빗댄 표현이다.

아."를 너무 여러 번 연발했다.

"이건 비즈니스야, 그렇잖아. 하지만 내가 당신을 도와주는 거지. 내 국민 보험 번호를 사용해도 되지만 그 대신 당신 수입의 40퍼센트를 줘야 해." 빈센트가 말했다. "이건 비즈니스야, 그렇잖아. 합의한 금액을 못 받으면 당신을 신고할 거야."

"형제여." 오빈제가 말했다. "그건 좀 너무 많네요. 제 사정 아시잖아요. 수중에 한 푼도 없어요. 부탁인데 조금만 깎아 주세요."

"35퍼센트가 최선이야. 이건 비즈니스라고." 그는 어느새 영국식 악센트를 잃어버리고 나이지리아 영어로 말하고 있었다. "말해 두는데, 당신 같은 처지인 사람은 많아."

일로바가 이보어로 말했다. "빈센트, 우리 사촌이 돈 모아서 신분증 마련하려고 하는데 35퍼센트는 너무 많아요. **오 리카, 비코.** 부탁인데 제발 우리를 도와주세요."

"반을 떼 가는 사람도 있다는 건 알지? 그래, 저 친구 처지는 딱하지만 우리 모두가 같은 처지야. 나는 저 친구를 도와주는 거고 이건 비즈니스라고." 빈센트의 이보어는 시골 사투리였다. 그는 국민 보험증을 탁자 위에 놓고 벌써 자기 계좌 번호를 종이에 적고 있었다. 일로바의 휴대 전화가 울리기 시작했다. 그날 저녁, 황혼이 내리면서 하늘이 연보라색으로 먹먹해져 갈 때, 오빈제는 빈센트가 되었다.

26

변기 뚜껑 위에 똥이 똬리 틀고 있었던 사건을 겪은 후 오빈제(빈센트)는 더 이상 그곳에 출근하지 않겠다고 소개소에 알렸다. 신문 구인란을 샅샅이 읽고, 전화를 걸고, 연락이 오기만 바라던 어느 날, 마침내 소개소에서 그에게 다른 일자리를 알선해 줬다. 세제를 포장하는 창고의 넓찍한 통로를 청소하는 일이었다. 얼굴이 누리끼리하고 머리가 밤색인 브라질 남자가 옆 건물 청소 담당이었다. "제 이름은 빈센트예요." 뒷방에서 그를 만났을 때 오빈제가 말했다.

"저는 디라고 해요." 침묵. "아니, 당신은 영국인이 아니니까 발음할 수 있겠네요. 제 이름은 사실 두에르지니투인데 영국인들은 발음을 못해서 저를 디라고 불러요."

"두에르지니투." 오빈제가 따라 했다.

"맞아요!" 기뻐하는 미소. 외국인끼리의 작은 유대. 그들은 진공청소기의 먼지 통을 비우는 동안 1996년 애틀랜타 올림픽 얘기를 했다. 오빈제는 나이지리아가 축구에서 브라질에 이어 아르헨티나까지 이겼던 것을 언급하며 으스댔다.

"느완쿼 카누가 잘하긴 했어요. 그건 인정하죠." 두에르지니투가 말했다. "하지만 나이지리아가 운이 좋았어요."

매일 저녁 오빈제는 하얀 화학 약품 가루로 뒤덮였다. 귓속에서도 모래 같은 게 나왔다. 그는 공기 중에 떠다니는 위험 물질이 걱정돼서 청소할 때 숨을 너무 깊이 들이쉬지 않으려고 애썼다. 그러던 어느 날 감독관이 회사의 감원 방침에 따라 그가 해고되었다고 말했다. 다음 일자리는 부엌 자재 배달 회사의 대체 인력이었다. 그를 "일꾼"이라고 부르는 백인 운전사 옆자리에 앉기, 소음과 헬멧으로 가득한 건설 현장 끝없이 전전하기, 누구의 도움도 칭찬도 없이 높은 계단 위까지 널빤지 운반하기가 몇 주째 계속되었다. 함께 차를 타고 이동할 때의 침묵과 운전사들이 그를 "일꾼!" 하고 부를 때의 말투에서 오빈제는 그들의 적의를 느꼈다. 한번은 그가 발을 헛디뎌서 무릎을 바닥에 부딪혔는데 하도 세게 부딪혀서 다리를 절룩이며 트럭으로 돌아온 적이 있었다. 그러자 동료 운전사는 창고로 돌아가서 다른 운전사들에게 이렇게 말했다. "그 녀석은 니그로라서 무릎이 안 좋다니까!"[11] 그들은 웃음을 터뜨렸다. 그들의 적개심이 오빈제를 괴롭혔지만 무시할 수 있는 수준이었다. 그에게 정말로 중요했던 것은 한 시간에 4파운드, 초과 근무 시엔 그보다 더 많이 버는 것이었기 때문이다. 웨스트서록에

---

11 니그로(negro)와 무릎이 자라는 사람(knee-grow)의 발음이 같음을 이용한 말장난이다.

있는 새로운 배달 창고로 발령받았을 때 그는 초과 근무 할 기회가 사라질까 봐 걱정했다.

새 창고의 감독관은 오빈제가 늘 생각해 온, 영국인의 전형처럼 보였다. 키 크면서 마르고, 모래색 머리카락과 파란 눈을 가진 사람. 하지만 그는 늘 싱글거렸는데 오빈제의 상상 속 영국인들은 싱글거리지 않았다. 그의 이름은 로이 스넬이었다. 그는 오빈제의 손을 잡고 격하게 흔들어 댔다.

"그래, 빈센트, 아프리카에서 왔다고?" 그가 지난번 창고보다 훨씬 큰, 축구장만 한 창고를 구경시켜 주면서 물었다. 그곳은 트럭에 짐을 싣고, 납작한 판지를 접어서 깊은 상자를 만들고, 이야기를 나누는 사람들로 생기가 넘쳤다.

"네. 태어나긴 버밍엄에서 태어났는데 여섯 살 때 나이지리아로 돌아갔어요." 그것은 그와 일로바가 가장 그럴듯하다고 의견 일치를 본 이야기였다.

"그런데 왜 다시 돌아왔나? 나이지리아 상황이 많이 안 좋은가?"

"그냥 여기서 더 나은 삶을 살 수 있을지 알고 싶었어요."

로이 스넬이 고개를 끄덕였다. 그는 '쾌활하다'는 말이 늘 어울릴 듯한 사람처럼 보였다. "오늘은 나이절이랑 일하게. 여기서 제일 어린 친구지." 그가 가리킨 사내는 창백하고 포동포동한 몸에, 삐죽삐죽한 밤색 머리와 거의 아기 같은 얼굴을 가지고 있었다. "난 자네가 여기서 일하는 걸 좋아할 거라고 생각해, 비니 보이!" 오빈제가 빈센트에서 비니 보이를 유추하는 데는 오 분이 걸렸다. 그 후로 몇 달 동안 점심시간에 탁구를 칠 때마다 로이는 다른 직원들에게 "내가 이번에는 꼭 비니 보이를 이기고야 말겠어!" 라고 말했고, 그러면 직원들은 킥킥대며 "비니 보이"라는 말을 따라 하곤 했다.

오빈제는 직원들이 매일 아침 열심히 신문을 홱홱 넘기다가 가슴 큰 여자 사진이 있는 페이지에서 멈춰서는 마치 그것이 대단히 흥미로운 기사인 것처럼, 그리고 전날, 전주에 똑같은 페이지에 실렸던 사진과 조금이라도 다른 것처럼 찬찬히 뜯어보는 것이 재미있었다. 트럭에 짐이 다 실리기를 기다리는 동안 그들이 나누는 대화는 늘 자동차와 축구, 그리고 다른 무엇보다도 여자 얘기가 많았는데 한 사람, 한 사람이 너무 터무니없고 전날, 전주에 했던 얘기와 너무 비슷한 얘기를 늘어놨다. 그들이 니커스를 언급할 때마다 — 그 여자 니커스가 흘끗 보였다고 — 오빈제는 더더욱 즐거웠다. 나이지리아 영어에서 니커스는 팬티가 아니라 반바지를 의미했기 때문이다. 그는 섹시한 여자들이 그가 고 2 때 입던 것 같은 헐렁한 카키색 반바지를 입은 모습을 상상했다.

로이 스넬은 아침마다 오빈제의 배에 잽을 먹이는 것으로 인사를 대신했다. "비니 보이! 오늘 기분 어때? 괜찮나?"라고 묻곤 했다. 그는 늘 오빈제의 이름을 시급이 높은 실외 작업자 명단에 올려 주었고, 늘 시급이 두 배인 주말에 근무하고 싶냐고 물었으며, 늘 여자 얘기를 물어보았다. 마치 그에게 특별한, 보호 본능과 친절이 반반 섞인 애정을 갖고 있는 것만 같았다.

"자네 영국에 온 후로 한 번도 여자랑 자 본 적 없지, 비니 보이? 내가 여자 전화번호를 가르쳐 줄 수도 있는데." 한번은 그가 이렇게 말했다.

"저 고향에 여자 친구 있어요." 오빈제가 말했다.

"그럼 다른 여자랑 좀 잔다고 문제 될 것 없잖아?"

가까이 있던 직원 몇 명이 웃었다.

"제 여자 친구가 신통력이 있어서요." 오빈제가 말했다.

로이는 이 말을 오빈제가 예상했던 것보다 더 재미있어했다. 그는 웃고 또 웃었다. "여자 친구가 주술을 쓴다는 건가? 알았어, 그럼 자네는 계속 굶으라고. 나는 늘 아프리카에 가고 싶었다네, 비니 보이. 나중에 자네가 집에 다녀올 때 나도 휴가를 내서 나이지리아에 갈 생각이야. 자네가 구경도 시켜 주고 나이지리아 여자도 좀 소개해 달라고, 비니 보이. 하지만 주술 쓰는 여자는 안 돼!"

"네, 그 정도는 해 드릴 수 있어요."

"아, 해 줄 줄 알았어! 자네는 여자를 어떻게 다뤄야 하는지 잘 알 것 같아." 로이가 또 한번 오빈제의 배에 잽을 먹이면서 말했다.

로이는 오빈제를 나이절과 곧잘 짝지어 주곤 했는데 아마 그 두 사람이 창고에서 가장 어렸기 때문에 그랬을 것이다. 첫날 아침 오빈제는 다른 사람들이 종이컵으로 커피를 마시면서 누가 누구랑 파트너인지 보려고 게시판을 확인하다가 나이절을 보고 쿡쿡 웃는 것을 발견했다. 나이절은 눈썹이 없었다. 눈썹이 있어야 할 자리에 있는, 약간 분홍빛을 띤 네모난 피부가 그의 통통한 얼굴에 뭔가 미완성인 듯한, 유령 같은 인상을 주었다.

"내가 코가 삐뚤어지게 취했더니 친구 놈들이 눈썹을 밀어 버렸어요." 나이절이 악수를 하면서 오빈제에게 거의 사과하듯 말했다.

"너 눈썹 다시 자라기 전까지는 여자랑 못 잔다." 나이절과 오빈제가 트럭을 향해 걸어갈 때 누가 큰 소리로 외쳤다. 오빈제는 끈이 팽팽해질 때까지 잡아당겨서 짐칸에 세탁기를 단단히 묶어 실은 다음 조수석에 올라타서 배달할 곳까지 가는 가장 빠른 길을 찾으려고 지도를 읽기 시작했다. 나이절은 핸들을 급하게 꺾으면서 요즘 사람들은 운전을 엉망으로 한다고 투덜거렸다. 빨간불에서 멈췄을 때 나이절이 발치에 뒀던 가방에서 향수병을 꺼내더니 자기 목에 뿌리고는 오빈제에게도 내밀었다.

"아니, 괜찮아요." 오빈제가 말했다. 나이절이 어깨를 으쓱했다. 그는 며칠 후 또다시 권했다. 트럭 안에서 그의 향수 냄새가 진동해서 때때로 오빈제는 열린 창문으로 들어오는 신선한 공기를 깊이 들이마시곤 했다.

"아프리카에서 온 지 얼마 안 돼서 아직 런던 구경 못 했지?" 나이절이 물었다.

"응." 오빈제가 대답했다.

그래서 런던 시내 쪽 배달을 일찍 끝내고 나면 나이절은 오빈제를 태우고 드라이브를 하면서 버킹엄 궁전, 국회 의사당, 타워 브리지를 보여 줬는데 그동안 내내 자기 어머니의 관절염과 여자 친구 헤일리의 가슴 얘기를 떠들어 댔다. 나이절이 하는 말은 악센트 때문에 완전히 이해하기까지 시간이 좀 걸렸다. 오빈제가 예전에 같이 일했던 사람들의 악센트랑 똑같지만 더 강한 악센트였다. 모든 단어가 배배 꼬이고 늘여져서 그들의 입에서 나올 때는 완전히 다른 말이 되었다. 한번은 나이절이 메일(male)이라고 한 것을 오빈제가 마일(mile)로 알아들은 적도 있었다. 오빈제가 마침내 나이절이 한 말을 이해했을 때 나이절은 웃으면서 이렇게 말했다. "넌 상류층 악센트를 쓰는구나? 아프리카 상류층."

일하기 시작한 지 몇 달째 되던 어느 날 켄싱턴에 새 냉장고를 배달하고 오던 길에 나이절이 아까 부엌에 들어왔던 노인을 언급하며 "그 사람은 진짜 귀족이야, 암 암."이라고 말했다. 나이절의 말투에는 감탄과 약간의 주눅이 담겨 있었다. 부스스하고 숙취에 절어 있던 그 노인은 헝클어진 머리와 앞섶이 벌어진 가운 차림으로 나타나 "자네들 확실히 이거 설치할 줄 아는 거지?"라고, 모르는 게 틀림없다는 투로 능글맞게 말했다. 평소 같으면 부엌이 더럽다고 불평했을 나이절이 그 남자가 "진짜 귀족"으로 보인다는 이유만으로 불평하지 않는 게 오빈제는 재미있었다. 그 사내가 상류층 악센트가 아닌 다른 악센트로 말했다면 나이절은 팁을 주지 않았다며 구두쇠라고 욕했을 것이다.

다음 배달 장소인 사우스런던을 향해 가다가 오빈제가 집주인한테 거의 다 왔다고 전화하고 끊었을 때 나이절이 불쑥 말했다. "너는 좋아하는 여자한테 뭐라고 말해?"

"그게 무슨 소리야?" 오빈제가 물었다.

"사실은, 나 헤일리랑 자는 사이 아니야. 좋아하는데 어떻게 말해야 될지 모르겠어. 며칠 전에는 걔네 집에 갔더니 웬 놈팡이가 있더라고." 나이절이 말을 멈췄다. 오빈제는 무표정을 유지하려고 애썼다. "근데 넌 여자들한테 뭐라고 해야 할지 아는 놈처럼 생겼거든." 나이절이 덧붙였다.

"그냥 좋아한다고 해." 오빈제가 말했다. 그리고 나이절이 창고의 다른 직원들 앞에서 몇 번이나 헤일리랑 잤던 얘기를, 거기다 한번은 헤일리가 휴가 가고 없을 때 그녀의 친구랑 잤던 얘기를 얼마나 천연덕스럽게 했던가 생각했다. "작업 기술도 필요 없고, 멋진 대사도 필요 없어. 그냥 말해. 난 너를 좋아하고 네가 아름답다고 생각한다고."

나이절이 상처받은 눈빛으로 오빈제를 쳐다봤다. 지금껏 오빈제가 여자 다루는 기술에 일가견이 있을 거라고 확신해서 뭔가 심오한 비법이 나오길 기대한 모양이었다. 오빈제는 식기세척기를 손수레에 싣고 현관문까지 밀고 가면서 정말 그랬다면 얼마나 좋았을까 생각했다. 인도 여자가 문을 열었다. 통통하고 마음씨 좋은 그녀는 그들에게 차를 대접했다. 배달을 하다 보면 차나 물을 주는 사람이 많았다. 한번은 우울해 보이는 여자가 오빈제에게 직접 만든 잼이 담긴 작은 병을 내민 적이 있었다. 오빈제는 처음에 망설였지만 이 여자가 빠져 있는 깊은 불행이 무엇이건 간에 자신이 거절하면 훨씬 더 심해질 것임을 직감하고 잼을 받아서 집에 가져왔다. 그것은 아직까지 뚜껑도 따지 않은 채로 냉장고 안에서 시들어 가고 있었다.

"감사합니다, 감사합니다." 새 식기세척기를 설치하고 낡은 기계를 가져가는 오빈제와 나이절에게 인도 여자가 말했다.

문간에서 그녀가 나이절에게 팁을 주었다. 나이절은 팁을 오빈제와 반반 나누는 유일한 운전사였다. 다른 운전사들은 깜빡한 척했다. 한번은 오빈제가 다른 운전사와 일을 나갔을 때 자메이카인 할머니가 운전사가 딴 데 보는 틈을 타서 그의 주머니에 10파운드를 찔러 넣은 적이 있었다. "고마워요, 형제여." 그녀가 말했다. 오빈제는 은수카에 있는 어머니에게 전화를 걸어 이 얘기를 하고 싶어졌다.

27

우울한 황혼이 런던 위로 내려앉을 때 오빈제는 서점 안의 커피숍으로 들어가서 모카 커피와 블루베리 스콘을 가지고 자리에 앉았다. 발바닥이 기분 좋게 아팠다. 날씨는 그리 춥지 않았다. 조금 전까지 그를 땀 나게 했던 니컬러스의 털외투는 지금 의자 등받이에 걸쳐져 있었다. 이것은 그가 일주일에 한 번씩 누리는 호사였다. 서점에 가서 터무니없이 비싼 커피를 사고 공짜 책을 최대한 많이 읽으면서 다시 오빈제로 되돌아가는 것. 가끔은 배달이 끝난 후 운전사에게 런던 시내에 내려 달라고 부탁해서 정처 없이 걸어 다니다가 마지막으로 책방에 도착해서 사람들 무리로부터 멀리 떨어진 구석 바닥에 털퍼덕 앉기도 했다. 그는 현대 미국 소설을 읽었다. 마음의 공명, 자신의 욕망이 실제로 구현된 모습, 한때 자기가 속한다고 상상했던 미국을 느끼고 싶어서였다. 그는 미국에서 보내는 매일매일의 일상을 알고 싶었다. 사람들이 무엇을 먹는지, 무엇에 사로잡히는지, 무엇에 수치심을 느끼는지, 무엇에 끌리는지를 알고 싶었지만 소설 몇 편을 읽고 나서 실망했다. 중요한 것, 심각한 것, 급박한 것은 존재하지 않았고 대부분이 아이러니한 무의미함으로 용해되어 사라졌다. 그는 미국 신문과 잡지는 읽었지만 영국 신문은 대충 훑어봤다. 나날이 이민 문제에 관한 기사가 늘어 가는데 그런 기사 하나가 날 때마다 심장이 멎는 듯했기 때문이다. 망명 희망자로 넘쳐 나는 학교. 그는 아직도 마땅한 사람을 찾지 못했다. 지난주에 만난 나이지리아 남자 둘은 친구의 먼 친구들이었는데 아는 동유럽 여자가 있다고 해서 100파운드를 줬다. 하지만 지금 그들의 휴대 전화는 곧장 음성 사서함으로 넘어갔고 메시지를 남겨도 전화가 오지 않았다. 스콘은 반 조각이 남아 있었다. 그는 카페 안이 순식간에 손님으로 가득 차는 것을 눈치채지 못했다. 그가 편안하게, 심지어 아늑하게 앉아서 잡지 기사에 몰두해 있을 때 한 여자와 꼬마 남자애가 다가와서 같이 앉아도 되냐고 물었다. 그들의 피부는 땅콩색이었고 머리는 까맸다. 그는 그들이 방글라데시나 스리랑카에서 왔을 거라고 추측했다.

"물론이죠."라며 그는 그들이 앉을 쪽에 놓여 있지도 않았던 책과 잡지를 옮겼다. 여덟아홉 살쯤 돼 보이는 꼬마는 미키 마우스 스웨터를 입고 파란 게임 보이를 쥐고 있었다. 여자의 코에는 코걸이가 있었는데 유리 같아 보이는 작은 고리가 그녀의 머리가 이리저리 움직일 때마다 반짝였다. 그녀는 그에게 잡지 놓을 자리가 충분하냐고, 자기가 의자를 조금 옮겼으면 좋겠냐고 물었다. 그러고는 확실히 오빈제를 의식한 웃음을 지으면서 자기 아들에게, 설탕 옆 칸에 있는 가느다란 나무 막대기가 커피 저으라고 있는 건지 확실치 않았다고 말했다.

"나 아기 아니야!" 그녀가 아들의 머핀을 자르려고 하자 아이가 말했다.

"엄마는 너 편하라고 그런 거지."

오빈제가 고개를 들어 보니 여자는 아들에게 말하면서도 뭔가 아쉬운 눈빛으로 그를 쳐다보고 있었다. 그러자 그의 머릿속은 가능성, 낯선 사람을 만날 이런 기회, 그리고 그것이 초래할 수도 있는 결과에 대한 생각으로 가득 찼다.

꼬마는 사랑스럽고 호기심이 많아 보이는 얼굴을 가지고 있었다. "아저씨 런던에 살아요?" 아이가 오빈제에게 물었다.

"응." 하지만 그 "응"은 그의 사연을 다 이야기해 주진 못했다. 런던에 살긴 하지만 투명 인간처럼 산다는 것, 그의 존재는 지워진 연필 스케치와 같다는 것, 그가 경찰관이나 제복 입은 사람, 희미하게라도 공무원 냄새가 나는 사람을 볼 때마다 냅다 도망치고 싶은 충동과 싸우곤 한다는 것을.

"애 아빠는 작년에 세상을 떠났어요." 여자가 목소리를 낮추며 말했다. "남편 없이 우리 둘이 런던에 온 건 처음이에요. 매년 크리스마스 전에 오곤 했었거든요." 여자는 말을 하면서 계속 고개를 주억거렸고, 아이는 오빈제가 그 사실을 알길 원치 않는 듯 화가 나 보였다.

"유감입니다." 오빈제가 말했다.

"오늘 테이트 갤러리에 갔었어요." 아이가 말했다.

"재밌었니?" 오빈제가 물었다.

아이가 얼굴을 찌푸렸다. "지루했어요."

아이 엄마가 자리에서 일어났다. "이제 가 봐야 해요. 연극 보러 갈 거거든요." 그녀가 아들을 향해 말했다. "게임 보이는 극장 안에 못 갖고 들어가는 거 알지?"

아이는 엄마 말을 못 들은 척하곤 오빈제에게 "안녕."이라고 말한 뒤 문으로 향했다. 아이 엄마가 아까보다 더 아쉬운 눈빛으로 오빈제를 지긋이 쳐다봤다. 어쩌면 그녀는 남편을 몹시 사랑했고, 지금 자기가 다른 사람에게 끌릴 수도 있음을 처음으로 깨달은 것이 그녀에겐 깜짝 놀랄 만한 발견이었는지도 모른다. 그는 떠나는 그들의 뒷모습을 쳐다보면서 그녀에게 다가가 연락처를 물어볼까 말까 생각했지만 자신이 그러지 않으리란 걸 알았다. 그 여자의 어떤 면에 의해 그는 사랑에 대해 생각하게 됐고, 사랑에 대해 생각할 때면 늘 그렇듯이 이페멜루가 떠올랐다. 그 순간 갑자기 그는 성적 충동에 사로잡혔다. 욕정의 파도가 밀려왔다. 누군가와 자고 싶었다. 그는 이럴 때마다 텐다이에게 문자를 보내곤 했다. 텐다이는 노사가 데려갔던 어느 파티에서 만나 결국 그날 밤을 같이 보낸 여자였다. 똑똑하고 엉덩이가 큰 짐바브웨인인 텐다이는 욕조에 너무 오래 몸을 담그는 습관이 있었다. 그가 처음으로 그녀의 아파트를 청소하고 졸로프 밥을 만들어 줬을 때 그녀는 충격받은 표정으로 그를 뚫어져라 쳐다봤다. 남자가 잘해 주는데 너무 익숙지 않아서, 학대가 시작되길 기다리는 사람처럼 숨죽인 채 계속해서 걱정스럽게, 안 쳐다보는 척 손으로 눈을 가리고 그를 주시했다. 그녀는 그가 불법 체류자라는 사실을 알고 있었다. "당신한테 신분증만 있었으면 IT 업계에서 일하면서 BMW를 모는, 그런 나이지리아인이 됐을 텐데." 그녀가 말했다. 그녀는 비자가 있었고 일 년 뒤면 여권이 나올 예정이었으므로 자기가 기꺼이 도와줄 수도 있다는 암시를 했다. 하지만 그는 신분증 때문에 그녀와 결혼해서 복잡한 문제에 말려들고 싶지 않았다. 어느 날 잠에서 깬 그녀가 이 결혼이 신분증을 위한 것만은 아니었다고 불현듯 확신하게 될 수도 있었기 때문이다.

그는 서점을 나오기 전에 텐다이에게 문자를 보냈다. 집이야? 잠깐 들를까 해서. 그가 지하철역을 향해 걸어가는 동안 차가운 보슬비가 내려서 작은 빗방울이 외투 위로 후드득 떨어졌다. 역에 도착한 그는 계단에 떨어져 있는 수많은 가래침에 시선을 빼앗겼다. 왜 사람들은 역 밖으로 나올 때까지 참지 않는 걸까? 그는 시끄러운 열차의 지저분한 좌석에 앉았다. 맞은편에 앉은 백인 여자가 석간신문을 읽고 있었다. 집에서 영어를 써라, 블렁킷이 이민자들에게 말한다. 여자가 이런 기사를 읽고 있을 것 같았다. 그런 기사가 요즘 신문에 너무 많이 실렸고, 라디오와 텔레비전에서도 되풀이됐으며, 심지어 창고 직원 몇몇의 수다 속에도 등장했기 때문이다. 영국 제도(諸島)에 부는 바람은 망명 희망자들에 대한 공포의 냄새를 풍기며, 임박한 파멸에 대한 공포를 모든 이에게 전염시켰다. 그래서 사람들은 단순하고 공격적으로 이런 기사를 쓰고 읽었다. 이런 기사를 쓰는 사람들은 현재와 과거가 단절된 세계에 살고 있는 듯했다. 그들은 영국이 세운 나라들로부터 흑인종과 갈색인종이 대량으로 유입되는 것이 정상적인 역사의 흐름이라는 생각조차 해 보지 않은 것 같았다. 하지만 이해는 갔다. 그렇게 역사를 부정하는 것이 마음은 편할 테니까. 여자가 신문을 덮고 그를 쳐다봤다. 그녀의 갈색 머리는 지저분했고 눈빛은 딱딱하고 의심스러워 보였다. 그는 그녀가 무슨 생각을 할지 궁금했다. 그가 이미 인구 과잉인 이 섬을 더 복잡하게 만드는 불법 이민자일지 궁금해하고 있을까? 나중에 에식스로 가는 기차에서 그는 자기 주위에 앉은 모든 사람이 나이지리아인임을 깨달았다. 요루바어와 피진 잉글리시로 떠들어 대는 시끄러운 대화가 객차 안을 가득 채웠다. 순간 그는 유색인들이 자신의 이국성을 마음껏 드러내고 있는 이 장면을 아까 지하철에서 만났던 백인 여자의 의심스러운 시선을 통해 보았다. 그리고 서점 커피숍에서 만났던 스리랑카 혹은 방글라데시 출신의 여자와 그녀가 막 벗어나고 있던 슬픔의 그림자를 다시 한번 생각했고, 어머니와 이페멜루를 생각했으며, 자신이 갖게 되리라 상상했던 삶, 그리고 노동과 독서, 공포와 희망으로 덧칠된 지금의 삶에 대해 생각했다. 그토록 외롭다고 느꼈던 적이 없었다.

28

공기가 다시 따뜻해지기 시작한 어느 초여름 날 아침, 창고에 도착한 오빈제는 뭔가가 잘못됐음을 즉시 알아차렸다. 사람들이 그의 눈을 피했고 동작은 부자연스럽게 뻣뻣했으며 오빈제를 본 나이절이 빨리, 지나치게 빨리 화장실로 발걸음을 돌렸기 때문이다. 탄로 났구나. 어찌어찌해서 알게 된 게 틀림없었다. 그들은 망명 희망자들이 국민 건강 보험을 축내고 있다는 머리기사를 봤고, 그런 무리가 안 그래도 복잡한 섬을 더 복잡하게 만들고 있음을 알았으며, 이제 오빈제가 남의 이름으로 일하는, 그런 망할 인간들 중 한 명임을 알게 된 것이다. 로이 스넬은 어디 있지? 경찰을 부르러 갔나? 아니면 경찰이 이리로 전화한 건가? 오빈제는 이민국에 붙잡혀서 추방된 사람 이야기를 자세히 떠올리려 애썼지만 머릿속이 멍했다. 벌거벗은 느낌이었다. 그는 뒤돌아서 도망치고 싶었지만 몸이 그의 의지와 반대로, 짐 싣는 곳을 향해 움직였다. 그때 등 뒤에서 빠르고, 거칠고, 지나치게 가까운 움직임이 느껴졌고, 그가 미처 뒤돌아서기도 전에 고깔모자가 그의 머리에 씌워졌다. 나이절이었다. 그리고 그 옆에는 미소 띤 직원들이 모여 있었다.

"생일 축하해, 비니 보이!" 그들이 다 함께 외쳤다.

오빈제는 머릿속이 완전한 백지상태가 된 채 겁먹고 그대로 얼어붙었다. 그러고 나서 이것이 무슨 상황인지를 깨달았다. 빈센트의 생일이었던 것이다. 로이가 사람들에게 말한 게 틀림없었다. 자신조차도 빈센트의 생일을 기억해야 한다는 걸 잊고 있었는데.

"아!" 안도감에 속이 메슥거린 그가 한 말은 이것뿐이었다.

나이절이 그에게 탕비실로 가자고 했다. 모두가 그쪽으로 걸어가고 있었다. 자메이카에서 온 패트릭을 제외하곤 모두가 백인인 직원들과 함께 오빈제가 자리에 앉자 사람들이 그의 생일(인 줄 아는 날)을 기념하여 사비로 산 머핀과 콜라를 돌렸다. 자신이 안전하다는 사실을 깨닫자 눈물이 났다.

그날 저녁 빈센트에게서 전화가 와서 오빈제는 살짝 놀랐다. 빈센트는 이제껏 딱 한 번, 몇 달 전에 거래 은행을 바꿨다며 새 계좌 번호를 가르쳐 주려고 전화한 적밖에 없었기 때문이다. 그는 빈센트에게 "생일 축하해요."라고 말해야 할지, 이 전화가 어떻게든 생일과 관련 있는 것일지 속으로 궁리했다.

"빈센트, 케두?" 그가 말했다.

"돈 올려 줘."

빈센트는 이 대사를 영화에서 배운 걸까? "돈 올려 줘."라는 말은 부자연스럽고 우스꽝스럽게 들렸다. "앞으론 45퍼센트야. 요즘 일 많이 하는 거 알아."

"아니 아니, 빈센트. 내가 얼마 번다고 그래요? 위장 결혼 때문에 돈 모으는 거 알잖아요."

"45퍼센트야." 빈센트는 이렇게만 말하고 전화를 끊었다.

오빈제는 그의 말을 무시하기로 했다. 그는 빈센트 같은 유형을 잘 알았다. 그들은 어디까지 갈 수 있나 보려고 일단 밀어붙인 뒤에 한 발짝 물러서곤 했다. 그가 전화해서 협상을 하려 했다간 빈센트가 대담해져서 더 많이 요구할 게 틀림없었다. 오빈제가 매주 빈센트의 거래 은행에 걸어 들어가서 그의 계좌에 입금해 주는 돈은 빈센트가 완전히 잃을 위험을 무릅쓸 만큼 사소한 것이 아니었다. 그래서 일주일 뒤 운전사와 트럭이 부산하게 움직이는 아침에 로이가 "비니 보이, 잠깐 내 사무실로 와 보게."라고 말했을 때에도 오빈제는 빈센트 일을 전혀 떠올리지 않았다. 로이의 책상 위에는 가슴 큰 여자 사진이 실린 페이지가 보이도록 접어 둔 신문이 있었다. 로이는 천천히 커피 잔을 신문 위에 놓았다. 그는 불편해 보였고 오빈제의 눈을 똑바로 보지 않았다.

"어제 누가 전화를 했어. 자네가 빈센트가 아니고, 영국 시민 이름을 빌려 일하는 불법 체류자라는 거야." 침묵이 흘렀다. 오빈제는 벌에 쏘인 듯이 놀랐다. 로이가 다시 커피 잔을 집어 들었다. "그냥 내일 자네 여권을 가져와서 이 문제를 확실히 하고 넘어가는 게 어떤가, 괜찮지?"

오빈제는 머릿속에 떠오른 첫마디를 더듬거리며 내뱉었다. "알겠습니다. 내일 여권을 가져오죠." 그는 사무실에서 걸어 나왔다. 자신이 방금 느꼈던 감정을 결코 기억하지 못하리란 것을 알 수 있었다. 로이는 단지 자신을 쉽게 해고하려고, 평계를 만들려고 여권을 가져오라고 한 걸까? 아니면 정말로 전화한 사람이 틀렸다고 믿는 걸까? 하지만 누가 사실도 아닌데 그런 일로 전화를 하겠는가? 오빈제는 살면서 그날 하루만큼 겉으로 멀쩡해 보이려고, 솟구치는 분노를 가라앉히려고 많은 노력을 기울여 본 적이 없었다. 그를 정말 화나게 한 것은 빈센트가 자신에게 가진 영향력이 아니라 빈센트가 그 힘을 행사한 방법의 무모함이었다. 그날 저녁 마지막으로 창고를 떠날 때 무엇보다 아쉬웠던 건 나이절과 로이에게 자신의 본명을 가르쳐 주지 못했다는 사실이었다.

몇 년 뒤 라고스에서, 총지배인으로 내세울 만한 백인을 찾으라는 말을 치프에게서 듣고 나서 오빈제는 나이절에게 전화를 했다. 휴대 전화 번호가 그대로였다.

"나 비니 보이야."

"빈센트! 잘 지내냐, 친구?"

"잘 지내지, 너는 어때?" 오빈제가 말했다. 그러고 나서 이런 저런 얘기를 나누다가 이렇게 말했다. "빈센트는 내 진짜 이름이 아니야, 나이절. 내 이름은 오빈제야. 너한테 나이지리아 일자리를 하나 제안하고 싶어."

29

앙골라인들은 그에게 상황이 '변했다'고, 혹은 더 '힘들어졌다'고 말했다. 새로 돈을 요구할 때마다 이유를 설명한다며 하는 말이 이렇게 모호했다.

오빈제가 "이건 우리가 합의했던 금액이 아니잖아요." 또는 "지금 당장은 현금이 없어요."라고 말하면 그들은 "상황이 변했다니까."라고 대꾸하곤 했다. 어깨를 으쓱하는 모습이 상상되는 말투였다. 그 뒤엔 침묵이 뒤따랐다. 이것은 그들의 문제가 아니라 그의 문제라고 말하는, 전화선상의 묵언이었다. "금요일까지 드릴게요." 그는 결국 이렇게 말하고 전화를 끊곤 했다.

클리오틸드의 다정한 동정이 그를 달래 줬다. 그녀가 "내 여권을 뺏어 갔어요."라고 말했을 때 그는 그것이 좀 악질적인 행동이라고, 인질 잡는 것과 거의 비슷하다고 생각했다.

"안 그랬으면 우리끼리 할 수 있었을 텐데."라고 그녀가 덧붙였다. 하지만 그는 이 일을 자기 혼자서 클리오틸드와 하고 싶진 않았다. 너무나 중요한 일이라, 모든 것이 제대로 되도록 보장해 줄 앙골라인들의 전문성과 경험의 무게가 필요했다. 그런데 니컬러스에게서는 이미 돈을 빌린 적이 있는 데다 부탁하기조차 꺼려졌다. 오빈제가 물러 터진 응석받이라고, 돈을 빌려줄 수 있는 사촌을 가진 사람은 많지 않다고 비난하는 듯한, 그의 웃지 않는 눈 때문이었다. 그래서 지금 부탁할 수 있는 사람은 에메니케뿐이었다. 마지막 통화 때 에메니케는 이렇게 말했다. "네가 웨스트엔드에서 이 연극 봤는지 모르겠지만 나는 조지나랑 얼마 전에 봤는데 정말 좋았어." 마치 오빈제가 — 배달 일을 하며 근근이 저축하고, 신분증 걱정으로 노심초사하는 — 웨스트엔드 연극을 볼 엄두라도 낼 수 있는 것처럼. 에메니케의 무신경함에 화가 났다. 그것이 그와 그의 현재 생활에 대한 무시, 더 나아가 무관심을 의미했기 때문이다. 그는 에메니케에게 전화를 해서, 지금 당장 500파운드가 필요한데 새 일자리를 구하는 대로 갚겠다고 빠르게 뱉어 냈다. 그러고 나서 이번에는 천천히 앙골라인들에 대해, 드디어 결혼식이 코앞까지 다가왔는데 예상치 못했던 추가 비용이 너무 많다고 얘기했다.

"그 정도쯤이야. 그럼 금요일에 만나자." 에메니케가 말했다.

그리고 지금, 에메니케가 어깨를 흔들어 재킷을 벗고는 완벽해 보이는 황갈색 캐시미어 스웨터 차림으로 조명이 어둑어둑한 레스토랑의 오빈제 맞은편에 앉았다. 외국 사는 친구 대부분과 달리 살이 찌지 않아서 은수카에서 마지막으로 봤을 때와 똑같아 보였다.

"와, 제트, 좋아 보인다!" 거짓말임이 빤히 보이는 인사였다.

스트레스로 어깨가 굽고 사촌 형에게서 빌린 옷을 입은 오빈제가 당연히 좋아 보일 리 없었다. "**아베그**, 내가 계속 시간을 못 내서 미안했어. 일이 워낙 바쁜 데다 아내랑 여행을 많이 하거든. 너한테 우리 집에 와 있으라고 하면 좋겠지만 나 혼자 내릴 수 있는 결정이 아니라서. 조지나는 이해 못 할 거야. **오인보**들은 우리랑 사고방식이 다른 거 알잖아." 그의 입술이 실룩이더니 히죽대는 듯한 모양으로 변했다. 그는 자기 아내를 조롱하고 있었지만 오빈제는 그의 말투 속에 숨겨진 감탄 속에서 그것이 존경심으로 채색된 조롱, 자기도 모르게 선천적으로 우월하다고 믿는 대상에 대한 조롱임을 눈치챌 수 있었다. 오빈제는 중등학교 때 카요데가 에메니케에 대해 자주 했던 말을 기억했다. 저 녀석이 책을 아무리 많이 읽어도 핏속에 흐르는 촌티는 절대 못 벗어.

"얼마 전에 아내랑 미국에 다녀왔어. 야, 너도 꼭 한번 가 봐. 세상에 그런 나라가 또 없더라. 우리는 덴버 공항에 내려서 렌터카로 와이오밍주까지 갔어. 조지나가 얼마 전에 정말 힘든 사건을 끝냈는데, 내가 홍콩 갈 때 했던 얘기 기억나지? 아내가 일 때문에 거기 있어서 내가 주말 연휴 동안 간다고. 그래서 미국에 가야겠다고 생각한 거야. 집사람한테 휴가가 필요했으니까." 그때 에메니케의 전화가 울렸다. 그는 주머니에서 전화기를 꺼내 흘끗 보더니 문자 내용이 무엇인지 물어봐 주길 바라는 듯 인상을 썼지만 오빈제는 묻지 않았다. 그는 피곤했다. 일로바가 둘이 동시에 일하는 위험을 무릅쓰고 자기 국민 보험증까지 빌려 줬지만 그가 지금껏 가 본 모든 직업소개소에서는 여권도 같이 보여 달라고 했다. 맥주는 김이 빠졌고 그는 에메니케가 빨리 돈이나 줬으면 했다. 하지만 에메니케는 다시 이런저런 몸짓을 해 가며 이야기하기 시작했다. 그의 동작은 매끄러우면서도 확신에 차 있었고, 그의 태도는 여전히 다른 사람이 절대 알 수 없는 것을 자신만 안다고 확신하는 사람의 것이었다. 하지만 뭐라 꼬집어 말할 순 없어도 뭔가 달라진 점이 있었다. 에메니케는 "네가 이 나라에 대해 알아야 할 건 이거야."라는 말로 여러 번 서두를 떼면서 한참 동안 얘기했다. 오빈제는 곧 흥미를 잃고 클리오틸드 생각을 하기 시작했다. 앙골라인들은 의심을 피하려면 뉴캐슬에 올 신부 측 하객이 적어도 두 명은 돼야 한다고 했지만 클리오틸드는 어제 그에게 전화해서 자기 친구를 한 명만 데려가는 게 어떻겠냐고, 그러면 그가 기찻삯과 숙박비를 한 명분만 더 치르면 되지 않냐고 말했다. 친절한 제안이었지만 그는 그래도 두 명을 데려오라고 했다. 모험을 할 생각은 없었다.

이제 에메니케는 직장에서 있었던 일을 얘기하고 있었다. "사실은 내가 제일 먼저 회의장에 도착해서 파일 갖다 놓고 화장실에 다녀왔는데 이 멍청한 **오인보**가 나한테, 당신은 아프리칸 타임을 지키는군요, 하는 거야. 그래서 어떻게 됐게? 내가 아주 혼쭐을 내 줬지. 그때부터 그 인간이 계속 나한테 술 한잔하자고 이메일을 보내더라고. 내가 뭐 하러?" 에메니케가 맥주를 홀짝였다. 세 번째 잔이다 보니 긴장이 풀리고 목소리가 커져 있었다. 그의 일 얘기는 전부 같은 흐름을 따라갔다. 누가 그를 무시하거나 깎아내리면 그가 기막힌 말이나 행동으로 승리를 쟁취하는 것이었다.

"**나이자**가 그리워. 고국을 떠난 지가 정말 오래됐는데 도저히 시간이 안 나더라고. 게다가 조지나는 힘들어서 나이지리아에 절대 못 갈 거야!"에메니케는 이렇게 말하고 웃었다. 그는 방금 고향을 정글에, 자신을 정글의 해설자에 비유한 셈이었다.

"한 잔 더?"에메니케가 물었다.

오빈제는 고개를 저었다. 그들 뒤쪽 테이블로 가려던 남자가 의자에 걸려 있던 에메니케의 재킷을 밀어 떨어뜨렸다.

"하, 이 친구 보게. 내 아쿠아스쿠텀을 더럽히고 싶은가 보네. 지난번 생일에 조지나가 선물로 준 건데 말이야."에메니케가 재킷을 다시 의자 뒤에 걸면서 말했다. 오빈제는 그 상표를 몰랐지만 에메니케의 거들먹거리는 미소로 보아 자신이 감명받아야 한다는 것을 알 수 있었다.

"정말 한 잔 더 안 할래?"에메니케가 웨이트리스를 찾아 두리번거리며 말했다. "저 여자 날 못 본 척하고 있어. 아까 나한테 불친절하게 구는 거, 봤냐? 이 동유럽 인간들은 무조건 흑인한테 서빙 하는 걸 싫어한다니까."

웨이트리스가 주문을 받아 간 후에 에메니케가 주머니에서 봉투를 꺼냈다. "자, 여기 있다. 네가 500파운드 달라고 했지만 1,000파운드 넣었어. 세어 볼래?"

세어 보라고? 오빈제는 이렇게 말할 뻔했지만 그 말을 입 밖에 내지는 않았다. 나이지리아에서 예의 바르게 돈을 받는 과정은 이랬다. 상대방이 내 손에 돈을 욱여넣으면 손을 꼭 오므리면서 시선을 피한 채 상대방의 손사래에도 불구하고 야단스럽게 감사 인사를 하고 ─ 반드시 야단스러워야만 했다. ─ 절대 돈을 세어서는 안 됐다. 때로는 상대방과 헤어지기 전까지 쳐다보지조차 않기도 했다. 하지만 지금 에메니케는 그에게 돈을 세라고 요구하고 있었다. 그래서 오빈제는 지폐 한 장, 한 장을 한 손에서 다른 손으로 일부러 천천히 옮겨 가며 셌다. 그러면서 에메니케가 중등학교 때부터 대학교 때까지 줄곧 자신을 미워했던 걸까 생각했다. 그는 카요데나 다른 아이들처럼 에메니케를 비웃지도 않았지만 그렇다고 편들어 주지도 않았기 때문이었다. 어쩌면 에메니케는 오빈제의 중립성을 경멸했는지도 몰랐다.

"고맙다 야." 오빈제가 말했다. 그것은 당연히 1,000파운드가 맞았다. 에메니케는 레스토랑에 오는 길에 50파운드짜리 지폐가 밖으로 빠져나왔을지도 모른다고 생각한 걸까?

"빌려주는 거 아니야." 에메니케가 뒤로 기대면서 설핏 미소 지었다.

"고맙다 야." 오빈제가 또 한번 말했다. 어찌됐건 간에 에메니케에게 고마웠고 안심이 됐다. 결혼식 전까지 돈 낼 일이 아직도 얼마나 많이 남았나 걱정해 온 터였다. 에메니케가 거만한 눈으로 지켜보는 동안 현금을 세는 것이 이 돈을 받는 대가라면 얼마든지 할 수 있었다.

그때 에메니케의 전화가 울렸다. "조지나네." 그가 기쁘게 말하면서 전화를 받았다. 오빈제에게 다행스럽게도 그의 목소리 톤이 약간 높아졌다. "오래간만에 다시 보니까 정말 좋지 뭐." 그리고 잠시 침묵. "물론이지, 여보. 그러자, 그럼."

그가 전화기를 내려놓으며 오빈제에게 말했다. "조지나가 삼십 분 후에 이리로 온다고 셋이 같이 저녁 먹으러 가재. 괜찮지?"

오빈제가 어깨를 으쓱했다. "설마 내가 먹는 걸 마다할까."

조지나가 도착하기 직전에 에메니케가 목소리를 낮추며 말했다. "조지나 앞에서는 위장 결혼 얘기 하지 마."

에메니케의 얘기만 듣고 오빈제가 상상한 조지나는 연약하고 순진한 사람, 성공한 변호사인데도 세상의 진짜 악에 대해서는 알지 못하는 사람이었지만 그 모습 — 크고 네모난 몸매에 네모난 얼굴을 가졌고 유능해 보이는 인상을 주는, 꼬불꼬불한 갈색 머리를 한 — 을 처음 본 순간 그녀가 솔직하고, 눈치 빠르고, 심지어 세파에 지친 사람임을 알 수 있었다. 그녀의 고객들은 만나자마자 즉각 그녀의 능력을 신뢰할 것 같았다. 이 사람은 자기가 기부금을 내는 자선 단체의 재무제표도 확인할 여자였다. 이 사람은 나이지리아에 다녀와도 틀림없이 멀쩡할 여자였다. 그런데 에메니케는 왜 그녀를 연약한 영국인 아가씨처럼 묘사했을까? 조지나가 에메니케에게 입을 맞추고 나서 몸을 돌려 오빈제와 악수했다.

"특별히 드시고 싶은 음식 있으세요?" 그녀가 갈색 스웨이드 코트의 단추를 끄르면서 오빈제에게 물었다. "이 근처에 괜찮은 인도 식당이 있는데."

"아, 거기는 좀 지저분하잖아." 에메니케가 말했다. 그는 확실히 옛날과 달랐다. 목소리는 낯선 톤을 띠었고, 말하는 속도는 느렸으며, 온 존재의 온도가 훨씬 낮았다. "켄싱턴에 새로 생긴 데에 가는 게 어때? 별로 안 멀잖아."

"오빈제 씨가 거길 재밌어할지 모르겠는걸." 조지나가 말했다.

"오, 분명 좋아할 거야." 에메니케가 말했다. 자기만족, 그것이 달라진 점이었다. 그는 영국 여자와 결혼해서, 영국 집에 살았고, 영국 직장에서 일했으며, 영국 여권으로 여행했고, '운동'이라는 단어를 육체적 활동보다는 정신적 활동을 가리킬 때 사용했다. 그는 아주 오래전부터 이런 삶을 갈망했지만 정말로 갖게 되리라고는 믿지 못했었다. 그래서 지금 그의 허리는 자기만족으로 꼿꼿했다. 그는 포만 상태였다. 켄싱턴의 레스토랑에서 테이블 위에 촛불 하나가 켜져 있는 가운데, 웨이터를 하기에는 지나치게 키 크고 잘생긴 듯한 금발의 웨이터가 녹색 젤리처럼 보이는 것이 담긴 작은 그릇을 내왔다.

"새 메뉴인, 레몬과 타임으로 만든 아페리티프입니다. 주방장 추천 요리입니다." 그가 말했다.

"환상적인데." 그리고 에메니케는 곧장 새로운 삶의 의례 중 하나에 빠져들었다. 미간을 찡그리고 날카롭게 집중한 채 탄산수를 홀짝이면서 메뉴를 연구하는 것이었다. 그와 조지나가 전채를 뭐로 할까 상의했다. 웨이터가 불려 와서 질문에 답했다. 에메니케가 고급스러운 식사라는 이 종교 의식의 시작을 얼마나 심각하게 받아들이는가는 실로 놀라웠다. 웨이터가 우아한 녹색 해초 세 조각처럼 보이는 것 — 나중에 13파운드를 지불해야 할 — 을 가져왔을 때에는 환희에 차서 손바닥을 비벼 대기까지 했던 것이다. 오빈제의 햄버거는 네 조각으로 잘려서 커다란 마티니 잔에 담겨 나왔다. 조지나의 음식 — 새빨간 생고기 더미 위에 달걀노른자가 얇게 펴져 있는 — 이 도착하자 오빈제는 식사하는 동안 그쪽을 쳐다보지 않으려고 애썼다. 안 그랬다가는 토할 것 같았기 때문이다.

에메니케는 혼자서 모든 얘기를 다 했다. 조지나에게 두 사람의 학창 시절 이야기를 하면서 오빈제에게는 거의 말할 기회를 주지 않았다. 그의 이야기 속에서 그와 오빈제는 늘 화려한 소동에 휘말리는 인기 많은 반항아들이었다. 오빈제는 조지나를 쳐다보다가 그제야 문득 그녀가 에메니케보다 얼마나 나이가 많은지 깨달았다. 최소 여덟 살이었다. 자주 짧은 미소를 지은 덕에 남성적인 얼굴 윤곽이 부드러워지긴 했지만 그것은 상대방을 위한 미소, 타고난 회의주의자의 미소였으므로 오빈제는 그녀가 에메니케의 이야기를 얼마나 믿을까, 대체 에메니케를 얼마나 사랑하기에 이성마저 마비된 걸까 생각했다.

"오빈제 씨, 내일 저희 집에서 디너파티를 열 건데 꼭 오세요." 조지나가 말했다.

"맞다, 내가 말하는 걸 깜빡했네." 에메니케가 말했다.

"정말 꼭 오셔야 해요. 친구 몇 명 불렀는데 오빈제 씨랑도 잘 통할 거예요." 조지나가 말했다.

"네, 꼭 갈게요." 오빈제가 말했다.

오빈제가 이즐링턴에 있는 그들의 집에 도착해서 새것처럼 깔끔한 짧은 계단을 올라 녹색 현관문 앞에 서자 안에서 뭔가를 굽는 냄새가 났다. 에메니케가 문을 열었다. "제트! 일찍 왔구나. 지금 부엌 좀 정리하는 중이야. 다른 손님들 올 때까지 내 서재에 가 있어." 에메니케가 2층으로 올라가 그를 서재로 안내했다. 깨끗하고 환한 방이 하얀 책꽂이와 하얀 커튼 때문에 더욱 환해 보였다. 벽면 대부분을 차지하는 창문을 보면서 오빈제는 빛이 넘쳐흐르는 오후의 이 방을 상상했다. 그 상상 속에서 자신은 문 옆에 놓인 안락의자 깊숙이 앉아서 세상모르고 책을 읽고 있었다.

"조금 이따 와서 부를게." 에메니케가 말했다.

창틀에는 에메니케의 사진이 있었다. 시스티나 성당 앞에서 햇빛 때문에 눈을 찡그린 에메니케, 아크로폴리스에서 손으로 V를 그리고 있는 에메니케, 콜로세움에서 그곳 벽과 똑같은 연갈색 셔츠 차림으로 서 있는 에메니케. 오빈제는 의무감 강하고 추진력 있는 에메니케가 (실제로도 그랬듯이) 자기가 보고 있는 유적에 대해서가 아니라 자기가 찍을 사진과 그 사진을 보게 될 사람들, 즉 자신이 이룬 업적을 알게 될 사람들에 대해 생각하면서, 스스로 방문하겠다고 미리 정해 둔 장소들을 방문하는 상상을 했다. 그때 책꽂이에서 그레이엄 그린이 눈에 띄었다. 그는 『사건의 핵심』을 꺼내어 1장을 읽기 시작했고 불현듯 어머니가 몇 달마다 한 번씩 그 책을 읽던 자신의 십 대 시절이 그리워졌다.

에메니케가 들어왔다. "에벌린 워야?"

"아니." 오빈제가 그에게 책 표지를 보여 주었다. "어머니가 좋아하시는 책이야. 어머니는 늘 당신이 좋아하시는 영국 소설을 나도 좋아하게 만들려고 하셨지."

"워는 그중에서도 최고야. 『다시 찾은 브라이즈헤드』는 내가 지금껏 읽은 책 중에서 완벽한 소설에 가장 가까운 작품이라고."

"내가 보기엔 워는 너무 만평 같아. 난 소위 코믹한 영국 소설이라는 거에는 끌리지가 않더라고. 인생의 진정한, 심오한 복잡성을 다룰 수가 없어서 희극에 의지하는 것 같다고나 할까. 그리고 그린은 그 반대쪽 극단이고. 너무 부루퉁해."

"아니야, 넌 워를 다시 읽어야겠다. 나도 그린은 그렇게 좋아하지 않지만 그래도 『사랑의 종말』의 앞부분은 아주 훌륭해."

"이 서재는 정말 꿈 같아." 오빈제가 말했다.

에메니케가 어깨를 으쓱했다. "갖고 싶은 책 있어? 있으면 아무거나 가져가."

"고맙다."오빈제는 자기가 한 권도 가져가지 않으리란 걸 알면서 이렇게 대답했다.

에메니케가 새로운 눈을 통해 서재를 보는 것처럼 방 안을 빙 둘러봤다. "이 책상은 에든버러에서 샀어. 조지나가 원래부터 갖고 있던 좋은 가구도 있지만 둘이 같이 산, 새 가구도 몇 개 있지."

오빈제는 에메니케가 스스로의 연기에 너무 심취해서 자신과 단둘이 있을 때조차 "좋은 가구"라는 개념이 나이지리아인들의 세계 ─ 새것처럼 보여야 새 가구라고 생각하는 ─ 에서도 낯설지 않은 것인 양 "좋은 가구" 운운할 수 있는 걸까 궁금했다. 다른 때였다면 이걸 가지고 에메니케에게 한마디 했을지도 모르지만 지금은 아니었다. 그들의 관계는 이미 너무 많은 면에서 변해 있었다. 오빈제는 에메니케를 뒤따라 아래층으로 내려갔다. 식탁이 총천연색으로 가득했다. 군데군데 이가 빠진 밝은색 짝짝이 접시, 와인글라스, 남색 냅킨. 식탁 가운데 놓인 은그릇 안에는 섬세한 우유색 꽃들이 물 위에 떠 있었다. 에메니케가 손님들을 소개했다.

"이쪽은 조지나의 오랜 친구 마크랑 아내 해나야. 해나는 여성의 오르가슴 또는 이스라엘 여성의 오르가슴에 관한 박사 논문을 쓰는 중이지."

"뭐, 꼭 그 한 가지에만 초점을 맞춘 건 아니지만요."해나의 말에 다들 웃음을 터뜨렸고 해나는 따뜻하게 오빈제와 악수를 나눴다. 그녀의 넓적하고 햇볕에 그을린 얼굴은 남을 도우려는 얼굴, 분쟁을 못 견디는 사람의 얼굴이었다. 반면 하얀 얼굴에 헝클어진 머리를 한 마크는 한 손으로 그녀의 어깨를 꼭 잡았지만 다른 사람들과 달리 웃지 않았다. 그리고 오빈제에게 딱딱한 태도로 "만나서 반갑습니다."라고 말했다.

"이쪽은 우리 친구 필립, 런던 최고의 사무 변호사지. 물론 조지나 다음으로 말이야." 에메니케가 말했다.

"나이지리아 남자들은 다 자네랑 자네 친구처럼 멋있어?" 필립이 오빈제와 악수하면서 너무 멋있어서 기절하는 시늉을 하며 에메니케에게 물었다.

"자네가 직접 나이지리아에 와서 보라고." 에메니케가 필립과 계속 추파를 주고받는 듯한 태도로 윙크를 했다.

필립은 날씬하면서 우아했고, 빨간 실크 셔츠의 목 단추를 풀고 있었다. 손목을 유연하게 움직이면서 손가락을 공중에서 빙빙 돌리는 그의 버릇을 보고 오빈제는 중등학교 동창 — 그의 이름은 하도메였다. — 을 떠올렸다. 하급생들에게 돈을 주고 자기 자지를 빨게 한다는 소문이 돌던 아이였다. 한번은 에메니케와 다른 두 녀석이 하도메를 화장실로 꾀어내 흠씬 두들겨 팬 적이 있었는데 하도메의 눈이 하도 빨리 부어올라서 종례 시간이 가까워지자 커다란 보라색 가지처럼 기괴하게 변했다. 그때 오빈제는 다른 아이들과 함께 화장실 밖에 서 있었다. 구타에 가담하진 않았지만 함께 웃었던 아이들, 하도메를 놀리고 못살게 굴었던 아이들, "호모! 호모!"라고 외쳤던 아이들.

"이쪽은 우리 친구 알렉사야. 몇 년 동안 프랑스에 가 있다가 얼마 전에 홀랜드파크[12]로 이사했어. 이제 훨씬 자주 볼 수 있게 됐

---

12   런던 중심에 위치한 부촌.

으니 우린 완전히 신났지. 알렉사는 음반사에서 일해. 훌륭한 시인이기도 하고 말이야." 에메니케가 말했다.

"아이, 그만해." 알렉사가 오빈제를 향해 돌아서더니 물었다. "그래, 자기는 어디서 왔어요?"

"나이지리아요."

"아니 아니, 내 말은 런던 어디에서 왔냐고요."

"사실 저는 에식스에 살아요." 그가 말했다.

"그렇구나." 그녀가 실망한 듯이 말했다. 그녀는 새하얀 얼굴과 토마토처럼 빨간 머리를 가진 자그마한 여자였다. "그럼 이제 식사할까요, 여러분?" 그녀가 접시 하나를 집어 들더니 자세히 들여다보기 시작했다.

"접시가 다 정말 예쁘다. 조지나랑 에메니케는 정말 지루할 틈을 안 주지 않아?" 해나가 말했다.

"이건 인도 시장에서 산 거예요." 에메니케가 말했다. "시골 아낙네들이 손으로 직접 만든 건데 정말 아름답죠. 가장자리에 있는 작은 무늬들 보여요?" 그가 접시 하나를 들어 올리며 말했다.

"훌륭하네요." 해나가 이렇게 말하면서 오빈제를 쳐다봤다.

"네, 아주 멋있네요." 오빈제가 우물거렸다. 마무리가 아마추어 같고 가장자리가 약간 우둘투둘한 그 접시들은 나이지리아에서였다면 손님이 있는 자리에 절대 내놓지 않았을 것들이었다. 에메니케가 가난한 외국인이 손으로 직접 만들었다는 이유만으로 뭔가를 아름답다고 믿는 사람이 되어 버린 건지, 아니면 그런 척하는 법을 배운 것뿐인지 오빈제는 여전히 확신할 수가 없었다. 조지나가 음료를 잔에 따르고, 에메니케가 삶은 달걀 안에 게살을 채운 전채 요리를 사람들에게 돌렸다. 그는 어느새 신중하고 정확하게 계산된 매력을 연기하면서 "오, 세상에."라는 말을 연발하고 있었다. 필립이 어떤 프랑스인 부부가 자신의 콘월 별장 옆에 집을 짓고 있다고 불평하자 에메니케가 물었다. "자네 집이랑 일몰 사이에?"

자네 집이랑 일몰 사이에? 그런 질문을 한다는 것은 오빈제나 그와 함께 자란 사람 그 누구도 상상조차 못할 일이었다.

"그래서 미국은 어땠어?" 필립이 물었다.

"아주 매력적인 곳이야, 정말. 와이오밍주 잭슨에서 휴고와 며칠 보내기도 했지. 자네도 지난 크리스마스에 휴고 만나지 않았나, 마크?"

"응. 그 친구는 거기서 뭐 하고 있대?" 마크는 접시에 별 감동을 받지 못한 것 같았다. 그는 자기 아내처럼 한 개를 집어 들고 찬찬히 뜯어보지 않았던 것이다.

"거기 스키 리조트가 있는데 애스펀처럼 속물적인 데는 아니야. 잭슨 사람들 말로는, 애스펀에 가는 사람들은 스키 부츠도 남이 신겨 줘야 한다고 생각한대." 조지나가 말했다.

"난 미국에서 스키 타는 생각만 해도 속이 메슥거려." 알렉사가 말했다.

"왜?" 해나가 물었다.

"그 리조트 안에 디즈니 센터 있지 않아? 미키 마우스가 스키 장비를 완전 착장 하고 있는." 알렉사가 물었다.

"알렉사는 학생 때 딱 한 번 미국에 가 봤으면서 멀리서 미국을 싫어하는 걸 즐기지." 조지나가 말했다.

"저는 평생 동안 멀리서 미국을 동경해 왔는걸요." 오빈제가 말했다. 알렉사가 약간 놀란 얼굴로, 마치 그가 말을 하리라고는 예상하지 못했다는 듯이 그를 쳐다봤다. 샹들리에 불빛 아래서 그녀의 빨간 머리는 묘하게 부자연스럽게 빛났다.

"제가 여기 살면서 느낀 건, 많은 영국인이 미국에 감탄해 마지않는 동시에 굉장히 분개한다는 거예요." 오빈제가 덧붙였다.

"정말 맞는 말이에요." 필립이 오빈제의 말에 고개를 주억거리며 말했다. "정말 맞는 말이야. 자기보다 훨씬 잘생기고, 훨씬 재밌게 사는 자식을 보고 분해하는 부모처럼 말이지."

"하지만 미국인들은 우리 영국인을 좋아하잖아. 우리 악센트랑 여왕이랑 이 층 버스도 좋아한다고." 에메니케가 말했다. 그래, 드디어 나왔구나. 저 녀석은 자신을 영국인이라고 생각하고 있어.

"미국에 있는 동안 에메니케가 한 대단한 발견이 뭔지 알아?" 조지나가 싱글거리며 말했다. "미국인과 영국인이 '안녕.'을 다르게 말한다는 거야."

"안녕?" 알렉사가 물었다.

"그래. 영국인은 훨씬 길게 늘여서 말하고 미국인은 짧게 발음한대."

"그건 정말 대단한 발견이었어. 두 나라의 차이가 어디서 오는지를 완벽하게 설명해 줬다니까." 에메니케는 사람들이 웃으리란 걸 알고 그렇게 말했고, 실제로도 사람들은 웃었다. "낯선 것에 접근하는 방식의 차이에 대해서도 생각해 봤어. 미국인은 처음 보는 사람한테도 미소를 지으면서 굉장히 친절하게 대하지만 상대방의 이름이 코리나 채드가 아닐 경우 그걸 제대로 발음하려고 노력하지 않지. 반면에 영국인은 지나치게 친절한 사람에게는 의심을 품고 무례하게 대하지만 외국 이름을 들으면 마치 그게 여기서도 통용되는 이름인 것처럼 굴어."

"그거 흥미롭네." 해나가 말했다.

조지나가 말했다. "미국이 배타적이라는 건 말하기도 입 아프지 뭐, 우리가 보태 준 건 없지만. 미국에서 큰 사건이 일어나면 영국에서는 머리기사가 되는데 여기서 큰 사건이 일어나면 설사 미국 신문에 실린다 해도 뒷면에나 실린다고. 하지만 그중에서도 가장 골치 아픈 건 야단스러운 민족주의라고 생각해. 안 그래, 여보?" 조지나가 에메니케를 돌아보며 물었다.

"물론이지." 에메니케가 말했다. "아, 우린 로데오도 보러 갔었어. 휴고가 우리가 약간의 문화생활을 원할 거라고 생각했거든."

다들 킥킥거리고 웃기 시작했다.

"그때 정말 믿기 힘든 퍼레이드를 봤는데 두껍게 화장한 어린애들이 행진을 하고 수많은 사람들이 성조기를 흔들면서 '신이여 미국을 축복하소서.'를 외치는 거야. 여기가 바로 '난 미국이 싫어.'라고 말했다간 무슨 일이 일어날지 모르는, 그런 곳이라는 생각에 등골이 다 서늘하더라고."

"미국은 맹목적인 애국주의가 대단한 곳이지. 거기서 전임의로 있을 때 느꼈어." 마크가 말했다.

"마크는 소아외과 의사예요." 조지나가 오빈제에게 말했다.

"거기 살면서 보면 사람들 — 그나마 개중 진보적인 사람들을 말하는 건데, 왜냐하면 미국의 보수주의자들은 완전히 다른 별에서 온 사람들이거든. 심지어 나 같은 보수당원이 보기에도 말이야. — 이 자기들끼리 자기 나라를 비판하는 건 괜찮다고 생각해도 외국인이 그러는 건 좋아하지 않는다는 걸 알게 돼." 마크가 말했다.

"자네가 어디 있었는데?" 에메니케가 마치 자기가 미국의 구석구석을 다 안다는 듯이 물었다.

"필라델피아. '아동 병원'이라는 전문 병원에 있었어. 정말 좋은 병원이었고 수련 과정도 아주 훌륭했지. 내가 거기서 한 달 동안 본 희귀 사례를 영국에서 보려고 했다면 아마 이 년은 걸렸을 거야."

"하지만 거기 남지 않았지." 알렉사가 의기양양하게 말했다.

"처음부터 남을 생각으로 간 게 아니었으니까." 마크의 얼굴은 딱딱한 무표정에서 조금도 변하지 않았다.

"말이 나와서 말인데, 얼마 전에 정말 멋진 자선 단체를 알게 됐어. 영국이 너무 많은 아프리카 의료인을 고용하는 데 반대하는 단체야." 알렉사가 말했다. "그 대륙에는 그야말로 남아 있는 의사와 간호사가 한 명도 없어. 이건 진짜 비극이잖아! 아프리카 의사는 아프리카에 남아야 한다고."

"왜 그 사람들은 전기와 월급이 일정하게 들어오는 곳에서 일하면 안 된다는 거지?" 마크가 높낮이 없는 톤으로 물었다. 오빈제는 마크가 알렉사를 전혀 좋아하지 않는다는 걸 느꼈다. "나는 그림즈비 출신이지만 거기 동네 병원에서는 절대 일하고 싶지 않아."

"하지만 이건 완전히 다른 문제야, 안 그래? 우린 지금 세계에서 제일 가난한 사람들에 대해 얘기하고 있어. 거기 의사들에겐 아프리카인으로서의 의무가 있다고." 알렉사가 말했다. "인생은 공평하지 않아, 정말로. 그러니까 그 사람들이 의대 나오는 특권을 누렸다면 당연히 자기 민족을 도울 책임도 따르는 거야."

"알았어. 그러면 우리 중 어느 누구도 잉글랜드 북부의 황폐한 도시에 대해서는 그런 책임감을 느끼지 않아도 된단 말이지?" 마크가 말했다.

알렉사의 얼굴이 빨개졌다. 갑자기 긴장감 도는 정적이 찾아오면서 분위기가 껄끄러워지자 조지나가 자리에서 일어나며 말했다. "다들 양고기 로스트 먹을 준비 됐나요?"

모두 요리를 칭찬했지만 오빈제는 오븐에서 좀 더 구웠더라면 좋았을 텐데 하고 생각했다. 그는 에메니케가 얇게 썰어 준 고기를 신중하게 자른 다음, 회색으로 익은 가장자리만 먹고 분홍색 핏기가 남아 있는 가운데 부분은 접시에 남겼다. 해나가 대화를 주도했다. 그녀는 분위기를 가라앉히려는 듯 차분한 목소리로 모두가 동의할 만한 주제를 끄집어냈고 조금이라도 의견 차이가 나타나는 것 같으면 즉시 다른 주제로 바꿨다. 그들의 대화는 조화로웠다. 목소리가 서로 맞장구치며 뒤섞였다. 중국인 새조개잡이에 대한 대우가 얼마나 비인간적인가, 고등 교육을 받기 위해 대가를 지불해야 한다는 생각이 얼마나 터무니없나, 여우 사냥 옹호자들이 의회에 쳐들어오다니 얼마나 기막힌 일인가 등등. 오빈제가 "저는 이 나라에서 여우 사냥이 왜 그렇게 문제가 되는지 모르겠어요. 그보다 더 중요한 일들이 있지 않나요?"라고 말하자 그들은 웃음을 터뜨렸다.

"어떻게 그보다 더 중요한 게 있을 수 있겠어요?" 마크가 건조하게 물었다.

"음, 그건 우리가 아는 계급 전쟁의 방식이 그것뿐이라서 그래요." 알렉사가 말했다. "부유한 지주와 귀족은 사냥을 해요. 그리고 우리 같은 진보적인 중산층은 거기에 분노하죠. 우리는 그들의 바보 같은 장난감을 뺏고 싶은 거예요."

"정말 그래요." 필립이 말했다. "흉악한 짓이니까요."

"블렁킷이 국내에 체류 중인 이민자 수를 모른다고 한 기사 봤어?" 알렉사가 이렇게 묻자 오빈제는 그 즉시 긴장해서 가슴이 조여 왔다.

"물론 '이민자'라는 말은 이슬람교도를 가리키는 암호지." 마크가 말했다.

"정말로 알고 싶다면 이 나라의 모든 건설 현장을 돌면서 머릿수를 세면 될 텐데." 필립이 말했다.

"미국에서 이 문제가 어떻게 흘러가는지를 보는 것도 꽤 흥미롭더라고." 조지나가 말했다. "그쪽도 이민 문제로 난리야. 물론 미국은 늘 이민자에게 유럽보다 관대했지만."

"그래, 맞아. 하지만 그건 유럽 국가들이 배척을 근간으로 하고, 미국처럼 포용을 근간으로 하지 않기 때문이지." 마크가 말했다.

"하지만 사고방식의 차이도 있잖아?" 해나가 말했다. "유럽 국가들은 서로 비슷한 나라에 둘러싸여 있지만 미국의 이웃 나라는 개발 도상국인 멕시코니까 이민과 국경에 대한 사고방식의 차이가 있을 수밖에 없다고."

"하지만 우리도 덴마크에서 이민자가 들어오진 않아. 우리의 멕시코인 동유럽에서 들어오지." 알렉사가 말했다.

"하지만 인종이 다르지." 조지나가 말했다. "동유럽인은 백인이고 멕시코인은 아니니까."

"미국에 직접 가서 보니까 인종 문제가 어때 보였어, 에메니케?" 알렉사가 물었다. "거기는 완전히 인종 차별적인 나라지?"

"그런 건 미국에 직접 가 보지 않아도 알아, 알렉사." 조지나가 말했다.

"내가 보기에, 미국에서는 흑인과 백인이 같이 일하지만 같이 어울리지는 않고, 여기서는 같이 어울리긴 하지만 같이 일하지는 않는 것 같았어." 에메니케가 말했다.

나머지 사람들은 그가 무슨 심오한 말이라도 한 것처럼 깊은 생각에 잠겨 고개를 끄덕였지만 마크는 "난 그 말이 잘 이해가 안 가는데."라고 말했다.

"제 생각에 이 나라의 계급은 사람들이 숨 쉬는 공기처럼 자연스럽게 스며 있는 것 같아요. 모두가 자기 위치를 알죠. 심지어 계급 사회에 분노하는 사람들도 어떤 식으로든 자기 위치를 받아들이고 있어요." 오빈제가 말했다. "이 나라에서는 백인 남자애와 흑인 여자애가 같은 노동자 동네에서 자랐다면 얼마든지 같이 어울릴 수 있고 인종은 2차적인 문제일 뿐이에요. 하지만 미국에서는 백인 남자애와 흑인 여자애가 같은 동네에서 자랐다 해도 인종이 1차적인 문제가 될 거예요."

알렉사가 또다시 놀란 표정으로 그를 쳐다봤다.

"조금 단순화되긴 했지만 맞아요. 제 말이 그런 뜻이에요." 에메니케가 천천히 의자 등받이에 기대면서 이렇게 말할 때 오빈제는 힐난의 기색을 느꼈다. 그는 조용히 있었어야 했다. 따지고 보면 이곳은 에메니케의 무대였으니까.

"하지만 자기가 여기서 진짜 인종 차별을 겪은 적은 없지, 에메니케?" 이렇게 묻는 알렉사의 말투에는 이 질문에 대한 대답이 긍정임을 이미 알고 있다는 암시가 담겨 있었다. "물론 사람들은 편견이 있지만 우리도 다 그렇지 않아?"

"그건 아니야." 조지나가 단호하게 말했다. "그 택시 기사 얘기해 줘, 여보."

"아, 그 얘기." 에메니케가 치즈 접시를 돌리려고 일어나면서 해나의 귀에 뭐라고 속삭이자 그녀가 미소를 지으며 에메니케의 팔에 손을 얹었다. 조지나의 세계에서 산다는 것은 정말이지 그에겐 스릴 넘치는 일이었다.

"들려줘요." 해나가 말했다.

그래서 에메니케는 분부대로 했다. 그는 어느 날 밤 어퍼가(街)[13]에서 택시를 향해 손짓했던 이야기를 들려줬다. 멀리 있을 때 지붕 표시등이 켜져 있던 택시가 그에게 가까워지면서 불을 끄길래 에메니케는 근무가 끝났나 보다고 생각했다. 그런데 택시가 그를 지나친 후에 무심코 뒤돌아보았다가 표시등이 다시 켜지고 택시가 조금 더 가서 백인 여자 둘 앞에 멈춰 서는 것을 보았다.

오빈제는 지난번에 에메니케에게서 이 얘기를 이미 들었기 때문에 그가 같은 얘기를 얼마나 다르게 하는가를 보고 충격받았다. 지금 에메니케는 당시 그 거리에 서서 택시를 보며 느꼈던 분노를 언급하지 않았다. 그는 오빈제에게, 그때 온몸이 떨리고 한참 동안 손이 부들부들 떨려서 자신의 감정에 스스로도 약간 두려

13 이즐링턴의 번화가.

움을 느꼈다고 말했었다. 하지만 지금 그는 꽃이 둥둥 떠 있는 은 그릇을 앞에 둔 채 잔에 남은 마지막 적포도주를 홀짝이면서 분노가 완전히 씻겨 나가고 일종의 우쭐대는 즐거움만 짙게 담긴 말투로 얘기했고 오히려 조지나가 중간에 끼어들어서 논점을 명확히 했다. 이게 말이나 되는 얘기니?

그러자 포도주를 많이 마셔서 얼굴이 붉어지고, 빨간 머리 아래의 눈도 머리처럼 새빨개진 알렉사가 화제를 바꿨다. "블렁킷은 분별 있는 판단을 내려서 이 나라가 난민들의 피난처로 계속 남아 있게 해야 해. 끔찍한 전쟁에서 살아남은 사람들은 반드시 받아 줘야 한다고!" 그녀가 오빈제를 쳐다보며 말했다. "그렇게 생각하지 않아요?"

"네." 그는 이렇게 대답하면서 괴리감이 전율처럼 온몸으로 퍼져 나가는 것을 느꼈다.

알렉사와 다른 손님들, 어쩌면 조지나조차도 누군가가 전쟁으로부터, 또는 인간의 영혼을 파괴하는 가난으로부터 도망치는 것은 이해했다. 하지만 그들은 아무것도 선택할 수 없다는 사실이 가져다주는 억압적인 무기력으로부터 탈출하고 싶은 욕구는 이해하지 못할 것이다. 그들은 오빈제 같은 사람들, 즉 유복하게 자랐지만 불만에 빠져 있고 태어날 때부터 고국이 아닌 다른 곳을 바라보도록 길들여진, 진정한 삶은 그 다른 곳에 있다고 영구불변하게 확신하는 사람들이 단지 떠나기 위해 — 그중 어느 누구도 굶주리거나 강간당하거나 마을이 불타지 않았지만 그저 선택의 가능성과 확실성에 목말라서 — 위험한 일, 불법적인 일을 하기로 결심하는 이유를 이해하지 못할 것이다.

30

니컬러스는 오빈제에게 결혼식 때 입을 정장을 줬다. "이탈리아제 고급 양복이야." 그가 말했다. "나한테 작으니까 너한테는 맞을 거다." 바지가 커서 오빈제가 허리띠를 조이자 구김이 갔지만 마찬가지로 큰 웃옷이 허리의 보기 흉한 주름을 가려 주었다. 게다가 어차피 그는 개의치도 않았다. 그는 그날 일을 잘 치르는 데, 마침내 자기 인생을 시작하는 데에 워낙 골몰해 있었으므로 필요했다면 아랫도리를 아기 기저귀로 싸매는 것도 감수했을 것이다. 그와 일로바는 종합 청사 근처에서 클리오틸드를 만났다. 그녀는 친구들과 함께 나무 밑에 서 있었다. 머리는 하얀 헤어밴드로 뒤로 넘기고, 눈에는 아이라인을 두껍게 그려서 원래보다 더 나이들고 섹시한 사람 같아 보였다. 그녀의 상아색 원피스는 엉덩이 부분이 꽉 쟀다. 그가 값을 지불한 옷이었다. "적당한 외출용 원피스가 없어요." 웨딩드레스라고 해도 납득할 만한 옷이 없다며 전화했을 때 그녀는 몹시 미안해했다. 그녀가 그를 포옹했다. 그녀는 긴장돼 보였고 그는 딴생각을 하면서 긴장감을 털어 버리려 애썼다. 두 사람의 이후 관계, 그리고 앞으로 채 한 시간이 지나기도 전에 자신이 더 당당한 걸음으로 영국의 거리를 걷고 그녀에게 키스할 자유를 얻게 된다는 생각을.

"반지 가져왔죠?" 일로바가 그녀에게 물었다.

"네." 클리오틸드가 대답했다.

그녀와 오빈제는 지난주에 반지를 샀다. 뒷골목의 작은 가게에서 산, 아무 장식도 없는 싸구려 반지 한 쌍이었다. 그때 이 반지, 저 반지를 꼈다 뺐다 하며 싱글대는 그녀가 하도 즐거워 보여서 오빈제는 그녀가 이게 진짜 결혼식이기를 바라는 걸까 궁금했다.

"십오 분 남았다." 일로바가 말했다. 그는 스스로 임명한, 이 결혼식의 주최자였다. 그래서 디지털카메라를 자기 얼굴에서 멀찍이 들고 사람들에게 이렇게 말하면서 사진을 찍었다. "다들 바짝 붙으세요! 좋아요, 한 장 더!" 그의 활기에 오빈제는 짜증이 났다. 전날 뉴캐슬로 오는 기차에서도 오빈제는 책도 읽을 수 없을 만큼 심란해서 계속 창밖만 내다봤는데 일로바는 계속 쉬지 않고 떠들어 대서 결국에는 그의 목소리가 멀리서 들리는 웡웡거림처럼 변했었다. 어쩌면 일로바는 오빈제가 너무 걱정하지 않도록 하기 위해 그랬는지도 모르지만. 그리고 지금, 그는 클리오틸드의 친구들에게 첼시 FC의 새 감독과 「빅 브라더」[14]에 대해 친근하게

---

14 텔레비전 프로그램. 유명인 십여 명이 외부와의 연결을 차단당한 채 곳곳에 카메라가 설치된 집에서 합숙을 한다. 출연진의 투표에 의해 매주 한 명씩 탈락하며 최후의 일인에게 큰 상금이나 상품이 수여된다.

얘기하고 있었다. 마치 그들 모두가 뭔가 평범하고 일상적인 일로 그곳에 모인 것처럼.

"이제 갈 시간이야." 일로바가 말했다. 그들은 청사를 향해 걸어갔다. 햇볕이 쨍쨍한 오후였다. 오빈제는 문을 열고 옆으로 비켜서서 다른 사람들이 먼저 무미건조하기 그지없는 복도로 들어가도록 했다. 그들은 잠시 멈춰 서서 지금 여기가 어딘지, 어느 쪽이 등기소[15]로 가는 방향인지를 확인했다. 문 뒤에 선 경관 둘이 차가운 시선으로 그들을 쳐다봤다. 오빈제는 두근대는 가슴을 진정시켰다. 걱정할 건 아무것도 없어. 그는 생각했다. 종합 청사에는 상주하는 경관이 있는 걸 거야. 하지만 그는 갑자기 복도가 좁아진 듯한, 공기 중에 암울한 기운이 짙어진 듯한, 뭔가가 잘못된 듯한 느낌을 받았다. 그리고 한 남자 — 소매를 걷어 올렸고, 볼이 하도 빨개서 화장을 잘못한 것처럼 보이는 — 가 자신을 향해 다가오는 것을 보았다.

"오빈제 마두에웨시 씨 맞습니까?" 볼이 빨간 남자가 물었다. 그의 손에 들린 서류 뭉치에서 오빈제는 자신의 여권 복사본을 볼 수 있었다.

"네." 오빈제가 조용히 대답했다. 그 "네"라는 말은 볼 빨간 이민국 관리와 일로바와 클리오틸드와 자기 자신에게 모든 게 끝났음을 인정하는 말이었다.

"당신은 비자가 만료되었으므로 영국에 체류할 수 없습니다." 볼 빨간 남자가 말했다.

---

15 영국에서는 출생, 혼인, 사망 신고를 담당하는 관청을 등기소라고 한다.

경관이 그의 손목에 수갑을 채웠다. 그는 이 장면, 자신이 밖에 있는 경찰차로 걸어가서 지나치게 부드러운 뒷좌석에 앉는 모습을 자기가 멀리서 보고 있는 것 같다고 느꼈다. 이런 일이 일어날까 봐 두려워했던 과거의 수많은 순간들, 한순간 흐릿하게 스쳐 간 공포로 남은 수많은 순간들이 지금은 무딘 잔향의 메아리처럼 느껴졌다. 클리오틸드는 땅바닥에 털퍼덕 엎어져서 울기 시작했다. 그녀는 아마 아버지의 나라를 방문한 적이 한 번도 없겠지만 그 순간 그는 그녀가 아프리카인임을 확신했다. 그렇지 않다면 어떻게 그토록 완벽하게 과장되고 극적인 동작으로 땅바닥에 자신을 내던질 수 있었겠는가? 그는 그녀의 눈물이 그를 위한 것인지, 그녀 자신을 위한 것인지, 혹은 그들 사이에 있었을지 모르는 그 무엇을 위한 것인지 궁금했다. 하지만 그녀는 걱정할 필요가 없었다. 그녀는 유럽 시민이었으니까. 경관들은 그녀에게 거의 눈길조차 주지 않았다. 경찰서까지 가는 내내 수갑의 무거움을 느낀 사람, 말없이 손목시계와 허리띠와 지갑을 건네주고 자신의 휴대 전화를 경찰관이 가져가서 끄는 것을 지켜본 사람은 다름 아닌 그였다. 니컬러스의 큰 바지가 점점 엉덩이에서 흘러내리고 있었다.

"신발도요. 신발도 벗어 주세요." 경관이 말했다.

그는 구두를 벗었다. 그리고 유치장으로 안내되었다. 그 조그마한 방은 갈색 벽과 쇠창살로 둘러싸여 있었는데 너무 굵어서 손아귀에 다 들어오지도 않는 쇠창살을 보니 사람들이 찾지 않는 음울한 은수카 동물원의 침팬지 우리가 생각났다. 굉장히 높은 천장에서 전구 하나가 빛났다. 이렇게 작은 유치장 안에 메아리를 울리며 점점 비어 가는 광막함이 있었다.

"당신은 비자가 만료된 것을 알고 있었습니까?"

"네." 오빈제가 말했다.

"위장 결혼을 하려던 참이었나요?"

"아닙니다. 클리오틸드와 나는 사귄 지 꽤 됐어요."

"변호사를 불러 줄 수는 있지만 당신은 틀림없이 추방될 겁니다." 이민국 관리가 차분하게 말했다.

얼굴이 푸석푸석하고 눈 밑에 시커먼 포물선 두 개가 있는 변호사가 왔을 때 오빈제는 산만하고 피곤에 찌든 국선 변호인이 나오는 모든 영화를 떠올렸다. 그는 가방을 가져왔지만 열지 않았고 손에 아무것도 — 파일도, 종이도, 펜도 — 들지 않은 채 오빈제 맞은편에 앉았다. 그의 태도는 친절하면서 동정적이었다.

"일단 정부가 승소할 확률이 높고요, 항고할 수는 있지만 그래 봤자 시간만 끌 뿐 결국은 강제 추방 처리 될 겁니다." 그가 똑같은 말을, 똑같은 톤으로, 자기가 기억하고 싶은 것보다 혹은 기억할 수 있는 것보다 더 많이 해 본 사람처럼 말했다.

"저는 그냥 나이지리아로 돌아가겠습니다." 오빈제가 말했다. 마지막 남은 자존심이, 필사적으로 다시 묶으려는데 스르르 풀려 버리는 포장지처럼 사라졌다.

변호사는 놀란 것 같았다. "알겠습니다, 그럼." 그가 일이 쉬워져서 고마운 듯 조금 너무 서두른다 싶게 일어났다. 오빈제는 떠나는 그의 뒷모습을 쳐다보았다. 이제 그는 고객이 강제 추방 처리되는 데 흔쾌히 동의했다는 서류에 체크 표시를 할 것이었다. "처리." 이 말에 오빈제는 스스로 무생물이 된 것 같다고 느꼈다. 처리되어야 할 물건. 숨도 쉬지 않고 마음도 없는 물건. 하나의 물건.

그는 수갑의 차가운 무거움도, 그것이 자신의 손목에 남겼을 것만 같은 자국도, 하나로 연결된 금속 고리들 — 자신에게서 움직임을 앗아 간 — 의 반짝임도 싫었다. 그는 바로 거기, 맨체스터 공항의 중앙 통로에서 수갑을 찬 채 끌려가고 있었다. 시원한 공항의 소음 속에서 남자들과 여자들과 아이들, 여행객과 청소부와 보안 요원이 그가 무슨 악행을 저질렀나 궁금해하며 쳐다봤다. 그는 앞에서 서둘러 가는 키 큰 백인 여자에게 시선을 고정했다. 그녀는 배낭을 등에 얹은 채 머리칼을 휘날리며 걷고 있었다. 아마 그녀는 그의 이야기를, 그가 왜 지금 손목에 은팔찌를 차고 공항을 걸어가고 있는지를 이해하지 못할 것이다. 그녀 같은 사람들은 여행을 생각할 때 비자 걱정을 하지 않기 때문이다. 돈, 숙소, 안전, 그리고 어쩌면 비자에 대해서까지 걱정할지는 몰라도 절대 그것 때문에 등골이 시려 오는 불안을 느끼지는 않을 것이다.

그는 가구라고는 벽에 딱 붙게 놓인 이층 침대가 전부인 방으로 안내되었다. 세 남자가 그보다 먼저 와 있었다. 지부티 출신 사내는 자신이 맨체스터 공항의 구금 시설에 이르게 된 여정을 되새기는 듯 거의 말없이 누워서 천장만 응시했다. 나머지 둘은 나이지리아인이었다. 둘 중 젊은 쪽은 침대에 앉아서 끊임없이 손가락을 우두둑거렸고, 나이 많은 쪽은 그 좁은 방 안을 계속 왔다 갔다 하면서 쉬지 않고 떠들어 댔다.

"형씨, 그쪽은 어쩌다 잡혀 왔소?" 사내가 이렇게 묻자 오빈제는 그 갑작스러운 격의 없음에 분이 치솟았다. 그에게는 어딘지 모르게 빈센트를 연상시키는 구석이 있었다. 오빈제는 어깨만 으쓱하고 아무런 대답도 하지 않았다. 단지 같은 감방에 있다는 이유만으로 예의를 차릴 필요는 없었다.

"혹시 제가 읽을 만한 것 좀 주시면 안 될까요?" 이민국 관리가 지부티 출신 남자를 면회에 데려가려고 왔을 때 오빈제가 물었다.

"읽을거리라." 그녀가 눈썹을 치켜세우며 중얼거렸다.

"네. 책이나 잡지나 신문요." 오빈제가 말했다.

"읽고 싶단 말이지."라고 말하는 그녀의 얼굴에 경멸적인 미소가 떠올랐다. "미안해요. 하지만 텔레비전 방이 있으니까 점심 먹고 거기 가서 텔레비전은 봐도 돼요."

텔레비전 방에는 여러 명이 무리 지어 있었는데 그중 대다수를 차지하는 나이지리아인들이 시끄럽게 떠들고 있었다. 나머지는 자기만의 슬픔에 잠긴 채 주위에 둘러앉아서 나이지리아인들이 이야기 나누는 것을 들으며 가끔 웃거나 자기 연민에 빠지곤 했다.

"아, 이거 나 두 번째였어요. 첫 번째 나 다른 여권으로 왔어요." 그중 한 명이 말했다.

"회사부터 나 잡아 왔어요, 오."

"여기 한 사람 추방됐는데 그 사람 돌아와서 신분증 받았어요. 그 사람 나 도와줘요." 또 다른 사내가 말했다.

오빈제는 그들이 부러웠다. 아무렇지도 않게 이름과 여권을 바꾸는 사람들, 아무것도 잃을 게 없기에 이 나라로 돌아와서 똑같은 일을 또다시 하려는 그들이 부러웠다. 그에게는 그들과 같은 수완이 없었다. 그는 콘플레이크를 먹고 책을 읽으며 곱게 자란 소년, 진실을 말하는 것이 아직 사치가 아니던 시절에 홀어머니 밑에서 자란 소년이었다. 그는 그들과 함께, 그들 사이에 있는 것이 수치스러웠다. 그리고 그들이 자신처럼 수치심을 느끼지 않는 것, 그것마저도 부러웠다.

구금 시설에서 그는 벌거벗은 기분, 자신의 겉꺼풀이 벗겨진 듯한 기분을 느꼈다. 수화기 너머로 들리는 어머니의 목소리가 낯설었다. 딱딱한 나이지리아 영어를 구사하는 여자가 담담하게 그에게 힘내라고, 라고스로 마중 나가겠다고 말하고 있었다. 그는 수년 전 부하리 정부가 생필품 지급을 중단해서 어머니가 더 이상 공짜 우유를 집에 가져오지 못하게 되자 손수 콩을 갈아서 두유를 만들기 시작했던 일을 떠올렸다. 그녀는 우유보다 두유에 더 영양가가 많다고 말했다. 그는 아침에 그런 걸쭉한 음료는 마시지 않겠다고 거절하고 나서 어머니가 상식적인 판단에 따라 불평 없이 그것을 마시는 모습을 지켜보았다. 어머니는 지금도 전화상으로 그때와 똑같은 태도를 보여 줬다. 마치 자신의 아들이 외국에서 추방 처리 될 날만 기다리며 구금 시설에 갇혀 있는 이런 상황이 일어날 가능성을 줄곧 염두에 뒀던 것처럼, 그를 데리러 가겠노라고 말하고 있었다.

그는 이페멜루 생각을 많이 했다. 그녀가 뭘 하고 있을지, 그녀의 삶이 어떻게 변했을지 상상했다. 그녀는 대학 시절 이런 말을 한 적이 있었다. "중등학교 때 내가 너의 어떤 점을 제일 대단하게 생각했는지 알아? '난 몰라.'라고 말하길 거리끼지 않는다는 거였어. 다른 남자애들은 자기가 모르는 걸 아는 척했거든. 하지만 넌 특별한 자신감이 있어서 뭔가를 모른다는 사실을 늘 인정할 수 있었지." 그는 그것을 보기 드문 칭찬으로 생각해서 자신의 그러한 이미지를 마음속에 간직했다. 그 말이 완전히 사실은 아니라는 걸 스스로 알았기 때문이었을 것이다. 그는 자신이 지금 있는 곳을 그녀가 안다면 어떻게 생각할까 궁금했다. 그녀가 동정하리란 건 확실했다. 하지만 조금은 실망하기도 할까? 그녀에게 연락해 달라는 말이 목구멍까지 나왔다. 찾는 것은 어렵지 않을 터였다. 그녀가 볼티모어에 산다는 사실을 이미 알고 있었기 때문이다. 하지만 그는 일로바에게 부탁하지 않았다. 일로바는 면회 올 때마다 변호사 얘기를 했다. 무의미한 얘기인 건 피차 알고 있었지만 그래도 일로바는 변호사 얘기를 했다. 오빈제 맞은편에 앉아 한 손으로 턱을 괸 채 변호사 얘기를 하곤 했다. 그 많은 변호사 중 일부는 일로바의 머릿속에만 존재하는 게 아닐까 하는 의구심마저 들었다. "내가 런던에 있는 가나인 변호사 한 명을 아는데 예전에 어떤 불법 체류자를 변호한 적이 있대. 본국행 비행기에 타기 직전이었는데 어느새 풀려났다더라. 지금은 IT 회사에 다닌다나 봐." 그리고 다른 때에는 뻔한 얘기를 하는 데서 위안을 찾았다. "경찰이 들이닥치기 전에 결혼식만 끝났어도." 그가 말했다. "성혼 선언이 끝나고 일 초 후에만 왔어도 너한테 손 못 댔던 거 알지?" 오빈제가 고개를 끄덕였다. 그도 알았고, 일로바도 그가 안다는 것을 알았다. 마지막으로 면회 왔을 때 오빈제가 다음 날 자신이 도버로 이송된다는 얘기를 하자 일로바가 울기 시작했다. "제트, 일이 이렇게 돼선 안 되는 거였어."

"일로바, 쓸데없는 소리는 뭐 하러 해? 그만 울어, 인마." 오빈제가 센 척하는 입장이 된 것을 기뻐하며 말했다.

하지만 니컬러스와 오지우고가 왔을 때에는 그들이 긍정적이려고 애쓰는 것, 마치 병원에 병문안 온 것처럼 구는 것이 싫었다. 그들은 텅 빈 차가운 탁자를 사이에 두고 그의 맞은편에 앉아 일상적인 얘기를 했다. 오지우고는 말을 좀 너무 빨리 했고, 니컬러스는 평소 같으면 몇 주 동안 할 말을 다 합친 것보다 더 많은 말을 한 시간 동안 했다. 은네는 국립 어린이 관현악단에 들어갔고, 은나는 또 상을 탔다는 얘기였다. 그들은 돈과 소설책과 옷을 잔뜩 가져왔다. 니컬러스가 그를 위해 쇼핑을 해서 대부분의 옷이 새것이었고 치수도 맞았다. 오지우고는 자주 이렇게 묻곤 했다. "그런데 대우는 괜찮아요? 대우는 괜찮아요?" 마치 모든 게 엉망진창인 이 현실과 그가 지금 구금 시설에 있고 곧 추방될 거라는 사실보다 대우가 더 중요하다는 듯이. 정상적으로 행동하는 사람이 아무도 없었다. 그들 모두가 그의 불행이라는 마법에 걸려 있었다.

"라고스행 비행기에 빈자리가 나길 기다리고 있어요." 오빈제가 말했다. "자리가 날 때까지 도버에 있게 될 거래요."

오빈제는 신문에서 도버 관련 기사를 읽은 적이 있었다. 옛 교도소 건물이라고 했다. 차를 타고 전자식 개폐 문과 높은 담장, 철조망을 통과해 들어가니 초현실적인 기분이 들었다. 감방은 맨체스터 때보다 더 좁고 추웠다. 나이지리아인 감방 동료가 자기는 절대 추방되지 않을 거라고 했다. 그 얼굴은 딱딱하고 홀쭉했다. "나를 비행기에 태우려고 하면 윗옷과 신발을 벗을 거요. 그리고 망명을 요청할 작정이오." 그가 오빈제에게 말했다. "윗옷과 신발을 벗으면 비행기에 태우지 않거든." 그는 이 말을 주문처럼 자주 되뇌었다. 그리고 때로는 말없이 큰 소리로 방귀를 뀌었고, 때로는 좁은 감방 한가운데에 털썩 꿇어앉아서 하늘을 향해 양손을 들고 기도했다. "하느님 아버지, 그 이름을 찬미하나이다! 아무리 찬송해도 부족한 하느님! 주 이름을 찬양하나이다!" 그의 손바닥에 깊이 팬 주름을 보고 오빈제는 그 손이 어떤 끔찍한 일을 겪었을까 궁금했다. 감방 안에 있으면 숨이 막혔지만 운동할 때, 그리고 삶은 벌레가 담긴 사발을 떠올리게 하는 음식을 먹을 때에만 밖으로 나올 수 있었다. 그는 몸이 나른해지고 살이 빠지는 것을 느꼈다. 드디어 그날이 되어 이른 아침에 승합차에 올라탈 때쯤엔 잔디 같은 털 뭉치가 그의 턱 전체를 덮고 있었다. 아직 여명이 밝아오기도 전이었다. 오빈제 외에도 나이지리아로 가는 여자 둘과 남자 다섯이 모두 수갑을 찬 채 히스로 공항을 행진했다. 보안 검색대와 출입국 심사대를 지나 다른 승객들이 빤히 쳐다보는 가운데 비행기에 올랐다. 그들은 제일 뒤, 가장 마지막 줄에, 화장실에서 가장 가까운 좌석에 앉았다. 오빈제는 비행시간 내내 꼼짝 않고 앉아 있었다. 기내식도 원치 않았다. "아뇨, 괜찮습니다."라고 그가 승무원에게 말했다.

그러자 그의 옆자리에 앉은 여자가 간절하게 말했다. "제가 이분 걸 대신 먹어도 될까요?" 그녀도 도버에 있었던 여자였다. 그녀는 입술 색이 짙었고 태도가 자신감 있고 당당했다. 그녀가 다른 이름이 적힌 또 다른 여권을 가지고 영국으로 돌아올 것임을 그는 확신했다.

비행기가 라고스로 하강하기 시작하자 승무원이 그들을 내려다보며 큰 소리로 말했다. "여러분은 내리실 수 없어요. 이민국 관리가 와서 데려갈 겁니다." 그녀의 얼굴은 경멸감으로 굳어 있었다. 마치 그들 모두가 자신 같은 올곧은 나이지리아인에게 수치를 안겨 준 범죄자라고 말하는 것만 같았다. 곧 비행기 안이 텅 비었다. 오빈제는 창문을 통해 늦은 오후의 부드러운 햇빛 속에 서 있는 낡은 제트기를 바라보았다. 그때 제복을 입은 남자가 통로를 따라 걸어왔다. 배가 불뚝 튀어나온 사내였다. 셔츠 단추를 잠그느라 꽤나 고생했을 것이 분명했다.

"그래요 그래요, 제가 여러분을 데려가려고 왔습니다! 귀국을 환영합니다!" 그가 익살스럽게 말했다. 오빈제는 그를 보고 나이지리아인의 웃는 능력, 너무 쉽게 재미를 찾는 능력을 떠올렸다. 그동안 그리웠던 능력이었다. "우리 나라 사람들은 너무 많이 웃어." 예전에 어머니는 이렇게 말했다. "어쩌면 우리는 좀 덜 웃고, 좀 더 현실 개선에 힘써야 할지도 몰라."

제복 차림의 사내가 그들을 사무실로 데려가더니 작성해야 할 서류를 나눠 줬다. 이름. 나이. 떠나온 나라.

"대우는 괜찮던가요?" 사내가 오빈제에게 물었다.

"네." 오빈제가 대답했다.

"그런데 혹시 우리한테 뭐 줄 거 없습니까?"

오빈제는 잠시 그를 쳐다보았다. 그의 얼굴은 해맑았고 세계관은 단순하기 그지없었다. 그에게 강제 추방은 매일 일어나는 일이었고 삶은 그저 계속될 뿐이었다. 오빈제는 주머니에서 10파운드짜리 한 장을 꺼냈다. 니컬러스가 준 돈 중 일부였다. 사내는 미소를 지으며 그 돈을 받았다.

밖에 나가니 뜨거운 수증기를 들이마시는 것만 같았다. 머리가 어지러웠다. 새로운 슬픔이 그를 뒤덮었다. 앞으로 다가올 날들 ─ 그가 세상이 약간 기울어졌다고, 인생의 목표를 잃어버렸다고 느끼게 될 — 에 대한 슬픔이었다. 입국장 근처의 통제 구역에서, 마중 나온 다른 사람들로부터 멀찍이 떨어져 선 채, 어머니가 그를 기다리고 있었다.

4부

31

이페멜루는 커트와 헤어진 뒤에 기니카에게 이렇게 말했다. "내가 느끼지 않는다고 느끼고 싶었던 감정이 있었어."

"뭔 소리야? 네가 바람피워서 헤어진 거잖아!" 기니카는 이페멜루가 미쳤다는 듯이 고개를 가로저었다. "이페멜루, 솔직히 난 가끔 네가 이해가 안 돼."

그녀가 찰스빌리지의 같은 아파트에 살고 밴드를 하는 연하의 남자와 바람을 피운 것은 사실이었다. 하지만 커트를 향한 감정을 그토록 간직하고 싶었음에도 그럴 수 없었던 것 또한 사실이었다. 그와 함께 있을 때의 자기 모습은 완전히 진짜라고 믿을 수 없었다. 행복하고 잘생긴 커트, 인생을 자신이 원하는 형태로 우그러뜨릴 수 있는 능력을 가진 남자. 그녀는 그를 사랑했고 그가 가져다준 활기찬 삶을 사랑했지만 일부러 거슬리는 부분을 만들고 싶은, 조금이라도 그의 해사함을 망가뜨리고 싶은 욕구와 자주 싸워야만 했다.

"너한테는 자기 파괴의 욕구가 있는 것 같아." 기니카가 말했다. "그래서 오빈제도 그렇게 끊어 버렸던 거지. 이번에 커트를 두고 바람피운 것도 마음속 어딘가에서 스스로 행복할 자격이 없다고 생각하기 때문이야."

"그럼 이제 나한테 '자기 파괴 장애' 치료제를 추천하겠구나." 이페멜루가 말했다. "말도 안 되는 소리야."

"그럼 왜 그랬어?"

"그냥 실수였어. 사람은 실수를 하잖아. 누구나 바보짓을 한다고."

사실은 호기심 때문에 그랬던 거지만 기니카에게 말하진 않을 작정이었다. 가벼워 보일 테니까. 기니카는 이해하지 못할 터였다. 그녀는 자기 파괴처럼 심각하고 무거운 이유를 선호했다. 이페멜루는 자신이 그 남자, 롭 — 더럽고 찢어진 청바지와 지저분한 신발, 구겨진 플란넬 셔츠를 입는 — 을 좋아하는지조차 확신할 수 없었다. '그런지'라는 개념 자체가 이해되지 않았다. 추레하게 입지 않을 만한 돈이 있기 때문에 일부러 추레하게 입는다는 생각은 진정한 추레함에 대한 조롱이었다. 옷 입는 방식 때문에 그녀는 그를 깊이 없는 사람으로 생각했지만 그에 대해, 그가 벌거벗고 자신과 함께 침대에 있을 때 어떨지 알고 싶었다. 첫 번째 섹스는 좋았다. 그의 위에 올라가서 미끄러지고 신음하고 가슴 털을 움켜쥐면서 스스로가 약간 연극적이지만 매력적이라고 생각했다. 하지만 두 번째로 그의 아파트에 찾아가서 그가 자신을 끌어안았을 때에는 어마어마한 무기력함이 어깨 위로 내려앉는 것이 느껴졌다. 그는 이미 거친 숨을 몰아쉬고 있었지만 그녀는 그의 품에서 몸을 억지로 빼내어 핸드백을 집어 들고 나왔다. 엘리베이터 안에서 그녀는 무서운 깨달음에 사로잡혔다. 자신이 견고한 무언가를 찾기 위해 발버둥 치고 있지만 손대는 것마다 전부 무(無)로 변한다는 깨달음이었다. 그녀는 커트의 아파트로 가서 털어놓았다.

"아무 의미도 없었어. 딱 한 번이었고 정말 미안해."

"장난 그만해." 그가 말했다. 하지만 현실을 부정할수록 두려움으로 더욱 짙어져 가는 그의 파란 눈에서 그녀는 알 수 있었다. 장난이 아니라는 걸 그가 알고 있음을. 서로 피해 다니고, 차를 마시고 음악을 틀고 이메일을 확인하고, 말없이 꼼짝 않고 소파에 누워 있은 지 몇 시간 만에 그가 물었다. "상대가 누구야?"

그녀는 남자의 이름을 말해 줬다. 롭이라고.

"백인이야?"

그녀는 커트가 그 질문을, 게다가 그렇게 금방 했다는 사실에 놀랐다. "응." 그녀가 롭을 처음 본 것은 몇 달 전 엘리베이터에서였다. 옷차림이 단정치 못하고 머리도 감지 않은 그가 그녀를 향해 웃어 보이며 말했다. "다음에 또 봐요." 그 후로 그는 만날 때마다 나른한 관심이 담긴 눈빛으로 그녀를 쳐다봤다. 마치 두 사람 사이에 무슨 일이 반드시 일어날 것이고 단지 언제 일어나느냐의 문제일 뿐이라는 사실을 둘 다 알고 있다는 것처럼.

"그 자식이 도대체 누군데?" 커트가 물었다.

그녀는 그에게 롭이 같은 아파트 높은 층에 산다고, 평소에는 인사만 했고 아무 일 없었는데 어느 날 저녁 그가 술을 사 가지고 들어오다가 그녀에게 같이 한잔하겠느냐고 물었을 때 자신이 멍청하고 충동적인 짓을 했다고 말했다.

"그 자식이 원하는 걸 당신이 준 거야." 커트가 말했다. 그의 얼굴 윤곽선이 굳어져 갔다. 커트가 그런 말을 하다니 이상했다. 그것은 섹스를, 여자가 자신의 뭔가를 잃으면서 남자한테 주는 것으로 생각하는 우주 고모나 할 법한 말이었기 때문이다.

그때 갑자기 욱하는 마음에 그녀는 충동적으로 커트의 말을 바로잡았다. "내가 원한 걸 가진 거야. 그 사람한테 뭔가를 줬다 해도 그건 우연일 뿐이라고."

"지금 그걸 말이라고 해? 말이라고 지껄이는 거냐고!" 커트의 목소리가 갈라졌다. "어떻게 나한테 이럴 수가 있어? 내가 그렇게 잘해 줬는데."

그는 이미 그들의 관계를 과거 시제로 보고 있었다. 사랑이 그렇게 쉽게 탈바꿈할 수 있다는 사실이, 연인이 그렇게 빨리 타인이 될 수 있다는 사실이 그녀는 당황스러웠다. 사랑은 대체 어디로 가 버린 걸까? 어쩌면 진정한 사랑이란 가족 간에만, 어떻게든 혈연으로 연결된 사이에만 존재하는지도 몰랐다. 자식을 향한 사랑은 연애 감정처럼 죽지 않으니까.

"당신은 날 용서하지 않을 거야." 그녀가 반쯤 묻듯이 말했다.

"잡년." 그가 말했다.

그는 그 말을 칼처럼 휘둘렀다. 혐오감으로 날카로워진 단어가 그의 입에서 튀어나왔다. "잡년"이라고 그토록 차갑게 말하는 커트의 목소리가 초현실적으로 들렸다. 그를 그토록 차갑게 "잡년"이라고 말할 수 있는 남자로 만든 사람이 자신임을 알기에 그가 어떤 경우에도 "잡년"이라는 말을 하지 않는 남자였더라면 얼마나 좋았을까 생각하니 눈에 눈물이 고였다. 그녀는 자신의 아파트로 돌아가 거실 깔개 ─ 하도 안 써서 아직도 새것 냄새가 나는 ─ 위에 주저앉아서 홀로 울고 또 울었다. 커트와의 관계는 그녀가 원했던 것, 인생이라는 파도의 최고점이었음에도 그녀는 도끼를 집어 들어서 그것을 내리찍었다. 왜 망쳐 버린 걸까? 그녀는 어머니가 악마의 짓이라고 말하는 것을 상상했다. 그리고 자신이 악마의 존재를 믿었더라면, 외부의 어떤 존재가 머릿속에 침입해서 자기가 아끼는 것을 스스로 파괴하게 만든 거라면 얼마나 좋을까 생각했다.

그녀는 몇 주 동안 커트에게 전화하고, 아파트 건물 앞에서 그가 나올 때까지 기다리고, 자신이 얼마나 반성하고 있고 잘못을 만회하고 싶은지 얘기하고 또 얘기했다. 그러던 어느 날 아침 잠에서 깨어 커트가 영원히 전화하지 않을 것임을, 그녀가 아무리 세게 두드려도 현관문을 열어 주지 않을 것임을 마침내 받아들인 후 혼자서 그들이 자주 가던 시내 술집에 갔다. 그들을 잘 아는 바텐더가 그녀에게 부드러운 미소, 동정심이 담긴 미소를 지어 보였다. 그녀는 마주 웃어 주고 나서 모히토 한 잔을 더 시키면서, 어쩌면 이 바텐더 같은 여자야말로 커트에게 더 잘 맞을지도 모른다고 생각했다. 윤기 나게 드라이한 갈색 머리, 가느다란 팔, 몸에 딱 붙는 검은 옷, 언제나 능숙하고 온화하게 수다 떨 수 있는 능력. 그녀는 정조 또한 능숙하고 온화하게 지킬 터였다. 그녀에게 커트 같은 남자 친구가 있다면 불협화음이나 연주하는 낯선 남자와의 성교에 호기심을 품지 않을 게 분명했다. 이페멜루는 술잔을 뚫어져라 들여다봤다. 그녀에겐 뭔가 문제가 있었다. 그게 뭔지는 알 수는 없었지만 분명 문제가 있었다. 일종의 갈망 혹은 조바심. 스스로에 대한 불완전한 이해. 손이 닿지 않는, 멀리 있는 무언가에 대한 인식. 그녀는 카운터에 거금의 팁을 남기고 일어섰다. 그 후로 오랫동안 커트와의 마지막에 대한 그녀의 기억은 이랬다. 찰스가(街)를 빠르게 달리는 택시, 약간 취하고 약간 후련하고 약간 외로운 자신, 그리고 자기 자식들이 미국 애들보다 성적이 좋다고 자랑스럽게 말하는 펀자브 출신 택시 기사.

몇 년 뒤 버락 오바마가 민주당 대통령 후보가 된 다음 날 맨해튼에서 열린 디너파티에서 머리가 벗어져 가는 백인 남자가 죄열렬한 오바마 지지자들로 이루어진, 포도주와 승리에 취해 눈시울이 촉촉한 손님들에게 둘러싸인 채 "오바마가 이 나라의 인종차별을 종식시킬 겁니다."라고 말하자 엉덩이가 큰, 아이티 출신의 멋쟁이 시인이 고개를 끄덕이며 동의하더니 ― 그녀의 아프로 머리는 이페멜루보다 더 컸다. ― 예전에 자신이 캘리포니아에서 삼 년 동안 백인 남자와 사귀었을 때는 인종이 전혀 문제 되지 않았다고 말했다.

"그건 거짓말이에요." 이페멜루가 그녀에게 말했다.

"네?" 여자가 제대로 못 들었다는 듯이 물었다.

"그건 거짓말이라고요." 이페멜루가 같은 말을 반복했다.

여자가 눈을 부라렸다. "지금 저한테 제 경험이 틀렸다고 하시는 거예요?"

비록 그 무렵에는 이페멜루도 그 여자 같은 사람들이 다른 사람들을 편안하게 만들기 위해, '우리가 이만큼 진보했다는 것'에 감사하고 있음을 보여 주기 위해 그런 말을 한다는 것을 알고 있었지만, 비록 그 무렵에는 이페멜루도 블레인의 친구 무리 ── 그중 한 명이 그 여자의 새 남자 친구였던 ── 안에 성공적으로 안착해 있었지만, 비록 그 무렵에는 이페멜루도 입을 다물었어야 한다는 걸 알고 있었지만 그러지 않았다. 그럴 수 없었다. 그녀는 또다시 말에 압도당했다. 그것이 제멋대로 그녀의 목구멍을 제압하고 굴러 나왔다.

"당신이 인종이 문제가 안 됐다고 말하는 유일한 이유는 당신이 그랬길 바라기 때문이에요. 우리 모두 바라죠. 하지만 그건 거짓말이에요. 저는 인종이 문제가 되지 않는 나라에서 왔어요. 한 번도 스스로 흑인이라고 생각해 본 적 없었는데 미국에 와서 흑인이 됐죠. 흑인이 미국에 살면서 백인과 사랑에 빠지면 단둘이 있을 때는 인종이 문제 되지 않아요. 나와 연인, 둘뿐이니까. 하지만 밖에 나가는 순간, 인종은 문제가 돼요. 하지만 우리는 얘기하지 않죠. 우리의 백인 연인에게 우리를 화나게 하는 사소한 것들, 그들이 더 이해해 줬으면 하는 문제에 대해 얘기하지 않아요. 그들이 우리가 과잉 반응 하는 거라고, 우리가 지나치게 예민한 거라고 말할까 봐 걱정하기 때문이에요. 그리고 우리는 그들이, 세상이 얼마나 변했나 봐, 사십 년 전만 해도 우리가 사귀는 것조차 불법이었을 텐데 어쩌고저쩌고하길 바라지 않아요. 왜냐하면, 그들이 그런 말을 할 때 우리는 무슨 생각을 하나요? 제기랄, 애초에 그게 왜 불법이었어야 하는 건데, 하고 생각하지 않나요? 하지만 우리는 이런 얘긴 전혀 하지 않아요. 그런 것들이 마음속에 쌓이도록 내버려 둔 채 이런 진보주의자들의 디너파티에 와서 인종은 문제가 되지 않는다고 말하죠. 우리의 멋진 진보주의자 친구들의 마음을 편하게 해 주려면 그렇게 말해야 하니까. 그게 진실이에요. 저도 경험에서 하는 말이랍니다."

파티 주최자인 프랑스 여자가 자신의 미국인 남편을 흘끗 쳐다보며 의미심장한 미소를 지었다. 손님들이 누군가에겐 공격적일 수 있는 뜻밖의 말을 할 때에야말로 가장 잊을 수 없는 디너파티가 되는 법이다.

시인은 고개를 내젓더니 주최자에게 "혹시 남는 게 있으면 기막히게 맛있는 저 소스 좀 가져가고 싶은데요."라고 말하고는 다른 사람들이 이페멜루의 말을 귀 기울여 듣고 있다는 사실을 믿을 수 없다는 듯 주위를 둘러봤다. 하지만 그들은 다 같이 숨죽인 채, 이페멜루가 그들을 성적으로 흥분시키는 동시에 공모자로 만드는 음란한 비밀을 곧 털어놓기라도 할 것처럼, 그녀에게 시선을 고정하고 있었다. 이페멜루는 그날 백포도주를 너무 많이 마셨고 중간중간에 머릿속이 빙글빙글 도는 것을 느꼈다. 그녀는 나중에 주최자와 시인에게 사과 이메일을 보내게 될 것이다. 하지만 지금은 모두가, 심지어 블레인까지도, 그녀를 쳐다보고 있었다. 이번만은 그녀도 그의 표정을 확실히 읽을 수가 없었다. 그래서 그녀는 커트 얘기를 하기 시작했다.

그들, 그녀와 커트가 인종 얘기를 일부러 피했던 건 아니다. 그들은 그것에 관해 두루뭉술하게, 아무것도 인정하지 않고 아무것도 끌어들이지 않고 늘 "미친"이라는 단어로 끝나게 이야기했다. 마치 재료가 수상한 너깃을 찬찬히 뜯어보다가 옆으로 치워 버리는 것처럼. 혹은 그녀가 절대 그에게 인정하지 않았던, 사소하고 둔한 불편함을 그녀의 마음속에 남기는 농담을 했다. 그렇다고 커트가 미국에서 흑인으로 사는 것과 백인으로 사는 것이 똑같은 척했던 것은 아니다. 그는 그렇지 않다는 걸 알았다. 하지만 그녀는 그가 어떤 건 이해하면서 어떻게 비슷한 다른 것에는 완전히 무감각할 수 있는지, 어떤 건 쉽게 뛰어넘으면서 어떻게 다른 것 앞에서는 다리를 저는지 이해할 수가 없었다. 예를 들면 그의 사촌 애슐리의 결혼식 날 아침에 그는 그녀가 눈썹 제모를 받을 수 있도록 자기 고향 집 근처의 작은 미용실에 내려 줬다. 이페멜루는 미용실에 들어가서 카운터에 앉은 아시아 여자에게 미소를 지어 보였다.

"안녕하세요. 눈썹 제모 좀 받고 싶은데요."

"저희는 곱슬곱슬한 털은 안 해요." 여자가 말했다.

"곱슬곱슬한 털은 안 한다고요?"

"네. 죄송합니다."

이페멜루는 그 여자를 한참 동안 쳐다보았다. 말싸움할 가치도 없었다. 그들이 곱슬곱슬한 털을 안 한다면 안 하는 것이다. 그것이 무엇이든 간에. 그녀는 커트에게 전화해서, 여기서는 곱슬곱슬한 털을 안 한다고 하니 다시 자기를 데리러 오라고 말했다. 그러자 커트가 평소보다 더 파래진 파란 눈을 한 채 미용실 안으로 걸어 들어오더니 지금 당장 지배인을 불러오라고 말했다. "지금 당장 내 여자 친구 눈썹을 다듬어 주지 않으면 내가 이 빌어먹을 가게를 문 닫게 해 주겠어. 당신 같은 인간은 영업 허가를 받을 자격이 없어."

그러자 여자가 갑자기 생글거리는 싹싹한 요부로 돌변했다.

"정말 죄송합니다. 뭔가 착오가 있었던 것 같네요." 그녀가 말했다. 그렇다. 그들은 눈썹 제모를 할 수 있었다. 이페멜루는 사실 그 여자가 자신에게 화상을 입히거나, 살갗을 까거나, 살을 집을까 봐 제모를 받고 싶지 않았지만 커트가 너무 그녀 대신 화를 내고 있었으므로, 그의 분노가 미용실 안의 공기를 절절 끓게 만들고 있었으므로, 여자가 자신의 눈썹을 제모하는 동안 바짝 긴장한 채 앉아 있었다.

돌아오는 차 안에서 커트가 물었다. "근데 당신 눈썹이 어떻게 곱슬곱슬하다는 거야? 그리고 그러면, 빌어먹을 제모 하는 게 뭐 어렵나?"

"아마 흑인 눈썹을 해 본 적이 없어서 다르다고 생각했나 봐. 따지고 보면 머리카락은 정말 다르니까. 하지만 이젠 그 여자도 눈썹은 그렇게 다르지 않다는 걸 알겠지."

커트가 코웃음을 지으며 손을 뻗어서 그녀의 손을 잡았다. 그의 손바닥은 따뜻했다. 칵테일을 마시며 피로연이 시작되길 기다리는 동안 그는 내내 그녀의 손을 깍지 껴서 잡고 있었다. 손바닥만 한 드레스를 입고 배를 집어넣느라 숨을 한껏 들이쉰 젊은 여자들이 연회장을 가로질러 우르르 몰려와서는 커트에게 인사하고 추파를 던지면서 혹시 애슐리의 고등학교 친구 또는 애슐리의 대학 때 룸메이트인 자기를 기억하냐고 물었다. 커트가 "이쪽은 내 여자 친구 이페멜루예요."라고 말하자 그들은 놀란 표정 — 그들 중 일부는 감추고, 일부는 감추지 않은 — 으로 그녀를 쳐다봤는데 그 표정에는 '왜 저 여자랑?'이라는 의문이 담겨 있었다. 이페멜루는 즐거웠다. 그녀는 전에도 길거리에서 마주친 낯선 백인 여자들의 얼굴에서 그 표정을 본 적이 있었다. 커트와 깍지 낀 그녀의 손을 본 순간 그들의 얼굴에 그 표정이 떠올랐다. 종족 차원의 엄청난 손실을 목격한 사람의 표정. 그것은 단순히 커트가 백인이어서가 아니라 특정한 유의 백인이기 때문이었다. 헝클어진 금발과 잘생긴 얼굴, 근육질 몸, 해사한 매력과 그를 둘러싼 돈 냄새. 만약 그가 뚱뚱했거나 나이가 많았거나 가난했거나 못생겼거나 특이했거나 드레드록 머리를 했다면 눈에 덜 띄었을 것이고 종족의 수호자들도 진정했을 것이다. 그녀가 예쁜 흑인 여자일지는 몰라도 그들이 한참 양보해서 그의 짝으로 봐 줄 수 있는 유의 흑인이 아니라는 사실 역시 도움이 안 되는 요소였다. 그녀는 피부색이 옅지 않았고 이인종이 아니었던 것이다. 칵테일파티에서 커트가 계속 그녀의 손을 잡은 채로 자주 키스를 하고 모든 사람에게 그녀를 소개하는 동안 그녀의 즐거움은 서서히 피로로 변해 갔다. 사람들의 시선이 피부를 뚫고 들어오기 시작했기 때문이다. 그녀는 커트의 보호도, 자신에게 보호가 필요하다는 사실마저도 지겨웠다.

그때 커트가 그녀 쪽으로 몸을 기울이며 속삭였다. "저 사람, 스프레이 선탠 잘못된 사람 보여? 저 여자는 우리가 여기 들어왔을 때부터 빌어먹을 자기 남자 친구가 당신을 계속 쳐다보는 줄도 모르나 봐."

그러니까 그는 이미 '왜 저 여자랑?'이라는 시선을 눈치채고 그 의미도 알고 있었던 것이다. 그녀는 깜짝 놀랐다. 때때로, 충만한 명랑 쾌활함 위를 떠다니는 중간중간에, 그가 섬광 같은 직관이나 놀라운 통찰력을 보일 때면 그녀는 자기가 놓치고 있는 더 중요한 점들이 있는 건 아닐까 생각하곤 했다. 예를 들면 이런 경우였다. 그의 어머니가 일요 신문을 흘끗 보고는, 이젠 미국에서 인종 차별이 사라졌는데도 아직도 불평거리를 찾는 인간들이 있다고 중얼거리자 그가 "어머니, 이페멜루처럼 생긴 사람 열 명이 갑자기 여기 들어와서 식사하려고 하면 어떨 것 같아요? 다른 손님들이 마뜩잖아하리라는 걸 모르시겠어요?"라고 말했다.

"글쎄다." 그의 어머니는 애매한 태도로 대답하고 나서 이페멜루를 힐난하듯 눈썹을 치켜세웠다. 누가 자기 아들을 한심한 인종 운동가로 만들었는지 잘 안다고 말하는 것 같았다. 이페멜루는 어렴풋이 승리의 미소를 지었다.

하지만 그게 다가 아니었다. 한번은 버몬트주에 사는 그의 이모 클레어를 만나러 간 적이 있었다. 유기농 농장의 소유자이자 맨발로 돌아다니면서 그렇게 하면 얼마나 땅과 연결된 기분이 드는지 아냐고 이야기하는 여자. 이페멜루도 나이지리아에서 이런 경험 한 적 있어요? 그녀는 이렇게 물었고 이페멜루가 자신이 한 번이라도 신발 없이 밖에 나갔다면 어머니한테 뺨을 맞았을 거라고 대답하자 실망한 표정을 지었다. 클레어는 그들이 머무는 동안 내내 케냐 사파리 여행에 대해, 만델라의 품위에 대해, 자신이 해리 벨러폰티[16]를 얼마나 흠모하는지에 대해 이야기했고 이페멜루는 그녀가 저러다가 흑인 영어나 스와힐리어로 얘기하지나 않을까 걱정했다. 마침내 그녀의 미로 같은 집을 떠날 때 이페멜루

16 1927~ . 미국의 가수. 서인도 제도의 음악인 칼립소를 가장 성공적으로 대중화한 인물.

가 말했다. "그냥 평소대로 행동하면 분명 흥미로운 분일 텐데. 본인이 흑인을 좋아한다는 걸 그렇게까지 확인시켜 줄 필요는 없다고."

그러자 커트는 인종 때문이 아니라 이모가 차이에, 어떤 종류의 차이에도 지나치게 민감한 사람이라 그런 것뿐이라고 말했다.

"내가 금발의 러시아인이랑 나타났어도 이모는 똑같이 행동하셨을 거야." 그가 말했다.

물론 그의 이모는 금발의 러시아인에게 똑같이 행동하지 않았을 것이다. 금발의 러시아인은 백인이니 이모가 자신이 금발의 러시아인처럼 생긴 사람을 좋아한다는 사실을 증명할 필요를 느끼지 않았을 테니까. 하지만 이페멜루는 커트에게 이 말을 하지 않았다. 그가 속으로는 알고 있길 바랐기 때문이다.

그들이 테이블 위에 리넨 식탁보가 깔린 고급 레스토랑에 들어갔는데 안내원이 그들을 보고는 커트에게 "한 분이신가요?"라고 묻자 커트는 허둥거리며 안내원이 "그런 뜻으로" 말한 게 아니라고 그녀에게 말했다. 그때 그녀는 묻고 싶었다. "그럼 무슨 뜻으로 한 말인데?" 몬트리올의 민박에서 체크인 할 때 딸기색 머리를 한 주인이 그녀를 못 본 척, 고집스럽게 못 본 척하며 생글거리는 얼굴로 커트만 쳐다봤을 때 그녀는 자신이 얼마나 무시당한 기분을 느꼈는지, 그 여자가 흑인을 싫어하는 건지 커트를 좋아하는 건지 몰라서 더 기분이 나빴다고 커트에게 말하고 싶었다. 하지만 그러지 않았다. 그녀가 과민 반응 하는 거라고, 혹은 피곤한 거라고, 혹은 둘 다라고 그가 말할 것임을 알고 있었기 때문이다. 그냥 그의 눈에 보일 때가 있고 안 보일 때가 있고, 그랬을 뿐이다. 그녀는 이런 생각을 그에게 말해야 한다는 걸, 말하지 않기 때문에 두 사람 모두에게 그림자가 드리운다는 걸 알고 있었다. 하지만 그럼에도 그녀는 침묵을 택했다. 잡지 때문에 언쟁을 벌인 날 전까지는. 드물게 두 사람이 그녀의 아파트에서 밤을 보낸 다음 날, 그녀가 만든 오믈렛 냄새가 공기 중에 여전히 짙게 남아 있던 아침에, 그가 거실 탁자 위에 쌓인 책 더미에서 《에센스》[17]를 집어 들었다.

"이 잡지는 좀 인종 편향적이야." 그가 말했다.

"뭐라고?"

"그렇잖아. 흑인 여자밖에 안 나오는데."

"농담이 아니네." 그녀가 말했다.

그는 당황한 듯했다. "응."

"우리, 서점에 가자."

"뭐?"

"보여 줄 게 있어서 그래. 암말 말고 따라와."

"알았어." 그가 말했다. 그는 이 새로운 모험이 뭔지 모르면서도 늘 그렇듯 아이처럼 즐거워하며 기꺼이 동참하려고 했다.

그녀는 이너하버의 서점에 주차한 다음, 진열대에서 여성지 몇 가지를 골라 카페로 들어갔다.

"라테 마실래?" 그가 물었다.

"응, 고마워."

그들이 자리를 잡아서 종이컵을 앞에 놓고 의자에 앉은 뒤에 그녀가 말했다. "그럼 표지부터 시작하자." 그녀는 탁자 위에 잡지

---

17 흑인 여성들을 위한 미국의 월간지.

를 쭉, 몇 권은 서로 겹치게 늘어놓았다. "봐, 전부 백인 여자지. 이 사람은 히스패닉일 거야. 여기 에스파냐어 단어 두 개가 적혀 있으니까. 하지만 이 백인 여자와 완전히 똑같이 생겼어. 피부색과 머리, 이목구비에 차이가 없지. 이제 내가 페이지를 한 장씩 넘길 테니까 흑인 여자가 몇 명 나오나 말해 줘."

"자기야, 제발." 커트가 재밌어하며 말했다. 그는 등을 뒤로 기대며 종이컵을 입으로 가져갔다.

"그냥 날 위해서 해." 그녀가 말했다.

그래서 그는 셌다. "세 명." 그가 마침내 말했다. "네 명일 수도 있고. 저 여자는 흑인일지도 몰라."

"그러니까 약 2,000페이지 분량의 여성지에 흑인 여자가 세 명 있는데 하나같이 이인종이거나 인종이 불분명해서 인도인이나 푸에르토리코인일 수도 있다는 거야. 그들 중 누구도 피부가 까맣지 않아. 아무도 나처럼 생기지 않았기 때문에 나는 이 잡지들에서 화장법을 배울 수 없어. 이거 봐. 이 기사는 생기 있어 보이고 싶으면 볼을 꼬집으라고 해. 이 잡지의 모든 독자가, 꼬집으면 생기 있어 보이는 볼을 가졌다고 가정하는 거야. 이 기사는 모든 사람을 위한 여러 가지 모발 제품에 대해 말해 줘. 여기서 "모든 사람"이란 금발, 갈색 머리, 빨간 머리를 가진 사람을 말하는 거지. 나는 거기 속하지 않아. 그리고 이 기사는 직모, 구불구불한 머리, 꼬불꼬불한 머리에 가장 좋은 린스들을 소개하고 있어. 뽀글뽀글한 머리는 없지. 얘들이 말하는 꼬불꼬불한 머리가 뭘 가리키는지 보여? 내 머리카락으로는 절대 할 수 없는 머리야. 이 기사는 눈 색깔과 아이섀도 색깔을 맞추는 법에 관한 건데 파란 눈, 녹색 눈, 갈색 눈 얘기만 있지. 하지만 내 눈은 까마니까 무슨 색 아이섀도가 어울리는지 알 수가 없어. 이 기사에는 이 분홍색 립스틱이 누구에게나 어울린다고 되어 있지만 그건 백인일 경우에 그렇다는 뜻이야. 내가 이런 분홍색을 발랐다간 갈리와그[18]처럼 보일 거라고. 아, 이거 봐. 이건 좀 발전했네. 파운데이션 광고야. 백인 피부용 색깔 일곱 가지와 흑인용 초콜릿색 한 가지가 있대. 하지만 그것도 발전이지. 자, 이제 뭐가 인종 편향적인지 얘기해 보자.《에센스》같은 잡지가 애초에 왜 존재하는지 알겠어?"

"알았어, 자기야, 알았다고. 일이 이렇게 커질 줄 몰랐네." 그가 말했다.

그날 저녁 이페멜루는 왐부이에게, 서점과 잡지와 자신이 커트에게 말하지 않은 것들, 말하지 못하고 끝내지 못한 것들에 관한 기나긴 이메일을 썼다. 그것은 캐내고, 질문하고, 파헤치는 긴 이메일이었다. 왐부이는 답장에서 이렇게 말했다. "이건 정말 생짜 진실이네. 더 많은 사람들이 읽어야 해. 네가 블로그를 시작해야 된다고."

그녀에게 블로그는 새롭고 낯선 것이었다. 하지만 자신에게 있었던 일을 왐부이에게 말하는 것으로는 성이 차지 않았다. 그녀는 다른 독자들을 원했고, 다른 사람들의 이야기를 듣고 싶었다. 얼마나 많은 사람이 침묵을 택했을까? 얼마나 많은 사람이 미국에 와서 흑인이 되었을까? 얼마나 많은 이가 자신의 세상이 거즈

18 19세기 말의 동화에서 따온 흑인 캐릭터 인형으로 과거에는 인기를 끌었으나 지금은 인종 차별 논란으로 판매가 급감했다.

에 싸인 것 같다고 느꼈을까? 몇 주 후 그녀가 커트와 헤어지고 워드프레스에 회원으로 가입하면서 그녀의 블로그가 탄생했다. 나중에 제목을 바꾸게 되지만 처음에는 「인종 단상 혹은 미국에서 흑인으로 산다는 것에 대한 비미국인 흑인의 별난 생각」이라고 붙였다. 첫 포스트는 왐부이에게 보낸 이메일에서 구두점만 수정한 것이었다. 커트는 "섹시한 백인 전 남친"으로 명명했다. 몇 시간 뒤 그녀는 블로그 통계를 확인했다. 방문자가 아홉 명이었다. 깜짝 놀란 그녀는 포스트를 내렸다. 그리고 다음 날 수정하고 편집해서 다시 올렸다. 마지막 구절은 아직까지도 쉽게 기억해 낼 수 있었다. 그래서 그녀는 지금 그것을 암송했다. 프랑스인과 미국인 부부의 만찬 석상에서, 아이티인 시인이 팔짱을 낀 채 빤히 쳐다보는 동안.

미국의 인종 문제에 대한 가장 간단한 해법이 뭘까? 바로 사랑이다. 우정도 아니고, 편안함만 목적으로 하는 안일하고 얕은 사랑이 아니라 정말로 깊은 사랑, 사람을 괴롭히고 심장을 쥐어짜고 연인의 콧구멍을 통해 숨 쉬게 만드는, 그런 사랑인 것이다. 하지만 그런 진정한 사랑이 아주 드물기에, 미국 사회가 미국인 흑인과 미국인 백인 사이의 그것을 더 드물게 만들기에, 미국의 인종 문제는 절대 해결되지 않을 것이다.

"아! 정말 멋진 얘기네요!" 프랑스인 주최자가 연극적으로 손바닥을 가슴에 얹은 채 이렇게 말하고는 반응을 살피듯 식탁 주위를 한 바퀴 둘러보았다. 하지만 다른 사람들은 모두 침묵을 지킨 채 불안한 시선을 다른 곳으로 돌렸다.

미셸 오바마, 더하기 인종적 은유로서의 머리

백인 여자 친구와 나는 미셸 오바마의 열렬한 팬이다. 그래서 며칠 전 나는 그녀에게 이렇게 말했다. 미셸 오바마도 가발을 꿰맨 건지 궁금해. 오늘은 머리가 더 풍성해 보이는데 저렇게 매일 머리를 펴면 확실히 머릿결이 상하거든. 그러자 그녀가 말한다. 그럼 원래 머리는 저렇지 않다는 거야? 내가 이상한 건가, 아니면 미국에서는 머리가 '완벽한 인종적 은유'인 것인가? 텔레비전의 외모 변신 쇼에서 못생긴 "변신 전" 사진에서는 흑인 여자가 (거칠고, 돌돌 말리고, 뽀글뽀글 또는 꼬불꼬불 한) 생머리를 하고 있고, 예쁜 "변신 후" 사진에서는 누가 뜨거운 고데로 펴 준 머리를 하고 있는 것을 한 번이라도 본 적이 있나? 어떤 흑인 여자들은, 미국인 흑인이건 비미국인 흑인이건 간에, 생머리로 남 앞에 서느니 차라리 벌거벗고 거리를 뛰는 편을 택할 것이다. 생머리로 돌아다니는 것은 프로답지 못하고, 세련되지 않고, 뭐 어쩌됐건 빌어먹을 정상이 아니기 때문이다. (여러분, 제발, 염색하지 않는 백인 여자와 똑같다고는 하지 마라.) 당신의 머리가 천연 상태의 흑인 머리라면 사람들은 당신이 머리에 '뭔가를 했다'고 생각한다. 하지만 사실 아프로나 드레드록 머리를 한 사람들이야말로 머리에 '아무것도 하지 않은' 사람들이다. 그러니까 반대로 비욘세에게 머리에 뭘 했냐고 물어야 한다. (물론 우리 모두가 비욘세를 사랑하지만 그녀가 한 번이라도 두피에서 자라난 상태 그대로의 머리를 보여 주는 건 어떨까?) 내 머리는 뽀글뽀글한 생머리다. 콘로나 아프로나 땋은 머리를 하고 다닌다. 아니, 정치적 의미는 없다. 아니, 나는 미술가나 시인이나 가수가 아니다. 그렇다고 왕엄마도 아니다. 나는 그저 릴랙서를 하고 싶지 않을 뿐이다. 내 생활 속에는 이미 발암 물질이 충분하기 때문이다. (그런데 핼러윈에 아프로 가발 쓰는 것 좀 금지할 수 없나? 아프로는 분장이 아니란 말이다.) 상상해 봐라. 어느 날 미셸 오바마가 머리 펴는 게 지겨워져서 생머리로 살기로 결심하고 북슬북슬한 혹은 단단하게 돌돌 말린 머리를 한 채 텔레비전에 출연했다고. (그녀의 머릿결이 어떨지는 알 길이 없다. 흑인 여자 한 명이 서로 다른 세 가지 머릿결을 갖는 것은 드문 일이 아니다.) 그녀는 틀림없이 멋지겠지만 불쌍한 오바마는 무소속 지지표에다 민주당 부동표까지 잃게 될 것이 분명하다.

업데이트: 릴랙서를 쓰다가 생머리로 바꾸는 중인 조라닐22가 나의 머리 관리법을 올려 달라고 부탁했다. 린스 대신 순수한 시어 버터를 바르고 헹구지 않는 것은 많은 생머리에 효과가 있다. 하지만 내 경우엔 아니다. 시어 버터가 많이 함유된 제품은 종류에 관계없이 내 머리를 건조하고 하얗게 만든다. 내 머리카락의 가장 큰 문제는 건조함이다. 나는 일주일에 한 번만 실리콘 성분이 들어 있지 않은 수분 샴푸로 머리를 감는다. 그리고 수분 린스를 사용한다. 머리를 다 감은 후에는 수건으로 말리지 않고 젖은 상태에서 여러 구획으로 나눠 유분이 많고 헹궈 낼 필요가 없는 제품을 바른다.(현재 가장 좋아하는 제품은 케멧 바이올로직스이고 좋아하는 다른 상표로는 오인 핸드메이드, 시어 모이스처, 배스크 뷰티, 다시스 보태니컬스가 있다.) 그런 다음 머리 전체를 서너 가닥의 굵은 콘로로 만들고 나서 터번을 두르듯 새틴 스카프로 감싼다.(새틴은 수분을 보존하기 때문에 좋고, 면은 수분을 흡수하기 때문에 나쁘다.) 그리고 잠자리에 든다. 다음 날 아침 콘로를 풀면, 짠! 예쁘고 폭신폭신한 아프로 머리가 된다! 비법은 머리가 젖은 상태에서 모발 제품을 바르는 것이다. 그리고 마른 머리는 절대 빗질하지 않는다. 나는 머리가 젖었거나 축축하거나 유분이 많은 로션을 잔뜩 발랐을 때만 빗는다. 이 '젖었을 때 땋기'는 고데와 케라틴 처리에 지친 '심각한 곱슬머리 백인 여자 친구들'

에게도 효과가 있다. 혹시 자신의 비법을 공유하고 싶은 미국인 흑인 혹은 비미국인 흑인 생머리는 없나?

32

몇 주 동안 이페멜루는 커트를 만나기 전의 자신을 기억해 내려 애쓰며 휘청거렸다. 그들의 연애는 그녀에게 일어난 사고와도 같았고 설사 그녀가 상상하려 했다 해도 할 수 없었을 일이었으므로 그녀는 당연히 예전으로 돌아갈 수 있어야 마땅했다. 하지만 옛 기억을 떠올리려 해도 부연 회색빛만 보일 뿐 자기가 어떤 사람이었고 뭘 즐기고 싫어하고 원했는지 더 이상 떠오르지 않았다. 일도 따분했다. 그녀는 매일 똑같은, 단조로운 일을 했다. 보도 자료를 쓰고, 보도 자료를 편집하고, 보도 자료를 교정하는 일. 그녀의 동작은 기계적이고 둔했다. 어쩌면 처음부터 쭉 그랬는데 커트가 내뿜는 눈부신 빛에 눈멀어서 알아채지 못했던 건지도 모른다. 자신의 아파트도 낯선 사람의 집처럼 느껴졌다. 그래서 그녀는 주말마다 윌로에 갔다. 우주 고모의 아파트는 치장 벽토를 바른 건물들이 모여 있고, 세심하게 조경되어 있으며, 길모퉁이마다 반질반질한 바위가 놓여 있고, 저녁마다 상냥한 사람들이 잘생긴 개를 산책시키는 블록에 있었다. 우주 고모는 전에 없던 편안한 분위기를 띠게 됐다. 여름이 되자 희망적으로 빛나는 가느다란 금발찌를 했다. '아프리카를 위한 아프리카 의사회'에 가입해서 이 주간의 의료 봉사에 자원하기도 했는데 수단에 다녀올 때 가나인 의사인 이혼남 퀘쿠를 만났다. "그이는 나를 공주님처럼 대해 줘. 커트가 너한테 그랬던 것처럼." 그녀가 이페멜루에게 말했다.

"잊으려고 애쓰는 중이잖아, 고모. 그러니까 얘기 좀 꺼내지 마!"

"미안." 우주 고모가 전혀 미안하지 않은 표정으로 말했다. 처음에 그녀는 이페멜루에게, 커트처럼 너를 사랑해 줄 남자는 또 찾을 수 없을 테니 무슨 짓을 해서든 관계를 회복하라고 했었다. 한편 디케는 이페멜루가 커트와 헤어졌다고 하자 이렇게 말했다. "그 형 참 멋있었는데. 누나, 괜찮아?"

"그럼, 물론이지."

어쩌면 그는 그렇지 않다는 걸 느꼈는지도, 그녀의 마음이 약간 불안정하다는 것을 알았는지도 몰랐다. 그녀는 거의 매일 밤 침대에 누워서 울었고, 자신이 망쳐 버린 것을 자책한 뒤에 자기가 울 이유가 없다고 속으로 되뇌면서 계속 울었다. 디케가 바나나와 땅콩 캔 하나가 놓인 쟁반을 그녀의 방으로 가져왔다.

"군것질 시간이야!" 그가 장난스러운 미소를 띤 채 말했다. 그는 그 두 가지 음식을 같이 먹고 싶어 하는 사람이 도대체 왜 존재하는지 여전히 이해하지 못했다. 이페멜루가 주전부리하는 동안 그는 침대에 걸터앉아 학교 얘기를 들려줬다. 그는 요즘 야구를 하고 있었고, 성적이 올랐고, 오텀이라는 여자애를 좋아했다.

"너 정말 여기 적응했구나."

"응." 그가 말했다. 그의 미소를 보자 브루클린에서 태평하고 무방비하게 살던 시절이 떠올랐다.

"내가 좋아하는 일본 애니메이션에 나오는 고쿠[19]라는 캐릭터 기억해?" 그가 물었다.

"응."

"누나가 아프로 머리 하니까 고쿠 닮았어." 디케가 깔깔 웃으며 말했다.

그때 퀘쿠가 문을 두드리고는 그녀가 "들어오세요."라고 말하길 기다렸다가 고개를 삐죽 내밀었다. "디케, 준비됐니?" 그가 물었다.

"네, 아저씨." 디케가 일어났다. "얼른 가요!"

"우리 지금 주민 센터에 놀러 갈 건데 같이 가실래요?" 퀘쿠가 쭈뼛거리면서 지나치게 공손한 어투로 이페멜루에게 물었다. 그 역시 그녀가 실연으로 힘들어하고 있다는 걸 알았다. 그는 키가 작고 안경을 쓴, 신사이자 신사적인 남자였다. 이페멜루는 그가 마음에 들었다. 그가 디케를 좋아했기 때문이다.

"아뇨, 물어봐 주셔서 고마워요." 이페멜루가 말했다. 그의 집은 고모네 집에서 멀지 않았지만 우주 고모의 옷장에는 그의 셔츠 몇 벌이 있었고 이페멜루는 우주 고모의 욕실에서 남성용 세안제를, 냉장고에서 고모가 먹지 않는 유기농 요구르트 묶음을 보았다. 그는 반투명한 눈으로 우주 고모를 쳐다보곤 했다. 자기가 상

---

19 「드래곤볼」의 주인공 손오공.

대방을 얼마나 사랑하는지 온 세상에 알리고 싶은 남자의 눈이었다. 그걸 보면서 이페멜루는 커트를 떠올렸고 또다시 애잔한 슬픔을 느꼈다.

어머니는 그녀의 전화 목소리를 듣고 뭔가를 눈치챘다. "너 어디 아프니? 무슨 일 있어?"

"괜찮아. 그냥 일이 힘들어서 그래." 그녀가 말했다.

아버지도 왜 목소리가 이상하냐고, 별일 없냐고 물었다. 그녀는 아버지에게 아무 일 없다고, 퇴근 후 시간은 거의 다 블로그 하는 데 쓰고 있다고 말했다. 그녀가 자신의 새로운 소일거리에 대해 설명하려는 순간 아버지가 말했다. "나도 그 개념에 대해서는 익히 알고 있다. 우리도 회사에서 아주 강도 높은 컴퓨터 사용 훈련을 시행 중이거든."

"아빠가 신청했던 게 결제가 났어. 이제 우리 학교가 방학할 때 아빠가 휴가를 쓸 수 있는 거야." 어머니가 말했다. "그러니까 빨리 비자 신청해야지."

이페멜루는 부모님이 언제 미국에 올 수 있을까에 대해 오래전부터 꿈꾸고 얘기했었다. 이제 그녀는 비용을 낼 수 있었고 어머니는 오고 싶어 했지만 그녀는 다음으로 미뤘으면 했다. 부모님이 보고 싶긴 했지만 그들이 온다는 생각만으로도 피곤했다. 자신이 그들의 딸, 그들이 기억하는 사람이 될 수 있을지 확신이 안 섰다.

"엄마, 요즘 회사에서 굉장히 바빠."

"아니 아니, 우리가 네 일 방해하러 가니?"

그래서 그녀는 그들에게 초청장과 은행 잔고 증명서와 영주권 사본을 보냈다. 미국 대사관은 옛날보다 나아졌다. 아버지가 말하길, 직원들은 여전히 불친절하지만 더 이상 줄 서기 위해 밀치거나 싸울 필요가 없다고 했다. 부모님은 육 개월 체류 비자를 받았고 삼 주간 머물렀다. 그들은 낯선 사람 같았다. 겉모습은 똑같았지만 그녀가 기억하는 품위는 사라지고 그 대신 하찮은 무엇, 촌스러운 열의만 남아 있었다. 아버지는 아파트 복도에 깔린 싸구려 카펫에 감탄했고 어머니는 K마트에서는 인조 가죽 핸드백을, 쇼핑몰 식당가에서는 종이 냅킨을, 심지어 비닐 쇼핑백까지 그러담았다. 두 사람 다 JC 페니 대리점 앞에서 포즈를 취하면서 이페멜루에게 꼭 가게 간판이 다 나오게 찍으라고 다짐을 놓았다. 이페멜루는 자신이 그들을 바라보면서 속으로 비웃고 있다는 사실에 죄책감을 느꼈다. 부모님에 대한 기억을 그토록 소중하게 지켜왔는데 막상 만나서는 비웃으면서 쳐다보다니.

"나는 미국인들이 이해가 되지 않는구나. 그들이 말하는 '좁(job)'은 꼭 '잡(jab)'처럼 들리잖니." 아버지가 두 단어를 종이에 적으며 말했다. "영국식 발음법이 훨씬 낫다는 걸 알게 됐어."

떠나기 전에 어머니가 그녀에게 나직이 물었다. "너 친구 있니?" 어머니는 "친구"라는 단어만 영어로 말했다. 그것은 부모님이 '남자 친구'라는 단어로 자신의 혀를 더럽힐 수 없기 때문에 사용하는 순화된 표현이었다. 그것이 정확하게 그들이 말하고자 하는 바, 즉 연애 상대이자 남편감 후보를 뜻하는 단어임에도.

"아니." 이페멜루가 말했다. "회사 일 때문에 계속 바빠서."

"일하는 건 좋아, 이페멜루. 하지만 눈을 크게 뜨고 있어야 돼. 여자는 꽃과 같다는 걸 잊지 마. 우리한테는 시간이 많지 않아."

예전 같았으면 코웃음을 치면서 어머니에게, 자신은 스스로 전혀 꽃 같다는 생각이 안 든다고 말했을지도 모르지만 지금은 너무 피곤해서 그런 말을 하는 것조차 수고롭게 느껴졌다. 부모님이 나이지리아로 떠나던 날 그녀는 침대에 털퍼덕 엎어져서 미친 듯이 울면서 생각했다. 내 어디가 잘못된 거지? 그녀는 부모님이 갔다는 사실에 안도했고, 자신이 안도했다는 사실에 가책을 느꼈다. 퇴근하고 나서는 볼티모어 중심가를 정처 없이, 아무 데도 흥미를 느끼지 못한 채 떠돌아다녔다. 이게 소설가들이 권태라고 부르는 걸까? 어느 한가한 수요일 오후에 그녀는 사표를 냈다. 그럴 계획이 있었던 건 아니었지만 불현듯 자신이 해야만 하는 일처럼 느껴져서 컴퓨터로 사표를 써서 출력한 다음 부장 방으로 가져갔다.

"자네 실력이 일취월장하고 있는데. 자네 마음을 돌릴 방법이 뭐 없겠나?" 부장이 몹시 놀라서 물었다.

"개인적인, 집안 사정이 있어서요." 이페멜루가 모호하게 대답했다. "저한테 좋은 기회 주셨던 것 감사드립니다."

그래서 결론이 뭔가?

사람들은 우리에게 인종은 날조된 개념이라고, 흑인과 백인 사이의 유전적 차이보다 두 흑인 사이의 유전적 차이가 더 많다고 말한다. 그런 뒤에 흑인은 백인보다 중증 유방암과 유섬유종이 생길 확률이 높고, 백인은 흑인보다 낭포성 섬유증과 골다공증에 많이 걸린다고 말한다. 고명하신 의사 선생님들, 그래서 결론이 뭔가? 인종은 거짓말인가, 아닌가?

33

마침내 블로그가 걸음마를 떼고 유아기를 벗어났다. 그것은 차례로 그녀를 놀라게, 또 기쁘게 하더니 곧 뒤로한 채 저만치 가 버렸다. 독자 수가 전 세계에서 수천 명씩 늘어 가는데 그 속도가 하도 빨라서 그녀는 통계를 확인하지 않고 참았다. 오늘은 또 얼마나 많은 새로운 사람들이 자신의 글을 읽기 위해 블로그를 클릭했는지 알기가 주저됐다. 두려웠기 때문에. 하지만 동시에 흥분되기도 했다. 다른 사이트에서 자신의 글을 퍼 간 것을 볼 때면 성취감에 얼굴이 달아올랐지만 그녀는 분명 이 중 어떤 일도 상상한 적 없었고 구체적인 포부를 품은 적도 없던 터였다. 블로그를 후원하고 싶어 하는 독자들에게서 이메일이 왔다. 후원. 이 단어는 블로그를 그녀로부터 한층 더 멀어지게 만들었다. 때로는 그녀와 상관없이, 때로는 그녀와 함께 번창할 수도 있고 아닐 수도 있는 별개의 것. 그래서 그녀는 자신에게 돈을 이체할 수 있게 해 주는 페이팔 링크를 올렸다. 입금 내역이 올라왔다. 소액 이체 여러

건과 아주 큰 금액 하나. 큰 금액은 단위가 하도 커서 처음 봤을 때 헉 소리와 비명이 섞인 이상한 소리가 절로 나왔다. 그 거액의 돈은 매달 익명으로 월급처럼 일정하게 들어오기 시작했는데 그때마다 그녀는 길에서 주운 값비싼 물건을 자기가 그냥 가진 것처럼 겸연쩍었다. 그녀는 혹시 커트가 보낸 걸까 생각했고, 동시에 그가 내 블로그를 구독하고 있을까, "섹시한 백인 전 남친"으로 불리는 것에 대해서는 어떻게 생각할까 궁금했다. 하지만 그것은 가벼운 궁금증에 지나지 않았다. 그녀는 자신이 잃은 것을 아쉬워했을 뿐 더 이상 그를 그리워하지는 않았다.

그녀는 마치 어린아이가 자기가 원하는 것인지 확실치 않은 선물을 빨리 뜯어보고 싶어 하듯 블로그와 연결된 이메일 계정을 너무 자주 확인하며 사람들이 보낸 이메일 — 술 한잔 같이 하자거나, 그녀를 인종주의자라고 비난하거나, 블로그에 쓸 만한 아이디어를 제공하는 — 을 읽었다. 그러던 어느 날 모발용 버터를 만드는 동료 블로거가 광고를 제안해서 그녀는 수수료를 받고 풍성한 머리를 가진 여자 사진을 블로그 페이지의 오른쪽 상단에 올렸다. 그 사진을 클릭하면 모발용 버터를 판매하는 사이트로 연결됐다. 또 어떤 독자는 더 많은 금액을 제시하면서 이미지를 올려 달라고 했다. 처음에는 목이 긴 모델이 몸에 딱 붙는 드레스를 입고 있는 사진이었다가 챙 넓은 모자를 쓴 사진으로 바뀌는 이미지였다. 그것을 클릭하면 인터넷 쇼핑몰로 연결됐다. 그리고 얼마 후 팬틴 샴푸와 커버걸 화장품 광고에 관한 이메일이 왔다. 또 코네티컷주에 있는 사립 학교의 다문화 생활 지도 교사도 이메일을 보냈는데 그 말투가 어찌나 딱딱하던지 흡사 예쁜 무늬가 타공되고

은색 문장(紋章)이 찍힌 편지지에 인쇄된 글을 읽는 것만 같았다. 다양성에 대해 학생들에게 강연해 달라고 요청하는 내용이었다. 펜실베이니아주의 어느 기업에서 보낸, 좀 덜 딱딱한 어투의 이메일은 그 지역 대학교의 교수가 그녀를 도발적인 인종 블로거로 지명했다며, 다양성을 주제로 하는 자사의 연례 워크숍을 주재해 달라고 요청했다. 《볼티모어 리빙》의 편집자는 "주목해야 할 인물 십 인"이라는 기사에 그녀를 포함시키고 싶다는 이메일을 보냈다. 얼굴을 그림자로 가린 채 노트북 옆에 앉아서 찍은 그녀의 사진 밑에는 "화제의 그 블로거"라는 캡션이 달렸다. 블로그 독자 수가 세 배로 늘었다. 더 많은 초대장이 왔다. 그녀는 전화를 받기 위해 가장 단정한 바지를 입고 가장 점잖은 색 립스틱을 바른 채 책상 앞에 다리를 꼬고 꼿꼿이 앉아 침착하고 확신에 찬 목소리로 말했다. 그러나 한편으로는 늘 불안감으로 뻣뻣하게 굳어서 수화기 반대편의 사람이 그녀가 전문가 혹은 협상가 행세를 하고 있음을 깨닫길, 사실은 하루 종일 구겨진 잠옷 차림으로 지내는 무직자임을 눈치채길, 자신에게 "이 사기꾼아!"라고 외치고 전화를 끊어 버리길 바랐다. 하지만 초대장은 더 많이 왔다. 숙박비와 교통비도 지불하겠다고 했고 사례비 또한 다양했다. 한번은 그녀가 충동적으로 그 전주에 받은 금액의 두 배를 달라고 했는데도 델라웨어에서 전화한 남자가 "네, 그렇게 하죠."라고 대답해서 충격을 받았다.

오하이오주의 작은 회사에서 열린, 다양성에 관한 그녀의 첫 강연에 참석한 사람 대부분은 운동화를 신었고 전원이 백인이었다. 강연 제목은 "타 인종 직장 동료들과 인종에 관해 이야기하는 법"이었지만 그녀는 생각했다. 죄 백인뿐인데 도대체 누구하고 얘기한다는 거야? 어쩌면 수위가 흑인인지도 모르지.

"저는 전문가가 아니니까 제 말을 인용하진 마세요."라고 그녀가 말문을 열자 다들 웃음을 터뜨렸다. 기운을 북돋아 주는 따듯한 웃음이었으므로 그녀는 잘 풀리겠구나, 오하이오 한가운데에서 한방 가득한 낯선 사람들에게 얘기한다고 걱정할 필요가 없었구나 하고 생각했다.(이곳에는 아직도 공공연히 인종 차별을 하는 도시들이 존재한다는 기사를 보고 조금 걱정했던 터였다.) "인종에 관한 솔직한 의사소통의 첫 단계는 모든 종류의 인종 차별을 동일시해선 안 된다는 사실을 깨닫는 것입니다." 그녀는 이렇게 말한 다음 세심하게 준비한 연설을 시작했다. 강연이 자연스럽게 흘러간 데에 흡족해하며 그녀가 마지막으로 "감사합니다."라고 말했을 때 주위 사람들의 얼굴은 굳어 있었다. 무거운 박수 소리에 마음이 위축됐다. 나중에 그녀와 남은 사람은 인사부장뿐이었다. 그는 회의실에서 너무 단 아이스티를 마시면서 축구 얘기 — 나이지리아가 축구를 잘한다는 사실을 알고 — 를 했다. 그녀가 방금 한 강연에 관해서만 아니면 뭐에 대해서든 얘기하고 싶어 안달 난 사람 같았다. 그날 저녁 그녀는 이메일 한 통을 받았다. "당신 얘기는 다 헛소리고 당신은 인종주의자야. 우리가 이 나라에 받아 준 걸 감사하기나 해."

전체가 대문자로 쓰인 그 이메일 덕분에 한 가지 사실을 알게 됐다. 다양성 워크숍 또는 다문화 토론의 목적은 진정한 변화를 유도하는 데 있는 것이 아니라 사람들이 계속 스스로 뿌듯해하도록 돕는 데 있다는 사실이었다. 그들은 그녀의 생각을 알고 싶은 게 아니었다. 단지 그녀가 그 자리에 있기를 바랄 뿐이었다. 그녀의 블로그를 읽은 것이 아니라 그녀가 "잘나가는 인종 블로거"라는 말을 들었을 뿐이었던 것이다. 그래서 그 뒤로 몇 주에 걸쳐 회사와 학교에서 강연을 하는 동안 그녀는 그들이 듣고 싶어 하는 말을 하기 시작했다. 블로그에는 절대 올리지 않을 이야기들이었다. 그녀의 블로그를 읽는 사람들은 다양성 워크숍에 참석하는 이들과 다른 사람들이었기 때문이다. 강연에서 그녀는 이렇게 말했다. "미국이 이토록 굉장한 발전을 이룬 데 대해 우리는 대단히 자랑스러워해야 할 것입니다." 블로그에는 이렇게 썼다. 인종주의는 애초에 존재하지 말았어야 하는 것이므로 감소시켰다고 칭찬할 것도 없다. 그래도 초대장은 계속 왔다. 그녀는 우아하게 꼰 머리를 한 아이티계 미국인 학생을 인턴으로 고용했다. 그 여학생은 인터넷을 잘해서 이페멜루에게 필요한 정보는 무엇이든 찾아 줬고 부절적한 댓글은 거의 올라오는 즉시 삭제했다.

이페멜루는 작은 아파트를 샀다. 신문에서 부동산 매물 광고면을 처음 보았을 때 자신이 계약금을 현찰로 낼 수 있다는 사실을 깨닫고 깜짝 놀랐다. "소유주"라는 단어 위에 서명을 하고 나니 어른이 됐다는 서늘한 느낌과 블로그 때문에 이것이 가능했다는 약간의 놀라움이 남았다. 그녀는 방 두 개 중 하나를 서재로 만들어 그곳에서 글을 썼고 곧잘 창가에 서서 낯선 동네인 롤런드파크와 복원된 유서 깊은 집들을 오래된 나무 사이로 내려다보았다. 어떤 포스트가 관심을 받고 어떤 포스트는 클릭하는 사람이 거의 없는가는 완전히 그녀의 예상을 벗어났다. 소개팅 사이트 이용 후기 "사랑이 그것과 무슨 상관인가?"에는 몇 달 후까지도 끈끈이처럼 댓글이 계속 달렸다.

"섹시한 백인 전 남친"에게 실연당해 아직 조금 슬픈 상태라 헌팅에 나설 기분은 아니고 해서 나는 소개팅 사이트에 가입했다. 그리고 수많은 프로필을 훑어보았다. 자, 지금부터 잘 들어라. 희망 인종을 선택하라는 문항에 남자들은 과연 뭐라고 답했을까? 보통 백인 남자는 백인 여자를 클릭하지만, 조금 더 용기 있는 백인 남자는 아시아인과 히스패닉을 클릭한다. 히스패닉 남자는 백인과 히스패닉을 클릭한다. 오직 흑인 남자만이 "모두"를 클릭하지만 그중 일부는 흑인을 클릭하지 않는다. 그들은 백인, 아시아인, 히스패닉만을 클릭한다. 이 문항의 답을 클릭할 때 나는 사랑을 느끼고 있지 않았다. 그러니 사랑이 이 모든 클릭과 대체 무슨 상관인가? 당신은 슈퍼에 들어갔다가 우연히 누군가를 만나 사랑에 빠질 수도 있다. 하지만 그 누군가는 당신이 온라인에서 클릭한 인종이 아닐 것이다. 그래서 나는 소개팅 사이트를 충분히 돌아본 후에 회원 탈퇴를 했고 다행히 아직 시험 사용 기간 중이라 회비를 환불받았다. 그리고 이제 슈퍼 안을 무턱대고 돌아다닐 작정이다.

비슷한 경험담을 가진 사람, 그녀의 생각이 틀렸다는 사람, 그녀의 사진을 올리라는 남자, 소개팅 사이트의 성공적인 이용 사례를 나누고 싶은 흑인 여자, 화난 사람, 신난 사람의 댓글이 달렸다. 어떤 댓글은 포스트의 주제와 전혀 상관없는 내용이라서 재미있었다. 좆 까. 또 이런 댓글도 있었다. 흑인들은 모든 걸 쉽게 얻지. 이 나라에서는 흑인이 아니면 아무것도 얻을 수 없어. 흑인 여자들은 뚱뚱해도 용서가 된다니까. 그녀가 이런저런 횡설수설에 "뒤죽박죽 금요일"이라는 똑같은 제목을 달아서 연재처럼 올리는 포스트는 매주 가장 높은 조회 수와 댓글 수를 자랑했다. 때때로 악성 댓글이 달리리라 예상하고 두려움과 흥분으로 위장이 조이는 것을 느끼며 쓴 포스트에는 오히려 뜨뜻미지근한 댓글만 달리곤 했다. 매번 "화제의 그 블로거"라는 이름으로, 라디오 공영 방송과 지역 방송에 토론자나 패널로 출연해 달라는 요청이 들어오기 시작하자 그녀는 자신이 블로그에 삼켜진 듯한 느낌을 받았다. 그녀가 블로그와 동일시되고 있었던 것이다. 그녀의 커져 가는 불편함이 크레바스에서 기어 나오는 밤 시간에 뜬눈으로 침대에 누워 있을 때면 이따금 마음속에서 블로그의 수많은 독자들이 그녀의 가면을 벗기고 공격하기에 알맞은 때를 기다리는, 힐난하는 성난 군중이 되었다.

열린 토론방: 침묵 중인 모든 흑인들에게

입 다문 흑인들, 신분 상승을 지향하는 미국인 흑인 및 비미국인 흑인, 오직 흑인이기 때문에 겪게 되는 인생 경험에 대해 이야기하지 않는—모든 사람들을 편안하게 해 주고 싶어서—이들에게 고한다. 당신의 이야기를 여기서 해라. 입을 열어라. 이곳은 안전한 공간이다.

34

그녀의 블로그에 의해 블레인은 다시 그녀의 삶 속으로 들어
왔다. 워싱턴에서 열린 '블로깅 와일 브라운' 강연회[20] 첫날의 통성
명 시간에 신경질적일 만큼 밝은 척하는 목소리로 인사하는 사람
들로 북적이는 호텔 로비에서 메이크업 블로거 — 형광색 아이섀
도를 바른, 여윈 멕시코계 미국인 여자 — 와 얘기하다 문득 시선
을 들었을 때 그녀는 말문이 막히고 온몸이 떨려 오는 것을 느꼈
다. 겨우 몇 미터 떨어진 곳에 선 작은 무리 속에 블레인이 있었기
때문이다. 그는 까만 안경테를 제외하곤 변한 데가 없었다. 그녀
가 기억하는 모습 그대로, 키가 크고 팔다리가 유연했다. 메이크
업 블로거는 화장품 회사들이 늘 《베야치카나》로 공짜 샘플을 보
낸다며, 그 일이 과연 윤리적인가에 대해 얘기하고 있었다. 이페

---

20 Blogging While Brown. 2008년부터 매해 미국에서 열리는 흑인 소셜 미디
    어 강연회.

멜루는 겉으로는 고개를 끄덕였지만 신경은 온통 블레인의 존재와 그가 서서히 무리에서 빠져나와 자신에게 다가오고 있다는 사실을 향해 있었다.

"안녕하세요!" 그가 그녀의 이름표를 빤히 쳐다보며 말했다. "그러니까 당신이 바로 그 비미국인 흑인이군요? 당신 블로그의 팬이에요."

"고맙습니다." 그녀가 말했다. 그는 그녀를 기억하지 못했다. 하지만 기억할 이유가 없지 않은가? 기차에서의 만남 이후 오랜 시간이 지났고 그때는 두 사람 다 '블로그'란 단어가 무슨 뜻인지도 몰랐다. 그가 이페멜루가 자신을 얼마나 이상화했는지, 그를 '피와 살'이 아닌 '완벽'이라는 작은 유리구슬로 이루어진 사람, 그녀가 절대 가질 수 없을 미국인 남자로 만들어 버렸음을 안다면 얼마나 재미있어할까. 그가 고개를 돌려 메이크업 블로거에게 인사할 때 그녀는 그의 이름표에서 그가 "학계와 대중문화의 교차점"에 관한 블로그를 쓴다는 말을 읽었다.

그가 다시 그녀를 쳐다봤다. "그래, 요즘도 코네티컷 쇼핑몰에 잘 들르나요? 저는 아직도 면을 직접 재배하거든요."

순간 그녀는 숨이 멎었다가 웃음을 터뜨렸다. 정신이 아찔해질 정도로 기분 좋은 웃음이었다. 방금 그녀의 삶이, 헤어졌던 사람들이 재회하는 마법 같은 영화가 되었기 때문이다. "기억하고 있었군요!"

"저쪽 끝에서 계속 쳐다보고 있었어요. 아까 당신을 봤을 때 내 눈을 의심했죠."

"세상에, 얼마나 됐죠? 한 십 년?"

"그 정도 됐죠. 팔 년인가?"

"그때 내가 메시지 많이 남겼는데 전화 안 해 줬죠." 그녀가 말했다.

"사귀던 사람이 있었어요. 그때 이미 문제가 많았는데 헤어졌어야 할 때를 놓치고 한참을 더 끌었죠." 이때 잠시 말을 멈춘 그의 표정 — 훗날 그녀가 익히 알게 되는 — 고결하게 눈을 가늘게 뜬 표정은 그 눈의 주인이 높은 도덕성의 소유자임을 알려 주었다.

그 뒤로 이메일 교환, 볼티모어와 뉴헤이븐 사이의 전화 통화, 서로의 블로그에 장난스러운 댓글 달기, 밤늦게 통화할 때는 진한 농담 주고받기가 이어지다가 마침내 어느 겨울날이 되었다. 그날 블레인은 회색 피코트 주머니에 손을 깊이 찔러 넣고, 옷깃에는 마법의 가루처럼 흩뿌려진 눈을 묻힌 채 그녀의 문 앞에 나타났다. 그녀는 코코넛 밥을 요리하고 있었고, 아파트 안은 양념 냄새로 가득했으며, 조리대에는 싸구려 메를로 포도주 한 병이 놓여 있었고, CD플레이어에서는 니나 시몬의 노래가 큰 소리로 흘러나오고 있었다. 그가 도착한 지 겨우 몇 분 만에 그들은 「제가 오해받지 않게 해 주세요」라는 노래를 따라, 추파를 던지는 친구 사이에서 연인 사이로 넘어가는 다리를 건넜다. 그 뒤에 그는 팔꿈치로 상체를 받쳐 세운 채 그녀를 지긋이 바라보았다. 그의 호리호리한 몸에는 뭔가 우아하고 거의 중성적인 느낌이 있었는데 그러고 보니 예전에 그가 요가를 한다고 말했던 것이 떠올랐다. 어쩌면 그는 머리로만 물구나무서거나 몸을 이상하게 비틀 수 있는지도 몰랐다. 그녀는 식어 버린 밥에 코코넛 소스를 섞으면서 자기는 요리가 재미없다고, 양념도 다 어제 산 거고 그가 올 거라서 요리한 것뿐이라고 말했다. 그녀는 두 사람의 입술에 생강이 묻고, 그가 그녀의 몸에서 노란 카레를 핥고, 월계수 잎이 그들의 몸 아래서 바스러지는 것을 상상했지만 실제로는 둘 다 책임감이 너무 강했기 때문에 거실에서 키스를 하다가 그녀가 그를 침실로 데려갔다.

"더 희한한 걸 했어야 했어." 그녀가 말했다.

그가 웃었다. "난 요리를 좋아하니까 희한한 걸 할 기회는 앞으로도 많을 거야." 하지만 그녀는 그가 어떤 일도 희한하게 하는 부류가 아님을 알았다. 그렇게 천천히, 무슨 임상의처럼 집중해서 콘돔을 씌우는 사람은 절대 그럴 수 없었다. 나중에 그가 다르푸르 문제에 관해 의회에 보낸 편지, 존 딕스웰[21]에 대해서 과외 했던 고등학생 제자들에게 쓴 편지, 자원봉사 했던 보호 시설에 보낸 편지에 대해 알게 됐을 때 그녀는 그를 평범한 등뼈 대신 선의라는 이름의 단단한 갈대를 가진 사람으로 생각하게 됐다.

오래전 기차에서의 만남 때문이었는지 그들은 몇 단계를 건너뛰고, 모르는 사실 몇 가지를 무시하고 곧바로 깊은 관계에 빠져들었다. 그가 처음 그녀의 집에 왔다가 뉴헤이븐으로 돌아갈 때 그녀도 함께 갔다. 그 겨울의 몇 주, 춥고 화창했던 몇 주 동안 뉴헤이븐은 안에서부터 빛을 발하는 것 같았고, 관목에 매달린 얼어붙은 눈은 오직 그녀와 블레인만 존재하는 듯한 이 세상에 축

---

21   1607~1689. 영국 청교도 혁명 당시 찰스 1세의 사형 집행장에 서명한 59인 중 한 명. 왕정복고 후 사형 선고를 받았으나 미국 뉴헤이븐으로 도주하여 가명으로 평화롭게 살았다.

제 분위기를 더해 주었다. 그들은 후무스²²를 먹으러 호가(街)에 있는 팔라펠²³집까지 걸어가서 어두운 구석 자리에 앉아 몇 시간씩 얘기하다가 마늘 때문에 얼얼한 혀를 안고 마침내 밖으로 나오곤 했다. 또는 그의 수업이 끝난 후에 도서관에서 만나 카페로 간 다음 그가 집어 온 책들을 테이블에 놓고 앉아서 너무 진한 코코아와 입자가 너무 거친 통밀 크루아상을 먹기도 했다. 그는 유기농 채소와 그녀가 발음할 수도 없는 이름을 가진 곡물 — 불구르,²⁴ 퀴노아 — 을 요리하면서 동시에 재빨리 부엌을 청소했다. 토마토소스가 튀면 그 즉시 닦아 내고, 물을 흘리면 그 즉시 행주로 두드렸다. 그가 들려주는 이야기 — 농작물에 뿌리는 화학 물질, 닭이 빨리 자라게 하기 위해 먹이는 화학 물질, 과일 껍질을 반질반질하게 만들기 위해 사용하는 화학 물질에 관한 — 를 듣고 그녀는 겁에 질렸다. 왜 지금껏 사람들이 암으로 죽어 간다고 생각했을까? 그래서 그녀는 사과를 먹기 전에 개수대에서 박박 씻기 시작했다. 블레인이 유기농 과일만 사는데도. 그는 어떤 곡물에 단백질이 많고, 어떤 채소에 카로틴이 많고, 어떤 과일에 당분이 너무 많은지 얘기해 줬다. 그는 모르는 게 없었다. 그녀는 이것이 무섭고 자랑스러운 동시에 약간 혐오스러웠다. 사소한 가정생활도 캠퍼스 근처의 고층 아파트 20층에 사는 그와 함께하자 중대

---

22 중동과 북아프리카에서 흔히 먹는 소스. 삶아서 간 병아리콩, 참깨, 레몬즙, 소금, 마늘을 섞어 만든다.

23 중동 요리. 병아리콩이나 누에콩으로 만든 반죽을 경단 또는 납작한 떡 모양으로 빚어서 튀긴 다음 채소, 소스, 피타 빵과 함께 먹는다.

24 밀을 살짝 익혀서 말린 다음 찧은 것. 중동에서 많이 먹는다.

한 의미 — 저녁 샤워 후에 머리에 코코아 버터를 바르는 그녀를 쳐다보는 시선, 그의 식기세척기가 작동을 시작할 때 나는 쉭 소리 — 를 띠었다. 그녀는 침실에 요람이 있고, 그 안에 아기가 있고, 블레인이 아기를 위해 세심하게 유기농 과일을 가는 상상을 했다. 그라면, 이 세심한 규율의 남자라면 완벽한 아버지가 될 것이 틀림없었다.

"나는 템페²⁵ 못 먹겠던데 당신이 왜 좋아하는지 이해가 안 돼." 그녀가 그에게 말했다.

"안 좋아해."

"근데 왜 먹어?"

"몸에 좋으니까."

그는 매일 아침 조깅을 했고 매일 밤 치실을 사용했다. 치실 사용. 실을 잇새에 끼우고 기계적으로 이리저리 잡아당기는, 이 추하고 기능적인 행위는 그녀에겐 지극히 미국적인 것으로 보였다. "당신도 매일 치실을 사용해야 돼." 블레인이 그녀에게 말했다. 그래서 그녀는 블레인이 하는 다른 일들 — 헬스클럽 다니기, 탄수화물보다 단백질 많이 먹기 — 을 따라 하기 시작했듯 치실을 사용하기 시작했고 그러면서 고마움이 섞인 만족감을 느꼈다. 덕분에 자신이 발전했기 때문이다. 그는 몸에 좋은 탄산수 같은 존재였다. 그와 함께라면 한 단계 더 나은 세계에서 살 일만 남아 있었다.

---

25 콩을 발효시켜 만든 인도네시아 음식.

그의 가장 친한 친구인 애러민타가 그의 집에 놀러 와서는 이페멜루를 전에도 만난 적 있는 것처럼 다정하게 끌어안았다. "블레인은 폴라와 헤어진 뒤로는 정말 데이트를 안 했었는데 지금은 우리 자매랑, 그것도 초콜릿색 피부의 자매랑 사귄다니. 드디어 발전이 있네요!" 애러민타가 말했다.

"애러민타, 그만해." 블레인은 이렇게 말했지만 얼굴은 웃고 있었다. 그의 가장 친한 친구가 여자라는 것, 그녀가 하이힐과 딱 달라붙는 청바지 차림에 컬러 렌즈를 끼고 긴 직모 가발을 쓰고 다니는 건축가라는 사실은 또 한번 이페멜루의 마음에 드는 블레인의 일면을 보여 주었다.

"블레인이랑 저는 소꿉친구예요. 고등학교 때에는 학년 전체에 흑인이 우리 둘뿐이었죠. 모든 친구들이 우리가 서로 사귀길 바랐어요. 흑인 애가 둘 있으면 무조건 걔네 둘이 사귀어야 한다고 생각하는 거 알죠? 하지만 얘가 하도 제 취향이 아니라서." 애러민타가 말했다.

"아, 그러셔?" 블레인이 말했다.

"이페멜루, 당신이 교수가 아니라서 내가 얼마나 기쁜지 알아요? 얘 친구들이 말하는 거 들어 본 적 있어요? 뭐든 곧이곧대로 보는 법이 없죠. 모든 게 다른 뭔가를 의미해야만 해요. 웃기지도 않는다니까요. 지난번에는 마샤가 흑인 여자들이 뚱뚱한 이유는 그들의 몸이 노예 제도 반대 운동의 현장이기 때문이라고 떠들어 대는 거예요. 아무렴, 그렇겠지. 햄버거랑 탄산음료를 먹는 게 노예 제도 반대 운동이라면."

"하버드 동문회의 미스 알코올 씨, 되지도 않는 타도 엘리트

시늉은 그만둬." 블레인이 말했다.

"그게 아니지. 교육 수준이 높은 거랑, 빌어먹을 온 세상을 설명이 필요한 뭔가로 만드는 거랑은 전혀 달라! 샘조차도 너희를 비웃는다고. 언니가 너랑 그레이스 흉내를 얼마나 잘 내는데. 정전(正典) 형성과 공간적, 역사적 의식의 지형학." 애러민타가 이페멜루를 돌아보며 말했다. "얘네 누나 샘 아직 안 만나 봤죠?"

"네."

나중에 블레인이 방에 들어가느라 자리를 비웠을 때 애러민타가 말했다. "샘은 좀 특이하니까 나중에 만나더라도 너무 심각하게 받아들이지 마요."

"그게 무슨 뜻이에요?"

"좋은 사람이고 아주 매력적이지만 언니가 당신을 무시하는 것 같을 때는 당신 탓이 아니라 언니가 원래 그런 사람이라는 뜻이에요." 그녀가 목소리를 낮추며 덧붙였다. "블레인은 정말 정말 좋은 녀석이에요."

"알아요." 이페멜루는 애러민타의 말에서 경고 혹은 간청 같은 무엇을 느꼈다.

한 달 후 블레인은 이페멜루에게 자기 집으로 이사 들어오라고 말했지만 실제로 이사하기까지는 일 년이 걸렸다. 비록 그 전에도 그녀는 대부분의 시간을 뉴헤이븐에서 보냈고, 교수의 동거인으로서 예일 대학교 헬스클럽 출입증을 가지고 있었으며, 그의 아파트 ─ 그가 그녀를 위해 침실 창문 가까이에 마련해 준 책상 ─ 에서 블로그를 썼지만 말이다. 처음에는 그의 관심에 신나서, 그의 지성이 황송해서, 블로그에 글을 올리기 전에 그에게 보여 주었다. 그리고 그에게 편집을 해 달라고 부탁한 적은 없었지만 차츰 그가 한 말 때문에 내용을 더하거나 빼는 등 글을 고치기 시작했다. 그다음부터는 서서히 화가 나기 시작했다. 그녀의 글이 너무 학자연했고, 너무 블레인의 말처럼 들렸기 때문이다. 한번은 도심 빈민가에 대한 포스트 "왜 미국 도시에서 가장 축축하고 칙칙한 구역에는 미국인 흑인만 가득한가?"를 썼더니 그가 정부 정책과 도시 재개발에 대해 자세히 쓰라고 말했다. 그녀는 그렇게 했지만 다시 읽고 나서 포스트를 내렸다.

"나는 설명하고 싶지 않아. 관찰하고 싶다고." 그녀가 말했다.

"사람들이 당신 블로그를 심심풀이로 읽지 않는다는 걸 명심해. 문화 평론으로서 읽는 거라고. 그건 정말 대단한 사명이야. 당신 블로그를 주제로 보고서를 쓰는 대학생들이 있어." 그가 말했다. "학구적이거나 지루하게 써야 한다는 뜻은 아니야. 당신 문체를 유지하되 깊이가 더 있었으면 좋겠어."

"지금도 충분히 깊이 있어." 그녀는 짜증을 내며 말했지만 자꾸만 그의 말이 맞는다는 생각이 들었다.

"태만하네, 태만해."

그는 '태만하다'는 표현을 자주 썼다. 과제물을 제때 제출하지 않는 학생에게, 정치 활동을 하지 않는 흑인 유명 인사에게, 자기 의견과 다른 생각에 대해서. 그녀는 때때로 그의 제자가 된 듯한 기분을 느꼈다. 미술관에서 함께 구경하다가 그가 지루한 추상화 앞에 한참 서 있어서 그녀가 대담한 조각이나 자연주의 그림 쪽으로 자기도 모르게 움직일 때면 그의 굳은 미소 속에서 그녀가 아직도 자신에게서 충분히 배우지 못했다며 실망하는 기색을 느낄 수 있었다. 그는 존 콜트레인[26]의 모든 앨범 중에서 하나를 골라 틀때마다 그녀를 관찰하면서 그 얼굴이 황홀감으로 빛나리라 확신하며 기다렸지만 음악이 끝날 때까지도 그녀의 표정에 아무런 변화가 없으면 재빨리 시선을 피하곤 했다. 그녀가 블로그에 자신이 좋아하는 소설 두 편, 앤 페트리[27]와 게일 존스[28]의 작품에 관해 썼을 때 블레인은 "그다지 참신한 선택은 아닌걸."이라고 말했다. 그녀를 언짢게 하고 싶지는 않지만 말할 수밖에 없다는 듯이 부드럽게 얘기했다. 그의 입장은 확고했고 자기 마음속에서 충분히 숙고해서 완성한 주장이라 때로는 그녀도 같은 결론에 도달하지 않았다는 데에 놀란 것처럼 보일 때도 있었다. 그녀는 그가 믿는 것, 아는 것으로부터 자신이 한 발짝 떨어져 있는 것 같다고 느꼈고 그의 분별력에 반해서 그를 따라잡고 싶다는 의욕이 샘솟았다. 한번은 둘이 샌드위치를 사러 가느라 엘름가(街)를 걷다가 캠퍼스에 상주하는 통통한 흑인 여자를 본 적이 있었다. 그녀는 늘 털모자를 푹 눌러쓴 채 커피숍 근처에 서서 빨간 장미 조화 한 송이를 행인에게 내밀면서 "잔돈 없으세요?"라고 물었다. 그날은 학생 둘이 그녀에게 뭐라고 얘기를 하다가 한 명이 그녀에게 카푸치노가 담긴 큰 종이컵을 줬다. 여자는 신나 보였다. 그녀는 고개를 젖히고 커피를

---

26 1926~1967. 미국의 재즈 색소폰 연주가 겸 작곡가. 프리 재즈의 선구자다.

27 1908~1997. 미국의 작가. 첫 장편 소설 『거리』로 100만 부 이상의 책을 판매한 최초의 흑인 여성 작가다.

28 1949~ . 미국의 작가. 흑인 여성이 지속적인 성적 학대를 당하다가 가해자를 살해하고 거세하는 내용의 소설로 많은 논란을 일으켰으나 작품성도 인정받았다.

벌컥벌컥 들이켰다.

"정말 꼴불견이군." 그 앞을 지나칠 때 블레인이 말했다.

"그러게." 이페멜루는 맞장구를 쳤지만 그가 노숙자 여자와 그녀가 받은 카푸치노 선물에 왜 그렇게 강한 반감을 느끼는지는 이해할 수 없었다. 몇 주 전에는 슈퍼에서 그들 뒤에 줄 서 있던 나이 지긋한 백인 여자가 "머리 모양이 정말 예쁘네요. 만져 봐도 되나요?"라고 물어서 이페멜루가 그러라고 했다. 여자가 이페멜루의 아프로 머리 속으로 손을 쑥 집어넣었다. 그때 이페멜루는 블레인이 굳어지는 것을 느꼈고, 그의 관자놀이에서 맥박이 불룩불룩 뛰는 것을 보았다. "어떻게 그런 짓을 허락할 수가 있어?" 그가 나중에 물었다. "뭐 어때서? 안 그러면 아프로 머리가 어떤 느낌인지 영영 모를 거 아냐. 그 사람은 아마 아는 흑인이 한 명도 없을 거라고."

"그래서 당신이 모르모트가 돼야 한다는 거야?" 블레인이 물었다. 그는 그녀가 어떻게 느껴야 하는지도 모르는 감정을 당연히 느끼리라고 기대했다. 그에게는 당연히 존재하는데 그녀가 파악할 수 없는 것들이 있었다. 그의 친한 친구들과 함께 있을 때 그녀는 살짝 의아한 기분을 자주 느꼈다. 그들은 젊고 도덕적이었으며 옷을 잘 차려입었고 "일종의"와 "그러한 방식으로"로 가득한 문장을 사용했다. 그들은 목요일마다 술집에서 모였고 가끔은 누군가의 집에서 디너파티를 열기도 했다. 그 자리에서 이페멜루는 거의 말없이 듣기만 하면서 그들을 신기하게 쳐다봤다. 이 사람들은 수입 채소를 설익었을 때 따서 운송 중에 익힌다는 사실에 진심으로 이렇게 열을 내는 건가? 그들은 아프리카의 아동 노동을 종식

시키고 싶어 했고 저임금 아시아 노동자가 만든 옷은 사지 않으려 했다. 그들이 세상을 바라보는, 비실용적이면서도 눈부신 진지함이 감동적이긴 했지만 납득되진 않았다. 그들에게 둘러싸여 있을 때 블레인은 그녀에게는 낯선 문헌을 흥얼거렸고 그 무리에 속한 사람처럼 멀게 느껴졌다. 그러다 그가 마침내 사랑이 담긴 따듯한 눈길로 자신을 쳐다보면 그녀는 안도감 비슷한 것을 느꼈다.

그녀는 부모님에게 블레인 얘기를 했다. 그와 함께 살기 위해 볼티모어를 떠나 뉴헤이븐으로 이사한다고 말했다. 새 직장을 구했다거나 그냥 거기로 이사하고 싶다고 거짓말할 수도 있었지만 그러지 않았다. "그 사람 이름은 블레인이에요." 그녀가 말했다. "미국인이에요."

그녀는 자기 말에 담긴 상징성을, 그것이 수천 킬로미터를 여행해 나이지리아에 도달하는 것을 느꼈고 부모님이 이해하리라는 것을 알았다. 블레인과 결혼 얘기를 한 적은 없었지만 발밑의 땅이 단단하게 느껴졌다. 그녀는 부모님이 그에 대해, 그가 얼마나 좋은 사람인지에 대해 알길 원했다. 그래서 그를 묘사할 때 그 단어 —"좋은"— 를 사용했다.

"미국인 니그로냐?" 아버지가 당황한 목소리로 물었다.

이페멜루는 박장대소를 터뜨렸다. "아빠, 요즘은 니그로라는 말 아무도 안 써요."

"근데 왜 니그로냐? 그곳에 나이지리아인이 실질적으로 부족하냐?"

그녀는 계속 웃으면서 그의 말을 못 들은 척했고 어머니를 바꿔 달라고 했다. 아버지의 말을 무시하는 것, 심지어 결혼도 하지 않은 상태에서 남자 집으로 들어간다고 말하는 것은 그녀가 미국에 살기 때문에 할 수 있는 일이었다. 규칙이 바뀌면서 먼 거리와 외국 생활이 만든 틈 속으로 굴러떨어진 것이다.

어머니가 물었다. "기독교인이니?"

"아니. 악마 숭배자야."

"하느님 맙소사!" 어머니가 비명을 질렀다.

"농담이야, 엄마. 기독교인이야." 그녀가 말했다.

"그럼 문제없네." 어머니가 말했다. "인사는 언제 올 거니? 한 번에 다 할 수 있게 ─ 문 두드리기, 신붓값 치르기, 술 가져오기 ─ 네가 계획을 짜. 그래야 비용도 절약하고 그 친구가 여러 번 왔다 갔다 하지 않아도 되지. 미국은 머니까……."

"엄마, 제발, 우린 아직 그럴 생각 없어."

이페멜루는 전화를 끊고 나서 여전히 재미있어하며 블로그의 제목을 「인종 단상 혹은 (과거에는 니그로로 알려졌던) 미국인 흑인들에 대한 비미국인 흑인의 여러 가지 생각」으로 바꾸기로 결심했다.

미국의 새로운 일자리: '누가 인종주의자인가'를 판가름하는 최고 결정권자

미국에 인종주의는 존재하지만 인종주의자는 모두 사라졌다. 인종주의자들은 과거에 속한다. 인종주의자들은 공민권 운동 시대에 관한 영화에 나오는, 입술이 얇고 못된 백인들이다. 문제는 이거다. 인종주의의 표현 방식은 변했는데 그것을 가리키는 용어는 변하지 않았다. 그러

니까 누군가에게 린치를 가하지 않은 사람은 인종주의자라고 불러선 안된다. 피에 굶주린 괴물이 아닌 사람은 인종주의자라고 불러선 안된다. 누군가는 인종주의자가 괴물이 아니라고 말할 수 있어야 한다. 그들은 사랑하는 가족이 있고 성실하게 납세하는 평범한 사람들이다. 따라서 누가 인종주의자이고 누가 인종주의자가 아닌지를 결정하는 직업이 생겨야 한다. 아니면 "인종주의자"라는 말을 버릴 때가 된 건지도 모른다. 새로운 단어를 찾자. 예를 들어 '인종 장애 증후군'은 어떤가. 그러면 이 증후군을 앓는 환자들을 초기, 중기, 말기와 같은 범주로 나눌 수 있을 것이다.

35

어느 날 밤 이페멜루는 잠에서 깨어 화장실에 가다가 거실에
서 블레인이 누군가를 달래는 부드러운 목소리로 통화하는 것을
들었다. "미안, 나 때문에 깼어? 누나한테서 전화가 와서." 침대로
돌아온 그가 말했다. "누나가 프랑스에서 뉴욕으로 돌아왔어. 첫
책이 곧 나올 예정이라 약간 신경 쇠약 상태야." 그가 잠시 말을 멈
췄다. "이런 일이 처음은 아니지. 누나는 항상 신경 쇠약을 달고 살
거든. 이번 주말에 나랑 뉴욕에 가서 우리 누나 만날래?"

"그래. 근데 누나가 무슨 일 한다고?"

"무슨 일인들 안 하겠어? 처음에는 헤지 펀드 회사에서 일했
어. 그다음에는 일을 그만두고 세계 여행을 하다가 언론사에 잠
깐 있었지. 그러다가 아이티 남자를 만나서 파리에서 같이 살았
고. 그런데 그 남자가 병으로 죽었어. 순식간이었지. 누나는 그 후
에도 파리에 머물렀는데 미국으로 돌아오기로 결정하고 나서도
아파트를 처분하지 않았어. 새 남자 친구인 오비디오랑 사귄 지는

이제 일 년 정도 됐지. 제리가 죽고 나서 처음으로 진지하게 사귄 남잔데 꽤 괜찮은 사람이야. 이번 주에 오비디오가 캘리포니아에 출장 가고 없어서 누나 혼자 있대. 누나는 집에서 모임 여는 걸 좋아해. 자칭 '살롱'이지. 누나한테는 굉장한 친구들이 많아. 대부분 미술가랑 작가인데 그 사람들이 누나네 집에 모여서 정말 좋은 대화를 나누는 거야." 그가 잠시 말을 멈췄다. "누나는 정말 특별한 사람이야."

샌이 방 안에 들어오면 모든 공기가 사라졌다. 그녀는 숨을 깊이 들이쉬지 않았다. 그럴 필요가 없었다. 공기가 그녀의 타고난 카리스마에 이끌려 저절로 그녀를 향해 흘러왔다. 다른 사람들 몫이 하나도 남지 않을 때까지. 이페멜루는 블레인의 숨 막히는 어린 시절 ─ 샌에게 감명을 주려고, 자신의 존재를 상기시키려고 그녀를 쫓아다니는 ─ 을 상상했다. 어른이 된 지금도 그는 누나의 사랑을 갈구하고 영원히 누나에게 인정받지 못할까 봐 두려워하며 노력하는 남동생이었다. 두 사람이 이른 오후에 샌의 아파트에 도착했을 때 블레인은 걸음을 멈추고 도어맨과 얘기를 나눴다. 펜 역에서부터 택시를 타고 오는 동안 계속 기사와 수다를 떨었듯이. 그는 특유의 자연스러운 친화력으로 수위, 청소부, 버스 기사와 연합을 맺곤 했다. 그래서 그들이 얼마를 벌고, 몇 시간을 일하고, 의료 보험이 없다는 사실도 알았다.

"이야, 호르헤, 잘 있었어요?" 블레인은 미국식으로 '조지'라고 하지 않고 에스파냐식으로 '호르헤'라고 발음했다.

"잘 지냈죠. 예일 학생들은 어때요?" 도어맨은 블레인을 봐서 기쁘고, 그가 예일 대학교 교수라서 기쁜 듯했다.

"똑같이 속 썩이죠 뭐." 그리고 블레인은 그들을 등진 채 분홍색 요가 매트를 안고 엘리베이터 앞에 서 있는 여자를 가리켰다. "아, 누나 저기 있네." 샌은 체구가 작고 광대뼈가 발달한 달걀형 얼굴을 가진 미인이었다. 상당히 고압적인 인상이었다.

"왔구나!" 그녀가 블레인을 끌어안았다. 이페멜루 쪽으로는 눈길 한번 주지 않았다. "필라테스 수업에 다녀와서 다행이야. 게을리하다간 영영 안 하게 되거든. 너는 오늘 조깅 했니?"

"응."

"아까 데이비드랑 다시 얘기했어. 오늘 저녁에 다른 표지를 보내 주겠대. 이제야 내 말을 좀 귀담아듣는 것 같아." 그녀가 눈을 부라렸다. 엘리베이터 문이 열리자 그녀는 계속 블레인에게 얘기하면서 먼저 올라탔다. 블레인은 두 사람을 서로 소개할 기회를 엿보는지 안절부절못했지만 샌은 그럴 기회를 줄 생각이 전혀 없어 보였다.

"오늘 아침에는 영업 이사가 전화를 했더라고. 어떤 모욕보다 더 기분 나쁘고 정말 참을 수 없이 정중한 태도, 너도 알지? 그러면서 서점들이 벌써 첫 표지를 좋아하네 어쩌네 떠들어 대는 거야. 정말 기가 차서." 샌이 말했다.

"출판사들의 집단 본능이지 뭐. 남들 다 하는 건 자기도 꼭 하려고 한다니까." 블레인이 말했다.

엘리베이터가 멈추면서 문이 열리자 샌이 이페멜루를 돌아봤다. "아, 미안해요. 내가 요즘 스트레스가 하도 많아서." 그녀가 말했다. "만나서 반가워요. 블레인한테서 얘기 많이 들었어요." 그녀가 이페멜루를 쳐다봤다. 대놓고 상대방을 평가하면서 그 사실을 부끄러워하지 않는 눈빛이었다. "예쁘게 생겼네요."

"누님이야말로 예쁘신데요." 이페멜루는 이 말을 하면서 스스로 깜짝 놀랐다. 자신이 평소 할 법한 말이 아니었기 때문이다. 하지만 그녀는 자신이 이미 샘에게 넘어갔음을 느꼈다. 샘의 칭찬에 이상하게 기분이 좋았던 것이다. 샘은 특별하다고 했던 블레인의 말뜻을 이페멜루는 지금 이해했다. 샘은 왠지 모르게 선택된 사람 같은 분위기를 풍겼다. 신들이 그녀에게만 마술 지팡이를 줘서 평범한 일도 그녀가 하면 신비로운 일이 되었다.

"어때요? 마음에 들어요?" 샘이 원색적인 가구들을 향해 팔로 큰 호를 그려 보이며 물었다. 빨간 양탄자, 파란 소파, 주황 소파, 녹색 안락의자.

"뭔가를 의도한 것 같긴 한데 그게 뭔지는 모르겠네요."

샘이 짧게 웃었다. 뭔가가 뒤따라 나와야 하는데 그러지 않은 것처럼 급하게 뚝 끊긴 듯한 소리였다. 그녀가 거의 웃지도 않고 말없이 가만있어서 이페멜루는 이렇게 덧붙였다. "흥미롭네요."

"네, 흥미롭죠." 샘이 식탁 옆에 서서 한쪽 다리를 그 위에 올리더니 허리를 굽혀서 식탁 위에 올린 발을 한 손으로 잡았다. 그녀의 몸은 우아한 작은 곡선 — 엉덩이, 가슴, 종아리 — 의 집합소였고 그녀의 몸짓은 자신이 선택된 자임을 천명했다. 그녀는 자기가 원할 때면 아무 때나, 집에 손님이 와 있을 때조차도, 다리를 스트레칭 할 수 있었다.

"블레인이「인종 단상」블로그를 소개해 줬어요. 훌륭하던데요." 그녀가 말했다.

"감사합니다." 이페멜루가 말했다.

"내 친구 중에 나이지리아 사람인데 글 쓰는 애가 있어요. 켈레치 가루바라고 알아요?"

"작품 읽은 적 있어요."

"얼마 전에 그 친구랑 「인종 단상」 얘기를 하는데 걔가 아프리카 사람들은 인종 문제에 신경 쓰지 않는다면서, 이 블로그를 쓰는 비미국인 흑인은 카리브해 출신이 틀림없다고 그러더라고요. 걔가 당신을 만나면 깜짝 놀랄 거예요!" 샌은 잠시 말을 멈추고 반대쪽 다리를 식탁에 올린 다음 다시 허리를 숙여서 발끝을 손으로 잡았다.

"걔는 항상 자기 책이 안 팔린다고 조바심쳐요. 그래서 내가, 팔리는 책을 쓰고 싶으면 너희 동포에 대해 나쁘게 써야 한다고 말했죠. 아프리카의 문제는 아프리카인들 탓이고, 유럽인들이 아프리카에 해를 끼친 것보다는 도움을 준 게 더 많다고 말해야 한다. 그러면 너는 유명해질 거고 사람들은 네가 정말 솔직하다고 할 거다!"

이페멜루가 웃었다.

"흥미로운 사진이네요." 그녀가 협탁에 놓인 사진을 가리키며 말했다. 사진 속 샌은 샴페인 두 병을 머리 위로 높이 들었고 그 주위를 넝마 차림으로 미소 짓는 갈색 피부의 아이들이 둘러쌌는데 장소는 아마도 중남미의 빈민가인 듯 그녀의 등 뒤로 양철 판을 누덕누덕 덧대어 만든 벽이 보였다. "비꼬는 게 아니라 정말 흥미로워요."

"오비디오는 이 사진을 꺼내 놓지 말자고 했지만 내가 우겼어요. 보시다시피 명백하게 아이러니를 의도한 사진이니까요."

이페멜루는 샌이 우기는 모습을 상상했다. 그녀는 짧은 문장 하나를 내뱉고 두 번 반복할 필요가 없었을 것이고 오비디오는 허겁지겁 사진을 꺼내 놨을 것이다.

"나이지리아에는 자주 가요?" 샌이 물었다.

"아뇨. 사실 미국에 오고 나서는 한 번도 못 갔어요."

"왜요?"

"처음에는 돈이 없었고, 취직하고 나서는 시간을 낼 수가 없더라고요."

이제 샌은 이페멜루와 마주 선 채 양팔을 등 뒤로 날개처럼 쭉 뻗었다.

"나이지리아 사람들은 우리를 아카타라고 부르죠? 야생 동물이라는 뜻이라면서요?"

"그게 야생 동물을 뜻하는지는 모르겠어요. 사실 저는 그 말이 무슨 뜻인지도 모르고, 쓰지도 않아요." 이페멜루는 거의 말을 더듬다시피 했다. 사실을 말했는데도 샌의 날카로운 시선 때문에 죄인이 된 듯한 기분이었다. 샌에게는 힘이, 미묘하면서도 파괴적인 힘이 흘러넘쳤다.

블레인이 부엌에서 불그스름한 액체가 담긴 길쭉한 유리잔 두 개를 들고 나타났다.

"무알코올 칵테일이구나!" 샌이 아이처럼 기뻐하며 블레인에게서 유리잔을 받아 들었다.

"석류랑 탄산수에 크랜베리를 조금 넣은 거야." 블레인이 나머지 한 잔을 이페멜루에게 주면서 말했다. "그래, 다음 살롱은 언제 열 거야, 누나? 이페멜루한테도 얘기했는데."

블레인이 이페멜루에게 샌이 자신의 모임을 "살롱"이라고 부른다는 얘기를 할 때는 분명 조롱기를 담아 그 단어를 강조했는데 지금은 진지하게 프랑스식으로 발음하고 있었다.

"아, 아마 곧 할 거야." 샌은 친근하면서도 무뚝뚝하게 어깨를 으쓱하며 칵테일을 한 모금 마시더니 이번에는 바람에 휜 나무처럼 옆으로 스트레칭을 했다.

샌의 휴대 전화가 울렸다. "내가 전화기를 어디다 놨지? 아마 데이비드일 거야."

전화기는 탁자 위에 있었다. "아, 뤽이구나. 나중에 걸지 뭐."

"뤽이 누군데?" 블레인이 부엌에서 나오며 물었다.

"돈 많은 프랑스 남자. 사실 웃기는 얘기야. 공항에서 우연히 만난 인간인데 남자 친구 있다고 했더니 '그러면 나는 먼발치에서 경애하며 때가 오길 기다리겠소.' 이러는 거야. 정말로 '기다리겠소'라고 했다니까?" 샌이 칵테일을 홀짝였다. "유럽의 백인 남자들이 우리를 흑인 여자가 아니라 그냥 여자로 보는 건 좋지만 난 이제 그들과 데이트하고 싶지 않아. 절대 안 해. 그냥 가능성이 있다는 사실을 아는 것으로 됐어."

블레인은 고개를 주억거리며 동의하고 있었다. 샌이 방금 한 말을 다른 사람이 했다면 그는 즉시 숨겨진 뉘앙스를 찾으려고 내용을 곱씹은 다음 지나친 일반화이자 단순화라며 반대했을 터였다. 예전에 어느 유명 인사의 이혼 소식이 텔레비전에 나오는 것을 보고 이페멜루가 자신은 미국인들이 왜 연인에게 그토록 고집스럽고도 확실한 정직을 요구하는지 이해할 수 없다고 말한 적이 있었다. 그러자 블레인은 "그게 무슨 말이야?"라고 물었고 그녀는 그의 목소리에서 스멀스멀 스며 나오는 반감을 느꼈다. 그 역시 고집스럽고도 확실한 정직의 신봉자였던 것이다.

"내 생각은 달라. 내가 제3 세계 출신이어서 그런가 봐." 그녀가 말했다. "제3 세계 출신으로서 살다 보면 세상에는 여러 종류의 다양한 사람이 있고 정직과 진실이라는 것도 언제든 상황에 따라 변할 수 있다는 걸 알게 돼." 그녀는 자신이 생각해 낸 설명에 뿌듯해하며 말했지만 블레인은 그녀의 말이 채 끝나기도 전에 고개를 내저으며 말했다. "태만하네. 제3 세계를 그런 식으로 이용하다니."

그런 그가 지금은 샘의 말에 고개를 끄덕이고 있었다. "유럽인은 애인을 사귈 때 미국인만큼 보수적이고 빡빡하지 않아. 유럽의 백인 남자들은 '그냥 섹시한 여자 한 명 만나고 싶다'고 생각하지만 미국의 백인 남자들은 '흑인 여자한테는 손대기도 싫지만 핼리 베리라면 잘 수도 있지.'라고 생각하지."

"그거 재밌네." 블레인이 말했다.

"물론 이 나라에도 흑인 여자만 사귀는 백인 남자가 극소수 존재하지만 그건 일종의 페티시즘이라 역겨워." 샘이 말을 끝낸 다음 그 반짝이는 눈을 이페멜루에게로 돌렸다.

이페멜루는 조금 머뭇거리다가 반대 의견을 말했다. 그녀는 정말 이상할 정도로 샘의 마음에 들고 싶어 하고 있었다. "사실 저는 이제껏 정반대 경험을 했어요. 아프리카계 미국인 남자보다 백인 남자가 훨씬 더 추파를 많이 던졌거든요."

"그래요?" 샘이 잠시 침묵했다. "당신이 이국적이라서 그런가 봐요. 진짜 아프리카인만의 분위기 같은 거 있잖아요."

샌의 묵살에 이페멜루는 가슴이 아팠고 그 아픔은 블레인을 향한 분노가 되었다. 그가 그렇게 진심으로 자기 누나의 말에 동의하지 않았으면 했기 때문이다.

샌의 전화가 또 울렸다. "아, 이번에는 데이비드여야 할 텐데!" 그녀가 전화기를 들고 방으로 들어갔다.

"데이비드는 누나 담당 편집자야. 편집부에서 성적인 까만 몸통 이미지를 표지에 쓰고 싶어 해서 누나가 싸우고 있어." 블레인이 말했다.

"아, 그래?" 이페멜루는 음료수를 홀짝이며 여전히 그에게 짜증이 난 채로 미술 잡지의 책장을 휙휙 넘겼다.

"당신 괜찮아?" 그가 물었다.

"응."

샌이 돌아왔다. 블레인이 그녀를 쳐다봤다. "다 해결됐어?"

그녀가 고개를 끄덕였다. "그 표지는 쓰지 않기로 했어. 이제야 모두가 한마음이 된 것 같아."

"그거 잘됐네." 블레인이 말했다.

"책 나오면 한 사나흘 제 블로그에 글 좀 써 주세요." 이페멜루가 말했다. "정말 기대돼요. 꼭 써 주셨으면 좋겠어요."

샌이 눈썹을 치켜세웠다. 이페멜루는 그 표정을 읽을 수 없었고 자신이 너무 적극적이었나 걱정됐다.

"그래요, 그 정도는 괜찮겠죠." 샌이 말했다.

오바마는 마법의 니그로로 남아야만 선거에서 이길 수 있다 사람들이 제러마이아 라이트 목사[29]를 두려워하고 있다. 오바마가 처음부터 마법의 니그로가 아니었음을 뜻하는 방증일 수 있기 때문이다. 물론 라이트 목사가 꽤 극단적이긴 하지만 혹시 미국의 구식 흑인 교회에 가 본 적 있는가? 그곳은 훨씬 더 심하다. 그래도 이 사람이 말하는 요지는 사실이다. 미국인 흑인들(특히 목사 연배의 사람들)이 아는 미국과 미국인 백인들이 아는 미국은 서로 다르다는 것이다. 그들이 아는 미국은 더 가혹하고 추하다. 하지만 누구도 이런 말을 입 밖에 내어선 안 된다. 미국에서는 모든 것이 문제없고 모든 사람이 똑같기 때문이다. 그런데 이제 목사가 말해 버렸으니 어쩌면 오바마도 그렇게 생각할지 모르고, 만약 오바마가 그렇게 생각한다면 그는 마법의 니그로가 아닌데 오직 마법의 니그로만이 미국 대선에서 이길 수 있다. 그렇다면 마법의 니그로가 도대체 무엇인지 궁금한가? 그것은 한결같이 현명하고 친절한 흑인을 말한다. 그는 어떠한 고통에도 절대 반응하지 않고 절대 화내지 않으며 절대 무섭지 않다. 그는 모든 종류의 인종 차별 짓거리를 항상 용서한다. 그는 백인의 마음속에 자리한, 슬프지만 당연한 편견을 무너뜨리는 방법을 가르친다. 많은 영화 속에서 이 남자를 볼 수 있다. 그리고 오바마가 바로 그 전형이다.

---

29 1941~ . 미국의 목사. 오바마의 정신적 스승으로 유명해졌으나 2008년 그의 여러 가지 발언("신이여 미국을 저주하소서.", 반유대주의 등)이 언론의 비난을 받자 오바마가 절연을 선언했다.

36

햄던에서 열린 깜짝 생일 파티의 주인공은 블레인의 친구 마
샤였다.

"생일 축하해요, 마샤!" 이페멜루는 블레인 옆에 서서 다른 친
구들과 함께 외쳤지만 입안의 혀는 조금 무거웠고 그녀의 흥분은
약간 억지스러웠다. 그녀는 일 년 넘게 블레인과 사귀었지만 그의
친구들과는 별로 친하지 않았다.

"이 거짓말쟁이!" 마샤가 눈물이 그렁그렁한 채 남편 베니에
게 웃으며 말했다.

마샤와 베니는 둘 다 역사학 교수였고, 둘 다 남부 출신에, 외
모까지 — 왜소한 체구에 벌꿀색 피부, 목까지 내려오는 긴 머
리 — 비슷했다. 그들은 자신들의 사랑을 진한 향수처럼 몸에 두
르고 다녔다. 투명한 헌신의 향기를 물씬 풍기며 서로를 어루만지
고 서로의 이름을 언급했다. 이페멜루는 그들을 보면서 자신과 블
레인의 삶을 상상했다. 조용한 거리에 있는 작은 집에서, 벽에는

바틱 염색 한 천이 걸려 있고 구석에서는 아프리카 조각상이 노려보는 가운데 두 사람이 한결같은 행복의 콧노래 속에 존재하는 그런 삶.

베니는 음료를 따르고 있었다. 마샤는 여전히 놀란 상태로 돌아다니면서 식탁 위에 차려진 출장 요리를 들여다보고 천장에서 깐닥거리는 풍선을 올려다보았다. "이걸 다 언제 한 거야, 여보? 겨우 한 시간 나갔다 왔는데!"

그녀는 눈에서 눈물을 닦아 내며 모두와 차례로 포옹을 했다. 자신을 껴안기 전에 그녀의 얼굴에 걱정스러운 찡그림이 살짝 스치는 것을 보고 이페멜루는 마샤가 자신의 이름을 잊어버렸음을 알았다. "다시 만나서 정말 반가워요. 와 줘서 고마워요." 마샤가 이름을 잊어버린 걸 보상하려는 듯 더더욱 진심을 담아, "정말"을 강조하며 말했다.

"블레인!" 마샤가 블레인을 보고 말했다. 블레인은 그녀를 끌어안고 바닥에서 살짝 들어 올렸다. 두 사람 다 깔깔대고 있었다.

"작년 생일 때보다 가벼워졌는데!" 블레인이 말했다.

"게다가 매일 젊어지고 있어!" 블레인의 전 여자 친구 폴라가 말했다.

"마샤, 비결을 너만 알고 있을 거야?" 이페멜루가 모르는 여자가 물었다. 탈색해서 둥그렇게 부풀린 그녀의 머리는 꼭 백금색 헬멧 같았다.

"마샤의 비결은 황홀한 섹스야." 그레이스가 진지하게 말했다. 아프리카계 미국인학을 강의하는, 이 작고 마른 한국계 미국인 여자는 늘 맵시 나는 헐렁한 옷을 입어서 사각거리는 실크 속을 떠다니는 것처럼 보였다. "나는 희귀종이에요. 좌파 기독교인 사이코 죠." 이페멜루를 처음 만났을 때 그녀는 그렇게 말했다.

"들었어, 베니?" 마샤가 물었다. "우리의 비결이 황홀한 섹스 래."

"그 말 맞네!" 베니가 그녀에게 윙크했다. "오늘 아침에 버락 오바마의 담화 발표 본 사람?"

"그래, 하루 종일 뉴스에 나오더라." 폴라가 말했다. 그녀는 키 작은 금발 여자였는데 깨끗하고 분홍빛이 도는 피부 때문에 건강한 야외 활동을 좋아하는 것처럼 보여서 이페멜루는 그녀가 승마를 하나 궁금해졌다.

"우리 집에는 텔레비전이 없어." 그레이스가 자조적인 한숨을 쉬며 말했다. "얼마 전에 팔아서 휴대 전화를 샀거든."

"방송에서 또 틀어 줄 거야." 베니가 말했다.

"얼른 먹기나 하자!" 이렇게 말한 사람은 돈 많은 스털링이었다. 블레인의 말에 따르면 그는 보스턴의 유서 깊고 부유한 집안 출신이었다. 그와 그의 아버지 모두 하버드 대학교에 레거시 특례[30]로 입학했다. 그는 좌파 성향을 가진 호인이었지만 자신이 타고난 특권을 지나치게 의식한 탓에 성정이 비뚤어져서 자기만의 의견을 갖는 것을 스스로 용납하지 못했다. "그래, 무슨 말인지 알겠어."가 그가 자주 하는 말이었다.

사람들은 극찬을 하며 포도주, 프라이드치킨, 녹색 채소, 파이

---

30 미국 대학교의 입학 사정 시 동문의 자녀에게 가산점을 주는 제도. 아이비리 그 정원의 10~30퍼센트가 이 제도를 통해 입학한 학생들이다.

를 먹었다. 이페멜루는 집을 나서기 전에 견과류로 군것질하길 잘했다고 생각하며 음식을 조금씩만 먹었다. 그녀는 미국인 흑인들의 요리를 좋아하지 않았다.

"이렇게 맛있는 옥수수빵은 몇 년 만에 처음 먹어 봐요." 그녀옆에 앉은 네이선이 말했다. 그는 안경 너머의 눈을 늘 깜빡이는, 신경질적인 문학 교수였다. 블레인은 예전에, 예일에서 완전히 신임할 수 있는 사람은 네이선뿐이라고 말한 적이 있었다. 그런데 몇달 전 네이선이 거만함이 가득 담긴 목소리로 그녀에게 말했다. 자신은 1930년 이후에 출간된 소설은 한 권도 읽지 않았다는 것이었다. "30년대 이후로는 완전히 내리막이었거든요." 그가 말했다.

나중에 블레인에게 이 얘기를 할 때 그녀의 말투에는 성마름, 거의 비난에 가까운 기색이 담겨 있었다. 그녀는 교수들은 지식인이 아니라고 덧붙였다. 그들은 호기심이라곤 없고 전공 지식이라는 무신경한 텐트를 세워 놓고 그 안에만 안전하게 머문다고 말했다.

블레인이 말했다. "아, 네이선한테는 다른 문제가 있어서 그래. 교수라서 그런 건 아니야." 두 사람이 블레인의 친구 이야기를 할 때는 전에 없던 방어적인 태도가 그의 말투에 스며 있었다. 어쩌면 그녀가 그들을 불편해한다는 사실을 그가 느꼈기 때문인지도 몰랐다. 함께 친구의 강의를 들을 때면 그는 그녀의 비판을 미연에 방지하려는 것처럼 내용이 조금 아쉬웠다는 둥, 처음 십 분은 지루했다는 둥의 말을 꼭 하곤 했다. 가장 최근에 들었던 강의는 미들타운의 대학교에서 있었던, 그의 전 여자 친구 폴라의 강의였다. 폴라는 진녹색 랩 드레스와 부츠 차림으로 강의실 앞에 서서 확신에 찬 유창한 말투로 청중을 자극하는 동시에 매혹했다. 이 젊고 예쁜 정치학자는 종신 재직권을 따낼 것이 확실했다. 그녀는 학생이 교수를 쳐다보듯 자주 블레인을 흘끗거리면서 그의 표정으로 자신이 잘하고 있는지를 판단했다. 그녀가 말할 때 블레인은 계속 고개를 끄덕였고, 한 번은 그녀의 말이 익숙하면서도 날카로운 통찰을 가져다주기라도 한 것처럼 큰 소리로 탄식을 내뱉기도 했다. 폴라와 블레인은 좋은 친구로 남았고, 그녀가 자신과 이름이 똑같은 — 지금은 서로를 구분하기 위해 P라고 부르는 — 여자와 바람을 피운 후에도 계속 같은 친구들과 어울렸다. "우리 관계는 한동안 삐걱거렸어. 폴라는 P랑 시험 삼아 그러는 거라고 했지만 나는 그것보다는 진지한 관계라는 걸 알았지. 두 사람이 지금도 함께니까 내가 옳았던 셈이지 뭐." 블레인이 말했다. 이페멜루에게는 그 모든 것이 지나치게 교양 있고 예의 바른 것처럼 느껴졌다. 자신을 향한 폴라의 친절도 너무 담백하다는 느낌이었다.

"오늘은 블레인은 버리고 우리 둘이 한잔하는 게 어때요?" 그날 강의가 끝난 후 폴라가 이페멜루에게 말했다. 그녀의 두 볼은 잘 해냈다는 흥분과 안도감으로 상기되어 있었다.

"제가 너무 피곤해서요." 이페멜루가 말했다.

블레인이 말했다. "나는 내일 수업 준비해야 돼. 이번 주말에 다시 만나자, 알았지?" 그리고 그는 그녀와 작별의 포옹을 했다.

"그렇게 나쁘진 않았지?" 블레인이 뉴헤이븐으로 돌아오는 차 안에서 이페멜루에게 물었다.

"당신이 오르가슴을 느낄 줄은 알고 있었어." 그녀가 이렇게 말하자 블레인이 웃었다. 이페멜루는 폴라가 강의하는 모습을 보면서 그녀가 자신에겐 불편한 블레인의 리듬에 익숙하다고 생각했고, 지금 폴라가 자기 여자 친구인 P 옆에 앉아 마샤가 한 말에 웃으며 케일을 세 번째로 떠먹는 것을 보면서 또 같은 생각을 했다.

헬멧 같은 머리를 한 여자는 케일을 손으로 집어 먹고 있었다. "우리 인간은 원래 먹을 때 도구를 사용하면 안 돼." 그녀가 말했다.

이페멜루 옆에 앉은 마이클이 큰 소리로 콧방귀를 뀌었다. "그럼 아예 동굴에 들어가 살지그래?" 그가 이렇게 묻자 다들 웃음을 터뜨렸지만 이페멜루는 그가 농담을 한 건지 확신이 안 섰다. 마이클은 실없는 얘기를 못 참는 사람이었다. 이페멜루는 그를 좋아했다. 머리를 앞에서 뒤로, 두피에 바싹 붙는 콘로로 땋은 그의 얼굴은 늘 감상주의를 비웃는, 냉소적인 표정을 하고 있었다. "마이클은 좋은 친구지만 솔직함이 지나쳐서 매사에 부정적인 사람으로 보일 수도 있어." 그녀에게 마이클을 소개할 때 블레인은 그렇게 말했다. 열아홉 살 때 자동차 절도로 감옥에 다녀온 마이클은 "어떤 흑인들은 감옥에 가기 전까진 교육의 소중함을 모른다니까."라고 말하길 좋아했다. 그는 대학교에서 연구비를 받는 사진작가였다. 그의 사진 ― 그림자가 춤추는 흑백 사진 ― 을 처음 봤을 때 이페멜루는 그 섬세함과 연약함에 깜짝 놀랐다. 보다 거친 이미지를 기대했기 때문이다. 지금은 그런 사진 중 한 장이 블레인의 아파트에, 그녀의 책상 맞은편 벽에 걸려 있었다.

반대편에 앉은 폴라가 물었다. "내가 학생들한테 당신 블로그 읽으라고 시킨다는 얘기 했나요, 이페멜루? 요즘 애들은 사고방식이 너무 안일해서, 익숙하고 편안한 곳 밖으로 내몰고 싶거든요. 지난번에 올라온 "미국인 비흑인들을 위한 친절한 충고: 미국인 흑인이 흑인으로서 사는 것에 대해 이야기할 때 어떻게 반응해야 하는가"는 정말 좋았어요."

"그거 재밌겠다!" 마샤가 말했다. "나도 읽어 보고 싶어."

폴라가 휴대 전화를 꺼내서 만지작거리더니 소리 내어 읽기 시작했다.

친애하는 미국인 비흑인이여, 만약 미국인 흑인이 당신에게 흑인으로서 사는 경험에 대해 이야기한다면 당신 인생에서 비슷한 예를 찾아내려 애쓰지 마라. "그거 정말 내 경험이랑 비슷하네."라고 말하지 마라. 당신은 힘든 일을 겪었다. 세상 모든 사람이 힘든 일을 겪었다. 하지만 당신은 미국인 흑인이기 때문에 힘든 일을 겪진 않았다. 실제로 일어났던 일에 대한 다른 설명을 서둘러 찾아내려고 하지 마라. "아, 그건 인종 때문이 아니야, 계급 때문이야. 아, 그건 인종 때문이 아니야, 성별 때문이야. 아, 그건 인종 때문이 아니야, 쿠키 몬스터[31] 때문이야."라고 말하지 마라. 아는지 모르겠지만, 사실은 미국인 흑인들도 인종 때문이 아니길 '원한다'. 그들은 인종 차별 짓거리가 일어나지 않길 바란다. 그러니까 어쩌면 그들이 인종 때문이라고 말할 때는, 어쩌면 정말로 인종 때문이어서가 아닐까? "나는 색맹이야."[32]라고 말하지 마라. 당신이 정말 색맹이라면 당신은 병원에 가 봐야 하고, 그 말은 텔레비전에 어떤 흑인이 당신 동네에서 일어난 범죄의 용의자라고 나올 때 당신이 보는 것은 흐릿한 회보라색의 허여멀건 사람이라는 뜻이기 때문이다. "우리는 인종

---

31 「세서미 스트리트」에 등장하는 캐릭터.

32 미국인 비흑인들이 자신은 인종 차별주의자가 아니라는 뜻으로 자주 쓰는 말.

애기가 지겨워." 혹은 "인류는 하나야."라고 말하지 마라. 미국인 흑인들도 인종 얘기가 지겹다. 그들도 이런 얘기를 할 필요가 없길 바란다. 하지만 더러운 일은 계속 일어난다. 당신의 대답을 "내 제일 친한 친구 한 명이 흑인이야."로 시작하지 마라. 아무 상관 없는 얘기고, 아무도 관심 없고, 친한 흑인 친구가 있어도 인종 차별 짓거리를 할 수 있고, 어차피 "친구" 부분이 아니라 "제일 친한" 부분은 사실이 아닐 것이기 때문이다. 당신 할아버지가 멕시코인이므로 당신은 인종주의자일 수 없다고 말하지 마라.(이에 대해 더 자세히 알고 싶으면 "피억압자들의 연합 같은 것은 없다"를 클릭해라.) 당신의 아일랜드인 조부모의 고생담을 꺼내지 마라. 물론 그들은 발전한 나라 미국에서 더러운 일을 많이 겪었을 것이다. 이탈리아인도 그랬다. 동유럽인도 그랬다. 하지만 거기에도 계급은 있었다. 백 년 전 백인 소수 민족은 미움받는 것이 싫었지만 그래도 인종 사다리에서 자신 밑에 흑인이 있었기에 참을 만했다. 당신의 조부가 러시아 농노였다고 말하지 마라. 중요한 것은 지금 당신이 미국인이라는 사실이고, 미국인으로서 산다는 것은 미국의 재산과 빚을 모두 끌어안는다는 뜻이며, 흑인 차별은 엄청나게 큰 빚이다. 반유대주의와 비슷하다고 말하지 마라. 그렇지 않으니까. 유대인을 향한 증오는 질투일 가능성이 있고 ─ 이 유대인 놈들은 정말 똑똑하고, 이 유대인 놈들은 모든 걸 조종한다. ─ 질투에는, 아무리 내키지 않더라도, 일종의 존경이 동반됨을 인정해야 한다. 그러나 미국인 흑인을 향한 증오는 질투일 가능성이 없다. 이 흑인 놈들은 정말 게으르고, 이 흑인 놈들은 정말 멍청하다.

"아, 인종주의는 끝났어. 노예 제도는 먼 옛날 애기야."라고 말하지 마라. 우리는 지금 1860년대가 아니라 1960년대 이야기를 하고 있다. 당신이 앨라배마주 출신의 미국인 흑인 노인을 만난다면 그는 아마 백인이

인도를 지나가고 있다는 이유로 차도로 내려가 걸어야 했던 때를 기억할 것이다. 나는 얼마 전 이베이에서 1960년대에 만들어진, 완전히 새것 같은 중고 드레스를 사서 즐겨 입고 있다. 원주인이 그 옷을 입었을 당시 미국인 흑인들은 흑인이기 때문에 투표를 할 수 없었다. (그리고 어쩌면 원주인도 유명한 세피아 사진들 속 여자들 중 한 명이었는지 모른다. 흑인 아이들이 자기 자식과 같은 학교에 다니는 게 싫어서 학교 밖에 무리 지어 서 있다가, 등교하는 흑인 아이들에게 "이 원숭이들아!"라고 소리치던 백인 여자들. 이 여자들은 지금 어디에 있을까? 밤에 잠은 잘 잘까? "이 원숭이들아!"라고 외치던 기억을 떠올릴까?) 마지막으로, 억지 부리지 말라는 투로 "하지만 흑인들도 인종 차별 하잖아."라고 말하지 마라. 물론 세상에 편견 없는 사람은 없지만(나는 피를 나눈 친척이라도 탐욕스럽고 이기적인 인간들은 참을 수 없다.) 인종주의는 특정 집단이 가진 힘과 관련된 것이고, 미국에서 그 힘을 가진 무리는 백인이다. 어째서 그러냐고? 음, 백인은 아프리카계 미국인 상류층 사회에서 거지 같은 취급을 당하지 않는다. 백인이기 때문에 대출이나 융자를 거절당하는 일도 없다. 흑인 배심원은 똑같은 범죄에 대해 흑인 범죄자보다 백인 범죄자에게 더 무거운 형을 선고하지 않는다. 흑인 경관은 백인이 운전 중인 차를 이유 없이 세우지 않는다. 백인과 흑인이 섞인 회사에서 사람을 뽑을 때 백인으로 추정되는 성(姓)을 가졌다는 이유로 지원자를 탈락시키지도 않는다. 흑인 교사는 백인 학생에게 그가 의사가 될 만큼 똑똑하지 않다고 말하지 않는다. 흑인 정치인은 게리맨더링[33]으로 백인 유권자 수를 줄이려 하지 않는다. 광고 회사가 매력적인 상품을 광고할 때 "주 구매자"들의

---

33   자기 정당에 유리하게 선거구를 변경하는 것.

"동경심"을 불러일으키지 않는다는 이유로 백인 모델을 안 쓰는 경우는 없다.

그러면 이렇게 많은 '하지 말아야 할 것' 목록을 들은 뒤에 '해야 할 것'은 무엇일까? 나도 잘 모르겠다. 일단 귀를 기울여 봐라. 미국인 흑인들이 하는 이야기를 들어라. 그리고 그것이 당신에 관한 이야기가 아님을 기억해라. 미국인 흑인들은 당신 잘못이라고 말하고 있는 것이 아니다. 그저 무엇이 잘못인지를 말하고 있을 뿐이다. 이해 안 가는 것이 있으면 질문을 해라. 질문하는 것이 불편하다면 질문하는 것이 불편하다고 말하면서 질문을 해라. 좋은 의도에서 나온 질문인지 아닌지는 듣는 사람이 쉽게 구분할 수 있다. 그리고 조금 더 귀 기울여라. 때때로 사람들은 그냥 누군가가 듣고 있다는 기분을 느끼고 싶어 한다. 자, 그럼 우정과 연결과 이해의 가능성을 위하여 건배.

마샤가 말했다. "드레스 얘기가 정말 마음에 드네요!"

"민망하면서 재밌네요." 네이선이 말했다.

"이 블로그 덕분에 강연료를 갈퀴로 긁어모으고 있겠군요." 마이클이 말했다.

"나이지리아의 배고픈 친척들에게 거의 다 보내긴 하지만, 뭐 그렇죠." 이페멜루가 말했다.

"좋겠어요." 그가 말했다.

"뭐가요?"

"자신의 뿌리를 안다는 거요. 옛날 옛날의 조상님에 대해서까지 알고, 뭐 그런 거요."

"음." 그녀가 말했다. "그러네요."

이페멜루를 쳐다보는 그의 표정 때문에 그녀는 불편해졌다. 그의 눈빛이 무슨 의미인지 확신할 수 없었기 때문이다. 그리고 그는 눈길을 돌렸다.

블레인은 헬멧 같은 머리를 한, 마샤의 친구에게 얘기하고 있었다. "우리는 그 신화를 무너뜨려야 해요. 미국 역사에 유대 기독교적이었던 건 아무것도 없어요. 아무도 천주교도와 유대인을 좋아하지 않았다고요. 그건 앵글로·색슨 개신교적 가치이지, 유대 기독교적 가치가 아니에요. 메릴랜드주에서도 천주교 친화적인 분위기는 굉장히 빨리 사라졌으니까요." 그가 갑자기 말을 멈추더니 주머니에서 휴대 전화를 꺼내며 일어났다. "여러분, 잠깐 실례할게요." 그리고 더 낮은 목소리로 이페멜루에게 "누나 전화야. 금방 돌아올게."라고 말하고는 전화를 받으러 부엌으로 갔다.

베니가 텔레비전을 켜자 버락 오바마가 나왔다. 자기한테 한 치수 큰 듯한 검은색 코트 차림의 그 마른 사내는 약간 확신이 없어 보였다. 그가 말을 하자 뿌연 입김이 차가운 공기 속으로 연기처럼 뭉게뭉게 퍼져 나갔다. "그렇기 때문에, 한때 링컨이 분열된 의회의 화합을 요청했던 곳, 모두의 희망과 모두의 꿈이 여전히 살아 숨 쉬는 바로 이곳, 올드 스테이트 캐피톨[34]의 그늘 아래서, 저는 미합중국 대통령 선거에 출마할 것을 오늘 여러분 앞에 선언하는 바입니다."

"오바마가 저런 꾐에 넘어갔다니 믿어지지가 않네. 분명 잠재력 있는 사람이긴 하지만 세력을 키우는 게 먼저야. 어느 정도

---

34 국가 사적지인 옛 일리노이주 의회 의사당을 가리킨다. 에이브러햄 링컨과 버락 오바마가 대통령 출마 선언을 한 곳으로 유명하다.

의 지지 기반이 필요하다고. 이러다가 흑인 전체가 망하겠어. 저 사람은 엄청난 표 차이로 질 테고 그러면 이 나라에서 앞으로 오십 년 동안 흑인은 대선에 출마하지 못할 테니까."그레이스가 말했다.

"난 그냥 기분이 좋은데?"마샤가 웃으며 말했다. "마음에 들어. 더 희망찬 미국을 건설하겠다는 생각이."

"난 가능성 있다고 봐."베니가 말했다.

"아, 못 이길 거야. 그 전에 총 맞을걸."마이클이 말했다.

"뉘앙스를 이해하는 정치인이 있다니 정말 신선하네."폴라가 말했다.

"그러게."P가 말했다. 그녀는 지나치게 탄력 있는, 가늘면서도 근육이 울퉁불퉁한 팔과 쇼트커트 머리, 잔뜩 신경이 곤두선 분위기를 지니고 있었다. 그녀는 사랑하는 사람을 숨 막히게 할 법한 유의 사람이었다. "오바마는 말을 참 똑똑하고 분명하게 해."

"자기 꼭 우리 엄마처럼 말한다."폴라가 가시 돋친 투로 말했다. 둘만의 싸움이 진행 중인지, 말 이면에 다른 의미가 숨어 있는 듯했다. "저 사람이 분명하게 말하는 게 왜 그렇게 놀라운 일이야?"

"지금 배란기야, 폴라?"마샤가 물었다.

"맞아!"P가 말했다. "폴라가 프라이드치킨 다 먹은 거 봤어?"

폴라는 P의 말을 못 들은 척한 채 반항하듯 호박 파이 한 조각을 더 먹기 위해 손을 뻗었다.

"이페멜루는 오바마를 어떻게 생각해요?"마샤가 물었다. 이페멜루는 베니 아니면 그레이스가 자신의 이름을 마샤의 귀에 속삭여 주었으리라고 추측했다. 그리고 지금 마샤는 새로운 지식을 선보이고 싶어서 안달이 나 있었다.

"저는 힐러리 클린턴이 좋아요." 이페멜루가 말했다. "오바마라는 사람에 대해서는 정말 아무것도 모르거든요."

블레인이 돌아왔다. "무슨 얘기 중이야?"

"누나는 괜찮아?" 이페멜루가 물었다. 블레인이 고개를 끄덕였다.

"사람들이 오바마를 어떻게 생각하느냐는 중요치 않아. 진짜 중요한 건 백인들이 흑인 대통령을 맞이할 준비가 되었냐는 거지." 네이선이 말했다.

"나는 흑인 대통령을 맞을 준비가 됐어. 하지만 이 나라 국민들이 그런지는 모르겠네." P가 말했다.

"솔직히 말해 봐. 자기 요즘 우리 엄마랑 통화했어?" 폴라가 물었다. "엄마도 정확히 똑같은 말을 했어. 하지만 자기가 흑인 대통령을 맞을 준비가 됐다면, 준비가 안 됐다는 이 애매모호한 국민들은 도대체 누군데? 그런 얘기는 자기가 준비가 안 됐다는 말을 못 하는 사람들이 하는 거야. 그리고 준비가 됐네 안 됐네 하는 생각 자체가 웃긴 거라고."

이페멜루는 몇 달 뒤, 광기로 치닫던 대통령 선거 운동의 막바지 때 쓴 블로그 포스트 제목에 이 말을 빌려 썼다. "준비가 됐네 안 됐네 하는 생각 자체가 웃긴 것이다." 사람들에게, 당신은 흑인 대통령을 맞을 준비가 됐냐고 묻는 게 얼마나 얼토당토않은 일인지 아무도 모르는 건가? 당신은 미키 마우스 대통령을 맞을 준비가 되었는가? 커밋 더 프로그[35]는 어떤가? 빨간 코 사슴 루돌프는?

"우리 가족은 자격 요건만 보면 완벽한 진보주의자야. 정답에만 표시를 했다고." 폴라가 입꼬리를 냉소적으로 내린 채, 빈 와인 글라스의 손잡이를 잡고 빙빙 돌리며 말했다. "하지만 부모님은 늘 친구들에게 블레인이 예일에 있다는 얘기를 빨리 못해서 안달이었지. 몇 안 되는 훌륭한 남자라고 말하려는 것처럼."

"당신은 부모님한테 너무 비판적이야, 폴라." 블레인이 말했다.

"아니, 그렇지 않아. 당신은 그런 생각 안 들었어?" 그녀가 물었다. "우리 부모님 댁에서 보낸 끔찍한 추수 감사절 기억 안 나?"

"내가 마카로니 앤드 치즈 먹고 싶어 했던 거?"

폴라가 웃었다. "아니, 그 얘기가 아니야." 하지만 그녀는 무슨 얘기를 하려던 것이었는지 말하지 않았고, 그래서 그 기억은 공개되지 않은 채 그 두 사람만의 추억으로 남았다.

블레인의 아파트에 돌아왔을 때 이페멜루가 말했다. "나 질투 났어."

그것은 질투였다. 배 속에서 뭔가 불편하게 찌릿찌릿하고 꾸물꾸물하게 느껴졌던 것은. 폴라에게는 진정한 정신적 지도자의 분위기가 있었다. 이페멜루의 상상 속에서 폴라는 쉽게 무정부주의에 빠져서 시위대의 선봉에 서거나 경찰관의 곤봉과 불신자의 조롱에 대항할 것만 같았다. 폴라의 이런 면을 감지하자 곧 그녀에 비해 자신이 부족하다는 기분이 들었다.

"질투할 만한 건 하나도 없어, 이페멜루." 블레인이 말했다.

---

35 「세서미 스트리트」에 등장하는 캐릭터.

"당신이 먹는 프라이드치킨은 내가 먹는 프라이드치킨과는 다르지만 폴라가 먹는 프라이드치킨과는 똑같아."

"뭐라고?"

"당신이랑 폴라한테 프라이드치킨은 고통스러운 거지. 나한테 프라이드치킨은 아무것도 아니야. 그래서 그냥 두 사람에겐 공통점이 많다는 생각을 했어."

"우리 둘의 공통점이 프라이드치킨이라고? 프라이드치킨에 얼마나 깊은 의미가 있는지 당신 지금 알고 말하는 거야?" 블레인은 웃고 있었다. 애정이 담긴 부드러운 웃음이었다. "당신 질투는 좀 귀엽네. 하지만 뭔가가 진행되고 있을 가능성은 조금도 없어."

그녀는 아무 일도 없음을 알고 있었다. 블레인은 바람피울 사람이 아니었다. 그러기엔 지나치게 선함으로 무장되어 있었다. 정절을 지키는 건 그에게 너무나도 쉬운 일이었다. 그는 길거리에서 예쁜 여자를 봐도 눈길 한번 주지 않았다. 그러고 싶지 않았기 때문에. 하지만 이페멜루는 그와 폴라 사이에 존재하는 감정의 잔재, 그리고 폴라가 그와 비슷하다는 생각, 그처럼 좋은 사람이라는 생각에 질투가 났다.

흑인으로서 여행하기

친구의 친구인, 엄청 돈 많고 멋있는 미국인 흑인이 『흑인으로서 여행하기』라는 책을 쓰고 있다. 여기서 "흑인"은 모든 흑인이 아니라 누가 봐도 명백한 흑인을 말한다고 한다. 흑인의 피부색에도 여러 가지가 있는데 ― 불쾌하게 만들 생각은 없지만 ― 푸에르토리코인이나 브라질인 등으로 보이는 흑인이 아닌, 누가 봐도 명백한 흑인이어야 한다는 것이다. 왜냐하면 세상이 그 두 부류를 다르게 대우하기 때문이다. 여기 그의 말을 인용한다. "이 책에 대한 구상이 떠오른 건 이집트에서였어. 카이로에 갔는데 어떤 이집트 아랍인이 나를 검은 야만인이라고 부르는 거야. 난 생각했지. 이봐, 여긴 아프리카 아니야? 그래서 나는 세계의 다른 나라들에 대해, 그리고 흑인이 그곳을 여행하는 것은 어떤 경험일까에 대해 생각하기 시작했지. 세상에 나보다 더 까만 사람은 없으니 말이야. 요즘 미국 남부 백인이라면 나를 보고, 저기 덩치 큰 검둥이가 지나간다고 생각할 거야. 여행 안내서에는 동성애자나 여자가 당하게 될 일에 대해서만 적혀 있어. 망할, 누가 봐도 명백한 흑인의 경우도 적어 놔야 할 거 아냐. 여행 중인 흑인이 무슨 일을 겪게 될지 알려 달라고. 총에 맞거나 한다는 건 아니지만 그래도 어디를 가면 사람들이 나를 쳐다볼 거라는 것 정도는 미리 아는 게 좋잖아. 독일 슈바르츠발트[36]에서는 꽤 적대적인 눈길이었어. 도쿄와 이스탄불에서는 다들 나한테 신경 안 쓰고 제 갈 길을 갔지. 상하이에서는 시선이 따가웠고, 델리에서는 몹시 불쾌했어. 난 생각했어. '이봐, 우리는 다 같은 편 아니야? 말하자면 같은 유색인이잖아?' 나는 브라질이 인종 전시장이라는 글을 많이 읽고 리우데자네이루에 갔는데 고급 레스토랑과 고급 호텔에는 나처럼 생긴 사람이 아무도 없었어. 공항에서는 내가 1등석 탑승 줄로 걸어가자 사람들이 이상하게 행동하더군. 기분 나쁜 행동은 아니었고 마치 내가 실수한다는 듯이, 당신같이 생긴 사람이 1등석에 탈 리가 없다는 식이었지. 멕시코에 갔을 때에도 사람들이 나를 빤히 쳐다봤어. 적대적인 시선은 아니었지만 내

---

36 '검은 숲'이라는 뜻. 독일 남서부의 바덴뷔르템베르크주(州)에 위치한 삼림 지대.

가 튄다는 사실을 깨닫게 했지. 그들은 나를 좋아하지만 그래도 내가 킹콩인 건 변함없다, 뭐 그런 거지." 여기서 훈남 교수가 말한다. "라틴 아메리카 전체를 놓고 보면 흑인이라는 개념과 정말 복잡한 관계를 가지고 있지만 그들이 스스로 되뇌는 '우리는 모두 메스티소다.'라는 허구의 그늘에 가려 있지. 멕시코는 과테말라나 페루만큼 나쁘지는 않아. 이 나라들에서는 백인의 특권이 훨씬 더 공공연하지만 실제 흑인 인구는 멕시코보다 월등히 많지." 그러자 또 다른 친구가 말한다. "세계 어디를 가든 내국인 흑인은 늘 외국인 흑인보다 나쁜 대우를 받아. 토고인 혈통이지만 프랑스에서 나고 자란 내 친구는 파리에서 쇼핑할 때 영어권 출신인 척해. 매장 직원이 프랑스어를 못하는 흑인에게 더 친절하기 때문이지. 미국인 흑인이 아프리카에 가면 대단한 존경을 받는 것처럼 말이야." 어떻게 생각하나? 자신의 여행 경험을 올려 주기 바란다.

37

이페멜루는 자신이 잠깐 한눈팔았다가 돌아보니 디케가 완전히 변한 것 같다고 느꼈다. 꼬마 육촌 동생은 사라지고 그 자리에는 소년처럼 보이지 않는 소년, 183센티미터의 키에 날씬한 근육질인 윌로 고등학교의 농구 선수가 있었다. 그가 사귀는 아이는 미니스커트에 컨버스 운동화를 신는 영리한 금발 소녀 페이지였다. 한번은 이페멜루가 "그래, 페이지랑은 어떻게 돼 가니?"라고 묻자 디케가 대답했다. "아직 섹스는 안 했어. 누나가 알고 싶은 게 그거라면 말이야."

매일 저녁이 되면 친구 예닐곱 명이 그의 방에 모여들었는데 부모님이 모두 대학 교수인 키 큰 중국인 민을 제외하고는 전부 백인이었다. 그들은 컴퓨터 게임을 하든지, 아니면 유튜브에서 동영상을 보고 욕하거나 서로 언쟁을 벌이곤 했다. 그들 모두가 부주의한 젊음이라는 빛나는 테두리에 에워싸여 있었고 그 중심에 디케가 있었다. 그들은 다 같이 디케의 농담에 웃었고, 디케가 맞장구쳐 주길 기대했으며, 말없이 미묘한 방식으로 전체의 결정 —피자를 주문한다든가 탁구 치러 주민 센터에 간다든가 하는— 을 그가 내리게끔 했다. 그들과 함께 있을 때 디케는 다른 사람이 됐다. 농구 플레이가 엄청 잘되고 있을 때처럼 목소리와 걸음걸이가 거들먹거렸고 어깨에 힘이 잔뜩 들어갔으며 말 중간 중간에 "에이요!"와 "헤이, 맨."을 섞어 썼다.

"디케, 왜 친구들하고는 그런 말투로 얘기하니?" 이페멜루가 물었다.

"요, 누나, 어떻게 나한테 그럴 수 있어?" 그가 과장되게 웃긴 표정으로 이렇게 말하자 그녀는 웃음을 터뜨렸다.

이페멜루는 대학생이 된 디케를 상상했다. 그는 완벽한 캠퍼스 가이드가 될 것이다. 수험생과 부모 일행을 이끌고 캠퍼스의 멋진 것들을 보여 주면서 자기가 개인적으로 싫어하는 한 가지를 덧붙이는 것도 잊지 않을 테고 그러는 동안 시종일관 재미있고 밝고 통통 튀어서 여학생들은 한눈에 그에게 반할 것이고, 남학생들은 그의 위풍당당함을 부러워할 것이며, 부모들은 내 자식이 디케 같으면 좋을 텐데 하고 생각할 것이다.

반짝이는 금색 상의를 입은 샌은 브래지어를 하지 않아서 움직일 때마다 가슴이 출렁거렸다. 그녀는 모두에게 추파를 던졌고, 팔을 만졌으며, 너무 꼭 끌어안았고, 너무 오랫동안 볼에 뽀뽀를 했다. 그녀의 칭찬에는 진위가 의심스러울 정도로 화려한 수사가 덕지덕지 붙어 있어 있었지만 그래도 그 말을 들은 친구들의 얼굴은 미소와 함께 활짝 피어났다. 무슨 말을 했느냐가 중요한 것이 아니었다. 그 말을 한 사람이 샌이라는 사실이 중요했다. 샌의 살롱에 처음 참석하는 이페멜루는 잔뜩 긴장해 있었다. 단순한 친구 모임일 뿐이었으므로 그럴 필요는 없었지만 그래도 긴장이 됐다. 그녀는 무슨 옷을 입을까 고민하다가 아홉 벌을 입었다 벗어 버리고 마침내 허리가 잘록해 보이는 암녹색 드레스로 결정했다.

"왔구나!" 블레인과 이페멜루가 도착하자 샌이 두 사람과 번갈아 포옹하며 말했다.

"그레이스도 온대?" 그녀가 블레인에게 물었다.

"응. 다음 기차 탈 거래."

"잘됐다. 못 본 지 오래됐는데." 그러고는 샌이 목소리를 낮추며 이페멜루에게 말했다. "소문을 들으니까 그레이스가 자기 학생들의 연구를 훔친대요."

"네?"

"그레이스 말이에요. 학생들 연구를 훔친다고 들었다니까요. 알고 있었어요?"

"아뇨." 이페멜루가 대답했다. 그녀는 샌이 자신에게 블레인의 친구에 관한 이런 얘기를 하는 것이 이상하다고 생각했지만 한편으로는 자신이 특별한 존재가 된 듯한, 험담을 공유할 만큼 샌과 친밀한 사이가 된 듯한 기분을 느꼈다. 그리고 다음 순간 불현듯, 평소 좋아했던 그레이스를 변호해 주지 못했다는 사실이 부끄러워져서 이렇게 말했다. "그 얘기는 절대 사실이 아닐 거예요."

하지만 샌의 관심은 이미 다른 데 있었다.

"뉴욕에서 가장 섹시한 남자 오마르를 소개할게요." 샌이 농구 선수처럼 키 큰 남자에게 이페멜루를 소개하며 말했다. 그 남자의 머리 선은 어색해 보일 정도로 모양이 완벽했다. 날렵한 곡선이 이마 위를 미끄러지듯 지나 귀 근처에서 가파른 각도로 떨어졌다. 이페멜루가 그와 악수하기 위해 손을 내밀자 그는 한 손을 가슴에 얹고 고개를 살짝 숙이며 미소만 지었다.

"오마르는 가족이 아닌 여자에겐 손대지 않아요." 샌이 말했다. "정말 섹시하지 않아요?" 그러고는 고개를 뒤젖히며 도발적으로 오마르를 올려다보았다.

"이쪽은 말 그대로 개성 만점 미녀인 매리벨과, 마찬가지로 아름다운 여자 친구 조앤이에요. 이 두 사람을 보면 나는 배가 아파요!" 샌이 이렇게 말하는 동안 매리벨과 조앤은 킥킥대고 웃었다. 그들은 테가 검고 알이 큰 안경을 쓴, 자그마한 체구의 백인이었다. 둘 다 짧은 드레스를 입었는데 하나는 빨간 물방울무늬였고 다른 하나는 레이스가 달린 옷이었는데 약간 색이 바래고 몸에 잘 안 맞아서 중고품처럼 보였다. 어떻게 보면 무대 의상 같기도 했다. 그들은 마치 의식이 깨어 있는 고학력 중산층의 요건이라는 네모 칸들에 표시를 한 것만 같았다. 예쁘기보다는 재미있는 드레스를 사랑함. 다양성을 사랑함. 중산층 고학력자가 마땅히 사랑해야 하는 것을 사랑함. 이페멜루는 그들이 여행하는 것을 상상했다. 그들은 여행지에서 특이한 것들을 모아서 그 물건들 — 자신들의 세련됨을 나타내는, 세련되지 않은 증거 — 로 집을 채울 것이었다.

"이쪽은 빌이에요!" 샌이 중절모를 쓴 새까만 근육질 남자를 끌어안으며 말했다. "빌은 작가지만 우리랑은 다르게 돈이 넘치도록 많아요." 샌이 거의 속삭이듯 말했다. "빌은『흑인으로서 여행하기』라는 굉장한 여행기를 쓸 생각이죠."

"그거 무슨 내용인지 궁금하다." 아샨티가 말했다.

"근데 아샨티, 네 머리 정말 예쁘다." 샌이 말했다.

"고마워!" 아샨티가 말했다. 그녀는 꼭 보배고둥의 화신 같았다. 보배고둥은 그녀의 손목에서도 달그락거렸고, 꼬불꼬불한 드레드록에도 꿰여 있었고, 그녀의 목에도 걸려 있었다. 그녀는 "고국"과 "요루바족의 종교"라는 표현을 자꾸 쓰면서 승인이라도 구하듯 이페멜루 쪽을 흘끗거렸다. 그것은 아프리카의 패러디였으므로 이페멜루는 불편함을 느꼈고, 그러고는 자신이 불편함을 느꼈다는 사실에 언짢아졌다.

"드디어 마음에 드는 표지를 찾은 거야?" 아샨티가 샌에게 물었다.

"마음에 든다고까지 하기는 좀 그렇지." 샌이 말했다. "자, 여러분, 이 책은 회고록이에요, 그렇죠? 이 책에는 수많은 이야기가 나와요. 백인만 사는 도시에서 자랐던 것, 전교 유일의 흑인 학생으로서 사립 학교에 다녔던 것, 엄마의 죽음, 기타 등등. 제 편집자는 원고를 읽더니 이렇게 말했어요. '여기서 인종이 중요하다는 건 알겠지만 우리는 이 책이 인종을 초월하게끔, 이 책이 인종에 대한 것만은 아니게끔 만들어야 해요.' 그래서 난 생각했죠. 근데 내가 왜 인종을 초월해야 하지? 마치 인종이 다른 액체들을 섞어서 부드럽게 만들어야 맛있는 맥주인 양, 안 그러면 백인들이 삼킬 수 없는 것인 양."

"그거 재밌네." 블레인이 말했다.

"그 사람은 계속 대화문에 표시를 하고 여백에 이렇게 썼어요. '사람들이 정말로 이런 말을 하나요?' 그래서 나는 생각했죠. 이 봐, 당신이 아는 흑인이 몇이나 돼? 내 말은, 동등한 인간으로서, 친구로서 아는 사람 말이야. 회사 안내원이나 당신 자식이 다니는 학교 학부형이라 오다가다 인사하는 흑인 부부 말고 진짜로 아는 사이. 없겠지. 그런데 당신이 어떻게 나한테 흑인들이 이렇게 말 하느니 안 하느니 따지는 거야?"

"그 사람 잘못은 아니야. 중산층 흑인 수가 모든 백인에게 돌아갈 만큼 많지 않으니까." 빌이 말했다. "많은 진보주의자 백인들이 흑인 친구를 찾아다니지만 그건 하버드에 다니는 금발의 키 큰 열여덟 살짜리 난자 기증자를 찾는 것만큼이나 어려운 일이지."

그들 모두가 웃음을 터뜨렸다.

"제 책에 나오는 또 한 가지 일화는 대학원 시절에 알던 감비아 여자에게 있었던 일이에요. 그녀는 무가당 초콜릿을 좋아해서 늘 가방에 무가당 초콜릿을 한 봉지씩 가지고 다녔죠. 어쨌든 그녀는 런던에서 살았는데 백인 영국인이랑 사랑에 빠져서 그 남자가 아내와 헤어지기로 했어요. 어느 날 그녀는 술집에서 나랑 또 한 여자랑 피터라는 남자에게 그 얘기를 들려줬어요. 위스콘신주출신의 키 작은 남자였죠. 그런데 피터가 뭐라고 했는 줄 알아요? 그는 이렇게 말했어요. '그 아내가 네가 흑인인 줄 알면 더 기분이 나쁠 거야.' 그는 정말 당연하다는 듯이 그렇게 말했어요. 그 아내가 다른 여자의 존재를 알게 되면 기분이 나쁠 거야, 끝. 이게 아니라 다른 여자가 흑인이라서 기분이 나쁠 거라고. 나는 그 얘기를 책에 썼고 편집자는 고치고 싶어 했어요. 그게 모호하지 않다면서. 마치 빌어먹을 인생이 항상 모호하기라도 한 것처럼 말이에요. 나는 어머니가 자신이 흑인이라서 회사에서 더 이상 승진시켜주지 않을 거라고, 유리 천장에 부딪혔다고 느꼈기 때문에 억울해했던 데 대해서도 썼어요. 그러자 편집자가 말했죠. '더 많은 뉘앙스를 깔면 안 될까요? 혹시 회사에 어머니와 사이가 나쁜 사람이 있지는 않았을까요? 아니면 그때 이미 암 선고를 받았던 건 아닌가요?' 그는 우리가 상황을 복잡하게 만들어서 인종 때문만은 아니었던 것으로 만들어야 한다고 생각했어요. 그래서 내가 말했죠. 하지만 그건 인종 때문이었다고. 어머니는 인종을 제외한 다른 모든 조건이 같았다면 자신이 부사장이 되었을 거라고 생각했기 때문에 억울해했다고. 어머니는 돌아가실 때까지도 계속 그 얘기를 하셨어요. 그런데 어쩌다 보니 어머니의 경험에서 갑자기 뉘앙스가 사라지게 된 거죠. '뉘앙스'라는 건 사람들을 편안하게 만들어서 모두가 자신을 어떤 집단의 구성원이 아닌 개별적인 개인이라고 생각하고 자기 개인의 성취에 의해 지금의 위치에 다다랐다고 생각하게 하는 걸 뜻하는 거예요."

"어쩌면 소설로 쓰는 편이 나을지도 모르겠네." 매리벨이 말했다.

"농담해?" 샘이 약간 술에 취해 연극적으로, 요가를 하듯 바닥에 앉아 물었다. "이 나라에서는 인종에 관한 솔직한 소설을 쓸 수 없어. 사람들이 실제로 인종에 의해 어떤 영향을 받는지 쓴다면 너무 뻔한 이야기가 될 테니까. 이 나라에서 소설을 쓰는 흑인 작가 세 명 — 표지만 화려한, 흑인 빈민가에 관한 쓰레기 같은 책을 쓰는 만 명 말고 — 모두에겐 두 가지 선택이 있어. 몸을 사리거나 아니면 허세를 부리거나. 둘 다 거부하면 사람들이 어찌할 바를 모르게 되지. 그러니까 인종에 관한 책을 쓸 거면 아주 서정적이고 모호하게 써서, 행간을 읽지 않는 독자는 그게 인종에 관한 얘기인지조차 모르게 해야 돼. 그러니까 프루스트식 명상 같은 거지. 아주 희미하고 흐릿해서 결국 그냥 희미하고 흐릿한 채로 끝나고 마는."

"아니면 그냥 백인 작가가 쓴 책을 읽어. 백인 작가들은 인종에 대해 직설적으로 얘기해도 그 분노가 위협적이지 않아서 운동가라는 소리나 듣고 마니까." 그레이스가 말했다.

"최근에 나온 『수도사 회고록』이라는 책은 뭐야?" 매리벨이 말했다.

"그냥 비겁하고 부정직한 책이야. 읽었어?" 샌이 물었다.

"서평만 읽었어." 매리벨이 대답했다.

"그게 문제야. 너는 실제 책보다 서평을 더 많이 읽지."

매리벨의 얼굴이 빨개졌다. 이페멜루는 느꼈다. 매리벨은 오로지 그 말을 한 사람이 샌이기 때문에 가만있는 것임을.

"이 나라에서는 소설을 굉장히 이념적으로 받아들여. 등장인물이 낯설면 사실적이지 않은 게 되지." 샌이 말했다. "요즘 미국 소설을 읽어 가지고는 실제 사람들이 어떤 삶을 사는지 알 수가 없어. 정상적인 백인한테는 이상해 보이는 짓을 하는, 문제 있는 백인 얘기만 나오니까."

모두가 웃음을 터뜨렸다. 샌은 부모님의 유명한 친구들 앞에서 노래 실력을 뽐내는 소녀처럼 즐거워 보였다.

"세상이 이 방 안 풍경 같지는 않으니까." 그레이스가 말했다.

"하지만 그렇게 될 수도 있어." 블레인이 말했다. "세상이 여기처럼 될 수 있다는 걸 우리가 증명하는 거야. 세상은 모두에게 안전하고 평등한 공간이 될 수 있어. 특권과 억압의 벽을 허물기만 하면 돼."

"이상, 제 몽상가 동생의 말씀이었습니다." 샘이 말했다.

또다시 웃음이 터졌다.

"이 얘기도 블로그에 써요, 이페멜루." 그레이스가 말했다.

"근데 이페멜루가 그 블로그를 쓸 수 있는 이유가 뭔지 알아?" 샘이 말했다. "아프리카인이기 때문이야. 외부인의 시선에서 쓰는 거지. 거기에 쓴 그런 감정들을 정말로 느끼는 게 아니거든. 이페멜루한테는 모든 게 신기할 뿐이지. 그래서 글로 쓰고 수많은 찬사를 받고 강연 초청을 받을 수 있는 거야. 이페멜루가 아프리카계 미국인이었다면 사람들은 그냥 '화난 흑인'이라는 딱지를 붙이고 피했을걸."

순간 방 안이 팽팽하게 긴장된 침묵으로 가득 찼다.

"맞는 말씀이에요." 이페멜루가 말했다. 그녀는 샘이 싫었고, 샘의 마법에 굴복한 자신도 싫었다. 그녀의 인생이라는 천에 인종이 수놓여 있지 않은 것은 사실이었다. 영혼에 아로새겨져 있지도 않았다. 그래도 그녀는 샘이 지금 그토록 의기양양하게 친구들 앞에서 그 말을 해서 자신의 가슴에 사별과 같은 분노의 응어리를 남기는 대신 단둘이 있을 때 그 말을 했으면 좋았을 텐데 하고 생각했다.

"지금 이야기한 것들은 대부분 상대적으로 최근 현상이에요. 흑인과 범(汎)아프리카인이라는 정체성은 사실 19세기 초에 굉장히 강했어요. 하지만 냉전이 사람들에게 선택을 강요했고, 그 결과 미국인들에게는 공산주의자와 동의어인 국제주의자[37]가 되거나 미국 자본주의의 일부가 되거나 둘 중 하나였는데 아프리카계 미국인 지식인들은 후자를 택했던 거죠." 블레인이 이페멜루를 변호하듯 말했지만 그녀는 이 말이 너무 추상적이고, 힘없고, 늦었다고 생각했다.

샌이 이페멜루를 곁눈질하며 웃었는데 그 미소에는 어마어마한 잔인함이 잠재되어 있었다. 몇 달 뒤 블레인과 싸울 때 이페멜루는 샌이 이날 그의 분노 ─ 그녀가 결코 완전히 이해할 수 없었던 ─ 에 기름을 부었던 걸까 생각했다.

오바마는 절대 흑인이 아닌가?

많은 사람들 ─ 대부분 흑인이 아닌 ─ 이 오바마는 흑인이 아니다, 이인종이다, 다인종이다, 흑백 혼혈이다, 어쨌든 간에 흑인은 절대 아니라고 말한다. 왜냐하면 그의 어머니가 백인이기 때문이다. 하지만 인종은 생물학적인 문제가 아니다. 사회학적인 문제다. 인종은 유전자형이 아니라 표현형[38]이다. 인종은 인종주의 때문에 문제가 된다. 그리고 인종주의가 터무니없는 이유는 사람의 혈통이 아니라 외모에 관한 것이기 때문이다. 그것은 피부색과 코 모양과 머리카락의 곱슬곱슬함에 관한

---

37 어떤 사상이나 운동을 추구함에 있어 국경을 초월하고자 하는 움직임인 국제주의를 신봉하는 사람.

38 유전자형은 부모로부터 물려받은 유전자 전체로, 개체의 유전적 잠재력과 한계를 결정한다. 표현형은 유전 형질이 환경과의 상호 작용에 의해 발현된 형태를 말한다.

것이다. 부커 T. 워싱턴[39]과 프레더릭 더글러스[40]의 아버지는 백인이었다. 그들이 자신은 흑인이 아니라고 말하는 것을 상상해 봐라.

볶은 아몬드 색 피부와 곱슬곱슬한 머리를 가진 오바마가 인구 조사원에게 "저는 일종의 백인이에요."라고 말하는 장면을 상상해 봐라. "물론 그러시겠죠."라고 조사원은 대꾸할 것이다. 많은 미국인 흑인의 조상 중에는 백인이 있다. 백인 노예주들이 밤에 노예 숙소에 가서 강간하는 것을 좋아했기 때문이다. 하지만 태어났을 때 피부가 검으면 그것으로 끝이다. (그러니까 만약 당신이, 흑인들이 인종 차별에 관해 얘기할 때 "우리 할아버지가 아메리칸 인디언이라서 나도 차별받아요."라고 말하는, 금발과 푸른 눈을 가진 여자라면 제발 그만해라.) 미국에서는 자신의 인종을 자신이 결정하는 것이 아니다. 남들이 결정해 준다. 지금 모습과 같은 외모를 가진 버락 오바마는 오십 년 전이었다면 버스 뒷자리에 앉아야 했을 것이다. 오늘날 어떤 흑인 남자가 범죄를 저지른다면 버락 오바마는 인상착의가 일치한다는 이유로 불심 검문을 받을 수도 있다. 그 인상착의가 과연 무엇일까? 바로 '흑인 남자'다.

---

39 1865~1915. 미국의 교육자. 흑인들을 위해 설립된 터스키기 학교의 초대 교장으로, 열악했던 학교를 비약적으로 발전시켰다. 흑인들의 가장 영향력 있는 대변인이었다.

40 1817~1895. 미국의 노예 제도 폐지 운동가. 도망 노예 출신이지만 연설과 문필에 뛰어나 노예 제도 폐지 운동에 앞장섰다. 정부 고위직에 임명된 최초의 흑인이다.

38

블레인은 부바카르를 좋아하지 않았다. 이 사실이 두 사람의 싸움의 역사에서 중요했을 수도 있고 중요하지 않았을 수도 있지만 어쨌든 블레인은 부바카르를 좋아하지 않았고 이페멜루의 하루는 부바카르의 수업을 방청하는 것으로 시작되었다. 그녀와 블레인이 부바카르를 처음 만난 것은 학교 측에서 그를 위해 주최한 디너파티에서였다. 새까만 피부의 이 세네갈인 교수는 예일에서 강의하기 위해 막 미국으로 건너온 참이었다. 그는 자신의 지성과 자존감을 마음껏 분출하고 있었다. 식탁의 상석에 앉아 적포도주를 마시면서 자기가 만난 프랑스 대통령들과 자신에게 일자리를 제안했던 프랑스 대학교들에 대해 건조하게 이야기했다.

"나는 내 주인을 직접 선택하고 싶어서 미국에 왔어요." 그가 말했다. "나에게 주인이 있어야 한다면 프랑스보다는 미국이 낫죠. 하지만 절대로 쿠키를 먹거나 맥도날드에 가진 않을 거예요. 정말 미개한 짓이니까요!"

이페멜루는 그가 매력적이고 재미있다고 생각했다. 그녀는 그의 악센트, 월로프어와 프랑스어에 흠뻑 젖은 영어 악센트가 마음에 들었다.

"멋진 사람이라고 생각했어." 나중에 그녀가 블레인에게 말했다.

"평범한 말을 하면서 스스로 꽤나 심오한 이야기라고 생각하는 게 흥미롭더군." 블레인이 말했다.

"잘난 척이 좀 심하긴 하지만 그 자리에 있던 다른 사람들도 마찬가지였잖아." 이페멜루가 말했다. "예일에서 그런 사람만 골라서 뽑는 거 아니야?"

평소와 달리 블레인은 웃지 않았다. 그녀는 그의 반응에서 블레인의 천성에 어울리지 않는, 외부인에 대한 반감을 느끼고 놀랐다. 그는 엉터리 프랑스식 악센트를 구사하며 부바카르를 흉내 냈다. "'프랑스어권 아프리카인들은 커피를 마시기 위해 쉬고, 영어권 아프리카인들은 차를 마시기 위해 쉬죠. 이 나라에서는 제대로 된 카페오레를 찾는 게 불가능하다니까요!'"

어쩌면 그는 그날 디저트가 나온 후에 그녀가 마치 자신처럼 소리 없는 언어로 말하는 사람에게 가듯 그토록 쉽게 부바카르에게 가 버린 데에 화가 난 건지도 몰랐다. 그녀는 프랑스어권 아프리카인들 얘기를 하면서 부바카르를 놀렸다. 그렇게 프랑스인들에게 상처받아서 그토록 유럽인들의 모욕에 민감해졌으면서도 유럽풍이라면 사족을 못 쓴다고 말이다. 그러자 부바카르는 웃었다. 가족 같은 웃음이었다. 미국인에게는 그렇게 웃지 않았을 것이다. 미국인이 감히 그런 말을 했다면 불같이 화를 냈을 것이다. 어쩌면 블레인은 그 둘이 공유하고 자신은 거기서 배제된, 근본적으로 아프리카적인 뭔가에 화가 났는지도 몰랐다. 하지만 부바카르를 향한 그녀의 감정은 욕망과는 무관한 동포애였다. 그들은 곧잘 애티커스 서점에서 만나 차를 마시며 서아프리카의 정치와 가족과 고향에 대해 이야기를 나눴고 — 사실 얘기는 그가 거의 다 했기 때문에 그녀는 주로 듣기만 했다. — 그런 뒤에 헤어질 때마다 그녀는 늘 자신이 좀 더 강해진 것 같다고 느꼈다.

부바카르가 프린스턴에 새로 생긴 인문학 연구비에 대해 말하기 얼마 전부터 그녀는 자신의 과거를 돌아보고 있었다. 그녀는 조바심에 사로잡혔고 블로그에 대해서도 점점 회의를 느꼈다.

"꼭 지원하도록 해요. 당신한테 완벽한 기회일 테니까." 그가 말했다.

"저는 교수가 아닌걸요. 심지어 석사 학위도 없고요."

"올해 수혜자는 재즈 음악가인데 아주 재능 있지만 고등학교 밖에 못 나왔어요. 그들이 원하는 건 새로운 일, 한계에 도전하는 사람이에요. 반드시 지원하고 추천인에는 나를 써 줘요. 우리는 이런 요소요소에 진출해야 해요. 그게 대세를 바꿀 유일한 방법이니까."

카페에서 그와 마주 앉아 있던 그녀는 공통의 무언가에 의한, 그들 사이의 따뜻한 친밀감을 느끼고 감동받았다.

부바카르는 현대 아프리카를 주제로 한 자신의 토론 수업을 보러 오라고 그녀를 자주 부르곤 했다. "블로그에 쓸 만한 소재를 찾을 수 있을지도 몰라요."라고 그는 말했다. 그래서, 블레인과의 싸움의 역사가 시작되던 날, 그녀는 부바카르의 수업을 방청하러 갔다. 뒤쪽 창가에 자리를 잡았다. 밖에서는 거대한 고목에서 나뭇잎이 떨어지고 있었고, 목에 목도리를 칭칭 감은 사람들이 손에 종이컵을 쥔 채 보도를 서둘러 걸어갔으며, 여자들, 그중에서도 특히 아시아 여자들이 통 좁은 치마와 굽 높은 부츠로 예쁘게 단장하고 지나갔다. 부바카르의 학생들은 하나같이 앞에 노트북을 열어 놓고 있었는데 그 화면을 이메일, 구글 검색 결과, 유명 인사들의 사진이 환하게 밝혀 주고 있었다. 그들은 가끔 워드 파일을 열고 부바카르의 말 몇 마디를 받아 적곤 했다. 재킷은 의자 뒤에 걸쳐져 있었다. 구부정하게 앉아서 약간 초조해하는 그들의 보디랭귀지는 이렇게 말했다. 저희는 이미 답을 알고 있어요. 수업이 끝나면 그들은 도서관 카페로 가서 북아프리카식 샌드위치나 인도 카레를 샀고, 다음 수업에 가는 도중에 학생 무리로부터 콘돔과 막대 사탕을 받았으며, 저녁에는 학장의 사택에서 라틴 아메리카의 대통령이나 노벨상 수상자가 학생들의 질문에 무슨 의미라도 있는 것처럼 성실히 대답해 주는 티 파티에 참석하곤 했다.

"학생들이 다들 인터넷 검색을 하고 있더라고요." 부바카르의 연구실로 돌아가는 길에 그녀가 말했다.

"이 학생들은 자기가 여기 있어야 한다는 사실을 조금도 의심치 않아요. 이 자리에 있는 게 당연하다고, 자기가 성취한 거고 대가도 지불하고 있다고 믿죠. '사실상' 우리 모두를 샀다고 보는 거예요. 그 자만심이 바로 미국이 위대한 이유죠." 까만 베레모를 쓰고 양손을 재킷 주머니 깊숙이 찔러 넣은 부바카르가 말했다. "그래서 내가 자기들 앞에 서 있다는 사실에 감사해야 하는 줄도 모르는 거고요."

그들이 막 연구실에 도착했을 때 누군가가 반쯤 열린 문을 두드렸다.

"들어와요." 부바카르가 말했다.

들어온 사람은 캐버나였다. 이페멜루도 몇 번 만난 적 있는 그는 어린 시절을 콩고에서 보낸 역사학과 조교수였다. 그는 머리가 곱슬곱슬했고 지저분한 농담을 잘했으며 학부생들에게 역사를 가르치는 것보다는 머나먼 나라에서 위험한 전쟁을 취재하는 게 더 적성에 맞을 것 같은 사람이었다. 그는 문간에 선 채 부바카르에게, 자기가 안식년으로 쉬게 돼서 내일 점심 환송회를 위해 과에서 샌드위치를 주문했는데 알팔파 싹 같은 것이 들어 있는 고급 샌드위치라고 하더라고 말했다.

"정말 심심하면 들를게요." 부바카르가 말했다.

"꼭 오세요." 캐버나가 이페멜루에게 말했다. "정말로요."

"갈게요." 그녀가 말했다. "공짜 점심은 언제나 환영이죠."

그녀가 부바카르의 연구실을 나설 때 블레인이 문자를 보냈다. 도서관의 화이트 씨 소식 들었어?

처음 떠오른 생각은 '화이트 씨가 죽었구나.'였다. 그녀는 별로 슬프지 않았고 그래서 약간 죄책감을 느꼈다. 화이트 씨는 출구에 앉아 있다가 모든 책의 뒤표지를 넘겨서 확인하는 도서관 경비원이었는데 늘 눈이 축축이 젖어 있었고 피부가 까맣다 못해 블루베리색이 도는 사람이었다. 그녀는 그의 앉아 있는 모습, 즉 얼굴과 몸통만 보는 데 익숙해서 그가 걸어가는 모습을 처음 봤을 때 그 걸음걸이에서 짠함을 느꼈다. 마치 계속되는 상실을 짊어지기라도 한 것처럼 어깨가 구부정했기 때문이다. 블레인은 몇 년 전 그와 친구가 된 뒤로 쉬는 시간에 가끔 밖에 서서 그와 얘기를 나누곤 했다. "역사책 같은 분이야."라고 블레인은 말했었다. 그녀는 화이트 씨를 몇 번 만난 적이 있었다. 그런데 그는 그녀 쪽을 가리키며 블레인에게 "혹시 언니 있대?"라고 묻는가 하면, 이페멜루가 듣기에 부적절한 말투로 "선생, 피곤해 보이네. 누가 밤새 잠 못 자게 하던가?"라고 말하곤 했다. 악수할 때마다 화이트 씨는 흑심을 가득 담아 그녀의 손가락을 꼭 쥐었고 그녀는 손을 억지로 잡아 뺀 다음 헤어질 때까지 그와 눈을 맞추지 않았다. 그 악수에는 일종의 관심 끌기와 음흉함이 담겨 있었기 때문에 그녀는 늘 그에게 약간의 악감을 품고 있었지만 그 사실이 미안해서 블레인에게는 한 번도 말하지 않았다. 어차피 화이트 씨는 인생에 흠씬 두들겨 맞은 흑인 노인일 뿐이었으므로 그녀는 자신이 그의 방종을 간과할 수 있길 바랐다.

"신기하다. 나 지금 당신이 흑인 영어 하는 거 처음 들었어." 블레인이 화이트 씨에게 얘기하는 걸 처음 들었을 때 그녀는 이렇게 말했다. 사용하는 문법도 달랐고, 억양도 더 리듬감 있었다.

"내가 '백인들이 우리를 보고 있어' 말투에 익숙해졌나 봐." 그가 말했다. "나보다 어린 흑인들은 이렇게 자유롭게 오가지 못해. 중산층 애들은 흑인 영어를 할 줄 모르고 빈민가 애들은 흑인 영어만 할 줄 아니까 우리 세대 같은 유연성이 없지."

"그 얘기 블로그에 써야겠다."

"그 말 할 줄 알았어."

그리고 지금 그녀는 블레인에게 문자를 보냈다. 아니, 무슨 일인데? 화이트 씨는 괜찮아? 자기 일은 끝났어? 샌드위치 사러 갈까?

그러자 블레인이 전화해서 휘트니로(路)의 모퉁이에서 기다려 달라고 했고, 잠시 후 회색 스웨터를 입은 날씬한 형체가 빠르게 그녀를 향해 걸어오는 것이 보였다.

"자기야." 그가 그녀에게 입 맞췄다.

"당신한테서 좋은 냄새 나."라고 그녀가 말하자 그는 다시 한번 그녀에게 입 맞췄다.

"부바카르의 수업을 듣고도 무사하네? 제대로 된 크루아상이나 팽 오 쇼콜라도 없었는데."

"그만해. 화이트 씨한테 무슨 일이 있었는데?"

함께 손잡고 베이글 샌드위치 가게까지 걸어가는 동안 그는 그녀에게, 어제 저녁에 화이트 씨의 흑인 친구가 학교로 찾아와서 두 사람이 도서관 밖에 서 있었다는 얘기를 했다. 화이트 씨는 친구가 자동차를 빌려 달라고 해서 그에게 열쇠를 줬고, 친구는 예전에 화이트 씨에게서 빌렸던 돈을 건네줬다. 그런데 그들을 지켜보던 백인 도서관 직원이 흑인 남자 둘이 마약 거래를 하고 있다고 추측하고는 책임자에게 전화를 했다. 책임자는 경찰을 불렀다. 그리고 경찰이 와서 화이트 씨를 심문하기 위해 데려갔다.

"맙소사." 이페멜루가 말했다. "괜찮으셔?"

"응. 지금은 돌아오셨어." 블레인이 잠시 침묵 후에 말했다. "이런 일이 언젠가 일어나리란 걸 예상하고 계셨나 봐."

"그게 진짜 비극이네." 이페멜루는 이 말을 하고 나서 자신이 블레인의 말을 따라 했음을 깨달았다. 때때로 자기가 하는 말에서 블레인의 목소리를 듣곤 했던 것이다. 예전에 그가 이런 말을 한 적이 있었다. 에밋 틸[41]의 진짜 비극은 백인 여자한테 휘파람 불었다는 이유로 흑인 아이가 살해당한 것이 아니라 일부 흑인들이 '그런데 대체 휘파람은 왜 분 거야?'라고 생각했다는 사실이었다고.

"얘기 좀 하고 왔는데, 화이트 씨는 그 일을 그냥 털어 버렸고 별거 아니라면서 정말 걱정되는 건 자기 딸이라는 얘기를 하고 싶어 하시더라고. 자꾸 고등학교를 자퇴하겠다고 한다는 거야. 그래서 내가 과외를 해 주려고 해. 월요일에 만날 거야."

"블레인, 걔까지 합치면 벌써 일곱 명째야." 그녀가 말했다. "뉴헤이븐 빈민가 애들 전체한테 과외를 해 줄 작정이야?"

바람이 많이 불어서 그는 눈을 찡그렸고 휘트니로를 달리는 차들이 쌩쌩 지나가자 여전히 눈을 찌푸린 채로 돌아서며 그녀를 흘끗 쳐다봤다.

"할 수만 있다면 그러고 싶어." 그가 차분하게 말했다.

"그냥 당신 얼굴을 더 보고 싶어서 그래." 그녀가 이렇게 말하며 한 팔을 슬쩍 그의 허리에 둘렀다.

"대학 측 답변은 진짜 개소리야. 인종 차별과 전혀 상관없는 단순한 실수라나? 진담인가? 내일 시위를 조직할까 생각 중이야. 사람들을 불러내서, 괜찮지 않다고 말하게 해야지. 적어도 우리 지역에서는 안 돼."

그가 이미 결심했음을 알 수 있었다. 단순히 생각만 하고 있는

---

41 1955년에 열네 살 흑인 소년 에밋 틸이 미시시피주에서 백인 여성에게 추파를 던졌다는 이유로 그녀의 남편과 시동생에게 잔인하게 살해당했으나 범인들은 무죄를 선고받았다.

게 아니었다. 그가 문가 자리에 앉아 있는 동안 그녀는 카운터에 가서 그의 몫까지 완벽하게 주문을 했다. 블레인과 그가 좋아하는 것에 워낙 익숙했기 때문이다. 그녀가 플라스틱 쟁반 — 무염 구운 감자칩 두 봉지 옆에 자신의 칠면조 샌드위치랑 그의 채소 토르티야 말이가 놓인 — 을 들고 돌아왔을 때 그의 고개는 휴대 전화를 대고 있는 쪽으로 기울어 있었다. 저녁때까지 그는 전화를 걸거나 이메일과 문자를 보냈고 소식이 퍼져 나가자 참여하겠다는 사람들의 답신 때문에 그의 전화가 계속해서 따르릉대고 울리고 삑삑댔다. 한 학생은 플래카드에 뭐라고 쓰면 좋을지 물어보려고 전화했고, 또 다른 학생은 지역 텔레비전 방송국과 연락을 취하고 있다고 했다.

다음 날 아침, 출근하기 전에 블레인이 말했다. "내가 수업이 연속으로 있으니까 도서관에서 보면 되지? 출발할 때 문자 보내."

그녀도 참석할 건지 상의한 적은 없었지만 당연히 오리라고 그가 여겼으므로 그녀는 "알았어."라고 대답했다.

하지만 그녀는 가지 않았다. 잊어버렸던 건 아니었다. 단순히 잊어버린 거였다면, 책이나 블로그에 너무 열중해서 시위가 있다는 사실을 깜빡한 거였다면 블레인이 쉽게 용서했을지도 모른다. 하지만 그녀는 잊어버리지 않았다. 단지 플래카드를 들고 대학교 도서관 앞에 서 있는 것보다 캐버나의 환송회에 가는 것이 더 좋았을 뿐이다. 블레인은 별로 개의치 않을 거야, 하고 그녀는 생각했다. 설사 그녀가 일말의 불편을 느꼈다 해도 캐버나와 부바카르를 비롯한 다른 교수들과 함께 강의실에 앉아 크랜베리 주스를 병째 홀짝이며, 다가오는 종신 재직권 심사에 대한 젊은 여자의 이야기를 듣고 있던 중에 블레인의 문자 폭탄이 쏟아지기 전까지는 전혀 의식하지 못했다. 어디야? 당신 괜찮아? 참가자 수가 굉장해. 당신을 찾는 중이야. 누나가 깜짝 방문 했어! 당신 괜찮아? 그녀는 자리를 일찍 떠나 아파트로 돌아온 다음, 침대에 누워서 블레인에게 정말 미안하다고, 방금 잠에서 깼는데 낮잠을 너무 오래 잤나 보다고 문자를 보냈다. 알았어. 집에 가는 중이야.

그는 들어오자마자 그와 함께 현관문을 통해 들어온 힘과 흥분을 가득 담아 그녀를 꽉 끌어안았다.

"당신이 없어서 아쉬웠어. 꼭 왔으면 했는데. 누나가 와서 정말 기뻤어." 그는 마치 자신의 개인적 승리인 양, 약간 감정에 젖어 말했다. "꼭 미국의 축소판 같았어. 흑인 애들이랑 백인 애들이랑 아시아인 애들이랑 히스패닉 애들이 있었지. 화이트 씨 딸도 와서 플래카드에 붙은 화이트 씨 사진을 찍더라. 그분한테 약간의 존엄성이라도 돌려 드린 것 같은 기분이 들었어."

"그거 잘됐네." 그녀가 말했다.

"누나가 안부 전해 달래. 지금쯤 기차에 타는 중이겠다."

블레인이 진상을 알아내는 건 쉬운 일이었을 것이다. 아마 환송회에 참석했던 누군가가 지나가는 말로 언급했으리라. 하지만 그녀는 그가 정확히 어떻게 알게 됐는지는 끝내 알아내지 못했다. 다음 날 퇴근하고 돌아온 그는 얼음처럼 차가운 눈빛으로 그녀를 쳐다보며 말했다. "거짓말쟁이." 그 말에 담긴 공포심에 그녀는 몹시 당황했다. 그녀가 거짓말할 가능성을 한 번도 생각해 본 적 없다는 투였다. 그녀는 "블레인, 거짓말은 누구나 해."라고 말하고 싶었다. 하지만 그 대신 이렇게 말했다. "미안해."

"왜 그랬어?" 그는 마치 그녀가 손을 뻗어서 자신의 순수함을 찢어발기기라도 했다는 듯한 표정으로 쳐다봤고 그녀는 순간적으로 그가, 그녀의 사과 심을 먹어 놓고 그 일조차 일종의 도덕적 행위로 탈바꿈시키는 이 남자가 미웠다.

"나도 왜 그랬는지 모르겠어, 블레인. 그냥 그럴 기분이 아니었어. 당신이 그렇게 화낼 줄 몰랐다고."

"그럴 기분이 아니었다고?"

"미안해. 환송회 얘기를 했어야 했는데."

"어떻게 그 환송회가 갑자기 그렇게 중요해질 수가 있어? 당신은 부바카르의 동료라는 사람 잘 알지도 못하잖아!" 그가 못 믿겠다는 투로 말했다. "블로그에 글을 쓰는 게 다가 아니야. 사람은 신념에 따라 인생을 살아야 해. 그 블로그는 당신이 진지하게 생각하지 않는 게임 같은 거야. 그냥 학점을 채우기 위해 저녁에 재미있는 선택 과목을 듣는 거나 마찬가지라고." 그녀는 그의 말투에서 그녀의 태만함, 열의와 신념의 결여뿐 아니라 아프리카인으로서의 기질에 대한 미묘한 비난을 알아차렸다. 그녀가 아프리카계 미국인이 아니라 아프리카인이기 때문에 충분히 화내지 않는다는 것이었다.

"그런 말을 하다니 부당해." 그녀가 말했다. 하지만 그는 말없이 차갑게 그녀에게 등을 돌렸다.

"왜 말을 안 하려고 해?" 그녀가 물었다. "난 이게 왜 그렇게 중요한지 모르겠어."

"어떻게 모를 수가 있어? 이건 원칙의 문제야." 이렇게 말하는 순간 그는 그녀에게 낯선 사람이 되었다.

"정말 미안해." 그녀가 말했다.

그는 욕실로 들어가서 문을 닫았다.

그의 말 없는 분노에 그녀는 말라 죽을 것만 같았다. 어떻게 원칙이라는, 공중에 떠다니는 추상적인 것이 그들 사이에 이토록 단단히 끼어들어서 블레인을 다른 사람으로 바꿔 놓을 수 있단 말인가? 그녀는 그것이 차라리 점잖지 않은 감정, 질투나 배신감 같은 치정이었더라면 얼마나 좋았을까 생각했다.

그녀는 애러민타에게 전화를 걸었다. "꼭 시누이한테 전화해서 남편 얘기 하는 물색없는 아내가 된 기분이에요." 그녀가 말했다.

"고등학교 때 있었던 모금 행사가 생각나네요. 탁자 위에 쿠키 같은 것을 차려 놓으면 사람들이 쿠키를 가져가면서 알아서 병에 돈을 넣고 가는 방식이었는데 내가 반항심이 좀 생겨서 쿠키만 가져가고 돈은 넣지 않았더니 블레인이 불같이 화를 냈어요. 내가 속으로 이렇게 생각했던 게 기억나요. 야, 이건 그냥 쿠키일 뿐이잖아. 하지만 블레인한테는 원칙의 문제였던 것 같아요. 그 녀석이 가끔 우스꽝스러울 정도로 고매할 때가 있거든요. 하루 이틀 기다리면 화가 풀릴 거예요."

하지만 하루가 지나고 이틀이 지나도 블레인은 계속 얼어붙은 침묵 속에 갇혀 있었다. 그가 그녀에게 한마디도 하지 않은 지 사흘째 되던 날 그녀는 작은 가방에 짐을 싸서 나왔다. 하지만 볼티모어로 돌아갈 수는 없었기 때문에 — 아파트는 세줬고 가구는 창고에 있었다. — 윌로로 갔다.

교수들이 사용하는 '백인의 특권'이라는 말의 의미, 혹은 '그래, 가난

한 백인으로 사는 것도 짜증 나지만 가난한 유색인으로 한번 살아 봐.'

한 사내가 훈남 교수에게 말했다. "백인의 특권이라는 건 헛소리예요. 내가 무슨 특권을 누리고 있다는 거예요? 나는 웨스트버지니아주에서 찢어지게 가난하게 자랐어요. 애팔래치아 촌놈이라고요. 그리고 우리 가족은 기초 생활 수급자예요." 맞는 말이다. 하지만 특권이란 늘 다른 관점에서 볼 때 상대적인 법이다. 이제 이 사내만큼 가난한 잡놈을 상상한 다음, 그 사람을 흑인으로 만들어라. 만약 두 사람이 마약 소지죄로 잡힌다면 백인은 치료소로 보내질 확률이 더 높고 흑인은 감옥으로 보내질 확률이 더 높다. 인종 외에 다른 모든 조건은 동일하다. 통계를 봐라. 애팔래치아 촌놈이 잡놈인 것도 썩 좋은 일은 아니지만 만약 그가 흑인이었다면 더 심한 잡놈이었을 것이다. 그는 훈남 교수에게 이런 말도 했다. 왜 우리가 항상 인종에 대해 얘기해야 하는 겁니까? 그냥 다 같은 인류로 있으면 안 돼요? 그러자 훈남 교수가 대답했다. 당신이 그런 말을 할 수 있다는 사실, 그게 바로 백인의 특권이란 겁니다. 인종이라는 장벽에 막혀 본 적이 없기 때문에 당신에게는 인종이란 개념이 존재하지 않는 거죠. 하지만 흑인에게는 그런 선택권이 없다. 뉴욕 거리에 서 있는 흑인은 인종에 대해 생각하고 싶지 않아도 택시를 잡으려하면 생각할 수밖에 없게 된다. 그가 제한 속도 이하로 벤츠를 운전하고 있을 때는 인종에 대해 생각하고 싶지 않지만 경찰관이 차를 세우면 생각할 수밖에 없게 된다. 그러니까 애팔래치아 촌놈에겐 계급 특권은 없지만 인종 특권은 확실히 있다. 어떻게 생각하나? 독자들이여, 발언해라. 그리고 당신의 경험담을 들려주기 바란다. 특히 당신이 흑인이 아니라면.

추신: 훈남 교수가 나에게 백인의 특권에 관한 이 테스트를 블로그에

올리는 것이 어떠냐고 제안했다. 저작권 소유자는 페기 매킨토시라는 진짜 멋진 여자다. 당신이 대부분의 질문에 "아니요."라고 대답했다면, 축하한다. 당신은 백인의 특권을 누리고 있다. 이 테스트의 요점이 뭐냐고? 진담인가? 나도 모른다. 그냥 알아 두면 좋은 것 같다. 때때로 당신이 우울하거나 뭐 그럴 때 이 테스트를 떠올리면서 흡족해할 수 있으니까. 자, 그럼 시작한다.

당신이 이름난 사교 클럽에 가입하고 싶을 때 인종 때문에 가입이 어렵지 않을까 생각합니까?

혼자서 근사한 가게에 쇼핑하러 갈 때 누군가가 따라오거나 괴롭힐까 봐 걱정합니까?

주류 텔레비전 방송을 틀거나 주류 신문을 펼칠 때 거기에 나오는 대부분의 사람들이 타 인종일 거라고 예상합니까?

당신의 자식들이 자신과 같은 인종인 사람에 관한 책이나 학교 교재를 갖지 못하게 될까 봐 걱정합니까?

은행 대출을 신청할 때 인종 때문에 상환 능력이 없어 보일까 봐 걱정합니까?

당신이 욕을 하거나 옷을 추레하게 입으면 사람들이 당신 인종의 부도덕함 혹은 가난 혹은 무식함 때문에 저런다고 말할 거라고 생각합니까?

당신이 어떤 상황에서 잘하면 당신 인종의 자랑거리로 불릴 거라고 예상합니까? 혹은 당신 인종의 대다수와 '다르다'고 묘사될 거라고 예상합니까?

당신이 정부를 비판하면 문화적 이방인으로 보일까 봐 걱정합니까? 혹은 "(미국이 아닌 어딘가인)X로 돌아가라."라는 말을 들을까 봐 걱정합니까?

당신이 근사한 가게에서 형편없는 서비스를 받고 '책임자'를 불러 달라고 했을 때 그 책임자가 타 인종일 거라고 예상합니까?

교통순경이 당신 차를 세우면 인종 때문이 아닐까 생각합니까?

당신이 소수자 우대 정책을 따르는 회사에 취직하면 직장 동료들이 당신이 자격은 없지만 인종 때문에 고용되었다고 생각할까 봐 걱정합니까?

당신이 좋은 동네로 이사 가면 인종 때문에 이웃들에게 환영받지 못할까 봐 걱정합니까?

당신이 법률적, 의료적 도움을 필요로 할 때 인종 때문에 불이익을 당할까 봐 걱정합니까?

당신이 '살색' 속옷이나 반창고를 사용할 때 자신의 피부색과 다를 것임을 미리 알고 있습니까?

39

우주 고모는 얼마 전부터 요가를 하기 시작했다. 그녀가 지하실 바닥에 깔린, 밝은 파란색 매트 위에서 손과 무릎으로 바닥을 짚고 등을 활 모양으로 구부리는 동안 이페멜루는 소파에 누워서 초콜릿을 먹으며 그녀를 쳐다보고 있었다.

"너 그거 몇 개나 먹은 거니? 그리고 언제부터 네가 보통 초콜릿을 먹었어? 너랑 블레인은 유기농 공정 무역 초콜릿만 먹는 줄 알았는데."

"기차역에서 샀어."

"그걸? 몇 개나?"

"열 개."

"아니 아니! 열 개라고?"

이페멜루는 어깨를 으쓱했다. 이미 열 개를 다 먹었지만 우주 고모에게는 말하지 않을 것이었다. 신문 가판대에서 초콜릿을, 설탕과 화학 물질과 유전자가 변형된 끔찍한 성분이 잔뜩 든 싸구려 초콜릿을 살 때 그녀는 왠지 모를 희열을 느꼈다.

"아, 블레인이랑 싸우는 중이니까 블레인이 싫어하는 초콜릿을 먹고 있다 이거니?" 우주 고모가 웃었다.

디케가 지하실로 내려오더니 자기 엄마를 빤히 쳐다봤다. 그녀는 이제 양팔을 높이 치켜든 전사 자세를 하고 있었다. "엄마, 지금 진짜 웃겨."

"지난번에 네 친구가 너네 엄마 섹시하다고 그랬잖아? 이게 그 비결이야."

디케가 고개를 절레절레 흔들었다. "누나, 유튜브에 올라온 진짜 웃긴 동영상 보여 줄게."

이페멜루가 일어났다.

"디케가 학교에서 있었던 컴퓨터 사건 너한테 얘기해 줬니?" 우주 고모가 물었다.

"아니, 뭔데?" 이페멜루가 물었다.

"월요일에 교장이 나한테 전화해서는 디케가 토요일에 학교 전산망을 해킹 했다는 거야. 얘는 토요일에 하루 종일 나랑 같이 있었거든. 오자비사 만나러 하트퍼드에 갔었다고. 우리는 하루 종일 거기 있었고 얘는 컴퓨터 근처에도 안 갔어. 그래서 내가 왜 디케가 그랬다고 생각하느냐고 물었더니 제보자가 있다는 거야. 상상이 가니? 어느 날 자다 벌떡 일어나서 다짜고짜 내 아들을 범인으로 몬다는 게. 심지어 얘는 컴퓨터를 잘하지도 않아. 이런 짓거리와는 그 촌구석을 떠날 때 작별한 줄 알았더니. 퀘쿠는 우리더러 정식 항의서를 제출하라고 하지만 내 생각엔 시간 낭비 같아. 학교에서는 이젠 더 이상 디케를 의심하지 않는다더라."

"난 해킹 하는 방법도 모르는데." 디케가 장난스럽게 말했다.

"그치들은 왜 이런, 말도 안 되는 짓거리를 하는 거야?" 이페멜루가 물었다.

"일단 흑인 애부터 지목하고 봐야 하거든."이라며 디케가 웃었다.

나중에 그는 이페멜루에게, 친구들이 자기한테 "어이, 디케, 대마초 있냐?"라고 농담하곤 하는데 정말 웃기지 않냐고 말했다. 그리고 교회에 갔더니 백인 여자 목사가 다른 모든 애들한테는 안녕 하고 인사하고는 자신에게만 "왓츠 업, 브로!"라고 말했다는 얘기를 했다. "내 귀가 있어야 할 자리에 채소가 달려 있는 것 같은 기분이 들었어. 내 머리에서 커다란 브로콜리가 삐죽 솟아 나와 있는 거지." 그가 웃으며 말했다. "그러니까 학교 전산망을 해킹한 애는 당연히 나여야 했겠지."

"네 학교에 있는 인간들은 얼간이들이야." 이페멜루가 말했다.

"누나 그 단어 되게 웃기게 발음하네. 얼간이들." 그는 잠시 가만있다가 나이지리아식 악센트를 재미있게 흉내 내면서 그녀의 말을 따라 했다. "네 학교에 있는 인간들은 얼간이들이야." 그녀는 디케에게 나이지리아인 목사 얘기를 들려주었다. 이 목사가 미국 교회에서 설교를 하던 도중 해변(beach)에 대한 얘기를 했는데 그의 악센트 때문에 교인들이 그가 '쌍년(bitch)'이라고 말한 줄 알고 주교에게 항의 편지를 보냈다는 이야기였다. 디케는 배꼽이 빠지도록 웃어 댔다. 그리고 그것은 두 사람이 공유하는 농담 중 하나가 되었다. "누나, 나는 쌍년에서 여름을 보내고 싶어."라고 그는 말하곤 했다.

구 일 동안 블레인은 그녀의 전화를 받지 않았다. 그리고 마침내 받았을 때는 한껏 낮춘 목소리로 대답했다.

"이번 주말에 당신 아파트에서 코코넛 밥 해 먹을까? 요리는 내가 할게." 그녀가 말했다. 그녀는 그가 "그래."라고 말하기 전에 숨을 들이쉬는 것을 느꼈고, 자신이 감히 코코넛 밥 해 먹자는 제안을 해서 그가 놀란 걸까 생각했다.

그녀는 블레인이 양파 써는 모습을, 그의 긴 손가락을 쳐다보다가 그것이 자신의 몸 위에 그리기 시작한 선이 쇄골을 지나 배꼽 아래의 어두운 피부를 향해 내려가던 것을 떠올렸다. 그때 그가 고개를 들더니 이 정도 크기로 썰면 되냐고 묻기에 그녀는 "잘 썰었네."라고 대답하고는 그가 늘 양파 크기가 어느 정도여야 적당한지를 알았고 아주 정확하게 썰었다는 것과 밥도 늘 그가 했었다는 사실을 — 비록 지금은 그녀가 할 것이었지만 — 생각했다. 그는 코코넛을 조리대에 대고 세게 쳐서 깨뜨리고 즙을 따라 낸 다음, 칼로 하얀 과육을 단단한 껍질에서 살살 발라냈다. 그녀는 손을 떨면서 끓는 물에 쌀을 붓고 가느다란 바스마티 쌀알이 부푸는 것을 지켜보면서 이 화해의 식사가 잘돼 가고 있지 않은 건가 생각했다. 그리고 가스레인지로 가서 닭고기를 확인했다. 냄비 뚜껑을 열자 양념 — 생강과 카레와 월계수 잎 — 냄새가 훅 끼쳤고 그녀는 쓸데없이, 그에게 맛있어 보인다고 말했다.

"나는 당신처럼 양념을 과하게 넣지 않았거든." 그가 말했다. 그녀는 순간적으로 화가 났고 이런 식으로 용서를 계속 미루는 건 부당하다고 말하고 싶었지만 그러는 대신 물을 더 부어야 하냐고 물었다. 하지만 그는 계속 코코넛만 갈 뿐 아무 대답도 하지 않았다. 그녀는 코코넛 과육이 바스러져서 하얀 가루가 되는 것을 지켜보았다. 그것이 다시는 온전한 코코넛 열매로 되돌아가지 못할 것을 생각하니 문득 슬퍼져서 두 팔을 뻗어 블레인을 뒤에서 끌어안고 그의 가슴을 팔로 감싸고는 운동복 셔츠를 통해 전해지는 온기를 느꼈지만 그는 그녀의 품에서 빠져나가면서 밥이 너무 퍼지기 전에 이걸 다 끝내야 한다고 말했다. 그녀는 거실을 가로질러 가서 창밖을 내다보았다. 높고 장엄한 시계탑이 예일 캠퍼스의 다른 건물들을 굽어보고 있었다. 올겨울 첫 눈보라가 마치 위에서 내던져지기라도 한 것처럼 늦저녁 공기 속으로 소용돌이치며 떨어지는 것을 보면서 그녀는 블레인과 함께 보냈던 첫 겨울을, 모든 것이 빛나고 영원히 새로울 것만 같았던 때를 떠올렸다.

　비미국인 흑인을 위한 미국 안내서: 진의를 파악해야 하는 미국인들의 말 몇 가지

　1. 미국인들은 자신들의 종족주의 중에서 인종을 가장 불편해한다. 미국인과 대화하다가 흥미롭다고 생각되는 인종 관련 주제를 꺼냈을 때 그 미국인이 "아, 그게 인종 때문이라는 건 지나친 단순화죠. 인종주의는 정말 복잡한 문제거든요."라고 말하면 그냥 입을 다물라는 뜻이다. 왜냐하면 인종주의는 당연히 복잡한 것이기 때문이다. 많은 노예 제도 폐지론자들이 노예는 해방하고 싶어 했지만 자기 동네에 흑인이 사는 것은 원하지 않았다. 오늘날 많은 사람들이 흑인 보모나 흑인 리무진 기사는 꺼리지 않지만 흑인 상사는 당연히 꺼린다. "그건 정말 복잡한 문제다."라고 말하는 것이야말로 지나친 단순화다. 하지만 어쨌든 입은 다물어

라. 특히 당신이 그 미국인에게 일자리 등을 부탁해야 한다면.

2. 인종적 다양성이란 말은 사람에 따라 다른 의미를 지닌다. 백인이 어떤 동네가 인종적으로 다양하다고 하면, 그것은 흑인 인구가 전체의 9퍼센트임을 뜻한다.(흑인 인구가 10퍼센트가 되는 순간, 백인들은 이사 간다.) 그러나 흑인이 어떤 동네가 인종적으로 다양하다고 하면, 흑인 인구가 40퍼센트일 때를 생각하고 있는 것이다.

3. 미국인들이 "문화"라고 말하면서 사실은 인종을 의미할 때가 있다. 그들이 어떤 영화가 "주류"라고 말하는 것은 '백인들이 그 영화를 만들었거나 좋아한다'는 뜻이다. 그들이 "도시적"이라고 말하는 것은 흑인이 많고, 가난하고, 아마도 위험하지만, 재미있을 가능성이 있다는 뜻이다. 그리고 "인종적 논란의 여지가 있다."라는 말은 '인종 차별적'이라고 말하는 것이 불편하다는 의미다.

40

그들은 헤어질 때까지 다시 싸우진 않았지만 블레인은 냉랭하고 이페멜루는 자기 속으로 침잠해 초콜릿만 연신 먹어 대던 동안 그를 향한 그녀의 감정은 변했다. 여전히 그를, 그의 도덕적 강단을, 사리 분별이 확실한 그의 삶을 존경했지만 이제 그 마음은 자신과 별개의 사람, 머나먼 사람을 향한 존경심이었다. 그리고 그녀의 몸도 변했다. 침대에서 예전처럼 원초적인 욕구로 가득 차서 그에게 다가가지도 않았고 그가 먼저 그녀에게 손을 뻗으면 일단 본능적으로 돌아누웠다. 키스는 자주 했지만 그녀의 입술은 늘 굳게 닫혀 있었다. 그의 혀가 자신의 입안에 들어오는 것을 원치 않았다. 두 사람 사이에는 열정이 결여되어 있었지만 그들 바깥에서는 이제껏 한 번도 가져 본 적 없는 친밀감, 모호하고 말이 필요 없는 본능적인 친밀감으로 그들을 하나로 묶어 준, 새로운 열정이 생겨났다. 그것은 바로 버락 오바마였다. 그들은 어떤 채근, 또는 어떤 의무감이나 타협의 그림자와도 상관없이 버락 오바마로 단

결했다.

처음에 그녀는 미국에서 흑인 대통령이 나오면 좋겠지만 불가능하다고 생각했고 오바마가 미합중국 대통령이 되는 것은 상상조차 할 수 없었다. 그는 너무 가냘프고 말라서 바람만 불어도 날아갈 것 같은 사내였다. 힐러리 클린턴이 오히려 더 튼튼해 보였다. 이페멜루는 텔레비전에 나온 클린턴을 보는 걸 좋아했다. 그녀가 각진 바지 정장을 입고, 단호한 가면 같은 얼굴을 하고, 미모를 숨긴 이유는 그것이 그녀가 유능하다는 사실을 세상에 납득시킬 수 있는 유일한 방법이기 때문이었다. 이페멜루는 그녀를 좋아했다. 그녀의 승리를 바랐고, 그녀의 앞길에 행운이 깃들길 빌었다. 어느 날 아침 버락 오바마의 책 『내 아버지로부터의 꿈』을 집어 들기 전까지는. 그것은 블레인이 이제 막 다 읽고 나서 몇몇 페이지를 접은 채로 책꽂이에 눕혀 둔 책이었다. 그녀는 표지에 있는 사진을 자세히 들여다보았다. 젊은 케냐 여자가 양팔로 아들을 감싸 안은 채 어리둥절한 표정으로 카메라를 쳐다보는 사진과 젊은 미국 남자가 쾌활한 태도로 딸을 가슴팍에 안고 있는 사진이었다. 이페멜루는 훗날 자신이 그 책을 읽기로 결심했던 순간을 기억하게 될 것이다. 그냥 한번 보자. 만약 블레인이 그 책을 추천했다면 아마 읽지 않았을 것이다. 그가 좋아하는 책을 점점 더 피하는 중이었기 때문이다. 하지만 그는 그저 책꽂이에 쌓아 둔, 다 읽었지만 나중에 다시 읽을 다른 책들 옆에 그 책을 놓기만 했다. 그녀는 블레인의 아이팟 스피커로 니나 시몬을 들으면서 소파에 꼿꼿이 앉아 하루 반 만에 『내 아버지로부터의 꿈』을 다 읽었다. 그녀는 그 페이지들 속에서 만난 남자에게 빠져들고 감동받았다.

탐구심 많고 지적인 남자, 친절한 남자, 그토록 완전히, 속절없이, 사랑스러울 정도로 인간적인 남자. 오빈제가 자기가 좋아하는 사람을 부르던 표현이 생각났다. **오비 오차**. 깨끗한 마음. 그녀는 버락 오바마를 믿었다. 블레인이 집에 온 뒤에 그녀는 식탁에 앉아 그가 부엌에서 바질 다지는 걸 보다가 이렇게 말했다. "이 책을 쓴 남자가 미국 대통령이 될 수만 있다면 얼마나 좋을까."

블레인의 칼이 움직임을 멈췄다. 그가 눈을 반짝이며 고개를 들었다. 마치 그녀가 자신과 같은 것을 믿는 상황은 감히 희망해 본 적조차 없다는 듯이. 그리고 그녀는 두 사람 사이에서 처음으로 하나의 열정이 고동치는 것을 느꼈다. 그들은 버락 오바마가 아이오와주 정당 집회[42]에서 승리했을 때 텔레비전 앞에서 서로를 꽉 움켜잡았다. 첫 전투에서 그가 승리했던 것이다. 그들의 희망은 강렬한 빛과 함께 폭발하며 가능성을 향해 나아가고 있었다. 오바마가 정말로 이길 수 있을지도 모른다. 그리고 마치 짠 것처럼 그들은 걱정하기 시작했다. 빠르게 움직이는 오바마라는 열차를 뭔가가 들이받아서 탈선시킬까 봐 걱정했다. 이페멜루는 매일 아침 잠에서 깨자마자 오바마가 아직 살아 있는지, 추문이 보도되지는 않았는지, 누가 그의 옛날이야기를 캐내진 않았는지부터 확인했다. 그녀는 숨을 죽이고 두방망이질하는 가슴을 안은 채 컴퓨터를 켜고 그가 여전히 살아 있음에 안심한 다음, 그에 관한 최

---

42 미국 대선에서는 각 주에 따라 코커스(정당 집회) 또는 프라이머리(예비 선거)를 통해 정당별 후보자를 선정하는데 이 후보 경선이 처음으로 실시되는 주가 아이오와다.

신 뉴스를 빠르고 탐욕스럽게 읽으면서 수많은 창을 화면 하단에 최소화해 둔 채 정보와 안도감을 찾았다. 때때로 게시판에서 오바마에 관한 글을 읽고 풀이 죽을 때면 마치 노트북이 자신의 적인 양, 자리에서 일어나 컴퓨터에서 뚝 떨어진 창가로 가서 자신의 눈물을 스스로에게도 감췄다. 어떻게 원숭이가 대통령이 될 수가 있나? 누가 제발 이 자식한테 총알 한 발 박아 줘. 아프리카 정글로 돌려보내. 흑인은 절대 백악관에 입성해선 안 돼, 형씨. 하얀 집이라고 불리는 데는 다 그만한 이유가 있는 거라고. 그녀는 '교외주부231'이나 '노먼 록웰[43]짱' 같은 ID로 이런 글을 올리는 사람들을 상상해 봤다. 그들이 커피 한 잔을 옆에 놓고 책상에 앉아 있으면 잠시 후에 순수함으로 빛나는 아이들이 스쿨버스를 타고 집에 오겠지. 이런 게시판을 보고 나면 그녀의 블로그는 아무 의미 없는 짓처럼, 부드러움과는 거리가 먼 세상에 관한 부드러운 풍자나 풍속 희극처럼 느껴졌다. 그녀는 매일 아침 로그인 할 때마다 늘어 있는 것처럼 보이는 극악함과 비방 게시물과 꽃피는 독설에 대해서는 블로그에 쓰지 않았다. 만약 그렇게 한다면 버락 오바마라는 사람이 아니라 그가 대통령이 되는 것이 싫은 사람들의 말을 널리 퍼뜨리는 격이될 것이었기 때문이다. 그 대신 그녀는 "오바마가 더 좋은 대통령이 될 이유"라는 제목으로 오바마의 정책 입장에 대해 여러 번 쓰고 홈페이지 링크를 자주 첨부했다. 그리고 미셸 오바마에 대해서

---

[43] 1894~1978. 미국의 화가. 주로 삽화가로 활동한 탓에 순수 미술이 아니라는 비난도 받았으나 미국 역대 대통령들의 초상화를 그렸으며 인종 차별을 비판하는 그림도 많이 그렸다.

도 썼다. 그녀는 미셸 오바마의 냉소적이면서도 색다른 유머와 길쭉한 팔다리의 움직임에 담긴 자신감에 우쭐했고, 미셸 오바마가 인터뷰 도중에 말문이 막히거나 공박당하거나 맥없이 교과서 같은 답변을 하는 것처럼 들릴 때는 마음이 아팠다. 하지만 지나치게 활 모양으로 휜 눈썹과 전통적으로 선호되는 위치보다 높게 맨 허리띠에는 미셸 오바마의 번뜩이는 옛 모습이 남아 있었다. 이페멜루는 바로 이 변명하지 않는 당당함과 정직할 거라는 굳은 약속에 끌렸다.

"미셸이 결혼한 사람이니까 오바마가 형편없는 사람일 리 없어." 그녀가 곧잘 블레인에게 이렇게 농담하면 블레인은 "옳소, 옳소."라고 대답하곤 했다.

princeton.edu로 끝나는 주소에서 이메일이 왔을 때 그것을 열어 보기 전부터 그녀의 손은 흥분으로 떨렸다. 그녀가 처음 본 단어는 "기쁩니다."였다. 그녀가 연구비 수혜자가 됐던 것이다. 지원금은 많았고 요구 조건은 간단했다. 프린스턴에 살면서 도서관을 이용하고 연말에 공개 강연 한 번만 하면 됐다. 신성한 미 제국으로의 입성은 사실이라고 하기엔 지나치게 좋아 보였다. 아파트를 구하기 위해 블레인과 함께 기차를 타고 프린스턴에 간 그녀는 프린스턴이라는 도시 자체에, 그곳의 녹음과 평화와 우아함에 깜짝 놀랐다. "나 대학 입시 볼 때 프린스턴에도 합격했었어." 블레인이 말했다. "그때는 거의 전원도시였지. 한번 와 보고 아름답다고 생각했지만 내가 여기 다니는 게 상상이 안 되더라고."

지금은 이렇게 많이 변해서, 줄줄이 늘어선 번쩍이는 가게들 앞을 지날 때 블레인이 말했듯 "공격적인 소비자 자본주의" 도시가 되었는데도 이페멜루는 블레인의 말뜻을 알 수 있었다. 감탄과 혼돈이 동시에 느껴졌다. 그녀는 나소가(街) 뒤쪽에 있는, 침실 창문에서 나무숲이 내려다보이는 아파트가 마음에 들었다. 텅 빈 방 안을 걸으며 블레인 없는 자신의 새로운 시작에 대해 생각했지만 이것이 정말로 자신이 원하는 새로운 시작인지는 확신할 수 없었다.

"대선이 끝나기 전까지는 이사 안 할 거야." 그녀가 말했다.

블레인은 그녀의 말이 채 끝나기도 전에 고개를 끄덕였다. 버락 오바마가 승리를 거머쥐는 것을 보기 전에 그녀가 이사하지 않으리란 것은 당연한 결론이었다. 블레인은 오바마 선거 운동의 자원봉사자가 되었다. 그녀는 그가 두드린 문과 거기서 나온 사람에 관한 이야기 하나하나에 푹 빠져들었다. 어느 날 그는 집에 와서 얼굴이 말린 자두처럼 쪼글쪼글한 흑인 할머니 얘기를 했다. 그녀는 놓치면 쓰러지기라도 할 것처럼 문을 붙들고 선 채 그에게 이렇게 말했다. "내 손자 대에도 이런 일이 일어날 거라곤 생각 안 했어요."

이페멜루는 이 이야기를 블로그에 썼다. 마치 자기가 블레인과 함께 그곳에 있었던 것처럼, 희끗희끗한 할머니의 머리와 파킨슨병 때문에 떨리는 손가락을 묘사했다. 블레인의 친구들은, 늘 가슴에 힐러리 클린턴 배지를 달고 다니는 마이클만 빼고는, 모두 오바마 지지자였기 때문에 이페멜루는 더 이상 친구들 모임에서 소외감을 느끼지 않게 되었다. 폴라 곁에 있을 때 느꼈던 약간의 불편함 — 반은 무례함이고 반은 불안감이었던 — 도 사라지고 없었다. 그들은 술집이나 아파트에 모여서 선거 운동에 대해 상의

하고, 뉴스에 보도된 터무니없는 이야기를 조롱했다. 히스패닉이 흑인에게 투표할 것인가? 오바마는 볼링을 칠 줄 아는가? 그는 애국자인가?

"뉴스에서 '흑인들은 오바마를 원하고 여자들은 힐러리를 원한다'고 하는 거 정말 웃기지 않아? 그러면 흑인 여자들은 어떻다는 거야?" 폴라가 말했다.

"물론 그들이 말하는 '여자들'은 자동적으로 '백인 여자들'인 거지." 그레이스가 말했다.

"내가 이해 못하겠는 건 어떻게 오바마가 흑인 남자이기 때문에 득을 본다고 말하는 사람이 있을 수 있냐는 거야." 폴라가 말했다.

"복잡한 얘기이긴 하지만 사실이야. 마찬가지로 클린턴은 백인 여자이기 때문에 득을 보고 있지." 네이선이 몸을 앞으로 기울이면서 눈을 아까보다 더 빨리 깜빡이며 말했다. "만약에 클린턴이 흑인 여자라면 그녀의 별은 지금처럼 밝게 빛나지 않을 거야. 오바마가 백인 남자라면 그의 별은 지금처럼 밝게 빛날 수도 있고, 안 빛날 수도 있지. 자질이 전혀 없는데 대통령이 된 백인 남자가 몇 명 있긴 하지만 그래도 오바마가 경험이 부족하고, 정말 가능성 있는 흑인 후보가 나타났다는 생각에 사람들이 흥분했다는 사실은 변하지 않으니까."

"하지만 오바마가 이기면 그는 더 이상 흑인이 아니게 될 거야. 오프라가 더 이상 흑인이 아니라 그냥 오프라인 것처럼." 그레이스가 말했다. "그래서 오프라는 흑인이 멸시당하는 곳에 가서도 멀쩡할 수 있지. 그도 더 이상 흑인이 아닐 거야, 그저 오바마일 뿐."

"오바마가 득을 보고 있다면, 득을 본다는 생각 자체에 문제가 있긴 하지만, 어쨌든 설사 득을 보고 있다고 해도 그건 그가 흑인이기 때문이 아니라 다른 종류의 흑인이기 때문이야." 블레인이 말했다. "어머니가 백인이 아니었고, 백인 외조부모에 의해 양육되지 않았고, 그를 평범한 사람처럼 보이게 만드는 케냐랑 인도네시아랑 하와이에서의 이야기들이 없었다면, 그가 그냥 조지아주 출신의 평범한 흑인이었다면, 사정이 달랐을 거야. 미국은 조지아주 출신의 평범한 흑인, 대학 시절 평균 학점이 C였던 흑인이 대통령이 되기 전까지는 진정한 의미에서 진보한 게 아니야."

"나도 동의해." 네이선이 말했다. 그리고 이페멜루는 모두가 그 말에 동의했다는 사실에 새로이 충격을 받았다. 그 친구들은 블레인과 그녀처럼 믿는 자, 진정한 믿는 자들이었던 것이다.

버락 오바마가 민주당 대통령 후보가 되던 날, 이페멜루와 블레인은 몇 주 만에 처음으로 사랑을 나눴다. 그리고 그 자리에는 오바마가 묵언의 기도처럼, 감정적 존재감을 지닌 제3자처럼 그들과 함께 있었다. 그녀와 블레인은 몇 시간이나 운전해서 오바마의 연설을 들으러 가서는 빽빽한 군중 속에서 서로 손을 맞잡은 채 굵은 하얀 글씨로 "변화"라고 쓴 플래카드를 들고 있었다. 그들 옆에 선 흑인 남자는 아들을 목말 태우고 있었는데 헤벌쭉 웃고 있는 아들의 입안을 가득 채운 새하얀 이 중에는 윗니 하나가 빠지고 없었다. 이페멜루는 위를 올려다보는 그 남자를 보고, 그가 자기 자신의 믿음에 큰 감동을 받았음을 알 수 있었다. 스스로도 믿을 수 있으리라 생각지 않았던 것을 자신이 믿고 있음을 발견하고 감동받은 것이다. 잠시 후 군중이 갑자기 우레와 같이 환호하며 박수 치고 휘파람을 불기 시작했을 때 아들의 두 다리를 잡고 있느라 박수를 칠 수 없어 만면에 미소만 띠고 있던 사내의 얼굴이 갑자기 기쁨으로 인해 젊어졌다. 이페멜루가 그 사내와 주위 사람들을 둘러보니 다들 얼굴에서 이상한 인광을 내뿜었고 모두가 깨지지 않는 감정이라는 하나의 선 위를 걷고 있었다. 그들은 믿었다. 진심으로 믿었다. 세상에 자신과 블레인이 버락 오바마를 향해 느끼는 것과 똑같은 감정을 느끼는 사람이 그토록 많다는 사실은 그녀에게 달콤한 충격으로 자주 다가오곤 했다.

어떤 날에는 그들의 믿음이 고조되었고, 어떤 날에는 그들은 절망했다.

"이건 좋지 않은데." 블레인이 텔레비전 채널을 이리저리 돌리며 중얼거렸다. 모든 채널에서 오바마의 정신적 스승인 라이트 목사가 설교하는 영상을 보여 주고 있었다. "신이여 미국을 저주하소서."라는 목사의 말은 이페멜루의 꿈속까지 침입했다.

그녀는 버락 오바마가 라이트 목사의 설교 영상에 대한 대답으로 인종에 관한 연설을 할 거라는 속보를 인터넷에서 처음 접하고, 강의 중인 블레인에게 문자를 보냈다. 그의 답장은 간단했다. 좋았어! 나중에 거실 소파에, 블레인과 그레이스 사이에 앉아 연설을 보면서 이페멜루는 오바마가 지금 속으로 진짜 무슨 생각을 하고 있을지, 그날 밤 사위가 조용하고 아무도 없을 때 침대에 눕는 그의 기분이 어떨지 궁금했다. 그녀는 자기 외할머니가 흑인을 무서워한다는 사실을 알았던 소년, 그리고 지금 자신의 위기를 만회하기 위해 그 이야기를 세상에 하고 있는 남자 오바마를 상상했다. 그런 생각을 하니 조금 슬퍼졌다. 오바마가 펄럭이는 성조기들 앞에서 연민 가득하고 변화가 심한 억양으로 말하는 동안 블레인은 자꾸 엉덩이를 들썩대며 한숨을 쉬다가 뒤로 기대앉았다. 마침내 블레인이 말했다. "저렇게 흑인의 고충과 백인의 두려움을 동일시하는 건 부도덕해. 그냥 부도덕하다고."

"이 연설은 인종에 관한 대화를 시작하기 위한 게 아니라 끝내기 위한 거야. 오바마는 인종 얘기를 피해야만 이길 수 있어. 우리 모두 그 사실을 알잖아." 그레이스가 말했다. "하지만 중요한 건 일단 그를 백악관에 보내는 거야. 저 사람은 자기가 해야 할 일을 하는 거라고. 적어도 이것으로 목사 사건은 일단락됐으니까."

이페멜루도 그 연설을 실용적인 관점에서 봤지만 블레인은 그것을 개인적으로 받아들였다. 그의 믿음에는 금이 갔고 그는 며칠 동안 활기를 잃은 채 아침 조깅을 다녀올 때도 평소처럼 기분 좋게 땀 흘리며 오는 것이 아니라 무거운 발걸음으로 걸어 들어왔다. 이런 그를 본의 아니게 슬럼프에서 꺼내 준 것은 샌이었다.

"며칠 동안 뉴욕에 가서 누나랑 같이 있어 줘야겠어." 그가 이페멜루에게 말했다. "오비디오한테서 방금 전화가 왔어. 누나가 제구실을 못하고 있대."

"제구실을 못한다고?"

"신경 쇠약이야. 난 그 표현이 싫지만. 되게 옛날 할머니들이 쓰는 말 같잖아. 하지만 오비디오는 그렇게 불러. 벌써 며칠째 침대에서 안 나온대. 밥도 안 먹고. 계속 울기만 한대."

이페멜루는 짜증이 울컥 치밀었다. 그녀의 눈엔 이것마저도 샌이 관심을 끌기 위해 쓰는 또 다른 방법으로 보였다.

"누나가 요즘 정말 힘들어해." 블레인이 말했다. "책이 전혀 관심을 못 끌고 있고 해서."

"알아." 하지만 이페멜루는 자신이 아무런 동정심도 느끼고 있지 않음을 깨닫고 문득 겁이 났다. 어쩌면 그것은 그녀가 블레인과의 싸움에 샌이 어느 정도 책임이 있다고 생각하기 때문인지도 몰랐다. 그녀는 샌이 블레인에게 영향력을 행사해서 그가 과잉 반응 하고 있음을 깨닫게 해 주지 않은 것을 원망하고 있었다.

"괜찮을 거야." 이페멜루가 말했다. "누님은 강한 사람이니까."

블레인이 놀란 얼굴로 그녀를 쳐다봤다. "누나는 세상에서 제일 연약한 사람이야. 누나는 강하지 않아. 한 번도 그런 적 없어. 하지만 특별하지."

한 달 전쯤 마지막으로 만났을 때 샌은 이페멜루에게 이렇게 말했다. "블레인이랑 다시 합칠 줄 알았어요." 그것은 환각제 중독에 다시 빠진, 사랑하는 형제에 대해 얘기하는 사람의 말투였다.

"오바마 정말 굉장하지 않아요?" 이페멜루가 이것만이라도 그들이 발톱을 숨긴 채 얘기하지 않아도 되는 주제가 되길 바라며 물었다.

"아, 이번 선거에 대해서는 신경 *끄고* 있어요." 샌이 오만하게 말했다.

"오바마가 쓴 책은 읽어 보셨어요?" 이페멜루가 물었다.

"아뇨." 샌이 어깨를 으쓱했다. "누가 내 책이나 읽어 주면 좋을 텐데."

이페멜루는 목구멍에서 이 말이 나오려는 걸 꾹 참았다. 이 얘기의 주인공은 당신이 아니에요. 이 얘기에서만은 당신이 주인공이 아니라고요.

"『내 아버지로부터의 꿈』은 꼭 읽어 보세요. 다른 책은 다 홍보 책자지만요." 이페멜루가 말했다. "이 사람은 진짜배기예요."

하지만 샌은 관심이 없었다. 그녀는 지난주에 작가 축제에서 자신이 참석했던 패널 토론에 대해 얘기하고 있었다. "그러고는 내가 제일 좋아하는 작가가 누구냐는 거야. 물론 그들은 내가 흑인 작가를 댈 거라고 예상하고 있었을 테니, 내 평생의 사랑이 로버트 헤이든[44]이긴 해도 그렇게 말할까 보냐고 생각했지. 그래서 흑인이나 조금이라도 유색인 같은 사람이나 정치적으로 편향된 사람이나 살아 있는 사람은 전부 다 뺐어. 그리고 아주 태평하고 침착하게 투르게네프와 앤서니 트롤럽[45]과 괴테를 대고 나서, 죽은 백인 남자에게만 의존하면 조금 너무 개성 없어 보일까 봐 셀마 라겔뢰프[46]를 추가했지. 그랬더니 나한테 뭘 물어야 할지를 모르는 거야. 내가 방금 대본을 창밖으로 던져 버렸으니까."

"그거 참 재밌네." 블레인이 말했다.

---

44 1913~1980. 미국의 시인. 최초의 흑인 계관 시인. 본디 침례교도였으나 바하이교로 개종한 후 관련 작품을 많이 썼다. 흑인 대학인 피스크 대학교에서 오랫동안 교편을 잡았다.

45 1815~1882. 영국의 소설가. 오랫동안 우체국에서 근무하며 매일 아침 성실하게 소설을 집필했다. 가공의 지역인 바셋셔를 배경으로 한 여섯 편의 연작 소설이 가장 유명하다.

46 1858~1940. 스웨덴의 소설가. 최초의 여성 노벨 문학상 수상자. 교사로 재직하며 북유럽 설화를 바탕으로 한 작품을 많이 썼다. 대표작으로 『닐스의 이상한 여행』이 있다.

선거 전날 이페멜루는 침대에 누워 잠 못 이루고 있었다.

"당신 안 자?" 블레인이 그녀에게 물었다.

"응."

그들은 어둠 속에서 말없이 서로를 끌어안았고 점차 숨소리가 골라지더니 마침내 반쯤 깨어 있고 반쯤 자는 상태에 빠졌다. 다음 날 아침 그들은 고등학교에 갔다. 블레인이 가장 먼저 투표하는 사람 중 한 명이 되고 싶어 했기 때문이다. 이페멜루는 벌써 도착한 사람들이 줄을 서서 문이 열리길 기다리는 것을 지켜보면서 그들이 모두 오바마에게 투표하길 바랐다. 자신이 투표를 할 수 없다는 사실은 그녀에게 사별 같은 상실감을 줬다. 그녀의 시민권 신청은 승인이 났지만 선서식이 아직 몇 주 남아 있었던 것이다. 그녀는 안절부절못하며, 모든 뉴스 사이트를 확인하며 그날 아침을 보냈다. 수업을 마치고 집에 돌아온 블레인은 그녀에게 컴퓨터와 텔레비전을 끄고 잠시만 쉬자고, 심호흡을 하고 그가 만들어 둔 리소토를 먹자고 했다. 하지만 식사를 다 끝내기도 전에 이페멜루는 다시 컴퓨터를 켰다. 버락 오바마가 무사히 잘 있는지 확인하기 위해서였다. 블레인은 친구들이 마실 무알코올 칵테일을 만들었다. 애러민타가 제일 먼저 도착했다. 그녀는 양손에 휴대 전화를 들고 양쪽에서 새 소식을 계속 확인하면서 기차역에서 곧장 왔다. 그다음으로 그레이스가 사각거리는 실크 옷을 입고 목에 금색 스카프를 두른 채 도착했다. "세상에, 떨려서 숨을 못 쉬겠어!" 마이클은 프로세코[47] 한 병을 들고 왔다. "오늘 결과가 어떻게

---

[47] 이탈리아 베네토 지역에서 생산되는 발포성 백포도주.

되건 간에 우리 어머니가 살아 계셔서 오늘을 보셨더라면 얼마나 좋았을까." 그가 말했다. 폴라와 P와 네이선이 동시에 도착하자 모두들 소파와 식탁 의자에 앉아 시선은 텔레비전에 고정한 채 홍차와 블레인의 무알코올 칵테일을 홀짝이며 전에 했던 얘기를 또다시 반복했다. 인디애나랑 펜실베이니아에서 이기면 그걸로 끝이야. 플로리다에선 이길 것 같아. 아이오와 쪽 뉴스는 의견이 분분해.

"버지니아에서는 흑인 투표자가 굉장히 많아서 가능성이 높아 보여요." 이페멜루가 말했다.

"버지니아는 안 될 거예요." 네이선이 말했다.

"버지니아는 없어도 돼."라고 그레이스가 말하더니 갑자기 소리를 질렀다. "맙소사, 펜실베이니아다!"

텔레비전 화면의 컴퓨터 그래픽이 번쩍이더니 버락 오바마의 사진이 떴다. 그가 펜실베이니아주와 오하이오주에서 이긴 것이다.

"존 매케인[48]은 지금 이걸 어떻게 보고 있으려나." 네이선이 말했다.

잠시 후 폴라가 이페멜루 옆에 앉아 있을 때 화면에서 컴퓨터 그래픽이 번쩍였다. 버락 오바마가 버지니아주에서 이겼다는 소식이었다.

"오, 하느님." 폴라가 말했다. 입에 댄 그녀의 손이 떨리고 있었다. 블레인은 꼿꼿하게 가만히 앉아서 텔레비전을 뚫어져라 쳐다보았다. 그때 이페멜루가 지난 몇 달 동안 MSNBC에서 거의 집착하듯 봐 온 앵커 키스 올버먼의 깊은 목소리 — 활활 타오르는

---

48 1936~2018. 미국의 정치인. 2008년 대선 당시 공화당 후보였다.

동시에 반짝거리는, 진보주의자의 분노가 담긴 목소리 — 가 들렸다. 지금 그 목소리는 "버락 오바마 후보가 미합중국의 차기 대통령이 될 것으로 예상됩니다."라고 말하고 있었다.

블레인은 울고 있는 애러민타를 끌어안고 울다가 이페멜루를 아플 정도로 꽉 끌어안았고, P는 마이클을 끌어안았고, 그레이스는 네이선을 끌어안았고, 폴라는 애러민타를 끌어안았고, 이페멜루는 그레이스를 끌어안았고, 온 거실이 믿을 수 없는 기쁨의 제단이 되었다.

그때 디케에게서 문자가 와서 그녀의 전화가 삑삑댔다.

믿기지가 않아. 우리 나라 대통령이 나와 같은 흑인이라니. 그 문자를 몇 번이나 다시 읽는 동안 그녀의 눈에 눈물이 차올랐다.

텔레비전에서는 버락 오바마와 미셸 오바마와 어린 두 딸이 무대 위로 올라오고 있었다. 그들은 쏟아지는 눈부신 빛 속에서 승자다운 미소를 띤 채 바람에 실려 오듯 부드럽게 걸어왔다.

"청년과 노인, 부자와 빈자, 민주당원과 공화당원, 흑인, 백인, 히스패닉, 아시아인, 아메리칸 인디언, 동성애자, 이성애자, 장애인과 비장애인을 비롯한 우리 미국인들은 지금 전 세계에 우리가 공화당 파와 민주당 파의 단순한 집합이 아님을 보여 줬습니다. 우리는 지금까지도, 그리고 앞으로도 영원히 미합중국이라는 하나의 국가일 것입니다."

버락 오바마의 목소리가 오르락내리락하는 동안 그의 표정은 엄숙했고 그 주위에는 희망에 찬, 어마어마한 숫자의 빛나는 군중이 있었다. 이페멜루는 이 장면을 보면서 넋을 잃었다. 그 순간에만은, 그녀에게 미국보다 아름다운 것은 아무것도 없었다.

비미국인 흑인을 위한 미국 안내서: 특별한 백인 친구에 대한 단상

입 다문 흑인에게 고마운 선물은 그를 이해하는 백인 친구다. 슬프게도 이런 백인은 흑인들이 바라는 만큼 흔치 않지만 운 좋은 몇몇 흑인에게는, 더러운 일을 설명하지 않아도 되는 백인 친구가 있다. 이럴 경우엔 어떡해서든 이 친구를 써먹어라. 그런 친구들은 이해할 뿐만 아니라 훌륭한 개수작 탐지기를 가지고 있어서 당신이 할 수 없는 말을 자기는 할 수 있다는 사실을 완벽히 알고 있다. 미국 대부분의 지역에서 많은 사람의 마음속에 깔려 있는 은밀한 생각이 있다. 백인은 취직이나 입학을 실력으로 이룬 반면, 흑인은 흑인이기 때문에 합격했다는 것이다. 하지만 사실 백인들은 건국 이래 백인이라는 이유로 일자리를 얻어 왔다. 흑인과 똑같은 조건을 가진 많은 백인은 피부색이 아니었다면 지금의 일자리를 얻지 못했을 것이다. 하지만 이 말을 남 앞에서 하면 안 된다. 백인 친구가 말하게 해라. 흑인인 당신이 실수로 이 말을 한다면 '인종 카드를 쓰는' 특이형이라고 비난받게 될 것이다. 그 말이 무슨 뜻인지 제대로 아는 사람은 아무도 없지만.

나의 아버지가 비미국인 흑인 국가인 우리 모국에서 학교를 다닐 때 많은 미국인 흑인은 투표를 하거나 좋은 학교에 진학할 수 없었다. 이유가 뭐냐고? 그들의 피부색이었다. 피부색만이 문제가 됐다. 오늘날 많은 미국인은 피부색은 해결책이 될 수 없다고 말한다. 이렇게 말하지 않으면 '역차별' 하는 특이형이라 불리게 된다. 백인 친구가 이 사실을 지적하게 해라. 미국인 흑인에 대한 처우는 당신이 오랫동안 부당하게 감옥에 있다가 갑자기 석방됐는데 차비가 없는 것과 같다고. 그런데 당신과 당신을 감옥에 집어넣었던 자는 이제 자동적으로 대등한 관계가 됐다. 만약 "노예 제도는 아주 먼 옛날 일"이라는 말이 나오면 백인 친구로 하

여금 이렇게 말하게 해라. 많은 백인은 여전히 자기 조상이 백 년 전에 번 돈을 물려받아 살고 있다고. 그 유산은 살아 있는데 노예 제도의 유산은 왜 살아 있지 않단 말인가? 그리고 백인 친구로 하여금, 미국의 여론 조사원들이 백인들과 흑인들에게 인종 차별이 사라졌다고 생각하느냐고 묻는 게 정말 우습다고 말하게 해라. 대부분의 백인은 사라졌다고 하고, 대부분의 흑인은 사라지지 않았다고 한다. 정말 우습지 않은가. 백인 친구로 하여금 말하게 해야 할 것들을 더 제안하고 싶은가? 부디 댓글을 달아 주기 바란다. 그리고 이해하는 모든 백인 친구를 위하여 건배.

41

아이샤가 주머니에서 휴대 전화를 꺼냈다가 짜증 섞인 한숨을 내쉬며 다시 집어넣었다.

"왜 치지오케 전화 안 오는지 몰라요." 그녀가 말했다.

이페멜루는 아무 말도 하지 않았다. 지금 미용실에는 그녀와 아이샤뿐이었다. 할리마는 방금 가고 없었다. 이페멜루는 피곤했고 등이 욱신거렸으며 미용실의 텁텁한 공기와 썩어 가는 천장 때문에 속이 메슥거리기 시작했다. 왜 이 아프리카 여자들은 미용실을 환기하고 깨끗하게 유지하지 못하는 걸까? 그녀의 머리는 거의 끝나 가서 토끼 꼬리만큼 작은 부분만 이마 쪽에 남아 있었다. 그녀는 한시바삐 나가고 싶었다.

"당신 신분증 어떻게 받아요?" 아이샤가 물었다.

"네?"

"당신 신분증 어떻게 받아요?"

이페멜루는 놀라서 할 말을 잃었다. 그 질문은 신성 모독이었다. 이민자는 다른 이민자에게 어떻게 신분증을 받았냐고 묻지 않았다. 그 겹겹이 숨겨진 은밀한 곳을 파고들지 않았다. 신분증을 받았다는 사실, 합법적 지위를 취득했다는 사실에 감탄하는 것으로 충분했다.

"나, 나 미국 올 때 미국인 해 봐요, 결혼하려고. 하지만 그 남자 문제 많이 가져와요. 직업 없고 매일 말해요. 나한테 돈, 돈, 돈 달라고." 아이샤가 고개를 절레절레 흔들며 말했다. "당신은 어떻게 받아요?"

갑자기 이페멜루의 짜증이 눈 녹듯 사라지고 그 대신 그 자리에 아주 섬세한 동족 의식이 자라났다. 자신이 아프리카인이 아니었다면 아이샤가 그런 질문을 하지 않았을 것이었기 때문이다. 이 새로운 유대에서 그녀는 또다시 자신의 귀향에 대한 징조를 보았다.

"나는 직장에서 받았어요." 그녀가 말했다. "내가 일했던 회사에서 영주권 보증인이 돼 줬거든요."

"아." 아이샤는 이페멜루가 영주권이 그냥 하늘에서 떨어진 사람 무리에 속한다는 사실을 지금 막 깨달은 것만 같았다. 그녀 같은 사람들은 고용주에게서 신분증을 받을 수 없는 게 당연했다.

"치지오케는 복권[49]으로 신분증 받아요." 아이샤가 말했다. 그녀는 남은 머리카락을 거의 다정해 보일 듯한 손짓으로 천천히 빗기 시작했다.

[49] 미 국무부가 인종 다양성을 확대하기 위하여 최근 오 년간 미국 이민자가 5만 명 이하인 국가의 이민 희망자 가운데 매년 5만 명을 추첨하여 이민 비자를 발급해 주는 제도.

"손은 왜 그런 거예요?" 이페멜루가 물었다.

아이샤가 어깨를 으쓱했다. "몰라요. 그냥 와서 나중에 가요."

"우리 고모가 의사예요. 이따가 당신 팔 사진 찍어서 고모한테 물어봐 줄게요." 이페멜루가 말했다.

"고마워요."

아이샤는 말없이 한 가닥을 다 꼬았다.

"내 아버지 죽어요, 나 안 가요." 그녀가 말했다.

"네?"

"작년요. 내 아버지 죽고 나 안 가요. 신분증 때문에요. 하지만 어쩌면, 치지오케가 나랑 결혼하면, 내 어머니 죽을 때 나 갈 수 있어요. 어머니 지금 아파요. 하지만 나 돈 보내요."

순간 이페멜루는 무슨 말을 해야 할지 몰랐다. 아이샤의 힘없는 말투와 무표정한 얼굴이 그녀의 비극을 극대화했다.

"유감이에요, 아이샤." 그녀가 말했다.

"왜 치지오케 안 오는지 몰라요. 그래야 당신 얘기하는데."

"걱정 마요, 아이샤. 괜찮을 거예요."

그때, 말을 꺼낼 때만큼이나 갑작스럽게 아이샤가 울기 시작했다. 눈은 녹아내렸고, 입은 일그러졌다. 끔찍한 일이 그녀의 얼굴에 일어났다. 절망으로 무너져 내렸던 것이다. 이페멜루의 머리를 꼬는 손의 움직임에는 변화가 없었지만 그녀의 얼굴은 마치 같은 몸의 일부가 아닌 양 계속해서 구겨졌고, 눈에서 눈물이 흘러내렸고, 어깨가 들썩였다.

"치지오케가 어디서 일해요?" 이페멜루가 물었다. "내가 가서 얘기해 볼게요."

아이샤가 그녀를 뚫어져라 쳐다봤다. 눈물이 여전히 뺨을 타고 흘러내리고 있었다.

"내일 내가 가서 치지오케에게 얘기해 볼게요." 이페멜루가 다시 한번 말했다. "어디서 일하는지랑 휴식 시간이 언제인지만 가르쳐 줘요."

이때 그녀는 뭘 하고 있었던 걸까? 그녀는 일어나서 나갔어야 했다. 더 이상 아이샤의 수렁에 끌려 들어가지 말았어야 했다. 하지만 일어나서 나갈 수가 없었다. 그녀는 이제 곧 나이지리아로 돌아갈 테고, 부모님을 만날 테고, 원하면 미국으로 돌아올 수도 있었지만 여기 있는 아이샤는 어머니를 다시 보고 싶으면서도 실제로 보게 될 거라 믿지는 않았다. 이페멜루는 치지오케에게 이 얘기를 할 작정이었다. 최소한 그 정도는 해 줄 수 있었다.

그녀는 옷에 붙은 머리카락을 떨어내고 나서 아이샤에게 가느다랗게 말린 달러 뭉치를 건넸다. 아이샤는 지폐를 손바닥 위에 놓고 펴더니 빠르게 세기 시작했다. 이페멜루는 그중 얼마가 마리아마에게 가고, 얼마가 아이샤에게 돌아갈지 궁금했다. 그녀는 아이샤가 돈을 주머니에 넣을 때까지 기다렸다가 팁을 주었다. 20달러짜리 한 장을 받는 아이샤의 눈은 이제 눈물이 말라 있었고, 얼굴은 다시 무표정으로 되돌아가 있었다. "고마워요."

미용실 안에 어색한 분위기가 흐르자 이페멜루는 그 어색함을 희석하려는 듯 다시 한번 거울로 자기 머리를 꼼꼼히 살펴보고는 고개를 이리저리 돌리며 살짝 어루만졌다.

"내일 치지오케 만나서 얘기한 뒤에 전화해 줄게요." 이페멜루가 말했다. 그녀는 옷에 붙은 머리카락을 부스러기 하나까지 탈탈 떨어내고, 잊어버린 물건이 없나 확인하기 위해 주위를 둘러봤다.

"고마워요." 아이샤가 이페멜루를 껴안으려는 듯이 다가오다가 머뭇거리며 멈춰 섰다. 이페멜루는 아이샤의 어깨를 부드럽게 한번 잡아 준 후 문을 향해 돌아섰다.

돌아오는 기차 안에서 그녀는 결혼할 생각이 없어 보이는 남자를 어떻게 설득해야 할까 고민했다. 머리가 아팠고 관자놀이 부분의 머리카락이, 아이샤가 너무 빡빡하게 꼬지 않았는데도 여전히 당겨서 목과 신경이 불편했다. 집에 가서 찬물로 한참 샤워한 뒤에 새틴 보닛을 머리에 쓰고 노트북을 든 채 소파에 드러눕고 싶은 생각이 간절했다. 열차가 막 프린스턴 역에 멈췄을 때 전화벨이 울렸다. 그녀는 플랫폼에 서서 전화기를 찾기 위해 핸드백 속을 뒤적거렸다. 처음에는, 우주 고모가 울면서 말해서 잘 알아들을 수 없었기 때문에 디케가 죽었다고 한 줄 알았다. 하지만 우주 고모가 한 말은 오 누차고콰, 디케 아누차고콰였다. 디케가 거의 죽을 뻔했어.

"약물 과다 복용을 하고 지하실에 내려가서 소파에 누워 있더라고!" 우주 고모가 말했다. 자신도 믿을 수 없다는 듯이 갈라진 목소리였다. "난 원래 퇴근 후에는 절대 지하실에 안 내려가. 아침에 요가만 한단 말이야. 그러니까 오늘 나한테 지하실에 내려가서 냉동고에 있는 고기를 꺼내 녹이라고 한 건 바로 하느님이야. 하느님이 분명해! 처음에 디케가 땀에 젖어서, 온몸이 땀으로 덮여서 거기 누워 있는 걸 본 순간 심장이 멎는 줄 알았어. 내가 전에, 내 아들한테 약 주는 인간들이 있다고 했잖아."

이페멜루는 떨고 있었다. 그때 열차 한 대가 쌩하고 지나가서,

우주 고모의 목소리를 더 잘 들으려고 반대쪽 귀를 손가락으로 막았다. 우주 고모가 "간 독성의 징후"라고 말할 때 이페멜루는 간 독성이라는 단어에, 혼란스러움에, 갑자기 어두워지는 공기에 숨이 막혔다.

"이페멜루?" 우주 고모가 물었다. "듣고 있니?"

"응." 이 말은 아주 긴 터널을 지나서 그녀의 입으로 나왔다. "어떻게 된 거야? 정확히 무슨 일이 있었어, 고모? 지금 뭐라는 거야?"

"디케가 타이레놀 한 병을 몽땅 삼켰어. 지금 중환자실에 있으니까 괜찮을 거야. 하느님은 아직 그 애를 데려가실 준비가 안 됐어. 그게 다야." 우주 고모가 말했다. 그녀가 코 푸는 소리가 전화기 너머에서 크게 들렸다. "걔가 약을 토하지 않으려고 항구토제까지 먹은 거 아니? 하느님은 아직 그 애를 데려가실 준비가 안 됐어."

"내일 갈게." 이페멜루가 말했다. 그녀는 한참 동안 플랫폼에 서서 디케가 약 한 병을 삼키는 동안 자신은 뭘 하고 있었나 생각했다.

5부

42

오빈제는 블랙베리를 자주, 너무 자주 확인했다. 밤에 화장실에 가느라 잠이 깼을 때도 확인했다. 하지만 이런 행동을 스스로 조롱하면서도 멈출 수가 없었다. 나흘, 꼬박 나흘 만에 그녀에게서 답장이 왔다. 그는 풀이 죽었다. 그녀는 내숭 떠는 여자가 아니었으므로 평소 같았으면 훨씬 더 빨리 답장을 했을 터였다. 바쁠지도 몰라, 그는 생각했다. '바쁘다'는 핑계가 얼마나 편리하고 설득력 없는지 알면서도. 혹은 그녀가 예전과 달리, 너무 애달아 보이지 않으려고 나흘을 꼬박 기다리는 유의 여자가 되었는지도 모른다고 생각하니 한층 더 풀이 죽었다. 그녀의 이메일은 따뜻했지만 너무 짧았다. 미국 생활을 접고 귀국하는 것이 흥분되고 떨린다고 했지만 자세한 내용은 하나도 없었다. 정확히 언제 돌아온다는 것인가? 그토록 두고 오기 어려운 게 도대체 뭔가? 그는 두 사람의 이별과 관련된 포스트를 찾을 수 있길 바라며 다시 한번 구글에서 흑인 미국인을 검색했지만 블로그에는 논문으로 연결되는 링크만 있을 뿐이었다. 그중 하나는 초기 힙합 음악을 정치 활동의 관점에서 분석한 것이었는데 — 힙합을 논문 쓸 만한 주제라고 생각하다니 얼마나 미국적인가. — 실없길 바라며 읽기 시작했지만 굉장히 흥미로워서 끝까지 다 읽고 나니 그 사실에 속이 쓰렸다. 흑인 미국인은 그렇게 터무니없는 방법으로 라이벌이 되었다. 그다음에는 페이스북에 들어가 봤다. 코시는 페이스북을 열심히 하며 사진도 올리고 사람들과 연락도 했지만 그는 꽤 오래전에 계정을 삭제했다. 처음에는 그도 페이스북에 흥분했었다. 옛 친구들의 유령이 갑자기 아내와 남편과 자식이 있는, 살아 있는 존재로 변했고 사진에는 댓글이 달렸다. 하지만 그는 비현실적인 분위기, 남들과 비슷한 삶을 만들어 내기 위해 세심하게 조작된 이미지, 처음부터 페이스북을 염두에 두고 자랑할 만한 물건을 배경에 놓고 찍은 사진에 질리기 시작했다. 그리고 지금, 이페멜루를 찾기 위해 계정을 되살렸지만 그녀는 페이스북 회원이 아니었다. 어쩌면 그녀도 그만큼이나 페이스북에 매력을 못 느끼는지도 몰랐다. 이런 생각을 하니 살짝 기뻤다. 그것은 두 사람이 얼마나 비슷한지를 보여 주는, 또 다른 예였던 것이다. 그녀의 흑인 미국인 남자 친구는 페이스북에 있었지만 프로필이 친구 공개였다. 오빈제는 그가 이페멜루의 사진을 올렸는지만 보기 위해 친구 요청을 할까 하는, 정신 나간 생각을 잠시 했다. 며칠 기다렸다가 그녀에게 답장하고 싶었지만 그날 밤 정신을 차려 보니 어느새 서재에서 어머니의 죽음에 관한 기나긴 이메일을 쓰고 있었다. 어머니가 돌아가실 때까지, 언젠가 돌아가실 거라는 생각을 한 적이 한 번도 없었어. 이게 말이 돼? 얼마 전 그는 시간이 흘렀음에도 슬픔이 사그라들지 않았음을 발견했다. 그것은 외려 존재의 변덕스러운 상태였다. 때때로 고통은 어머니의 가사 도우미가, 어머니가 침대에 누워 있는데 숨을 쉬지 않는다고 울면서 전화한 날처럼 갑작스럽게 닥쳐오곤 했다. 또 다른 때에는 어머니가 없다는 사실을 잊고 본가에 갈 비행기표 살 계획을 대충 짜기도 했다. 어머니는 사람이 그렇게 많은 돈을 그렇게 쉽게 벌 수 있는 세상을 이해할 수 없다는 듯이, 그가 쌓은 부를 의심적은 눈으로 봤다. 그가 어머니에게 새 차를 깜짝 선물 하자 그녀는 지금 타는 차, 그의 중등학교 시절부터 몰아 온 푸조 505도 멀쩡하다고 말했다. 그가 본가로 배달시킨 차는 어머니가 너무 사치스럽다고 생각하지 않을 만한 소형 혼다였지만 본가에 가서 볼 때마다 반투명한 먼지 안개에 덮인 채 차고에 주차되어 있었다. 그는 어머니가 세상을 떠나기 사흘 전에 했던 마지막 통화를 아주 선명하게 기억했다. 그녀는 자신의 직업과 캠퍼스 생활에 대한 실망감이 점점 더 커지고 있다고 했다.

"아무도 국제 학술지에 논문을 발표하지 않아." 어머니는 말했다. "학술회의에 가는 사람도 아무도 없지. 우리 모두가 얕은 진흙 연못 속에서 뒹굴고 있는 것 같구나."

그는 이페멜루에게 보내는 이메일에, 어머니가 일에서 느낀 슬픔 때문에 자신도 슬펐었다고 적었다. 그리고 너무 가혹한 말투로 쓰지 않으려고 조심하면서, 고향의 교회가 어머니 장례식 전에 몇 번이나 돈을 요구한 얘기, 발인 때 출장 뷔페 직원들이 고기 훔친 ─ 소고기 덩어리를 방금 딴 바나나 잎에 싸서 담 너머에 있는 공범에게 던져 주었다는 ─ 얘기, 친척들이 도둑맞은 고기에만 정신이 팔렸던 얘기를 썼다. 언성이 높아졌고, 비난이 오갔으며, 어떤 이모는 "그 사람들은 마지막 한 조각의 도난품까지 다 내 놔야 해요!"라고 말했다. 도난품이라니. 어머니라면 고기가 도난 품이라는 사실에, 심지어 자신의 장례식이 고기 도난 소동으로 끝 난 데 즐거워했을 것이다. 그는 이렇게 적었다. 우리 나라 장례식 은 왜 그렇게 빨리 고인과 상관없는 이야기로 넘어가 버리는 걸 까? 그리고 마을 사람들은 왜 누가 죽은 뒤에야 비로소 과거의 악 업 ── 진짜 잘못과 가공의 잘못 ── 에 대한 복수를 시작하며, 왜 자기 몫의 살 1파운드[50]를 받기 위해 뼛속까지 파고드는 걸까?

이페멜루의 답장은 한 시간 후에 왔다. 가슴에서 쏟아져 나온 슬픔의 말이었다. 난 지금 울면서 이 편지를 쓰고 있어. 내가 얼마나 자 주, 너희 어머니가 우리 엄마였으면 했는지 알아? 너희 어머니는 ── 우 주 고모를 빼면 ── 나를 귀 기울일 가치가 있는 의견을 가진 사람으로 대 해 준 유일한 어른이셨어. 그런 분의 손에서 자란 너는 정말 운이 좋았던 거야. 나는 모든 면에서 너희 어머니처럼 되고 싶었어. 명복을 빌어, 천 장. 네 마음이 그때도, 지금도 때때로 얼마나 아플지 상상이 가. 나는 지 금 우주 고모랑 디케와 함께 매사추세츠에 있는데 어떤 일 때문에 일종의 고통, 하지만 아주 작은 고통을 겪고 있어. 부디 내가 전화할 수 있게 네 번호를 알려 줬으면 좋겠어. 네가 괜찮다면 말이야.

그는 그녀의 이메일을 읽고 행복해졌다. 그녀의 눈을 통해 자 신의 어머니를 보는 것이 행복했다. 그리고 그는 대담해졌다. 그

---

50 셰익스피어의 희곡 『베니스의 상인』에서 유대인 고리대금업자 샤일록은 주 인공에게 돈을 빌려주면서 갚지 못할 경우 그의 살 1파운드를 내놓으라고 요구한다.

녀가 말하는 고통이 뭘 가리키는 것인지 궁금했고 흑인 미국인과의 이별이길 바라면서도 한편으로는 그 관계가 그녀를 일종의 애도 상태에 빠뜨릴 만큼 중요하지 않길 원했다. 그는 그녀가 지금 어떻게 변했을지, 특히 미국인이랑 사귄 뒤에 얼마나 미국인화됐을지 상상하려고 애썼다. 그는 지난 몇 년 동안 미국에서 살다 돌아온 많은 사람에게서 광적인 낙관주의를 발견했다. 고개를 까딱거리고, 늘 방실방실하고, 지나치게 열정적인 광적 낙관주의는 만화처럼 질감도 깊이도 없어서 지루했다. 그는 그녀가 그렇게 되지 않았길 바랐다. 그렇게 됐으리라고는 상상할 수 없었다. 그녀는 그의 전화번호를 물었다. 그에게 감정이 남아 있지 않다면 어머니의 죽음을 그토록 슬퍼했을 리 없었다. 그래서 그는 그녀에게 자신의 모든 전화번호, 즉 휴대 전화 세 대의 번호와 회사 번호와 집 전화번호까지 다 적어 보냈다. 그리고 이 말로 이메일을 끝맺었다. 이상하지. 내 인생에서 중요한 일이 있을 때마다 나를 이해해 줄 사람은 너뿐이라고 늘 느껴 왔다는 게. 기분이 아찔했지만 "보내기"를 클릭하고 나니 후회가 물밀듯이 밀려왔다. 너무 금방 보냈고, 너무 과했다. 그렇게 심각한 말은 쓰지 말았어야 했다. 그는 매일매일 블랙베리를 집착적으로 확인하다가 열흘째 되던 날 그녀가 답장하지 않을 것임을 깨달았다.

그는 몇 번이나 그녀에게 사과하는 이메일을 정성 들여 썼지만 보내진 않았다. 자신도 이름 붙일 수 없는 뭔가에 대해 사과하는 것이 어색하게 느껴졌기 때문이다. 절대 의식적으로 결심했던 것은 아니었지만 그는 그녀에게 길고 자세한 이메일을 계속해서 보내기 시작했다. 인생에서 중요한 일이 있을 때마다 그녀가 그리왔다는 말이 과장이라는 건 그도 알았지만 완전히 거짓말은 아니었다. 그가 의식적으로 그녀를 생각하지는 않았던 기간 — 코시와 불타오르던 연애 초기, 아기가 갓 태어났을 때, 새로운 계약에 몰두해 있던 때 — 도 물론 있었지만 그의 마음속에 그녀가 없었던 적은 한 번도 없었다. 그는 그녀를 늘 마음의 손바닥 안에 쥐고 있었다. 그녀의 침묵과 그의 혼란스러운 아픔이 계속되던 동안에도.

그는 그녀에게 영국 시절 이야기를 쓰기 시작했다. 처음에는 그녀가 답장하길 바라는 마음에서였지만 나중에는 편지 쓰는 행위 자체를 고대하게 되었다. 자기 이야기였는데도 이제껏 자신에게조차 그 시절 얘기를 해 본 적이 없었고, 그때에 대해 곰곰이 생각할 기회를 스스로에게 허락하지 않았다. 처음에는 추방 때문에, 나중에는 라고스에서 갑작스럽게 시작된 새로운 삶 때문에 정신이 산란했기 때문이다. 그녀에게 편지를 쓰는 것이 한편으로는 자기 자신에게 쓰는 셈이 되었다. 그는 잃을 게 없었다. 설사 그녀가 자신의 메일을 흑인 미국인과 함께 읽으면서 그의 아둔함을 비웃고 있다 할지라도 그는 개의치 않았다.

그리고 마침내 그녀에게서 답장이 왔다.

천장, 답장 늦어서 미안해. 디케가 자살 기도를 했어. 지난번에는 너한테 말하고 싶지 않았어.(이유는 나도 모르겠지만.) 지금은 디케도 많이 나아졌지만 워낙 충격적인 일이었던지라 나한테도 생각보다 영향이 컸어.(너도 알다시피 "기도"라는 건 그 일이 실제로 일어나진 않았다는 말이지만 나는 일어날 수도 있었던 일을 생각하며 며칠 동안 울었어.) 너한테 전화해서 어머니의 명복을 빈다고 말하지 못해서 미안해. 원래는 그럴 작정이었고 네 전화번호를 알려 준 것도 고마웠지만 그날 이후로 계속 디케를 정신과 상담에 데려가느라 다른 일은 아무것도 할 수가 없었어. 마치 뭔가에 얻어맞은 듯한 기분이었어. 우주 고모는 내가 우울증이래. 너도 알다시피 미국은 모든 것을 약 먹어야 하는 병으로 만들어 버리곤 하잖아. 나는 약은 먹지 않고 그냥 디케랑 많이 붙어 있으면서 흡혈귀랑 우주선이 나오는 끔찍한 영화를 셀 수 없이 보고 있어. 영국 시절에 관한 네 이메일 정말 좋았고 여러 가지 면에서 나한테도 도움이 됐어. 보내 줘서 정말 고마워. 너한테도 내가 살아온 얘기를 들려줄 기회가 있었으면 좋겠다. 그게 언제가 되건 간에 말이야. 나는 얼마 전에 프린스턴에서 연구 기간을 끝냈고, 몇 년 동안 인종에 관한 블로그를 익명으로 운영했는데 나중에는 그게 내 생계유지 수단이 됐지. 너도 여기서 읽어 볼 수 있어. 귀국은 미뤘어. 또 연락할게. 잘 지내고 너랑 네 가족이 항상 평안하길 빈다.

디케가 자살을 기도하다니. 이해가 되지 않았다. 그의 기억 속 디케는 하얗고 푹신푹신한 팸퍼스 기저귀를 찬 채 돌핀이스테이트의 집 안을 뛰어다니던 아기였다. 그러나 지금의 그는 자살 기도를 하는 십 대 소년이었다. 오빈제에게 가장 먼저 떠오른 생각은 지금 당장 이페멜루에게 가고 싶다는 것이었다. 표를 사고 미국행 비행기에 올라 그녀 곁에 있어 주고, 위로해 주고, 디케를 도와주고, 모든 것을 원래대로 돌려놓고 싶었다. 이런 생각을 하고 나니 스스로의 터무니없음에 웃음이 나왔다.

"여보, 내 말 안 듣고 있구나." 코시가 그에게 말했다.

"미안, **오말리차**." 그가 말했다.

"지금은 일 생각 하지 말라니까."

"알았어, 미안해. 무슨 얘기 중이었어?"

그들은 차를 몰고 이코이에 있는 유치원 겸 초등학교에 가는 중이었다. 아들이 그 학교에 다니는, 코시의 교회 친구 조녀선과 이시오마 부부의 초청으로 공개 수업 참관일에 방문하기 위해서 였다. 이번이 두 번째인 그들의 학교 방문은 모두 코시가 계획한 것이었다. 부치를 어느 학교에 보내야 할지 결정하는 데 도움을 얻기 위해서였다.

오빈제가 이 부부와 시간을 같이 보낸 것은 코시가 그들을 저녁 식사에 초대했을 때, 딱 한 번이었다. 그는 이시오마가 흥미로운 사람이라고 생각했다. 그녀가 스스로에게 허락한, 몇 마디 안 되는 말은 사려 깊었지만 그녀는 대개 조녀선의 기를 살려 주려고 말없이 움츠린 채 실제보다 똑똑하지 않은 척했다. 반면 늘 신문에 사진이 실리는, 은행 CEO 조녀선은 그날 저녁내 스위스 부동산 중개업자들과의 거래 얘기, 자기가 자문해 줬던 나이지리아의 주지사들 얘기, 자기가 파산에서 구해 준 다양한 회사들 얘기를 장황하게 혼자 떠들어 댔다.

그는 작고 통통한 영국인 교장에게 오빈제와 코시를 이렇게 소개했다. "오빈제와 코시는 저희 부부와 아주 절친한 사이입니다. 이 친구들 딸도 아마 내년에 우리 학교에 들어올 것 같아요."

"나이지리아에 거주하는 영국인 상류층 분들이 자녀를 저희 학교에 많이 데려오세요." 교장이 자부심 가득한 투로 이렇게 말하자 오빈제는 그것이 그녀가 앵무새처럼 늘 하는 말인지 궁금했다. 그녀는 아마 그 말이 나이지리아인에게 얼마나 효과가 있고 감명을 주는지 알 만큼 그 말을 자주 했을 것이었다.

이시오마는 자기 아들이 왜 아직 수학과 영어를 조금밖에 배우지 않는지 묻고 있었다.

"저희 접근 방식은 보다 개념적이에요. 첫해 동안은 아이들에게 주변 환경을 탐구하라고 권장하고 있어요." 교장이 말했다.

"하지만 그 두 가지가 상호 배타적일 필요는 없잖아요. 그렇게 하면서도 수학과 영어를 배울 수 있다고요." 이시오마가 말했다. 그리고 재미있는 얘기를 하듯, 하지만 그 밑에 깔린 진지함을 숨기려 애쓰지는 않으면서 이렇게 덧붙였다. "제 조카는 메인랜드에 있는 학교에 다니는데 여섯 살짜리가 벌써 '의성어'라는 말을 안대요!"

교장이 뻣뻣한 미소를 지었다. 그 미소는 그녀가 시답잖은 학교의 교과 과정은 얘기할 가치도 없다고 생각한다는 사실을 말해 주었다. 나중에 그들은 널찍한 강당에 앉아서 아이들의 크리스마스 연극을 보았다. 어느 나이지리아인 가족이 크리스마스 날 대문 앞에 놓인 고아를 발견하는 얘기였다. 연극 중반부에 교사가 선풍기를 틀자 작고 하얀 솜뭉치가 무대 위를 날아다녔다. 눈이었다. 연극 속에서 눈이 내리고 있었다.

"왜 눈을 뿌리는 거죠? 아이들한테 외국처럼 눈이 내리지 않는 크리스마스는 진짜 크리스마스가 아니라고 가르치는 거예요?" 이시오마가 말했다.

조너선이 말했다. "아니 아니, 그게 뭐 어때서? 그냥 연극일 뿐이잖아!"

"그냥 연극일 뿐이긴 하지만 이시오마의 말에도 일리가 있어요." 코시가 이렇게 말하고는 오빈제를 돌아봤다. "여보?"

오빈제가 말했다. "천사 역을 맡은 여자애가 아주 잘하던걸."

나중에 차 안에서 코시가 말했다. "당신 마음이 딴 데 가 있어."

그는 「인종 단상 혹은 (과거에는 니그로로 알려졌던) 미국인 흑인들에 대한 비미국인 흑인의 여러 가지 생각」에 올라와 있는 모든 포스트를 읽었다. 글이 너무 미국적이고 낯설어서 깜짝 놀랐다. 비속어가 섞인 불손한 화법, 고급 영어와 저급 영어의 혼용 때문에 이페멜루가 쓴 글이라고는 생각할 수 없었다. 그녀의 남자 친구들을 가리키는 호칭 ─ 섹시한 백인 전 남친, 훈남 교수 ─ 에도 움찔했다. 그는 흑인 미국인에 관한 가장 개인적인 글인 "오늘 저녁만"이라는 포스트를 여러 번 읽으면서 그가 어떤 유형의 남자였고 그들이 어떤 종류의 관계에 있었는지를 알려 주는 사소한 단서와 실마리를 열심히 찾아 헤맸다.

뉴욕에서 훈남 교수는 경찰의 불심 검문을 받았다. 그들은 그가 마약을 갖고 있다고 생각했다. 미국인 흑인과 미국인 백인이 마약을 사용하는 비율은 똑같지만(직접 찾아봐라.) '마약'이라는 단어를 말하고 나서 사람들에게 어떤 이미지가 떠오르냐고 물어봐라. 훈남 교수는 화가 나 있다. 자신은 아이비리그 교수이므로 이게 어찌된 영문인지 안다고 말한다. 그리고 자신이 빈민가 출신의 가난한 아이였다면 기분이 어땠을까 생각한다. 나는 내 연인 때문에 마음이 아프다. 우리가 처음 만났을 때 그는 고등학생 시절에 자신이 전 과목 A를 받고 싶었던 이유를 들려 줬다. 어느 백인 여교사가 "농구 장학금을 받는 데 집중해라. 흑인은 육체 활동을 잘하고 백인은 정신 활동을 잘한다. 이건 좋고 나쁘고의 문제가 아니라 그냥 다른 것"이라고 말했기 때문이었다.(참고로 이 교사는 컬럼비아 대학교 출신이었다.) 그래서 그는 삼 년 내내 그 여자가 틀렸음을 증명해 보였다. 나는 '어떤 주장을 증명하기 위해 잘하고 싶어 하는 것'에는 동감할 수 없지만 그때도 마음이 아팠다. 이제 그에게 차나 한잔 끓여 줘야겠다. 그리고 애정 어린 보살핌도 투여해야겠다.

그가 마지막으로 알았던 그녀는 이 블로그에 쓰인 것들에 대해 거의 알지 못했기에 그는 일종의 상실감을 느꼈다. 마치 그녀가 자신이 더 이상 알아볼 수 없는 사람이 되어 버린 것만 같았다.

6부

43

처음 며칠 동안 이페멜루는 디케 방 바닥에서 잤다. 그 일은 안일어났어. 그 일은 안 일어났어. 그녀는 속으로 자주 이렇게 되뇌었지만 그래도 일어날 수도 있었던 일에 대한 생각이 끝없는 고리처럼 머릿속을 맴돌았다. 만약 그 일이 일어났다면 그의 침대, 이 방은 영원히 빈 채로 남았을 것이었다. 그녀 안의 어딘가에 영원히 아물지 않을 깊은 상처가 생겼을 터였다. 그녀는 디케가 약을 먹는 장면을 상상했다. 타이레놀, 한낱 타이레놀이었다. 그는 약물을 과다 복용 하면 죽을 수도 있다는 사실을 인터넷에서 읽었던 것이다. 무슨 생각을 했던 걸까? 내 생각은 했을까? 위세척과 간검사를 하고 퇴원해서 집에 돌아온 후 그녀는 그의 표정과 행동과 말에서 그 일이 정말 일어날 뻔했었다는 징후나 증거를 찾으려 했다. 하지만 그는 예전과 조금도 달라 보이지 않았다. 눈 밑에 그늘도 없었고, 장례식 분위기가 풍기지도 않았다. 그가 좋아하는 대로, 홍피망과 청피망을 잘게 썰어 넣은 알록달록한 졸로프 밥을 만들어 줬더니 포크를 접시에서 입으로 가져가며, 전에도 늘 그랬듯이 "이거 정말 맛있다."라고 말하면서 먹을 때 그녀는 눈물과 질문이 동시에 솟아오르는 것을 느꼈다. 왜? 왜 그랬어? 지금 무슨 생각 하니? 하지만 그녀는 묻지 않았다. 심리 치료사가 아직은 아무것도 묻지 않는 것이 최선이라고 했기 때문이다. 시간이 흘러갔다. 그녀는 그를 놓칠까 봐 조심하면서, 동시에 숨 막히게 할까 봐 조심하면서 디케에게 꼭 달라붙어 있었다. 처음에는 잠을 이루지 못하면서도 우주 고모가 준 작고 파란 알약을 거부했다. 그리고 일어날 수도 있었던 일에 밤마다 마음을 빼앗겨서 뜬눈으로 생각에 잠겨 뒤척거리다 마침내 지쳐 곯아떨어지곤 했다. 어떤 날은 우주 고모를 향한 원망에 상처 입은 채 잠에서 깨기도 했다.

"전에 디케가 고모한테 무슨 얘기 하다가 '우리 흑인들'이라고 했더니 고모가 '너는 흑인이 아니야.'라고 했던 거 기억나?" 그녀가 우주 고모에게 물었다. 디케가 아직 위층에서 자고 있었기 때문에 목소리는 한껏 낮춘 채였다. 그들은 부드럽게 눈부신 아침 햇살이 비치는 부엌에 있었고 우주 고모는 출근 복장을 한 채 개수대 옆에 서서 플라스틱 컵에 담긴 요구르트를 떠먹고 있었다.

"그래, 기억나."

"그러지 말았어야 했어."

"너도 내가 무슨 뜻으로 한 말인지 알잖아. 나는 디케가, 자기한테 일어나는 모든 일이 자기가 흑인이기 때문에 일어나는 거라고 생각하는 사람들처럼 되길 원치 않았어."

"고모는 걔가 무엇이 아닌지만 말하고, 무엇인지는 말해 주지 않았어."

"무슨 소리 하는 거니?" 우주 고모는 발판을 밟아서 쓰레기통이 미끄러져 나오자 다 먹은 요구르트 컵을 던져 넣었다. 그녀는 디케랑 같이 있는 시간을 늘리고 심리 치료사한테 직접 태워다 주기 위해 비상근으로 바꿨다.

"애를 안심시켜 주지 않았잖아."

"이페멜루, 걔가 자살을 기도한 건 우울증 때문이야." 우주 고모가 부드럽고 차분하게 말했다. "그건 일종의 질환이라고. 많은 청소년들이 앓는 병이야."

"사람들이 어느 날 문득 잠에서 깨서 갑자기 우울증에 걸린다는 거야?"

"그래."

"디케는 아니야."

"내 환자 중 세 명이 자살 기도를 했는데 셋 다 백인 청소년이었어. 한 명만 성공했지." 우주 고모의 말투는 디케가 퇴원해서 집에 돌아온 후로 쭉 그랬던 것처럼 슬프고 달래는 듯한 투였다.

"디케는 자기가 겪은 일 때문에 우울한 거라고, 고모!" 이페멜루가 언성을 높이더니 곧 우주 고모한테 자신의 죄책감을 떠넘기고 힐난해서 미안하다며 울기 시작했다. 이페멜루가 더 바지런하고 기민했다면 디케는 그 약을 삼키지 않았을 것이다. 그녀가 너무 쉽게 웃음 뒤에 숨었던 탓에 디케의 농담이라는 감정적 토양을 일구는 데 실패했다. 그가 웃었던 것도 사실이고, 그 웃음이 소리와 밝음 때문에 진짜처럼 보였던 것도 사실이지만, 실제로는 보호막에 불과했고 그 밑에서 정신적 외상이라는 콩 나무가 자라고 있었는지도 모를 일이었다.

지금, 자살 기도의 긴장되지만 조용한 여파 속에서, 그녀는 그들이 그 모든 웃음으로 얼마나 많은 것을 가렸던 걸까 생각했다. 그녀가 디케를 더 걱정했어야 했다. 그래서 이제는 그를 유심히 지켜보고 경계했다. 심리 치료사는 디케가 원한다면 괜찮다고 했지만 그녀는 그의 친구들이 찾아오는 것도 싫었다. 심지어 페이지도 며칠 전 이페멜루와 단둘이 있을 때 왈칵 울음을 터뜨리며 이렇게 말했다. "디케가 저한테 도움을 청하지 않았다는 걸 믿을 수가 없어요." 그녀는 선하고 단순한 아이였지만 이페멜루는 그녀를 향한 분노가 몰아치는 것을 느꼈다. 디케가 자기한테 도움을 청했어야 한다고 생각하는 게 괘씸했다. 나이지리아 의료 선교에서 돌아온 퀘쿠는 디케와 텔레비전을 보고 시간을 함께 보내면서 평온과 정상적인 일상을 다시 가져왔다.

몇 주가 지났다. 이페멜루도 이제는 디케가 욕실에서 조금 오래 있어도 더 이상 공포에 질리지 않게 됐다. 그의 생일이 며칠 앞으로 다가와서 뭐가 갖고 싶냐고 물을 때, 그 생일이 그가 열일곱 살이 된 날이 아니라 열일곱 살이 될 수도 있었던 날일 경우를 상상하자 또다시 눈물이 솟구쳤다.

"마이애미에 가는 건 어때?" 그는 반농담조로 한 말이었지만 그녀는 그를 마이애미에 데려갔고 그들은 이틀 동안 호텔에 묵으면서 초가지붕이 있는, 수영장 옆의 바에서 햄버거를 시켜 먹기도 하고 자살 기도를 제외한 모든 것에 대해 얘기를 나누기도 했다.

"이게 진짜 사는 거지." 그가 태양을 향해 누운 채 말했다. "누나의 블로그는 정말 대단한 거였어. 누나를 돈더미 속에서 헤엄치게 해 주고 그랬잖아. 이제 블로그를 닫았으니 이런 것도 더는 못하겠네!"

"헤엄치진 않았어. 물만 좀 튀기는 정도였지." 그녀가 그를, 자신의 잘생긴 육촌 동생을 쳐다보며 말했다. 그의 가슴에 난 꼬불꼬불한 털을 보니 또 슬퍼졌다. 그가 이제 연약한 성년기에 접어들었음을 암시했기 때문이다. 그녀는 그가 계속 아이로 남아 있으면 얼마나 좋을까 생각했다. 그가 아이로 남아 있었다면 약을 삼키고 자기가 다시는 깨어나지 않을 거라 확신하며 지하실 소파에 누워 있지도 않았을 테니까.

"디케, 사랑해. 엄마랑 내가 너 사랑하는 거 알지?"

"알아." 그가 말했다. "누나, 이제 그만 가 봐."

"어딜?"

"나이지리아로 돌아가라고. 원래 그럴 예정이었잖아. 난 괜찮을 거야. 약속할게."

"나중에 네가 우리 집에 놀러 오면 되겠다." 그녀가 말했다.

잠시 침묵이 흐른 뒤에 그가 대답했다. "그래."

7부

44

처음에 라고스는 그녀를 공격했다. 햇빛에 눈부신 분주함, 찌부러진 팔다리로 가득 찬 노란 버스, 땀 흘리며 차 뒤를 쫓아가는 행상인, 거대한 게시판의 광고(혹은 벽에 휘갈겨 쓴 광고 "배관공 전화 080177777"), 그리고 조롱하듯 길가에 솟아난 쓰레기덤. 거래는 지나치게 반항적으로 이루어졌다. 공기에는 과장이 짙게 배어 있었고, 대화는 과한 주장으로 가득했다. 어느 날 아침에는 남자 시체 한 구가 아월로워 길에 누워 있었다. 또 다른 날 아침에는 라고스섬에 홍수가 나서 자동차들이 헐떡이는 보트가 되었다. 그녀는 생각했다. 여기서는 어떤 일도 일어날 수 있고, 단단한 돌에서 잘 익은 토마토가 튀어나올 수도 있겠구나. 그래서 그녀는 높은 곳에서 떨어질 때와 같은 어지러운 감각을 느꼈다. 그녀는 새롭게 태어난 자신 속으로, 낯설면서도 낯익은 존재 속으로 떨어지고 있었다. 옛날부터 늘 이랬나, 아니면 내가 없는 사이에 이토록 많이 변한 건가? 그녀가 이곳을 떠날 때는 부자들만 휴대 전화를 갖고 있었고, 모든 휴대 전화 번호가 090으로 시작했으며, 여자들은 090 남자랑 데이트하고 싶어 했다. 그러나 지금은 그녀의 미용사도 휴대 전화를 갖고 있고, 시커멓게 된 석쇠 뒤에서 플랜틴을 파는 장사꾼도 휴대 전화를 갖고 있었다. 어렸을 때 그녀는 모든 버스 정류장과 샛길을 외웠고, 수수께끼 같은 버스 차장의 수신호와 행상인의 보디랭귀지를 이해했다. 그러나 지금은 무언의 언어를 이해하기 힘들었다. 언제부터 상인들이 이렇게 무례해졌나? 라고스의 건물들이 늘 이렇게 녹슬어 있었나? 그리고 언제부터 라고스가 이렇게 쉽게 구걸하고 공짜를 밝히는 사람들의 도시가 되었나?

"아메리카나!" 라니이누도는 곧잘 그녀를 놀리곤 했다. "너는 미국인의 눈으로 모든 걸 보고 있어. 하지만 문제는 네가 진짜 아메리카나도 아니라는 거야. 네가 미국식 악센트라도 썼다면 네 불평을 참아 줬을 텐데!"

공항에 이페멜루를 마중 나왔을 때 라니이누도는 굽이치는 결혼식 들러리 드레스를 입고, 볼에는 너무 빨개서 멍처럼 보이는 볼연지를 바르고, 머리에는 녹색 새틴 꽃을 삐뚜름하게 단 채 입국장 문 앞에 서 있었다. 이페멜루는 남들의 시선을 끌 만큼 매력적으로 변한 라니이누도의 모습에 깜짝 놀랐다. 그녀는 더 이상 껑충한 팔다리가 달린 엉망진창 덩어리가 아니라 키 크고 단단하고 육감적인 몸매를 가진 여자였고, 자신의 키와 몸무게에 자신 있는 태도로 인해 사람들의 시선을 사로잡는 인상적인 존재가 되어 있었다.

"라니이누도!" 이페멜루가 말했다. "내 귀국이 큰일인 줄은 알았지만 파티 드레스를 입을 만큼 큰 일인 줄은 몰랐는걸."

"바보. 결혼식에서 곧장 온 거야. 옷 갈아입으러 집에 갔다가 차 막힐까 봐."

그들은 포옹하면서 서로를 꽉 끌어안았다. 라니이누도에게서 향수 냄새와 배기가스 냄새와 땀내가 났다. 나이지리아의 냄새였다.

"너 정말 예쁘다, 라니이누도." 이페멜루가 말했다. "그러니까, 출진하는 전사 같은 화장에 가린 너 말이야. 사진에서는 네 모습이 제대로 안 보였어."

"이페멜루, 너야말로 그렇게 오래 비행기를 타고 왔는데도 예쁘다, 얘." 그녀가 웃으면서 자신에 대한 칭찬을 일축했다. 장난으로, 옛날처럼 안 예쁜 애 역할을 해 본 것이다. 그녀의 외모는 변했지만 흥분 잘하고 약간 무모한 성격은 변함이 없었다. 그리고 또 변하지 않은 것은 늘 까르륵거리는 그녀의 목소리였다. 지표 바로 밑에 지금 당장이라도 폭발하려는 웃음이 대기 중인 것만 같았다. 그녀는 과속 운전을 했고, 급브레이크를 밟았으며, 허벅지에 올려놓은 블랙베리를 자주 흘끗거렸다. 차량이 정체될 때마다 블랙베리를 집어 들고 빠르게 자판을 두드렸다.

"라니이누도, 운전하면서 문자 보내는 건 혼자 있을 때만 하지 그래. 그래야 너 혼자 죽지." 이페멜루가 말했다.

"하바! 나 운전하면서 문자 보내지 않아, 오. 운전하지 않을 때만 보내." 그녀가 말했다. "오늘 결혼식은 정말 특별했어. 내가 가 본 결혼식 중 최고야. 네가 신부를 기억할지 모르겠다. 중등학교 때 푼케랑 엄청 친했던 앤데 이제오마라고, 얼굴이 아주 노란 애였어. 걔는 성영(聖嬰) 여자 중등학교에 다녔지만 푼케랑 같이 우

리 WAEC[51] 수업에 오곤 했거든. 나랑은 대학 가서 친해졌지. 지금
걔를 만나면, 음, 좀 대단한 애가 됐다고나 할까. 남편이 엄청 돈이
많거든. 걔 약혼반지가 주마 바위[52]보다 더 크다니까."

이페멜루는 라니이누도의 말을 듣는 둥 마는 둥 창밖을 내다
보며, 길에는 움푹 파인 곳이 산재하고 집들은 잡초처럼 무계획하
게 자라난 라고스가 얼마나 아름답지 않은가 생각했다. 온통 뒤죽
박죽인 자신의 감정 중에서 구분할 수 있는 건 오직 혼란스러움뿐
이었다.

"라임이랑 복숭아." 라니이누도가 말했다.

"뭐?"

"결혼식 색깔 말이야. 라임색이랑 복숭아색이었다고. 내부 장
식도 아주 예뻤고 케이크도 아름다웠어. 내가 사진 몇 장 찍었는
데 한번 봐. 이건 페이스북에 올릴 거야." 라니이누도가 이페멜루
에게 자기 블랙베리를 건네줬다. 이페멜루는 라니이누도가 운전
에만 집중하도록 그것을 계속 갖고 있었다.

"그리고 누굴 만났지, 오. 내가 성당 밖에서 혼인 미사가 끝나
길 기다리는데 그 사람이 나를 봤어. 날씨 때문에 파운데이션이
녹아내려서 내가 좀비처럼 보였을 텐데도 나한테 와서 말을 걸었
다고! 이건 좋은 징조야. 내 생각에 이 사람은 확실한 남편감 같아.
내가 이브라힘이랑 사귈 때 우리 엄마가 걔랑 깨지라고 구일 기도

---

51 우리나라의 수능에 해당하는, 나이지리아의 고등학교 졸업 시험을 주관하는
기관으로는 서아프리카 시험 위원회(WAEC)와 국가 시험 위원회(NECO)가
있다.

52 나이지리아 나이저주(州)에 위치한, 높이 725미터의 바위.

올렸다는 얘기 했니? 적어도 이 남자라면 엄마가 심장 마비를 일으키진 않을 거야. 이름은 은두디래. 멋있는 이름이지, **아비**? 이보다 더 이보족스러울 순 없지. 그 사람이 찬 시계를 너도 봤어야 하는데! 석유 관련 사업을 한대. 명함 보니까 나이지리아에도 사무실이 있고 해외 사무실도 여러 개더라."

"왜 혼인 미사 하는 동안 밖에서 기다렸어?"

"신부 들러리는 전부 밖에서 기다려야 했어. 우리 드레스가 점잖지 않아서 말이야." 라니이누도는 "점잖지 않아서"를 발음할 때 혀를 굴리면서 빙그레 웃었다. "늘 있는 일이야, 특히 성당에서는. 위에 걸칠 옷도 있었는데 신부님이 레이스라 다 비친다고 해서 미사가 끝날 때까지 밖에서 기다렸어. 하지만 그게 다 하느님의 도우심이었던 거지. 안 그랬으면 이 남자를 못 만났을 거 아냐!"

이페멜루는 라니이누도의 드레스를 쳐다봤다. 어깨끈이 가느다랬고, 주름 잡힌 네크라인에서는 가슴골이 전혀 보이지 않았다. 내가 떠나기 전에도 신부 들러리의 드레스 끈이 너무 가늘다고 미사에서 쫓겨났었나? 그렇지는 않았던 것 같았지만 이젠 확신이 서지 않았다. 무엇이 라고스에 새로운 것이고, 무엇이 자신에게 새로운 것인지 더 이상 알 수 없었다. 라니이누도가 레키에 도착해서 길가에 차를 세웠다. 이페멜루가 떠날 때만 해도 아무것도 없는 간척지였던 레키에 지금은 높은 담장으로 둘러싸인 대저택이 죽 늘어서 있었다.

"우리 아파트가 제일 작은 곳이라 나는 안에 주차 공간이 없어." 라니이누도가 말했다. "다른 입주민들은 안에 주차하는데 아침에 누가 차를 안 빼 줘서 다른 사람이 회사에 지각할라치면 어떤 고성이 오가는지 너도 한번 들어 봐야 한다니까!"

이페멜루는 차에서 내려서 발전기, 너무 많은 발전기의 시끄럽고 조화롭지 않은 윙윙 소리 속으로 들어섰다. 그 소리는 그녀 귀의 부드러운 가운데 부분을 뚫고 들어와 머리를 왕왕 울렸다.

"지난주 내내 전기가 안 들어왔어." 라니이누도가 발전기 소리를 이기려고 더 크게 외치며 말했다.

문지기가 여행 가방을 들어 주려고 서둘러 뛰어왔다.

"귀국을 환영합니다, 이모." 그가 이페멜루에게 말했다.

그는 마치 어찌어찌해서 그녀가 영구 귀국 했음을 알기라도 하듯 그냥 '환영한다'고 말하지 않고 '귀국을 환영한다'고 했다. 그녀는 그에게 고맙다고 했다. 회색빛 저녁 어스름과 냄새를 가득 머금은 공기 속에서 뭐라 이름 붙일 수 없는, 거의 참을 수 없는 감정으로 인한 아픔을 느꼈다. 애잔한 향수를 불러일으킨 그 감정은 그녀가 놓친 것과 영영 알지 못할 것을 향한 아름다운 슬픔이었다. 나중에 이페멜루는 라니이누도의 작지만 세련된 거실에서 지나치게 푹신한 카펫에 발을 묻은 채 소파에 앉아 맞은편 벽에 살포시 걸려 있는 평면 텔레비전 화면에 비친 자기 모습을 믿을 수 없다는 듯 쳐다보았다. 내가 했구나. 정말로 돌아왔어. 그녀는 텔레비전을 켜고 나이지리아 방송을 찾아 채널을 마구 돌렸다. NTA에서는 파란 스카프로 얼굴을 감싼 영부인이 여성 시위대에게 연설 중인 가운데, 화면 아래로 다음과 같은 자막이 지나가고 있었다. "영부인이 모기장으로 여자들에게 힘을 실어 주고 있다."

"저 바보 같은 채널을 마지막으로 본 게 언제인지 기억도 안 나네." 라니이누도가 말했다. "정부를 위해 거짓말을 하는데 잘하지도 못한다니까."

"그럼 넌 나이지리아 방송은 어느 채널을 봐?"

"사실 하나도 안 봐, 오. 스타일이랑 E! 채널을 보지. 가끔 CNN이랑 BBC도 보고." 라니이누도는 어느새 반바지와 티셔츠 차림이 되어 있었다. "요리랑 청소 하러 오는 애가 있긴 한데 이 스튜는 너 온다고 내가 직접 만든 거니까 꼭 먹어야 해, 오. 뭐 마실래? 맥아음료랑 오렌지 주스 있는데."

"맥아음료! 내가 나이지리아의 모든 맥아음료를 다 마셔 버릴 거야. 볼티모어의 히스패닉 슈퍼에서 사 먹곤 했는데 그 맛이 아니더라고."

"난 결혼식에서 정말 맛있는 오파다 밥[53]을 먹어서 배가 안 고프네." 라니이누도가 말했다. 하지만 그녀는 이페멜루가 먹을 음식을 접시에 담아 주고 나서 플라스틱 볼에 밥과 닭고기 스튜를 담아 소파 팔걸이에 걸터앉아 먹으면서 옛 친구들의 근황에 대해 수다를 떨었다. 프리예는 이벤트 기획자인데 얼마 전 주지사의 아내를 소개받은 뒤부터 엄청 잘나가고 있다. 토치는 은행에 다니다가 지난번 은행 위기 때 실직했지만 부자 변호사랑 결혼해서 아기를 낳았다.

"토치는 나한테 사람들 계좌에 돈이 얼마나 있는지 말하곤 했었어." 라니이누도가 말했다. "기니카를 죽어라 쫓아다니던 메쿠스 파라라라는 남자 기억나? 항상 겨드랑이가 누레 가지고 암내

---

53 오파다 쌀[오군주(州)에서 생산되는 혼합 쌀]로 한 밥에 피망, 콩, 고기 등으로 만든 소스를 얹어 우마 잎에 담아서 내는 잔치 음식.

풍기던 남자 있잖아. 그 사람이 지금은 굉장한 부자가 됐어. 더러운 돈이긴 하지만. 그러니까 런던이랑 미국에서 사기 치던 인간들이 그 돈을 가지고 나이지리아로 도망 와서는 빅토리아가든시티에 대저택을 짓는다, 이 말이야. 토치는 그 사람이 한 번도 은행에 직접 온 적이 없다고 했어. 자기 부하들을 시켜서, '가나인들은 돌아가라.'라고 적힌 가방에 오늘은 1000만, 내일은 2000만씩 들고 가게 했대. 나로 말하자면, 난 절대 은행에서 일하고 싶지 않았어. 은행에 다니는 것의 문제점은, 큰손이 고객으로 있는 좋은 지점에 발령받지 못하면 끝이라는 거야. 평생 쓸데없는 장사꾼 시중이나 들면서 살아야 돼. 토치는 운이 좋아서 좋은 지점에 발령받았고 거기서 남편을 만났지. 한 병 더 줄까?"

라니이누도가 일어났다. 그녀의 느린 걸음걸이, 걸음을 내디딜 때마다 엉덩이가 올라갔다 출렁였다 하며 왔다 갔다 하는 모습에는 화려함과 여성스러움이 있었다. 나이지리아식 걸음이었다. 나이지리아에서는 걸음걸이조차도, 진정시킬 필요가 있는 뭔가를 언급하는 것처럼, 과함을 암시했다. 이페멜루는 라니이누도에게서 차가운 맥아음료 병을 받아 들고, 자신도 떠나지 않았다면 이렇게 살았을까 생각했다. 라니이누도처럼 광고 회사에서 일하고, 자기 월급만으로는 월세가 감당 안 되는 방 하나짜리 아파트에 살면서, 어렸을 때 안내원으로 일했던 오순절교회에 다니고, 런던행 비즈니스석 티켓을 사 주는 유부남 사업가와 사귀었을까 생각했다. 라니이누도는 이페멜루에게 휴대 전화에 저장된 애인 사진을 보여 줬다. 한 사진에서 그는 웃통을 벗고, 약간 나온 중년의 배를 드러낸 채 라니이누도의 침대에 비스듬히 기대앉아 방금 성욕을 해소한 남자 특유의 수줍은 미소를 짓고 있었다. 클로즈업으로 찍은 다른 사진에서는 아래를 내려다보고 있었는데 얼굴이 신비로워 보이는 흐릿한 실루엣으로만 나왔다. 그의 희끗희끗한 머리에는 매력적이고 심지어 기품 있기까지 한 뭔가가 있었다.

"내 눈이 이상한 거야, 아니면 이 사람이 거북이 닮은 거야?" 이페멜루가 물었다.

"네 눈이 이상한 거야. 하지만 이페멜루, 돈은 정말 좋은 사람이야. 오. 빈둥거리고 돌아다니는, 쓸모없는 대부분의 라고스 남자와는 달라."

"라니이누도, 너 나한테는 그냥 잠깐 만나는 사이라고 했잖아. 하지만 이 년은 잠깐이 아니야. 난 네가 걱정돼."

"난 이 사람이 좋아. 부정은 안 할게. 하지만 난 결혼하고 싶고 이 사람도 그걸 알아. 예전에는 이 사람 아이를 낳을까 하는 생각도 했었지만, 너 은수카에서 학교 같이 다녔던 우체 오카포르 생각나니? 걔가 헤일 은행 이사의 애를 임신했는데 그 남자가 우체한테 지옥에나 가라고, 그 애는 자기 자식이 아니라고 해서 지금은 혼자 아이를 키우고 있어. 나 와."

라니이누도는 희미하지만 다정한 미소를 띤 채 전화 속 사진을 보았다. 아까 공항에서 집에 오던 길에 커다란 구덩이에 들어갔다 나오느라 속력을 줄일 때 그녀는 이렇게 말했었다. "난 돈이 정말 차를 바꿔 줬으면 좋겠어. 석 달 전부터 약속했단 말이야. 난 지프차가 필요해. 도로가 얼마나 엉망인지 너도 보이지?" 이페멜루는 라니이누도의 삶에 대해, 매혹과 갈망 사이의 뭔가를 느꼈다. 손만 흔들면 하늘에서 물건 — 그녀가 당연히 하늘에서 떨어질 거라 기대하는 — 이 떨어지는 삶.

자정이 되자 라니이누도는 발전기를 끄고 창문을 열었다. "벌써 일주일째 발전기를 돌리고 있어. 상상이 가니? 전기 공급이 이 정도로 나쁜 건 정말 오랜만이야."

시원함은 금세 사라졌다. 후텁지근한 공기가 방을 숨 막히게 했고 잠시 후 이페멜루는 땀으로 인한 축축함 속에서 뒤척였다. 미간이 고통스럽게 지끈거리기 시작하고 가까이에서 모기가 앵앵대자 그녀는 문득 가방 속에 파란 미국 여권이 있다는 사실에 죄책감 섞인 감사함을 느꼈다. 그녀에겐 선택의 여지가 있었다. 언제든 떠날 수 있었다. 여기 머물지 않아도 됐다.

"무슨 놈의 공기가 이렇게 습하니?" 그녀가 말했다. 그녀는 라니이누도의 침대에 누워 있었고, 라니이누도는 바닥에 매트리스를 깔고 누워 있었다. "숨을 못 쉬겠어."

"숨을 못 쉬겠어." 라니이누도가 웃음기 가득한 목소리로 그녀를 흉내 냈다. "하바! 아메리카나네!"

45

이페멜루는 "나이지리아 온라인 구직"이라는 사이트에서 "굴
지의 여성 월간지에서 취재 기자 구함"이라는 항목을 발견했다.
그녀가 이력서에 여성지 전속 기고가로 일했다는(괄호 안에 "파산
으로 인해 발행 중단") 가짜 경력을 끼워 넣어서 택배로 접수하고 며
칠 뒤에《조》의 발행인이 라고스에서 전화를 걸었다. 수화기 건너
편의 성숙하고 친근한 목소리에는 어딘가 미묘한 무례함이 있었
다. 전화 거신 분이 누구냐는 이페멜루의 질문에 그녀는 "아, 오네
누 이모라고 불러요."라고 쾌활하게 대답했다. 그녀는 이페멜루에
게 일자리를 제안하기 전에, 비밀 이야기라는 듯이 작은 목소리로
이렇게 말했다. "이걸 처음 시작할 때 남편은 찬성 안 했어요. 내가
광고를 따러 다니면 남자들이 날 쫓아다닐 거라고 생각했거든."
이페멜루는 이 잡지가 오네누 이모에게는 취미 — 의미는 있지만
그래도 여전히 취미인 — 임을 알아차렸다. 열정이 아니었다. 그
녀를 뜨겁게 하는 무엇이 아니었다. 그리고 오네누 이모를 직접

만났을 때 더 강하게 느꼈다. 여기 있는 여자를 좋아하기는 쉽지만 진지하게 받아들이기는 어렵겠다는 것을.

이페멜루는 이코이에 있는 오네누 이모의 집에 라니이누도와 같이 갔다. 그들이 차가운 감촉의 가죽 소파에 앉아 소리 죽여 얘기하고 있을 때 마침내 오네누 이모가 나타났다. 날씬하고 생글거리고 나이에 비해 젊어 보이는 이 여자는 레깅스와 헐렁한 티셔츠 차림을 한 채 자기보다 훨씬 젊은 사람에게나 어울리는, 등까지 구불구불하게 내려오는 꿰맨 가발을 하고 있었다.

"자, 미국에서 새로 오신 우리 취재 기자님!" 그녀가 이페멜루를 끌어안으며 말했다. 그녀의 나이는 쉰에서 예순다섯 사이라는 것 외엔 알기가 어려웠지만 그녀가 하얀 피부를 타고나지 않았다는 건 금방 알 수 있었다. 피부 광택이 너무 밀랍 같았고 손마디 주름이 까맸기 때문이다. 마치 그 접힌 피부가 미백 크림에 용맹하게 저항한 것처럼.

"월요일에 일 시작하기 전에 한번 왔으면 했어요. 개인적으로 환영 인사 하려고." 오네누 이모가 말했다.

"감사합니다." 이페멜루는 이런 가정 방문이 프로답지 못하고 이상하다고 생각했지만 이곳은 작은 잡지사였고 여기는 나이지리아였다. 경계가 흐릿하고, 일과 사생활이 뒤섞이며, 상사를 엄마라고 부르는 곳. 게다가 그녀는 이미 《조》의 경영을 완전히 넘겨받아서 나이지리아 여성의 시사적이며 활기찬 동반자로 탈바꿈시키고 언젠가 — 누가 알랴? — 오네누 이모에게서 잡지사를 인수하는 상상까지 하고 있었다. 그녀라면 신입 사원을 집에서 환영하지는 않을 것이었다.

"예쁘게 생겼네요." 오네누 이모가 마치 예쁜 것이 이 일에 필요한 조건인데 이페멜루가 예쁘지 않을까 봐 걱정했다는 듯 고개를 끄덕이며 말했다. "통화할 때 목소리가 마음에 들었어요. 당신이 합류하면 우리 잡지 발행 부수가 곧 《글래스》를 추월할 거라고 확신해요. 당신도 알겠지만, 우리가 한참 후발 주자인데도 벌써 거의 따라잡았거든요!"

그때 심각한 얼굴을 한, 흰옷 입은 노령의 하인이 나타나서 음료수는 뭘 마시겠냐고 물었다.

"오네누 이모, 제가 《글래스》와 《조》의 지난 호들을 읽어 봤는데 몇 가지 개선점을 제안하고 싶어요." 하인이 오렌지 주스를 가지러 간 후에 이페멜루가 말했다.

"당신은 진짜 미국인이군요! 당장 일할 준비가 되어 있고, 허튼소리 안 하고! 아주 좋아요. 우선 《글래스》와 비교해 볼 때 우리가 어떤 것 같아요?"

이페멜루는 둘 다 별로라고 생각했지만 그래도 《글래스》가 편집 면에서 나았다. 색깔이 《조》만큼 심하게 번지지 않았고 차 안에서 봤을 때 훨씬 눈에 잘 띄었다. 라니이누도의 차가 속력을 줄일 때마다 행상인이 다가와서 차창에 《글래스》를 갖다 대곤 했던 것이다. 하지만 오네누 이모가 《글래스》와의 경쟁에 그토록 노골적으로 집착하고 있음을 이미 간파한 그녀는 이렇게 말했다. "둘이 비슷하지만 우리가 더 잘할 수 있어요. 우선 인물 인터뷰를 줄여서 한 달에 한 번만 신되, 혼자 힘으로 정말 뭔가를 이룬 여자들을 다루는 거예요. 그리고 개인 칼럼 수를 늘리고, 격월로 연재하는 외부 필자 칼럼을 만들고, 건강과 경제 기사를 더 많이 싣고, 인터넷에서 존재감을 더 키우고, 외국 잡지 기사를 그대로 가져오는 걸 그만둬야 해요. 독자 대부분이 시장에 가서 브로콜리를 살 수 없는데, 왜냐하면 나이지리아에는 브로콜리가 없으니까, 그런데 왜 이번 달《조》에는 브로콜리 수프에 넣는 크림 만드는 법이 실려 있는 거죠?"

"알았어요, 알았어요." 오네누 이모가 천천히 말했다. 그녀는 많이 놀란 듯했다. 그리고 잠시 후 마음이 진정된 듯 이렇게 말했다. "아주 좋아요. 월요일에 전부 얘기하기로 해요."

돌아오는 차 안에서 라니이누도가 말했다. "새 직장 상사한테 그런 식으로 말하다니, 하! 네가 미국에서 오지만 않았어도 그 자리에서 해고당했을 거다."

"그 여자랑《글래스》발행인 사이에 무슨 사연이 있는지 궁금하네."

"전에 타블로이드지에서 읽었는데 서로 앙숙이라고 하더라. 분명 남자 문제일 거야, 안 그래? 여자들이란! 내 생각에 오네누 이모는 오직《글래스》랑 경쟁하기 위해서《조》를 시작했을 거야. 내가 볼 때 그 여자는 발행인이 아니라 잡지를 하나 만들기로 한, 돈 많은 여자일 뿐이야. 내일은 때려치우고 스파를 시작할지도 모르지."

"게다가 집은 또 어찌나 흉측하던지." 이페멜루가 말했다. 대문을 지키는 두 개의 설화 석고 천사상과 앞마당에 털털거리는 돔형 분수대가 있는 그 집은 흉물스러웠다.

"흉측하다고, **콰**? 무슨 소리야? 진짜 예쁘던데!"

"내 눈엔 아니야." 이페멜루가 말했다. 그녀도 한때는 그런 집을 예쁘다고 생각했었지만 지금은 싫어했다. 조악한 복제품을 알아보는 오만한 자신감의 결과였다.

"그 여자네 발전기는 우리 집만큼이나 큰데 소리가 하나도 안 나더라!"라니이누도가 말했다. "대문 옆에 있는 발전기용 창고 봤니?"

이페멜루는 못 봤다. 그리고 그 사실이 언짢았다. 진정한 라고스인이 봤어야 하는 것, 그것은 발전기용 창고와 발전기의 크기였던 것이다.

킹스웨이 길에서 그녀는 차대가 낮은 검은 벤츠를 몰고 지나가는 오빈제를 봤다고 생각하고는 허리를 세우고 앉아서 안간힘을 쓰며 쳐다봤지만 차가 막혀서 속도가 느려졌을 때 그 남자가 전혀 오빈제와 닮지 않았음을 알아차렸다. 그 후로도 몇 주 동안 그녀는 여러 번 오빈제를 봤다고 착각했다. 그가 아님을 뻔히 알면서도 혹시 모른다고 생각했던 사람들이 있었다. 오네누 이모의 사무실로 들어가던, 허리가 꼿꼿한 정장 차림의 남자, 선팅 된 차 뒷좌석에서 휴대 전화로 통화하던 남자, 슈퍼마켓 계산 줄에서 그녀 뒤에 서 있던 사람. 그녀는 처음 집주인을 만나러 갈 때, 안에 들어가 보니 오빈제가 앉아 있는 상상까지 했다. 부동산 중개인은 그녀에게 집주인이 외국인 세입자를 선호한다는 말을 했었다. "하지만 미국에서 오신 분이라고 말씀드렸더니 안심하시더라고요." 그가 덧붙였다. 집주인은 갈색 카프탄과 바지를 입은 노인이었다. 피부가 거칠었고, 사람한테 많이 당해서 상처받은 듯한 분위기를 띠고 있었다.

"나는 이보족한테는 세를 주지 않소." 그의 부드러운 말에 이페멜루는 깜짝 놀랐다. 요즘은 저런 말을 저렇게 쉽게 하나? 원래 저렇게 쉽게 했었는데 내가 잊어버렸던 건가? "어떤 이보족 남자가 야바에 있는 내 집을 부순 후로 지키고 있는 원칙이오. 하지만 당신은 책임감 가진 사람 같아 보이는군요."

"네, 저는 책임감 있는 사람입니다." 그녀는 억지로 바보 같은 미소를 지어 보였다. 마음에 들었던 다른 아파트들은 너무 비쌌다. 그래서 부엌 개수대 밑의 파이프가 튀어나오고, 변기는 한쪽으로 기울고, 욕실 타일이 조잡하게 깔린 이 집이 그녀가 감당할 수 있는 최상이었다. 큰 창문이 있어서 바람이 잘 통하는 거실이 마음에 들었고 작은 베란다로 연결된 좁은 계단에 매혹됐지만 무엇보다 이코이에 있다는 점이 좋았다. 그녀는 이코이에 살고 싶었다. 어린 시절 그녀에게 이코이는 고상함, 그녀가 절대 닿을 수 없는 머나먼 고상함의 냄새를 풍겼었다. 이코이에 사는 사람들은 얼굴에 여드름이 없었고, "아이들 기사"로 지정된 운전사가 있었다. 그 아파트를 처음 보러 갔던 날, 그녀는 베란다에 서서 마당 너머의 이웃집을 건너다보았다. 지금은 썩어서 누렇게 변한, 그 거대한 식민지풍 저택 마당에서는 낙엽이 땅을 집어삼키고 잔디와 관목이 서로 엎치락뒤치락하고 있었다. 일부가 무너져 함몰된 지붕 위에서 뭔가가, 화사한 청록색 깃털이 움직였다. 공작새였다. 부동산 중개인이 말하길, 아바차 장군 정권 때 육군 장교가 거기 살았다고 했다. 지금 그 집은 법원에 압류되어 있었다. 그녀는 십오 년 전, 자신이 북적이는 메인랜드의 좁은 아파트에서 널찍하고 고요한 삶을 갈망하는 동안 그곳에 살았던 사람들을 상상했다.

그녀는 이 년 치 집세를 수표로 냈다. 사람들이 뇌물을 받고,

또 요구하는 이유가 바로 이것이었다. 솔직히, 달리 어떻게 이 년 치 집세를 선물로 내겠는가? 그녀는 베란다를 하얀 백합 화분으로 채우고 거실은 파스텔색으로 칠할 계획을 세웠지만 우선 전기 기술자를 찾아서 에어컨을 설치하고, 칠장이를 찾아서 기름에 전 벽을 다시 칠하고, 또 다른 기술자를 찾아서 부엌과 욕실에 새 타일을 깔아야 했다. 부동산 중개인이 타일 기술자를 데려왔다. 작업은 일주일이 걸렸고 부동산 중개인이 다 됐다고 전화하자 그녀는 흥분해서 아파트로 달려갔다. 하지만 욕실에서 자기 눈을 믿을 수 없었다. 타일 가장자리는 울퉁불퉁했고, 벽 모서리마다 빈 공간이 입을 벌리고 있었다. 타일 하나는 한가운데에 흉하게 금이 가 있었다. 마치 참을성 없는 아이가 해 놓은 짓처럼 보였다.

"이게 다 뭐예요? 여기 울퉁불퉁한 것 좀 봐요! 타일 하나는 깨졌잖아요! 원래보다 더 나빠졌어요! 어떻게 일을 이렇게 엉망으로 해 놓고 만족할 수가 있어요?" 그녀가 물었다.

기술자가 어깨를 으쓱했다. 그는 그녀가 불필요한 말썽을 일으키고 있다고 생각하는 게 분명했다. "저는 만족합니다, 이모."

"그래서 지금 돈을 달라는 거예요?"

작은 미소. "예, 이모, 저는 제 일을 끝냈으니까요."

부동산 중개인이 끼어들었다. "걱정 마세요. 깨진 건 다시 해 줄 겁니다."

타일 기술자는 미적대는 표정이었다. "하지만 저는 일을 이미 끝냈어요. 문제는 타일이 굉장히 쉽게 깨진다는 거예요. 타일의 질이 문제라고요."

"일을 끝냈다고요? 일을 이따위로 해 놓고 끝냈다고요?" 그녀의 분노가 점점 더 커졌고, 목소리가 높아지고 굳어 갔다. "나는 우리가 합의한 돈을 주지 않을 거예요. 어림없지. 왜냐하면 당신이 우리가 합의한 일을 하지 않았으니까."

타일 기술자가 눈을 가늘게 뜨고 그녀를 노려보았다.

"당신이 말썽을 원한다면, 그렇게 해 주지." 이페멜루가 말했다. "제일 먼저 경찰국장한테 전화해서 당신을 앨래그번클로즈 경찰서 유치장에 처넣으라고 할 테니까!" 그녀는 이제 고함을 치고 있었다. "당신 내가 누군지 알아? 내가 누군지 모르니까 일을 이따위로 하는 거지!"

이제 사내는 겁먹은 듯했다. 그녀 스스로도 놀랐다. 이 가짜 허세, 쉽게 협박에 의존하는 성향은 대체 어디서 온 거지? 그때 한 가지 기억이 떠올랐다. 그렇게 오랜 세월이 흘렀는데도 희미해지지 않은, 장군님이 죽은 날 우주 고모가 그의 친척들을 협박했던 기억. "아니, 가지 마세요. 거기 그대로 있어요." 고모는 그들에게 말했다. "내가 우리 부대에 전화해서 군인들을 불러올 때까지 거기 있으라고요."

부동산 중개인이 말했다. "이모, 걱정 마세요. 이 친구가 다시 해 드릴 겁니다."

나중에 라니이누도가 "너 이제 더 이상 아메리카나처럼 굴지 않는구나!"라고 말하자 이페멜루는 자기도 모르게 뿌듯함을 느꼈다.

"문제는 이 나라에 더 이상 기술자가 없다는 거야." 라니이누도가 말했다. "가나인이 나아. 우리 회사 상사도 집을 짓고 있는데 마감 작업에는 가나인만 써. 나이지리아인은 일을 거지같이 하거든. 시간을 들여서 제대로 마감하질 않는다니까. 끔찍하지. 하지만 이페멜루, 넌 오빈제한테 전화했어야 했어. 그랬으면 걔가 다알아서 해 줬을 텐데. 이게 걔가 하는 일이거든. 분명 온갖 연락처를 다 갖고 있을 거야. 아파트를 찾기 전에 전화부터 했어야지. 걔라면 자기 소유 아파트를 좀 싸게 빌려주거나, 심지어 **셰프**, 공짜로 빌려줄 수도 있었을 거야. 나는 네가 걔한테 전화 안 하고 뭘 기다리는지 모르겠다."

이페멜루가 고개를 저었다. 라니이누도에게 남자는 물주로서만 존재했다. 자신이 오빈제에게 전화해서 아파트를 싼 가격에 임대해 달라고 부탁하는 것은 상상할 수도 없었다. 하지만 왜 그에게 아예 전화를 하지 않았는지는 자신도 알 수 없었다. 전화할 생각도 여러 번 했고 자주 휴대 전화를 꺼내서 그의 전화번호를 검색하기도 했지만 실제로 걸진 않았다. 그는 여전히 그녀가 괜찮으면 좋겠다는, 디케가 나아졌으면 좋겠다는 이메일을 보냈지만 그녀는 그중 몇 통에만 항상 짧게 답장했고 미국에서 보낸 것처럼 썼다.

46

그녀는 주말을 옛 집에서 부모님과 함께 보냈다. 가만히 앉아서, 자신의 어린 시절을 지켜본 벽을 쳐다보는 것만으로도 행복했다. 토마토퓌레 위에 기름이 둥둥 뜬 어머니의 스튜를 한 입 먹고나서야 비로소 자신이 이것을 얼마나 그리워했는지 깨달았다. 이웃들이 '미국에서 돌아온 딸'에게 인사하려고 들렀다. 대부분 새로 이사 와서 잘 모르는 사람들이었지만 예전에 알던 이웃들이 생각나서 감상적인 호감이 느껴졌다. 초등학생 때 그녀의 귀를 잡아당기면서 "너는 왜 어른들한테 인사 안 하냐."라고 했던 아래층의마마 봄보이, 베란다에서 담배를 피웠던 위층의 오가 토니, 알 수없는 이유로 그녀를 "챔피언"이라 불렀던 옆집 장사꾼.

"저 사람들은 네가 무슨 선물이나 줄까 해서 오는 거야." 어머니가 이미 돌아간 이웃들이 들을지도 모른다는 듯이 속삭였다. "우리가 미국 갔다 왔을 때 다들 내가 뭔가 사 주길 기대하길래 시장에서 아주아주 작은 향수를 사 와서 미국에서 사 온 거라고 했지!"

　부모님은 볼티모어에 갔을 때 얘기 하는 것을 좋아했다. 어머니는 세일 얘기를 했고, 아버지는 이제 미국인들이 심각한 뉴스에서도 "파이 나누기"나 "더러운 폭탄" 같은 표현을 써서 알아들을 수가 없더라는 얘기를 했다.

　"이것이 미국의 최종적인 유아화 및 비격식화야! 미 제국의 종말을 알리는 전조인 것이지. 그들은 내부에서부터 스스로를 말살하고 있어!" 그가 천명했다.

　이페멜루는 누구도 블레인을 언급하지 않길 바라며 부모님의 논평과 추억담을 들어 주면서 기분을 맞췄다. 그의 방문은 일 때문에 늦어지고 있다고 미리 말해 둔 터였다.

　옛 친구들에게는 블레인에 대해 거짓말할 필요가 없었지만 그래도 했다. 진지하게 사귀는 사람이 있는데 곧 라고스로 올 거라고. 친구들과의 재회 모임에서 결혼이라는 주제가 등장하는 속도에 그녀는 깜짝 놀랐다. 미혼자들의 목소리는 화나 있었고, 기혼자들의 목소리는 으스댔다. 이페멜루는 옛일, 그들이 놀렸던 선생님과 좋아했던 남자애에 대해 얘기하고 싶었지만 늘 결혼이 더 인기 있는 주제였다. 누구 남편이 개자식인지, 누가 한껏 차려입은 자기 사진을 페이스북에 너무 많이 올리면서 필사적으로 신랑감을 찾는 중인지, 누구 애인이 사 년간의 연애 끝에 여자 친구를 버리고 자기 맘대로 할 수 있는 만만한 여자랑 결혼했는지 등등.(이페멜루가 라니이누도에게 옛날에 같은 반이었던 비비언과 은행에서 마주쳤다고 하자 라니이누도의 첫 질문은 "걔 결혼했디?"였다.) 그래서 그녀는 블레인을 갑옷으로 사용했다. 블레인에 대해 알고 나면 결혼한 친구들은 "걱정 마. 네 짝도 꼭 나타날 거야. 기도나 열심히 해."라고 하지 않을 것이고, 결혼 안 한 친구들은 그녀도 자기들처럼 미혼자로 구성된 자기 연민 당의 일원이라고 추측하지 않을 것이었다. 몇 번은 라니이누도네 집에서, 몇 번은 그녀의 집에서, 몇 번은 식당에서 열린 이 재회 모임에서는 불편한 향수가 느껴졌다. 그녀가 대부분 더 이상 존재하지 않는 과거의 흔적을 이 성인 여자들에게서 찾으려 애썼기 때문이다.

토치는 이제 알아볼 수가 없었다. 너무 살이 쪄서 코 모양도 달라지고 겹턱이 롤빵처럼 얼굴 밑에 달려 있었다. 그녀는 한 손엔 아기를 안고, 다른 손에는 블랙베리를 들고, 젖병과 턱받이로 가득한 캔버스 가방을 든 도우미를 뒤에 단 채 이페멜루의 집에 왔다. 토치는 대뜸 "안녕, 마담 아메리카."라고 인사하더니 마치 이페멜루가 가진 미국적인 성질과 싸우기로 결심이라도 하고 온 것처럼, 머무는 내내 방어적인 말을 쏟아 냈다.

"우리 애 옷은 영국제만 사. 미제는 한 번 빨면 물이 빠지거든." 그녀가 말했다. "우리 남편은 미국으로 이사 가고 싶어 했는데 내가 거절했어. 교육 제도가 너무 나쁘거든. 국제기관 평가에서 선진국 중 최하위로 뽑혔잖니."

예전의 토치는 통찰력 있고 사려 깊은 아이였다. 중등학교 때 이페멜루와 라니이누도가 말다툼할 때마다 이성적으로 차분하게 중재했던 사람도 토치였다. 이페멜루는 토치의 달라진 모습과, 가공의 공격으로부터 자신을 방어해야 한다고 느끼는 그녀에게서 엄청나게 큰 개인적 불행을 보았다. 그래서 미국을 깎아내리고, 자기도 싫어하는 점에 대해서만 얘기하고, 자신의 악센트가 미국식으로 들리지 않도록 더 과장하면서 토치를 달래다 보니 그 대화는 기운 빠지는 연기 한 마당이 되고 말았다. 그러다 마침내 토치의 아기가 누리끼리한 액체를 토해서 도우미가 급히 닦고 나자 토치가 말했다. "이제 가야겠다. 애가 자고 싶어 하네." 이페멜루는 그제야 마음을 놓고 그녀가 떠나는 것을 지켜보았다. 사람들은 변한다. 때로는 너무 많이 변한다.

프리예는 변하기는커녕 한층 더 단단해져서 원래 성격에 크롬을 덧씌운 듯했다. 그녀는 자기가 맡았던 대규모 결혼식 사진으로 가득한 신문을 한 아름 안고 라니이누도의 집에 도착했다. 이페멜루는 사람들이 프리예에 대해 뭐라고 할까 상상했다. 잘하고 있다, 정말 잘하고 있다고들 하겠지.

"지난주부터 전화벨이 쉴 새 없이 울려!" 프리예가 한쪽 눈을 가리게 앞으로 떨어지는 적갈색 직모 가발을 뒤로 넘기면서 의기양양하게 말했다. 그녀가 한 손을 들어서 매번 다시 눈 위로 떨어지는 머리 — 왜냐하면 그렇게 되도록 꿰맸기 때문에 — 를 뒤로 넘길 때마다 이페멜루는 눈에 거슬리는 분홍색 손톱에 정신이 산란했다. 프리예는 남을 원하는 대로 부릴 수 있는 사람 특유의, 확실하고 약간 사악한 태도를 지니고 있었다. 그리고 그녀는 금귀걸이, 명품 핸드백에 박힌 금속 징 장식, 반짝이는 구릿빛 립스틱으로 번쩍번쩍 빛났다.

"정말 성공적인 결혼식이었어. 주지사가 일곱 명이나 참석했다고, 일곱 명이나!" 그녀가 말했다.

"그중에 신랑 신부를 아는 사람은 아무도 없었겠지." 이페멜루가 건조하게 말했다.

프리예가 그게 무슨 상관이냐는 듯 어깨를 으쓱하며 손바닥을 하늘로 향한 채 까딱해 보였다.

"언제부터 결혼식의 성공 여부가 참석한 주지사 수로 결정되기 시작한 거야?" 이페멜루가 물었다.

"그만큼 연줄이 있다는 뜻이니까. 위신을 세워 주는 거지. 이 나라에서 주지사가 얼마나 막강한 줄 알아? 관료의 권력은 시시한 게 아니야." 프리예가 말했다.

"나도 내 결혼식에 주지사가 최대한 많이 왔으면 좋겠어, 오. 사람들한테 내 수준을 보여 주는 거잖아." 라니이누도가 말했다. 그녀는 천천히 신문을 넘기면서 사진을 찬찬히 들여다보고 있었다. "프리예, 너 모소페가 이 주 후에 결혼한다는 소식 들었어?"

"응. 걔가 나한테 연락했는데 예산이 너무 적더라. 걔는 라고스살이의 첫 번째 규칙을 이해 못해. 결혼은 사랑하는 남자랑 하는 게 아니야. 나를 가장 잘 부양할 수 있는 남자랑 하는 거지."

"아멘!" 라니이누도가 웃으며 말했다. "하지만 가끔은 한 남자가 양쪽 다 해당될 때도 있지, 오. 지금은 결혼 철이야. 주님, 제 차례는 대체 언제인가요?" 그녀가 위를 흘끗 보면서 기도하듯 양손을 들어 올렸다.

"라니이누도 결혼식은 내가 수수료 없이 해 주기로 했어." 프리예가 이페멜루에게 말했다. "네 것도 해 줄게, 이페멜루."

"고마워. 근데 내 생각에 블레인은 주지사 없는 결혼식을 더 좋아할 거야." 이페멜루가 이렇게 말하자 모두 웃음을 터뜨렸다. "우리는 아마 해변에서 간소하게 할 것 같아."

때로는 그녀 스스로도 자신의 거짓말을 믿었다. 이제는 자신과 블레인이 흰옷을 입고 카리브해 해변에서 친구 몇 명에게 둘러싸인 채 모래와 꽃으로 대충 만든 제단을 향해 뛰어가고, 샌이 둘 중 한 명이 넘어지길 바라며 지켜보는 모습이 눈앞에 보이는 듯했다.

47

오니칸은 옛날의 라고스이자 과거의 단면이었고 식민지 시대
의 빛바랜 장관에 바치는 성전이었다. 이페멜루는 주저앉고 칠이
벗어지고 방치됐던 이곳의 집들, 벽을 기어 올라가던 곰팡이, 녹슬
고 빠진 경첩을 기억했다. 하지만 지금은 부동산 개발업자들이 곳
곳에서 재개발과 해체를 진행 중이었다. 새롭게 재단장한 삼 층 건
물 1층에서 무거운 유리문을 열면 적황색으로 칠한 로비가 나오
는데 이곳에는 상냥한 얼굴을 한 안내원 에스터가 앉아 있고 그녀
의 등 뒤로 "월간 조"라는 거대한 은색 글자가 흐릿하게 나타났다.
에스터는 작은 야망으로 가득한 여자였다. 이페멜루는 그녀가 테
주오쇼 시장 가판대에 산더미처럼 쌓인 중고 구두와 옷을 이 잡듯
뒤져서 제일 좋은 물건을 찾아내고, 그러고 나서도 지칠 줄 모르
고 상인과 흥정하는 모습을 상상했다. 그녀는 깔끔하게 다림질한
옷을 입었고, 흠집이 있지만 세심하게 광낸 하이힐을 신었으며,
『기도로 번영에 이르는 길』 같은 책을 읽었고, 운전사들에게는 거

만하게 군 반면에 기자들에게는 사근사근하게 굴었다. "이 귀걸이 정말 예쁘네요, 기자님." 그녀가 이페멜루에게 말했다. "혹시 버리고 싶어지면 부디 저한테 버려 주세요." 그리고 그녀는 끊임없이 이페멜루를 자기 교회에 초대했다.

"이번 일요일에 오실래요, 기자님? 우리 목사님은 영험한 신의 대리자세요. 정말 많은 사람들이 목사님 덕분에 자기 삶에 일어난 기적을 간증한답니다."

"왜 내가 그 교회에 가야 한다고 생각하는 거예요, 에스터?"

"마음에 드실 거예요, 기자님. 성령이 충만한 교회거든요."

처음에는 "기자님"이라는 호칭을 듣는 것이 불편했다. 에스터가 그녀보다 적어도 다섯 살은 연상이었기 때문이다. 하지만 나이보다 지위가 우선인 건 당연했다. 그녀는 회사에서 차량과 기사가 제공되고 머리 위에 '미국 정신'이라고 쓰여 있는 취재 기자였으므로 에스터도 당연히 그녀가 상사 노릇을 할 거라 여겼다. 그래서 그녀는 그렇게 했다. 에스터를 칭찬하고 에스터랑 농담을 했지만 늘 장난스러우면서도 약간 하대하는 태도를 취했고 가끔 에스터에게 낡은 핸드백이나 손목시계 같은 물건을 줬다. 운전사 아요에게도 마찬가지였다. 과속하지 말라고 불평하고, 또 지각하면 해고하겠다고 으름장을 놓고, 제대로 알아들었는지 확인할 수 있게 그녀가 한 말을 복창하라고 했다. 그러나 이런 말을 할 때마다 자신의 목소리가 부자연스럽게 높아지는 것을 느끼면서도 자신이 왜 이런 갑질을 하는 것인지 완전히 납득하지 못했다.

오네우 이모는 "우리 직원들은 대부분 유학파인데《글래스》의 그 여자는 구두점도 제대로 못 찍는 쓰레기들만 고용한다니까요!"라고 말하길 좋아했다. 이페멜루는 그녀가 디너파티에서 자신의 잡지사가 크고 바쁜 회사인 양 "우리 직원 대부분"이라고 말하는 모습을 상상했다. 실제로는 편집부 직원 세 명, 총무부 직원 네 명이 전부이고 유학파는 이페멜루와 편집 기자 도리스뿐이었는데 말이다. 마르고 눈이 움푹 들어간 채식주의자 도리스는 최대한 빨리 자기가 채식주의자라고 선언했고, 모든 문장을 질문처럼 들리게 만드는 미국 십 대들의 악센트로 말했다. 오직 어머니랑 통화할 때만 높낮이가 없고 무뚝뚝한 나이지리아식 악센트를 사용했다. 그녀는 햇볕에 바래서 구리색을 띠는, 길고 가느다란 드레드록 머리를 하고 옷을 특이하게 입고 다녔는데 — 하얀 양말에 투박한 남성화, 무릎 밑까지 오는 반바지 안에 넣어 입은 남성용 셔츠 — 그녀 자신은 독창적인 스타일이라고 생각했지만 사무실 직원들이 다들 그런 차림을 봐준 건 그녀가 외국에서 살다 왔기 때문이었다. 그녀는 아무런 화장도 하지 않고 선명한 빨간색 립스틱 하나만 발랐는데 그 진홍색 한 획이 얼굴에 가져오는 일종의 충격 효과가 의도인 듯했지만 화장 안 한 그녀의 피부는 잿빛을 띠는 경향이 있어서 이페멜루는 그녀를 처음 만난 순간 좋은 로션을 소개해 주고 싶은 충동을 느꼈다.

"필리[54]의 웰슨을 나왔군요? 나는 템플을 나왔는데?" 도리스가 그 즉시 그들이 같은 우월한 무리에 속한다는 것을 기정사실화하려는 듯이 말했다. "앞으로 나랑 제마예와 이 사무실을 같이 쓰게 될 거예요. 제마예는 보조 편집 기자인데 오늘 오후, 아니면 더

<hr>

[54] 필라델피아의 애칭.

늦게까지 외근 나가고 없을 거예요? 그 여자는 항상 자기가 원하는 만큼 밖에 있다 오거든요."

이페멜루는 적의를 감지했다. 은근한 적의가 아니었다. 도리스는 이페멜루가 그것을 감지하길 바라고 있었다.

"내 생각에 당신은, 근까, 이번 주는 그냥 적응하면서 보내면 될 것 같아요? 우리가 뭘 하나 보고? 그러면 다음 주에는 뭔가 일을 시작할 수 있겠죠?" 도리스가 말했다.

"그래요." 이페멜루가 말했다.

사무실은 책상 네 개가 있고 책상마다 컴퓨터가 놓인 큰 방이었는데 마치 모두가 오늘이 첫 출근일인 양 썰렁하고 아무도 안 쓰는 곳 같아 보였다. 이페멜루는 무엇을 갖다 놔야 이곳이 달라 보일지 확신이 안 섰다. 책상 위의 가족사진, 아니면 더 많은 물건, 더 많은 파일과 종이와 스테이플러 같은, 이곳을 사람이 쓰고 있다는 증거면 될까.

"나는 뉴욕에서 끝내주는 직장에 다니고 있었지만 돌아와서 여기에 정착하기로 결심했어요?" 도리스가 말했다. "근까, 정착하라는 가족의 압박 같은 거 있잖아요? 근까, 내가 외동딸이라서 말이에요? 처음 돌아왔을 때 우리 이모 한 분은 날 보더니 '내가 너를 좋은 은행에 취직시켜 줄 수 있는데 그러려면 그 다다 머리를 잘라야 한다'고 했어요." 그녀는 나이지리아식 악센트를 흉내 낼 때 일부러 우스꽝스럽게 고개를 좌우로 흔들었다. "하늘에 맹세컨대, 이 도시는 어떤 뻔한 스타일의 적당히 예쁜 여자를 원하는 은행으로 가득해요. 거기 들어가면 고객 서비스 부서에서 일하게 되는 거죠? 어쨌든 나는 잡지 쪽에 관심이 있어서 이 일을 택했어요? 그리고 여기는 업무상 참석해야 하는 이벤트 때문에 사람 만나기 좋은 곳 같아요?" 도리스는 자신과 이페멜루가 똑같은 계획, 똑같은 세계관을 가지고 있다는 듯이 말했다. 이페멜루는 자기가 당연히 도리스와 똑같이 느낄 거라 확신하는 도리스의 오만함에 약간 분노를 느꼈다.

점심시간 직전에 몸에 딱 붙는 치마를 입고, 죽마만큼 높은 에나멜가죽 구두를 신고, 직모를 매끈하게 빗어 넘긴 여자가 사무실로 걸어 들어왔다. 그녀는 이목구비가 조화롭지 못해서 예쁘지 않았지만 대뜸 미인인 양 행동했다. 육감적. 날씬하고 균형 잡힌 몸매, 개미허리, 뜻밖의 큰 곡선을 그리는 가슴을 가진 그녀를 보고 이페멜루가 떠올린 단어였다.

"안녕하세요. 이페멜루 씨죠?《조》에 오신 걸 환영해요. 저는 제마예라고 해요." 이페멜루와 악수하는 그녀의 얼굴은 신중하게 감정을 숨기고 있었다.

"안녕하세요, 제마예 씨. 만나서 반가워요. 이름이 참 예쁘네요." 이페멜루가 말했다.

"고마워요." 그녀는 그 말을 듣는 데 익숙했다. "추운 걸 싫어하셨으면 좋겠는데."

"추운 거요?"

"네. 도리스가 에어컨을 너무 세게 트는 걸 좋아해서 저는 사무실에서 스웨터를 입어야 하거든요. 하지만 이제 이페멜루 씨도 사무실을 같이 쓰게 됐으니 투표를 할 수도 있겠네요." 제마예가 자기 자리에 편하게 앉으며 말했다.

"무슨 소릴 하는 거예요? 당신이 언제부터 사무실에서 스웨터를 입었다는 거예요?" 도리스가 물었다.

제마예가 눈썹을 치켜세우더니 서랍에서 두꺼운 숄을 꺼냈다.

"여기 습도는 정말 사람 미치게 하지 않아요?" 도리스가 맞장구를 기대하는 표정으로 이페멜루를 쳐다보며 말했다. "처음 돌아왔을 때는 숨도 못 쉬겠더라고요?"

그러자 제마예도 이페멜루를 보며 말했다. "저는 델타주(州) 출신이에요. 거기서 나고 자란 토박이죠. 그래서 에어컨 없이 자랐고 방이 춥지 않아도 숨 쉴 수 있어요." 말투가 하도 냉담해서 그녀가 하는 모든 말이 고저가 없는 평평한 억양에 실려 나왔다.

"뭐, 추운 건 모르겠는데요?" 도리스가 말했다. "라고스에 있는 사무실에는 대부분 에어컨이 있다고요?"

"최저 온도에 맞춰 놓진 않죠." 제마예가 말했다.

"이제껏 아무 말도 안 했잖아요?"

"난 매번 말했어요, 도리스."

"내 말은, 실제로 일하는 데 방해가 되냐는 얘기죠?"

"춥다고 했잖아요. 더 이상 토 달지 마요." 제마예가 말했다.

서로를 향한 두 사람의 반감 때문에 사무실 분위기는 마치 불만에 찬 표범이 씩씩대며 어슬렁거리는 것만 같았다.

"저는 추운 게 싫어요." 이페멜루가 말했다. "에어컨이 최저 온도에 맞춰져 있으면 아마 얼어 죽을 거예요."

도리스가 눈을 깜박였다. 단순히 배신당한 표정이 아니라 자신이 배신당했다는 데 놀란 표정이었다. "뭐, 좋아요. 그러면 하루 종일 껐다 켰다 하면 되겠네요? 난 에어컨 없이는 숨 쉬기가 힘들고 창문은 더럽게 작으니까 말이에요."

"그래요." 이페멜루가 말했다.

제마예는 아무 말도 하지 않았다. 그녀가 이 작은 승리에 관심 없다는 듯 자기 컴퓨터 앞으로 돌아가자 이페멜루는 뭐라 설명할 수 없는 실망감을 느꼈다. 결국 그녀가 대담하게 제마예를 편든 셈이었는데도 제마예는 여전히 무표정해서 속생각을 읽을 수가 없었다. 이페멜루는 그녀의 사연이 무엇일지 궁금했다. 제마예는 호기심을 자극하는 대상이었다.

나중에 도리스와 제마예가 도리스의 책상 위에, 주름 장식이 달린 꽉 째는 옷을 입은 통통한 여자의 사진을 늘어놓고 보던 중에 제마예가 갑자기 "잠깐 실례할게요. 급해서요."라고 하더니 문을 향해 뛰어갔다. 그녀의 유연한 움직임을 보자 이페멜루는 살을 빼고 싶어졌다. 도리스의 눈도 제마예를 좇고 있었다.

"사람들이 욕실 가고 싶을 때 '나 급해요.' 아니면 '용변이 마려워요.'라고 하는 거 정말 싫지 않아요?" 도리스가 물었다.

이페멜루가 웃었다. "제 말이요!"

"내 생각에 '욕실'은 굉장히 미국적인 표현인 것 같아요. 물론 '화장실', '휴게실', '파우더 룸'도 있지만."

"전 '파우더 룸'은 정말 별로예요. '화장실'이 좋아요."

"나도요!" 도리스가 말했다. "그리고 여기 사람들이 '온(on)'을 동사로 사용하는 거 정말 싫지 않아요? 조명 온!"

"제가 참을 수 없는 건 뭔 줄 알아요? 사람들이 '마시다' 대신 '하다'를 쓰는 거요. '나는 포도주로 할게. 나는 맥주는 안 해.'"

"진짜, 내 말이요!"

그들이 깔깔대고 웃고 있을 때 제마예가 들어오더니 특유의 오싹한 무표정으로 이페멜루를 쳐다보며 말했다. "다음번 '외국 물' 모임 얘기 하고 있었나 봐요."

"그게 뭐예요?" 이페멜루가 물었다.

"도리스가 항상 얘기하는 모임인데 외국에서 살다 온 사람만 들어갈 수 있어서 저는 초대할 수 없다네요." 이때 제마예의 말투에 빈정거림이 섞여 있었다 해도 ─ 섞여 있었던 게 분명한데 ─ 그것은 그녀의 음조 없는 말투 속에 완벽하게 숨겨져 있었다.

"아, 제발 좀. '외국 물'은 진짜 옛날 말투잖아요? 지금은 1960년 대가 아니라고요." 도리스가 말했다. 그러고는 다시 이페멜루에게 말했다. "안 그래도 그 얘기 하려고 했어요. 월드 나이지리안 클럽 이라는 모임인데 그냥 최근에 귀국한 사람끼리 모이는 거예요. 몇 명은 영국에서 왔지만 대부분은 미국에서 왔죠? 그냥 서로 경험도 나누고 인맥도 쌓고 하는, 정말 소규모 모임이에요? 내가 장담하는 데, 당신이 아는 사람도 몇 명 있을 거예요. 그러니까 진짜 당연히 와야 돼요?"

"네, 저도 가고 싶네요."

도리스가 일어나면서 핸드백을 집어 들었다. "나는 오네누 이모 댁에 가 봐야 해요."

그녀가 떠나고 나자 사무실이 조용해졌다. 제마예는 키보드를 두드리고 있었고, 이페멜루는 인터넷 검색을 하면서 제마예가 무슨 생각을 하고 있을까 추측했다.

마침내 제마예가 입을 열었다. "그래, 미국에서 유명한 인종 블로거였다면서요? 오네누 이모한테서 들었을 때 이해가 안 갔어 요."

"무슨 말이죠?"

"왜 하필 인종이에요?"

"미국에서 인종을 알게 된 후에 거기 매혹됐거든요."

"흠." 제마예가 중얼거렸다. 그녀는 이 '인종을 알게 된다'는 것을 이국적이고 방종한 현상으로 여기는 듯했다. "오네누 이모가 그러는데, 당신 남자 친구가 흑인 미국인이고 곧 여기로 올 거라면서요?"

이페멜루는 깜짝 놀랐다. 오네누 이모가 가볍지만 끈질긴 말투로 사생활을 캐물었을 때 직장 상사가 내 사생활에 무슨 상관인가 생각하면서 블레인에 관해 거짓말했는데 이제 보니 그 사생활을 다른 직원들과도 공유한 모양이었다. 어쩌면 사생활 보호 자체에 집착하는 것이 너무 미국적인 행동이었는지도 몰랐다. 제마예가 블레인에 대해서 알건 말건 무슨 상관이겠는가?

"네. 다음 달 안에 올 거예요." 그녀가 말했다.

"왜 거기 범죄자들은 전부 흑인이에요?"

이페멜루는 입을 열다가 도로 다물었다. 그 이름도 유명한 인종 블로거께서 할 말을 찾지 못하고 있었다.

"저는 「캅스」⁵⁵를 아주 좋아해요. 위성 방송도 그 프로 때문에 설치했거든요." 제마예가 말했다. "그런데 모든 범죄자가 흑인이더라고요."

---

55 1989년부터 현재까지 방송 중인 미국의 범죄 리얼리티 프로그램. 사건 재연 위주인 우리나라 수사 프로그램과 달리 실제 사건 현장에 경찰과 동행 취재하는 것이 특징이다.

"그건 모든 나이지리아인이 사기꾼이라는 것과 같은 말이에요." 마침내 이페멜루가 이렇게 말했지만 너무 자신감도 없고 내용도 불충분했다.

"하지만 우리 모두에게 사기꾼의 피가 조금씩 흐르는 건 사실이잖아요!" 제마예가 미소 지었다. 처음으로 그녀의 눈에 진정한 즐거움이 떠오른 것처럼 보였다. 그때 그녀가 이렇게 덧붙였다. "미안해요, 오. 당신 남자 친구가 범죄자라는 뜻은 아니었어요. 그냥 궁금해서 물어본 거예요."

48

이페멜루는 라니이누도에게 자기랑 도리스와 함께 월드 나이지리안 모임에 가자고 했다.

"야, 난 너희 귀국민들을 위해 쓸 기운은 없다." 라니이누도가 말했다. "게다가 은두디가 드디어 동서남북, 사방팔방으로 다니던 출장에서 돌아와서 우리 데이트해."

"친구 버리고 남자 택해서 어디 잘되나 보자, 이 망할 것."

"잘되고말고, 오. 나랑 결혼할 사람이 너니? 근데 돈한테는 너랑 만난다고 했으니까 돈이 갈 만한 데는 절대로 가지 마." 라니이누도는 웃고 있었다. 그녀는 돈을 계속 만나면서 은두디가 '진지하다'는 확신이 선 뒤에 헤어지려고 기다리는 중이었고 그 전에 돈이 새 차를 사 주길 바라고 있었다.

월드 나이지리안 클럽 모임. 이코이의 오즈번이스테이트 저택 수영장 주위에 서서 샴페인을 종이컵에 따라 마시는 작은 무리. 하나같이 사교적인 수완이 뛰어나고, 각자 자신만의 기벽 — 주황색 아프로 머리, 토마 상카라[56]의 얼굴이 그려진 티셔츠, 현대 미술 작품처럼 걸려 있는 커다란 수제 귀걸이 ── 을 가진 세련된 사람들. 그들의 대화에서는 외국식 악센트만 들렸다. 이 도시에서는 제대로 된 스무디를 찾을 수가 없다니까요! 어머나, 당신도 그 강연회에 갔었어요? 이 나라에 필요한 건 활발한 시민 사회예요. 그중 몇 명은 이페멜루도 아는 사람이었다. 그녀는 비솔라와 야가지에랑 수다를 떨었다. 두 사람 다 생머리를 땋았다가 다시 푼 스타일을 하고 있어서, 구불구불하게 떨어지는 머리카락이 후광처럼 얼굴을 둘러쌌다. 그들은 이곳의 미용실 얘기를 했다. 여기 미용사들은 마치 생머리가 생경한 질병인 듯이, 화학 약품에 굴복하기 전에도 자기들 머리는 이렇지 않았다는 듯이 버벅거리면서 생머리를 못 빗어서 끙끙댄다는 얘기였다.

"미용실 여자들은 늘 '이모, 릴랙서 하고 싶지 않으세요?' 이런다니까요. 아프리카인들이 아프리카에서 우리의 생머리를 귀하게 여기지 않는다는 게 정말 기가 찰 노릇이죠." 야가지에가 말했다.

"제 말이요." 이때 이페멜루는 자신과 그들 모두의 목소리에 깔린, 스스로의 온당함에 대한 확신을 눈치챘다. 그들 귀국민들은 고국에 돌아옴으로써 두르게 된 빛나는 망토에 의해 정당화된 것이었다. 그때 이켄나가 그들의 대화에 합세했다. 필라델피아 외곽에서 살다 온 변호사인 그는 이페멜루가 '블로깅 와일 브라운' 강

---

56 1949~1987. 부르키나파소의 대통령(집권 1983~1987). 탈식민주의 및 마르크스주의 정책을 추진하여 국민들에게 신망이 높았으나 친프랑스 세력에 의해 암살당했다.

연회에서 만났던 사람이었다. 그리고 프레드도 합세했다. 그는 아까 이페멜루에게 자기소개를 했던, 땅딸막하고 말쑥한 남자였다. "저는 작년까지 보스턴에서 살았어요." 그가 짐짓 겸손한 체하며 말했다. 왜냐하면 "보스턴"이란 하버드 대학교를 가리키는 암호였기 때문이다.(그렇지 않았다면 MIT나 터프츠 대학교 같은 데를 댔을 것이다.) 같은 이유에서 또 다른 여자는 솔직한 척하면서 내숭 떠는 태도로 "저는 뉴헤이븐에 있었어요."라고 말했다. 예일 대학교에 있었다는 뜻이었다. 뒤이어 모여든 다른 사람들 역시 공통의 화제를 발견하기가 정말 쉬웠기 때문에 하나같이 친근한 분위기를 띠었다. 잠시 후 그들은 웃으면서 미국의 무엇이 그리운지를 나열하기 시작했다.

"저지방 두유, NPR[57], 빠른 인터넷 속도." 이페멜루가 말했다.

"고객 서비스, 고객 서비스, 고객 서비스." 비솔라가 말했다. "여기 사람들은 나한테 서빙 하면서 무슨 은혜라도 베푸는 것처럼 행동한다니까요. 고급 레스토랑은 훌륭하진 않아도 그럭저럭 봐줄 만한데, 보통 식당은? 말을 말아야죠. 얼마 전에는 웨이터한테 삶은 참마를, 메뉴에 있는 소스 말고 다른 소스랑 줄 수 있냐고 물었더니 내 얼굴을 빤히 쳐다보면서 안 된다고 하는 거 있죠. 기막혀서 원."

"하지만 미국식 고객 서비스도 짜증스러울 수 있어요. 누가 계속 주위를 맴돌면서 귀찮게 구는 것 말이에요. 아직 안 끝나셨나요? 언제부터 먹는 게 빨리 끝내야 할 일이 됐죠?" 야가지에가 말했다.

---

57 미국의 공영 라디오 방송국.

"저는 제대로 된 채식주의자 식당이 그리워요?" 그리고 도리스는 새로 온 가사 도우미가 간단한 샌드위치도 못 만든다는 얘기, 자기가 빅토리아아일랜드의 식당에서 채식주의자용 춘권을 주문했는데 한 입 물었더니 닭고기 맛이 나서 웨이터를 불러 말하자 그가 미소 지으면서 "오늘은 닭고기를 넣었나 보네요."라고 말했다는 얘기를 했다. 좌중에서 웃음이 터졌다. 프레드는 이제 이 나라에 새로운 투자 자본이 엄청나게 늘어났으니 곧 괜찮은 채식주의자 식당이 생길 거라고 말했다. 이곳에도 채식주의자 수요가 있음을 누군가가 알아내리라는 것이었다.

"채식주의자 식당요? 불가능해요. 이 나라의 채식주의자는 도리스까지 포함해서 달랑 네 명뿐이거든요." 비솔라가 말했다.

"당신은 채식주의자 아니죠?" 프레드가 이페멜루에게 물었다. 그는 그냥 그녀에게 말을 걸고 싶은 거였다. 아까부터 중간중간에 그녀가 고개를 들 때마다 매번 그가 쳐다보고 있었다.

"네." 그녀가 말했다.

"아, 아킨아데솔라가(街)에 새로 문 연 데가 있어요." 비솔라가 말했다. "거기 브런치가 아주 괜찮아요. 우리가 먹을 수 있는 게 있더라고요. 다음 일요일에 같이 가요."

우리가 먹을 수 있는 게 있더라고요. 이페멜루는 불안감이 스멀스멀 기어오르는 것을 느꼈다. 그녀는 이 자리가 편했지만, 편하지 않았으면 했다. 그 새로운 식당에 관심이 가지 않았으면 했고, 신선한 녹색 샐러드와 수증기에 쪘는데도 여전히 단단한 채소를 상상하면서 기분이 좋아지지 않았으면 했다. 그녀는 고국을 떠나 있는 동안 그리웠던 모든 음식 —— 기름을 많이 넣은 졸로프 밥, 튀긴 플랜틴, 삶은 참마 — 을 먹는 것이 좋았지만 미국에서 익숙해진 것들도, 심지어 블레인의 전공인, 페타 치즈와 토마토를 넣어 요리한 퀴노아조차 그리웠다. 그녀는 자신이 "우리가 먹을 수 있는 게 있더라고요." 같은 말을 하는 사람이 되지 않았길 바랐지만 이미 됐을까 봐 두려웠다.

프레드는 조금 지나치게 큰 소리로 날리우드에 대해 얘기하고 있었다. "날리우드는 완전히 공공 연극이라고 보면 돼요. 그렇게 생각하면 그나마 참을 만하죠. 그건 공공의 소비 혹은 대중의 참여를 위한 것이지, 영화의 본질인 개인적 경험을 위한 것이 아니에요." 그는 이페멜루를 쳐다보면서 눈빛으로 동의를 구했다. 그들, 그들 같은 사람들은 날리우드 영화를 보지 않는 것이 당연했다. 만약 본다면 오직 인류학적 재미를 위해서였다.

"전 날리우드가 좋아요." 이페멜루가 말했다. 그녀도 속으로는 날리우드가 영화보다 연극에 가깝다고 생각했지만 반대자가 되고 싶은 충동이 훨씬 강했다. 이들로부터 스스로를 분리하면 자신이 이미 되어 버렸을까 봐 두려운 사람으로부터 조금 멀어질 수 있을지도 몰랐다. "날리우드가 멜로드라마스러울지는 몰라도, 나이지리아에서의 삶 자체가 굉장히 멜로드라마스럽잖아요."

"진심이에요?" 뉴헤이븐 여자가 손에 쥐고 있던 종이컵을 우그러뜨리며 말했다. 이 모임에 있는 사람이 날리우드를 좋아하는 게 대단한 이변이라고 생각하는 듯했다. "날리우드는 나 같은 지성인이 보기에는 너무 불쾌해요. 내 말은, 그냥 형편없는 상품이라는 거예요. 그 영화들이 우리의 무엇을 대변하죠?"

"하지만 할리우드도 똑같이 형편없는 영화들을 만들어요. 다만 조명발이 더 좋을 뿐이죠." 이페멜루가 말했다.

프레드가 자신이 그녀 편임을 알리기 위해 너무 열심히 웃어 댔다.

"기술적인 부분만 말하는 게 아니에요." 뉴헤이븐 여자가 말했다. "업계 자체가 퇴행적이에요. 내 말은, 여성에 대한 묘사를 봐요. 이 사회 현실보다 더 여성 혐오적이라고요."

이페멜루는 오빈제처럼 어깨가 넓은, 수영장 건너편의 남자를 보았다. 하지만 그는 오빈제라고 하기엔 키가 너무 컸다. 그녀는 오빈제가 이런 모임을 어떻게 생각할까 궁금했다. 참석이나 할까? 따지고 보면 그는 영국에서 강제 추방 됐으니 자신을 이들 같은 귀국민으로 생각하지 않을지도 몰랐다.

"이봐요, 돌아와요." 프레드가 그녀에게 가까이 다가와 사적 공간 안까지 들어오며 말했다. "마음이 딴 데 가 있네요."

그녀가 힘없이 미소 지었다. "이젠 아니에요."

프레드는 아는 것이 많았다. 그에겐 실용적인 지식이 많은 사람 특유의 자신감이 있었다. 아마 하버드 MBA 학위를 갖고 있을 테고 일상적인 대화 중에 '수용력'이나 '사용 가치' 같은 단어를 사용할 것이었다. 그리고 자면서도 이미지가 아닌, 사실과 숫자를 꿈꿀 것만 같았다.

"내일 무손 센터에서 음악회가 있어요. 클래식 좋아해요?" 그가 물었다.

"아뇨." 그가 좋아할 거란 생각도 안 했다.

"클래식을 좋아할 용의는 있나요?"

"뭔가를 좋아할 용의가 있냐니, 그것 참 이상한 발상이네요."

이제 그녀는 그에게 호기심 내지 막연한 흥미가 생겼다. 그들은 대화를 나눴다. 프레드는 스트라빈스키와 슈트라우스, 페르메이르[58]와 반다이크를 언급하면서 불필요한 출전을 밝히고, 인용을 너무 자주 했다. 그의 정신은 대서양 건너편의 세계에 능통했고, 그의 연기는 속이 뻔히 들여다보였다. 자기가 서양에 대해 얼마나 많이 아는지를 보여 주려고 지나치게 열심이었다. 이페멜루는 속으로 입이 찢어져라 하품을 하며 들었다. 아까는 그에 대해 잘못 생각했다. 그는 세상을 비즈니스로 보는 MBA 타입이 아니었다. 그는 능수능란하고 단련된 공연 기획자였다. 미국식 악센트와 영국식 악센트를 둘 다 잘 쓰고, 외국인에게 해야 할 말과 외국인을 편안하게 만드는 법을 알며, 수상쩍은 프로젝트로도 해외 보조금을 쉽게 얻어 낼 수 있는 유의 남자였다. 그녀는 그 단련된 껍데기 밑의 그는 어떤 사람일지 궁금했다.

"그래, 2차로 술 마시는 데도 갈 거예요?" 그가 물었다.

"피곤해요." 그녀가 말했다. "그냥 집에 갈까 봐요. 하지만 전화해요."

---

[58] 얀 페르메이르(1632~1675). 「진주 귀걸이를 한 소녀」를 그린 네덜란드의 화가.

49

쾌속정이 상아색 모래사장과 분출하듯 자라난 녹색 나무를 지나 거품이 이는 수면 위를 미끄러졌다. 이페멜루는 웃고 있었다. 그러다 별안간 웃음을 뚝 멈추고 자신의 현재를 바라보았다. 자신의 몸을 감싼 주황색 구명조끼, 멀리 흐릿하게 보이는 큰 선박, 선글라스를 쓴 친구들. 그들은 프리예 친구의 바닷가 별장에 가서 고기도 구워 먹고 맨발로 경주도 할 예정이었다. 그녀는 생각했다. 내가 정말 집에 왔구나. 정말 집이야. 그녀는 더 이상 라니이누도에게 뭘 해야 할지 묻는 문자를 보내지 않았다. 고기를 숍라이트에서 살까, 아니면 이야보를 시장에 보낼까? 옷걸이는 어디서 사야 하지? 이제 그녀는 공작새 우는 소리에 잠에서 깨어 침대에서 일어나 익숙한 하루와 생각 없는 일상을 맞이했다. 헬스클럽에 등록했지만 두 번밖에 안 갔다. 퇴근 후에는 친구들을 만나는 게 더 좋았고, 늘 먹지 말아야지 하면서도 결국은 클럽샌드위치를 먹고 채프먼 칵테일[59] 한두 잔을 마시고는 헬스클럽에 가는 것을 미루곤

했기 때문이다. 옷이 전보다 더 째는 듯했다. 어딘가, 머나먼 마음 속 한구석에서는 오빈제를 다시 만나기 전에 살을 빼고 싶다고 생각하고 있었다. 그녀는 아직도 그에게 전화를 걸지 않았다. 다시 날씬한 자신으로 돌아갈 때까지 기다릴 작정이었다.

회사에서는 점점 더 따분함을 견디다 못해 미칠 지경이었다. 《조》는 그녀를 숨 막히게 했다. 추운 곳에서 가려운 스웨터를 입고 있는 것 같은 기분이었다. 홱 벗어 버리고 싶지만 그랬을 때 무슨 일이 벌어질지 두려웠다. 그녀는 블로그를 새로 시작해서 자기가 정말 관심 있는 주제에 대해 쓰고 그것을 천천히 키워서 마침내 자기 잡지를 발행하는 상상을 자주 했다. 하지만 그 생각은 모호했고, 알 수 없는 부분이 너무 많았다. 그녀가 집에 돌아온 이상, 이 직업을 갖고 있어야 안정감이 들었다. 처음에는 그녀도 취재 기자 일을 즐겼다. 사교계 여자들의 집을 방문해서 인터뷰하고, 그들의 삶을 관찰하고, 예전에 알았던 미묘한 점을 다시 배우는 것이 재미있었다. 하지만 곧 일이 지루해지면서 인터뷰하는 동안 반만 듣고 반만 집중한 채 앉아 있곤 했다. 그들의 시멘트 정원에 들어설 때마다, 발가락을 오므리게 만드는 모래가 그리웠다. 하인이나 아이가 그녀를 집 안에 들이고 부유한 나라의 깨끗한 공항을 연상시키는, 가죽과 대리석으로 꾸며진 거실에 앉히면 따뜻하고 서글서글한 사모님이 나타나서 그녀에게 음료수를, 때로는 음식을 내주며 소파에 앉아 이야기하곤 했다. 그녀가 인터뷰한 사모님은 다들 자신이 가진 것, 자신 혹은 아이들이 갔던 곳, 자신이

---

59 '앙고스투라 비터스'라는 술로 만든 칵테일. 나이지리아에서 흔히 마신다.

한 일을 한참 자랑한 후에 마지막에는 항상 하느님으로 마무리 지었다. 우리는 하느님께 감사드려요. 전부 하느님의 역사하심이죠. 하느님은 신실하시답니다. 이페멜루는 그곳을 나오면서 생각했다. 인터뷰 안 하고도 기사 쓸 수 있겠다고.

또한 그녀는 행사에 참석하지 않고도 기사를 쓸 수 있었다. "행사"라는 말은 라고스에서 정말 흔하고, 또 인기 있었다. 그것은 상품 재출시, 패션쇼, 혹은 음반 발표회일 수 있었다. 오네누 이모는 항상 사진사와 같이 가라고 우겼다. "제발, 가서 잘 어울려요." 오네누 이모가 말했다. "아직 우리 잡지에서 광고하지 않는 회사면 해 줬으면 좋겠고, 이미 하고 있는 회사면 늘려 줬으면 좋겠으니까!" 오네누 이모는 '어울리라'는 말을 굉장히 강조했다. 이페멜루가 잘 못하는 일이라고 생각하는 모양이었다. 어쩌면 오네누 이모가 옳을지도 몰랐다. 풍선들이 불타오르듯 둥둥 떠 있고, 구석마다 실크 같은 천이 겹겹이 드리워 있고, 의자에는 하얀 천이 씌어 있고, 너무 많은 안내인이 천박하게 화장한 얼굴로 돌아다니는 그런 행사장에서 이페멜루는 낯선 사람에게 《조》 이야기를 하는 것이 싫었다. 그래서 그녀는 라니이누도 혹은 프리예 혹은 제마예와 문자를 주고받으면서, 지금 나가도 무례하다고 욕먹지 않을 때가 되기를 지루하게 기다렸다. 그런 행사에서 두세 명이 으레 하는 두서없는 연설은 꼭 장황하고 가식적인 동일인이 쓴 것처럼 들렸다. 그다음에는 부자와 유명 인사가 호명되었다. "오늘 이 자리에는 전 주지사이신……." 코르크 마개가 따지고, 주스 병 뚜껑이 열리고, 사모사[60]와 닭고기 사테이[61]가 나왔다. 한번은 제마예와 함께 참석한 새 음료 브랜드 발표회에서 오빈제가 지나가는 것을 봤다고 생각했다. 뒤돌아봤다. 그 사람은 오빈제가 아니었지만 충분히 가능한 이야기였다. 그녀는 그가 아내와 함께 이런 홀에서 열린, 이런 행사에 참석하는 것을 상상했다. 그의 아내가 학생 때 라고스 대학교에서 가장 예쁜 여학생으로 뽑혔었다는 얘기를 라니이누도 로부터 들은 후 이페멜루의 상상 속 그녀는 광대뼈가 높고 눈동자가 아몬드색인, 이페멜루의 십 대 시절에 미의 상징이었던 비앙카 오노[62]를 닮은 여자가 되었다. 그리고 라니이누도가 그녀의 이름이 흔치 않은 코시소추쿠임을 언급했을 때 이페멜루는 오빈제의 어머니가 그녀에게 번역해 보라고 시키는 것을 상상했다. 오빈제의 어머니와 아내가 어떤 번역 ― '신의 뜻' 아니면 '신께서 흡족하도록' ― 이 더 나은가를 결정하는 상상을 하자 배신당한 기분이 들었다. 그 옛날 오빈제의 어머니가 "번역해 보렴."이라고 말했던 기억은 그녀가 세상을 떠난 지금 더욱더 소중하게 느껴졌다.

이페멜루는 행사장을 나가던 길에 돈을 만났다. "이페멜루." 하고 그가 불렀다. 그를 알아보는 데 시간이 좀 걸렸다. 몇 달 전 어느 날 오후에 돈이 하얀 테니스복 차림으로 테니스 클럽에 가다가 라니이누도의 집에 잠깐 들렀을 때 라니이누도가 그들을 서로 소개해 주었지만 이페멜루는 둘만 있게 해 주려고 거의 곧바로 나왔기 때문이었다. 감색 정장을 입고 희끗희끗한 머리를 반질반질

---

60 삼각뿔 모양의 중동식 튀긴 만두. 지금은 남아시아, 동남아시아, 아프리카에 서도 즐겨 먹는다.

61 인도네시아식 꼬치구이.

62 1968~ . 나이지리아의 기업인, 외교관. 아프리카인으로서는 최초로 미스 인 터콘티넨털이 되었다.

하게 다듬은 그는 말쑥해 보였다.

"안녕하세요." 그녀가 말했다.

"좋아 보여요. 아주 좋아 보이네요." 그가 가슴이 깊게 파인 그녀의 이브닝드레스를 유심히 보며 말했다.

"고맙습니다."

"내 얘기는 묻지 마요." 마치 그녀가 그의 얘기를 물어볼 이유라도 있다는 듯이. 그가 그녀에게 명함을 줬다. "전화해요. 꼭 전화해야 돼요. 할 얘기가 있으니까. 잘 가요."

그가 딱히 그녀에게 관심이 있었던 것은 아니다. 단지 그는 라고스의 거물이고 그녀는 매력적인 독신 여성이었으므로 그들이 사는 세계의 법칙에 따라, 비록 성의가 없고 이미 그녀의 친구와 사귀고 있더라도 그는 대시해야 했고 당연히 그녀가 친구에게 말하지 않을 거라고 생각했다. 그녀는 그의 명함을 핸드백에 집어넣고 집에 돌아가서 잘게 찢은 다음 변기 물에 떠 있는 것을 한동안 바라보다가 물을 내렸다. 그녀는 이상하게 그에게 화가 났다. 그의 행동이, 라니이누도와의 우정에서 그녀의 마음에 들지 않는 무언가를 말해 줬기 때문이다. 그녀가 라니이누도에게 전화해서 무슨 일이 있었는지 막 말하려는데 라니이누도가 "이페멜루, 나 너무 우울해."라고 말했다. 그래서 이페멜루는 그냥 듣고 있었다. 은두디 얘기였다. "그 사람 정말 애야." 라니이누도가 말했다. "자기 맘에 안 드는 얘기를 들으면 그냥 입을 다물고 콧노래를 흥얼거리기 시작해. 정말 큰 소리로 흥얼거린다고. 어떻게 다 큰 남자가 그렇게 미성숙한 행동을 할 수가 있지?"

월요일 아침이었다. 이페멜루는 그녀가 제일 좋아하는 미국 블로그 「포스트부르주아지」를 읽고 있었고, 제마예는 따로 챙겨 두었던 반질반질한 사진들을 살펴보고 있었다. 도리스는 "아이 러 브 플로리다."라고 쓰인 머그잔을 양손으로 부드럽게 쥔 채 모니터 를 쳐다보고 있었다. 그녀의 책상 위 컴퓨터 옆에는 찻잎이 든 깡 통이 있었다.

"이페멜루, 이 기사는 너무 까는 내용인 것 같아요?"

"당신이 편집자로서 해 주는 충고에는 언제나 감사해요." 이페멜루가 말했다.

"'깐다'는 게 무슨 뜻이에요? 미국에서 학교 나오지 않은 사람 들을 위해 설명 좀 해 줘요." 제마예가 말했다.

도리스는 그녀를 완전히 무시했다.

"오네누 이모는 이 기사를 내고 싶어 하지 않을 거예요?"

"그럼 설득해요. 편집자는 당신이잖아요." 이페멜루가 말했다. "우리는 이 잡지를 계속 끌고 나가야 해요."

도리스가 어깨를 으쓱하며 일어났다. "이 얘기는 회의 때 마저 하죠?"

"난 졸려요." 제마예가 말했다. "내가 회의하다가 잠들기 전에 에스터한테 네스카페 한 잔 타 오라고 시켜야겠어요."

"인스턴트커피는 진짜 끔찍해요?" 도리스가 말했다. "내가 커피 를 별로 안 마시는 사람이라 다행이에요. 차라리 그냥 죽는 게 낫지."

"네스카페가 뭐 어때서요?" 제마예가 말했다.

"그런 건 커피라고 불러서도 안 되죠?" 도리스가 말했다. "근 까 형편없다는 말도 아깝다고요."

제마예가 하품하면서 스트레칭을 했다. "나는 좋아요. 커피는 커피일 뿐이죠."

나중에 다 같이 오네누 이모의 사무실로 들어갈 때 앞장서서 가던 도리스는 헐렁한 파란색 피나모어[63]를 입고 까만 사각기둥 모양 뒷굽이 달린 메리 제인 구두[64]를 신고 있었다. 제마예가 이페멜루에게 물었다. "도리스는 왜 저런 넝마를 직장에 입고 오는 거예요? 꼭 옷으로 개그를 하는 것처럼 보여요."

그들은 오네누 이모의 넓은 사무실 안에 있는 타원형 회의용 탁자를 따라 둥그렇게 앉았다. 오네누 이모의 가발은 지난번에 봤을 때보다 더 길고 어색했다. 앞머리는 높이 띄워서 세심하게 손질했고, 구불구불한 뒷머리는 등 위로 늘어뜨렸다. 그녀는 다이어트 스프라이트 병을 입에 대고 한 모금 마시더니 도리스가 쓴 "제일 친한 친구와 결혼하기"가 좋다고 말했다.

"아주 훌륭하고 고무적이에요." 그녀가 말했다.

"하지만 오네누 이모, 여자들은 제일 친한 친구랑 결혼해선 안 돼요. 성적 교감이 없으니까요." 제마예가 말했다.

오네누 이모는 제마예를, 우습게 볼 수밖에 없는 정신 나간 학생을 보는 눈빛으로 쳐다본 뒤 들고 있던 종이를 뒤적거리더니 푼미 킹 부인에 관한 이페멜루의 기사가 마음에 들지 않는다고 말했다.

"왜 '그녀는 하인에게 얘기할 때 절대 그를 쳐다보지 않는다.'

---

63 에이프런과 흡사한 형태의 원피스.

64 파인 발등 위에서 가죽끈을 채우는, 앞코가 둥근 여성화.

라고 썼어요?" 오네누 이모가 물었다.

"정말로 안 쳐다봤으니까요." 이페멜루가 말했다.

"그러면 부인이 나쁜 사람 같잖아요." 오네누 이모가 말했다.

"제 생각에는 흥미로운 부분인 것 같은데요." 이페멜루가 말했다.

"저도 오네누 이모랑 같은 생각이에요." 도리스가 말했다. "흥미롭건 아니건 일단 비판적이잖아요?"

"누군가를 인터뷰하고 기사를 쓰는 것 자체가 비판적인 일이에요." 이페멜루가 말했다. "기사의 주인공은 인터뷰 대상이 아니에요. 기자가 그 대상을 어떻게 생각하느냐죠."

오네누 이모가 고개를 저었다. 도리스도 고개를 저었다.

"왜 우리가 안전하게 가야 하죠?" 이페멜루가 물었다.

도리스가 짐짓 농담인 척하며 말했다. "이건 당신이 모두를 도발하던 미국 인종 블로그가 아니에요, 이페멜루. 이건, 근까 건전한 여성지라고요?"

"네, 바로 그거예요!" 오네누 이모가 말했다.

"하지만 오네누 이모, 이런 식으로 가다간 절대 《글래스》를 이기지 못할 거예요." 이페멜루가 말했다.

오네누 이모의 눈이 커졌다.

"《글래스》는 우리랑 똑같은 걸 하고 있어요." 도리스가 얼른 말했다.

그때 에스터가 들어와서 오네누 이모에게 딸이 도착했다고 알렸다.

에스터의 까만 하이힐이 휘청거려서 이페멜루는 그녀가 지나

갈 때 저 구두가 넘어지면서 에스터가 발목을 삐면 어쩌나 걱정했다. 그날 아침에 에스터는 이페멜루에게 "이모, 그 머리는 **자가자가**해요."라고, 슬프지만 사실이라는 표정으로 말했다. 그때까지 이페멜루가 매력적인 '땋았다 푼' 스타일이라고 생각했던 머리였다.

"응? 벌써 왔다고?" 오네누 이모가 말했다. "아가씨들, 회의는 여기서 마칩시다. 난 지금은 우리 딸 데리고 드레스 사러 가야 되고 오후에는 도매상들과 약속이 있어요."

이페멜루는 피곤하고 지루했다. 또다시 블로그를 시작하는 생각을 했다. 그때 전화기가 진동했다. 라니이누도의 전화였다. 평소 같으면 회의가 끝날 때까지 기다렸다가 다시 전화해 줬겠지만 그녀는 "죄송해요. 이 전화는 꼭 받아야 돼요. 국제 전화라서요."라며 서둘러 나왔다. 라니이누도는 돈에 관해 불평했다. "내가 예전처럼 사랑스러운 여자가 아니래. 내가 변했대. 그 사람이 나 주려고 지프차를 사서 항구에서 통관까지 한 걸 내가 아는데 이제는 나한테 주고 싶어 하지 않아."

이페멜루는 "사랑스러운 여자"라는 표현에 대해 생각했다. 사랑스러운 여자란 오랫동안 돈이 라니이누도를 말 잘 듣는 여자로 만들었거나, 아니면 그가 그렇게 믿도록 그녀가 내버려 두었음을 뜻했다.

"은두디는?"

라니이누도가 크게 한숨을 내쉬었다. "일요일부터 서로 한마디도 안 했어. 오늘은 나한테 전화 거는 걸 깜박하겠지. 내일은 너무 바쁘실 테고 말이야. 그래서 내가 이런 건 받아들일 수 없다고 했지. 왜 나만 노력해야 해? 그랬더니 삐져 있어. 그 사람은 절대 어른답게 대화를 시작하거나 자기가 뭔가 잘못했다는 데 동의하지 못할 거야."

다들 사무실에 돌아와 있을 때 에스터가 들어와서 톨루 씨라는 사람이 제마예를 만나고 싶어 한다고 말했다.

"재단사 기사 같이 취재했던 사진사예요?" 도리스가 물었다.

"네. 늦었네요. 며칠 동안 제 전화를 피하더니." 제마예가 말했다.

도리스가 말했다. "그거 잘 처리해서 내일 오후까지 사진이 내 손에 들어오게 해야 돼요? 나는 모든 걸 3시 전에 인쇄소로 넘겨야 한다고요? 이제는 《글래스》가 남아공에서 인쇄하는 마당에 이번에도 인쇄가 지연되게 하고 싶진 않아요?"

"알았어요." 제마예가 마우스를 흔들었다. "오늘 서버가 너무 느리네요. 이것만 보내면 되는데. 에스터, 좀 기다리라고 해 줘요."

"네, 기자님."

"몸은 좀 괜찮아요, 에스터?" 도리스가 물었다.

"네, 기자님. 고맙습니다, 기자님." 에스터가 요루바식으로 예의를 차렸다. 그녀는 아까부터, 그만 가 보라는 말을 기다리는 사람처럼 대화를 엿들으며 문가에 서 있었다. "장티푸스 약을 먹고 있어요."

"장티푸스 걸렸어요?" 이페멜루가 물었다.

"월요일에 에스터 이상한 거 눈치 못 챘어요? 내가 돈 좀 주면서 약국 말고 병원에 가라고 했어요." 도리스가 말했다.

이페멜루는 에스터가 아픈 것을 눈치챈 게 자신이었더라면 하고 아쉬워했다.

"빨리 나아요, 에스터." 이페멜루가 말했다.

"고맙습니다, 기자님."

"에스터, 힘들겠어요, 오." 제마예가 말했다. "에스터 낯빛이 안 좋은 건 알았지만 그냥 단식하는구나 생각했죠. 에스터는 늘 단식 중이잖아요. 하느님이 남편감을 주실 때까지 계속 단식할걸요."

에스터가 쿡쿡 웃었다.

"저도 중등학교 때 장티푸스를 정말 심하게 앓았던 기억이 나네요." 이페멜루가 말했다. "굉장히 아팠는데 나중에 알고 보니 너무 약한 항생제를 써서 그랬던 거였어요. 지금 뭐 먹고 있어요, 에스터?"

"약요, 기자님."

"병원에서 무슨 항생제 줬어요?"

"몰라요."

"약 이름 몰라요?"

"가져올게요, 기자님."

에스터가 가져온 투명한 약봉지에는 이름은 없고 복용 방법만 잘게 파란색 악필로 적혀 있었다. 2번 약은 아침저녁에 먹을 것. 1번 약은 하루 세 번 먹을 것.

"우리는 이런 기사를 써야 해요, 도리스. 실용적인 정보가 담긴 건강 칼럼을 써야 한다고요. 평범한 나이지리아인이 병원에 가면 의사가 이름 없는 약을 준다는 사실을 누군가가 보건부 장관에게 알려야 해요. 이러다 죽을 수도 있어요. 이런 식으로 하면 환자가 무슨 약을 먹었는지, 기존에 먹고 있던 다른 약이 있다면 무슨 약을 먹으면 안 되는지 어떻게 알겠어요?"

"아니 아니, 그건 작은 문제에 불과해요. 의사들이 그러는 이유는 환자가 다른 데 가서 약을 사지 못하게 하려고 그러는 거예요." 제마예가 말했다. "하지만 가짜 약은요? 시장에 가서 거기서 뭘 파는지 보라고요."

"자, 다들 진정합시다? 갑자기 사회 운동가가 될 필요는 없잖아요? 우리는 지금 탐사 보도를 하는 게 아니라고요?" 도리스가 말했다.

이페멜루는 새로운 블로그를 눈앞에 그리기 시작했다. 디자인은 파란색과 흰색, 타이틀에는 라고스의 항공 사진. 익숙한 것은 제외. 정체 중인 노란색 녹슨 버스도 탈락, 침수된 빈민가의 아연판 판잣집도 탈락. 어쩌면 그녀의 아파트와 이웃한 폐가가 괜찮을지도 모른다. 그녀는 초저녁의 으스스한 황혼 속에서 직접 사진을 찍으며 수공작이 나는 모습을 포착하길 바랄 것이다. 본문에는 또렷하면서도 잘 읽히는 서체를 사용할 것이다. 에스터의 이야기를 이용해서 쓴, 이름 없는 약봉지 사진을 첨부한 보건 관련 기사. 월드 나이지리안 클럽에 관한 기사. 여성들이 실제로 살 수 있는 옷에 관한 패션 기사. 남을 돕는 사람들에 관한 기사. 하지만 늘 부자가 엄마 없는 아기들을 돌보는 영아원에 가서 일부러 배경에 쌀 포대와 분유 통을 갖다 놓고 아이들을 안아 주는 사진이 있는 《조》의 기사와는 전혀 다른 포스트.

"그런데 에스터, 단식은 정말 그만둬야 해요, 오." 제마예가 말했다. "있잖아요, 몇 달 뒤에는 에스터가 자기 월급을 몽땅 교회에 갖다 바치고 ― 그걸 "씨 뿌리기"라고 부른대요. ― 나한테 와서 차비 하게 300나이라만 달라고 할 거라고요."

"하지만 기자님, 그건 정말 작은 도움이잖아요. 그 정도 능력은 있으시고요." 에스터가 미소 지으며 말했다.

"지난주에는 손수건을 가지고 단식했잖아요." 제마예가 말을 계속했다. "하루 종일 책상 위에 뒀죠. 자기 교회의 누가 그 손수건을 가지고 단식한 뒤에 승진했다는 거예요."

"책상 위에 있던 손수건이 그런 의미였어요?" 이페멜루가 물었다.

"하지만 나는 기적이 정말 있다고 믿는데요? 우리 고모도 교회에서 암이 나으신 것으로 알아요?" 도리스가 말했다.

"마법의 손수건으로 말이죠, 아비?" 제마예가 비웃었다.

"기자님은 안 믿으세요? 하지만 사실이에요." 에스터는 자기 자리로 돌아가기를 주저하며 동지애를 즐기고 있었다.

"그래, 승진하고 싶어요, 에스터? 그건 내 자리를 원한다는 말이네요?" 제마예가 물었다.

"아니에요, 기자님! 우리 모두는 예수님의 이름 안에서 승진할 거예요!" 에스터가 말했다.

그들 모두가 웃음을 터뜨렸다.

"에스터가 당신에게 무슨 영(靈)이 붙어 있는지 말해 줬나요, 이페멜루?" 제마예가 문을 향해 걸어가면서 말했다. "내가 처음 여기서 일하기 시작했을 때 에스터가 계속 교회에 초대했는데 어느 날 색광(色光)의 영이 붙은 사람들을 위한 특별 기도 예배가 있을 거라고 하는 거예요. 나 같은 사람들을 말하는 거였죠."

"그건 완전히 터무니없는 소리는 아닌데요?" 도리스가 히죽거렸다.

"나한테 붙은 영은 뭐예요, 에스터?" 이페멜루가 물었다.

에스터는 웃으면서 고개를 젓더니 사무실을 나갔다.

이페멜루는 컴퓨터 앞으로 돌아갔다. 블로그의 제목이 방금 떠올랐다. 「라고스의 작은 구원」

"나는 제마예가 누구랑 데이트하는지 궁금해요?" 도리스가 말했다.

"남자 친구는 없다고 하던데요."

"나는 제마예가 모는 차 봤어요? 그 여자 월급으로는 그 자동차 전조등도 못 산다고요. 그렇다고 집이 부자이거나 한 것도 아니고요. 같이 일한 지 거의 일 년이 다 됐는데 난 아직도 제마예가 정말 뭘 하는지 몰라요?"

"어쩌면 집에 가서 옷을 갈아입고 밤에는 무장 강도가 될지도 모르죠." 이페멜루가 말했다.

"그러거나 말거나." 도리스가 말했다.

"우리는 교회에 관한 기사를 써야 해요." 이페멜루가 말했다. "에스터네 교회 같은 곳요."

"《조》에는 안 맞아요?"

"오네누 이모가 아무 업적도 없고 할 말도 없는 지루한 여자 세 명의 인터뷰를 싣고 싶어 하는 건 말이 안 돼요. 그냥 패션 디자이너가 되기로 결심한, 아무 재능 없는 젊은 여자들 인터뷰도 마찬가지고요."

"그 사람들이 오네누 이모한테 돈 주는 건 알죠?" 도리스가 물었다.

"돈을 준다고요?" 이페멜루가 도리스를 빤히 쳐다봤다. "아뇨, 몰랐어요. 내가 모른다는 건 당신도 알고요."

"뭐, 사실이 그래요. 대부분이 그렇죠. 이 나라에서는 많은 일이 그런 식으로 돌아간다는 걸 깨달아야 해요?"

이페멜루가 일어나서 자기 물건을 챙기기 시작했다. "당신 생각이 뭔지, 아니면 생각이라는 게 있기는 한지 정말 모르겠네요."

"그러는 너는 남을 헐뜯는 년이고?" 도리스가 눈을 부라리며 소리쳤다. 그런 갑작스러운 변화에 놀란 이페멜루는 어쩌면 도리스가 겉으로는 복고풍 외모를 꾸미고 있지만 누가 도발하면 갑자기 돌변해서 자기 옷을 찢고 길거리에서 싸우는 여자인가 보다고 생각했다.

"너는 가만히 앉아서 모든 사람을 비난하지." 도리스가 계속 말했다. "네가 뭔데? 왜 이 잡지의 주인공이 너라고 생각하는데? 이건 네 게 아니야. 오네누 이모가 자기 잡지가 이랬으면 좋겠다고 하면 시키는 대로 하든지, 아니면 여기서 일하면 안 되지?"

"당신은 얼굴에 로션이나 바르고, 그 끔찍한 빨간 립스틱으로 사람들 겁주는 거나 그만둬." 이페멜루가 말했다. "그리고 제대로 된 인생을 살아. 오네누 이모 비위나 맞추면서 끔찍한 잡지를 내도록 도와주는 게 무슨 기회를 가져다줄 거란 생각은 버려. 그런 일은 없을 테니까."

그녀는 방금 일어난 일로 스스로 천박한 사람이 됐다는 부끄러움을 느끼며 회사 건물을 나섰다. 어쩌면 이것이 회사를 그만두고 블로그를 시작하라는 계시인지도 몰랐다.

나오는 길에 에스터가 진심 어린 목소리를 낮게 깔며 말했다.

"기자님? 기자님한테는 남편감을 쫓아 버리는 영이 있는 것 같아요. 기자님은 너무 딱딱해서 남편감을 못 찾을 거예요. 하지만 우리 목사님이 그 영을 퇴치하실 수 있어요."

50

디케는 일주일에 세 번 심리 치료사에게 상담을 받았다. 이페멜루는 이틀에 한 번씩 그에게 전화했는데 그는 상담 얘기를 할 때도 있고 안 할 때도 있었지만 항상 그녀의 새로운 생활에 대해 듣고 싶어 했다. 그래서 그녀는 자기 아파트 얘기, 자신을 회사까지 태워다 주는 기사가 있다는 얘기, 옛 친구들을 만난다는 얘기, 일요일이면 도로가 텅텅 비어서 직접 운전하는 걸 좋아한다는 얘기를 했다. 일요일마다 라고스는 보다 부드럽게 변했고 교회에 가기 위해 환한 옷을 입은 사람들은 멀리서 보면 바람에 흔들리는 꽃처럼 보였다.

"넌 라고스를 좋아할 것 같아." 그러자 그녀의 말에 그가 놀랍게도, 열성적으로 이렇게 말했다. "나 거기 가도 돼, 누나?"

우주 고모는 처음에 망설였다. "라고스? 거기 안전하니? 너 디케가 무슨 일을 겪었는지 알잖아. 걔가 감당할 수 있을지 모르겠다."

"하지만 디케가 오고 싶다고 했어, 고모."

"디케가 가고 싶어 한다고? 걔가 언제부터 자기한테 좋은 게 뭔지 알게 됐니? 나를 자식 없는 엄마로 만들려고 한 애가 걔 아니니?"

하지만 우주 고모는 디케의 비행기표를 사 줬고 지금 이페멜루와 디케는 그녀의 차에 탄 채 오쇼디의 교통 체증 속을 기어가고 있었다. 디케는 휘둥그런 눈으로 창밖을 내다봤다. "세상에, 누나, 흑인이 한곳에 이렇게 많이 있는 건 처음 봐!" 그가 말했다.

그들은 패스트푸드점에 들러서 햄버거를 주문했다. "누나, 이거 말고기야? 이건 절대 햄버거가 아니야." 나중에 디케는 졸로프 밥과 튀긴 플랜틴만 먹게 됐다.

디케의 도착은 상서로웠다. 그녀가 블로그를 시작한 다음 날이자 회사를 그만둔 다음 주에 도착했기 때문이다. 오네누 이모는 그녀의 사직에 놀란 것 같지도 않았고, 그녀를 붙잡으려 하지도 않았다. "이리 와서 한번 안아 줘요." 오네누 이모가 얼빠진 표정으로 웃으면서 한 말은 그게 다였지만 반대로 이페멜루의 자존심은 상처 입었다. 하지만 이페멜루는 「라고스의 작은 구원」에 대한 낙관적인 기대로 가득 차 있었다. 타이틀 자리에는 버려진 식민지 풍 저택의 몽환적인 사진을 올렸다. 그녀의 첫 포스트는 프리예와의 짧은 인터뷰와 프리예가 준비한 결혼식 사진이었다. 이페멜루는 대부분의 장식이 야단스럽고 과하다고 생각했지만 그 포스트에는 특히 장식에 관한 열렬한 댓글들이 달렸다. 환상적인 장식. 프리예 씨, 제 결혼식도 해 주셨으면 좋겠어요. 훌륭합니다. 앞으로도 정진하시길. 제마예는 가명으로, 보디랭귀지와 섹스에 관한 글 "당신은 두 사람이 함께 있는 모습만 보고 섹스 하는 사이인지 알 수 있습니까?"를 썼다. 거기에도 많은 댓글이 달렸다. 하지만 지금까지 가장 많은 댓글이 달린 포스트는 이페멜루가 월드 나이지리안 클럽에 대해 쓴 글이었다.

라고스는 지금껏 한 번도 뉴욕 또는 다른 어떤 곳과 비슷했던 적도 없고, 앞으로도 영원히 비슷하지 않을 것이며, 그렇게 되고 싶어 한 적도 없다. 라고스는 늘 명백하게 자기 자신이었지만 일군의 젊은 귀국민들이 매주 모여서 마치 라고스가 뉴욕처럼 되려고 했던 적이 한 번이라도 있는 것처럼 라고스가 뉴욕과 다른 점에 대해 불평하는 월드 나이지리안 클럽이라는 모임에서는 이 사실을 알 수 없을 것이다. 여기서 밝힌다. 나도 그들 중 한 명이다. 우리 대부분은 돈을 벌기 위해, 사업을 시작하기 위해, 정부 계약 및 인맥을 갖기 위해 나이지리아에 돌아왔고 나머지 사람들은 주머니에 꿈을 품고 나라를 바꿔 보겠다는 갈망을 안고 돌아왔다. 하지만 우리는 나이지리아에 대해 불평하느라 시간을 다 보낸다. 우리의 불평이 설사 정당한 것이더라도 나는 이렇게 말하는 아웃사이더가 되는 상상을 해 본다. 네가 떠나온 곳으로 돌아가라! 당신의 요리사가 완벽한 파니니를 만들 수 없는 이유는 그가 멍청해서가 아니다. 나이지리아가 샌드위치를 먹는 사람들의 나라가 아니고, 그의 전 **오가**가 오후에 빵을 먹지 않았기 때문이다. 그래서 그에게는 훈련과 연습이 필요한 것뿐이다. 그리고 나이지리아는 음식 알레르기가 있는 사람들의 나라가 아니고, 음식을 구분과 분리의 수단으로 생각하는 까다로운 입맛을 가진 사람들의 나라가 아니다. 이곳은 소고기와 닭고기와 소 껍질과 내장과 말린 생선을 한꺼번에 넣고 끓인 수프를 먹는 사람들의 나라고 이것은 모둠이라 불린다. 그러니 잘난 척 그만하고 이곳의 삶의 방식이 그냥 그렇다는 것을, 모둠이라는 것을 깨달아라.

첫 댓글은 이랬다. 쓰레기 같은 글이네. 누가 관심이나 있대? 두 번째 댓글은 이랬다. 어머나, 드디어 이 얘기를 하는 사람이 나왔군요. 나이지리아 귀국민들의 오만함에 나 와. 내 사촌은 미국에서 육 년 살다 왔는데 며칠 전 아침에 내가 조카딸을 라고스 대학교 부설 유치원에 데려다주는 데 같이 갔어요. 그런데 교문 근처에서 학생들이 버스 타려고 줄 서 있는 걸 보더니 "와, 사람들이 줄을 다 서 있네!"라고 말하더군요. 또 다른 초반 댓글은 이랬다. 왜 해외 유학생들은 청년 봉사단[65] 배정지를 선택할 수 있습니까? 나이지리아에서 학교에 다니는 사람들은 임의 배정 되는데, 왜 해외 유학생들은 특별 대우를 받습니까? 이 댓글에는 본문보다 더 많은 댓글이 달렸다. 엿새째에는 방문 횟수가 아닌 순수 방문자 수가 만 명이나 됐다.

이페멜루는 댓글을 관리하면서 외설적인 댓글도 지우고 (자신이 활기 넘치는 뭔가의 최첨단에 있음을 느끼며) 그 모든 것의 생생함도 즐겼다. 그녀가 몇몇 젊은 라고스 여자의 사치스러운 생활 방식에 관한 긴 포스트를 올린 다음 날 라니이누도가 화가 머리끝까지 나서 전화했다. 수화기 너머로 씩씩대는 숨소리가 들렸다.

"이페멜루, 어떻게 이런 짓을 할 수가 있니? 나를 아는 사람은

---

65 나이지리아의 고등 교육 기관 졸업자는 의무적으로 일 년 동안 청년 봉사단에 복무해야 한다. 이들은 거주지에서 먼 지방에 배치되어 다른 부족의 생활 양식을 배운다.

누구나 이게 내 얘기라는 걸 알 거야!"

"그렇지 않아, 라니이누도. 그런 이야기는 정말 흔하다고."

"무슨 소리 하는 거야? 누가 봐도 나잖아! 이걸 봐!" 라니이누도는 말을 멈추고 큰 소리로 포스트를 읽기 시작했다.

라고스에는 출처를 알 수 없는 부를 누리는 젊은 여자가 많다. 그들은 자신의 수입으로는 감당할 수 없는 삶을 산다. 유럽에 갈 때 비즈니스석밖에 안 타 본 그들은 사실 이코노미석 표도 살 수 없는 직업을 가졌다. 광고업계에서 일하는 아름답고 똑똑한 내 친구도 그런 여자들 중 한 명이다. 그녀는 라고스섬에 살고 거물 금융인과 사귄다. 나는 그녀가 결국 라고스의 많은 여자들처럼 되어 버릴까 봐 걱정된다. 자기가 절대 가질 수 없는 남자를 통해 자신의 인생을 규정짓고 의존적인 사고방식에 의해 불구가 되어 눈에는 절박함을 담은 채 손목에는 명품 핸드백을 걸고 다니는 여자들 말이다.

"라니이누도, 솔직히 네 얘긴 줄 아무도 모를 거야. 지금까지 댓글을 단 사람은 전부 자기 얘기 같아서 공감된다는 말뿐이었어. 정말 많은 여자가 그런 관계에서 자아를 잃어버린다고. 내가 정말로 염두에 뒀던 건 우주 고모랑 장군님이었어. 그 관계가 고모를 망쳤거든. 고모는 장군님 때문에 다른 사람이 됐고 혼자 힘으로는 아무것도 할 수 없게 되더니 장군님이 죽자 완전히 자신을 잃어버렸지."

"네가 뭔데 그런 비난을 하는 거야? 그게 너랑 부자 백인 남자 친구의 관계랑 뭐가 달라? 그 사람이 아니었으면 너한테 지금 미국 시민권이 있었겠니? 미국에서 취직은 어떻게 했을 거고? 이런 말 같지도 않은 짓은 그만둬. 네가 남보다 우월하다는 착각은 버리라고!"

라니이누도는 전화를 끊어 버렸다. 충격받은 이페멜루는 한참 동안 전화기를 쳐다보았다. 그러고 나서 포스트를 내린 다음 라니이누도네 집으로 차를 몰고 갔다.

"라니이누도, 미안해. 제발 화내지 마." 그녀가 말했다.

라니이누도가 그녀를 지긋이 쳐다보았다.

"네 말이 맞아." 이페멜루가 말했다. "남을 비난하기는 쉽지. 하지만 너를 겨냥한 것도 아니었고 나쁜 뜻으로 쓴 글도 아니었어. 제발, **비코**. 다시는 네 사생활을 그런 식으로 침해하지 않을게."

라니이누도가 고개를 내저었다. "이페멜루남마, 네 문제는 감정적인 욕구 불만이야. 제발 오빈제를 찾아가."

이페멜루가 웃었다. 그것은 전혀 예상치 못한 말이었다.

"살부터 빼고." 그녀가 말했다.

"넌 그냥 두려운 거야."

이페멜루가 돌아가기 전에 그들은 함께 소파에 앉아 맥아음료를 마시면서 E! 채널에서 최신 연예 뉴스를 보았다.

디케가 이페멜루가 쉴 수 있도록 자신이 블로그 댓글을 관리하겠다고 자원했다.

"와, 누나, 사람들이 정말 자기 얘기처럼 받아들이는데!" 그가 말했다. 그리고 어떤 때는 댓글을 읽으며 큰 소리로 웃어 댔고, 또 어떤 때는 낯선 표현을 보고 무슨 뜻이냐고 물었다. "네 눈을 광내라."[66]가 무슨 말이야? 그가 라고스에 오고 나서 처음으로 전기가 나갔을 때 그는 무정전 전원 장치의 부릉거리고 윙윙대고 삑삑대는 소리에 깜짝 놀랐다. "세상에, 저거 무슨 화재경보기 같은 거야?" 그가 물었다.

"아니, 그냥 어이없는 단전 때문에 내 텔레비전이 고장 나지 않게 해 주는 거야."

"저게 더 어이없다." 디케가 말했다. 하지만 며칠이 지나자 전기가 나가면 그가 자진해서 아파트 뒤로 가서 발전기를 켜게 되었다. 라니이누도는 디케 또래의 사촌들을 데려와서 그에게 소개했다. 이 여자애들은 날씬한 엉덩이에 아슬아슬하게 걸린, 딱 달라붙는 청바지와 이제 막 자라기 시작한 가슴의 윤곽이 다 드러날 정도로 꽉 째는 티셔츠를 입고 있었다. "디케, 애들 중 한 명이랑 꼭 결혼해라, 오." 라니이누도가 말했다. "우리 집안에 괜찮은 애들이 필요하거든." "라니이누도 언니!" 그녀의 사촌 동생들은 창피해하면서 수줍음을 숨기려 애썼다. 그들은 디케를 좋아했다. 디케처럼 매력적이고, 유머 있고, 내면에 깃든 연약함을 솔직하게 드러내는 아이를 좋아하지 않기란 정말 어려운 일이었다. 그는 이페멜루가 찍어 준, 그와 라니이누도의 사촌들이 함께 베란다에 서 있는 사진을 페이스북에 올리고 이런 설명을 달았다. 아직 사자한테 잡아먹히진 않았습니다, 여러분.

"내가 이보어를 할 수 있으면 좋을 텐데." 디케가 이페멜루의 부모님과 함께 저녁을 보내고 나서 말했다.

---

66 피진 잉글리시로 '눈을 크게 떠라.' 또는 '경계해라.'라는 뜻이다.

"하지만 알아듣는 건 완벽하잖아." 그녀가 말했다.

"그냥 말할 수 있었으면 좋겠다고."

"지금부터 배워도 돼." 이것이 그에게 얼마나 중요한 일인지 확신이 안 선 그녀가 불현듯 필사적인 기분이 들어서 말했다. 또다시 그가 땀에 흠뻑 젖은 채 지하실 소파에 누워 있는 모습이 떠올랐다. 그녀는 무슨 말을 덧붙여야 하나 말아야 하나 고민했다.

"그래, 그렇겠지." 그가 이미 늦었다고 말하려는 듯이 어깨를 으쓱했다.

라고스를 떠나기 며칠 전에 그가 그녀에게 물었다. "우리 아버지는 어떤 사람이었어?"

"널 사랑했어."

"누나는 아버지를 좋아했어?"

그녀는 그에게 거짓말하고 싶지 않았다. "모르겠어. 그 사람은 군사 정부의 거물이었고, 그런 자리에 있으면 자신도 변하고 사람들과 맺는 관계도 변하게 돼. 나는 너희 엄마가 더 좋은 남자를 만나야 한다고 생각했기 때문에 엄마를 걱정했어. 하지만 엄마는 아버지를 사랑했어. 정말로 사랑했지. 그리고 아버지는 널 사랑했고. 너를 아주 소중하게 안고 다니곤 했어."

"엄마가 그렇게 오랫동안 아버지의 정부였다는 사실을 나한테 숨겼다는 게 믿어지지 않아."

"널 보호하려고 그런 거야." 이페멜루가 말했다.

"돌핀이스테이트 집, 지금 가서 볼 수 있어?"

"응."

그를 돌핀이스테이트에 데려간 그녀는 그 쇠락한 모습에 깜짝 놀랐다. 건물 벽의 페인트는 벗어지고 있었고, 거리에는 움푹 파인 곳이 너무 많았으며, 단지 전체가 개발 전의 허름한 모습으로 되돌아가 있었다. "그때는 훨씬 좋았었어." 그녀가 말했다. 그는 한동안 제자리에 서서 집을 바라보았다. 마침내 문지기가 "여보세요? 무슨 문제 있습니까?"라며 나타나고서야 그들은 차로 돌아왔다.

"내가 운전해도 돼, 누나?" 그가 물었다.

"진심이야?"

그가 고개를 끄덕였다. 그녀는 운전석에서 내려서 조수석 쪽으로 돌아갔다. 그는 집까지 운전해 가는 동안 오즈번 길에서 끼어들 때 살짝 머뭇거린 뒤부터는 더 자신감 있게 섞여 들었다. 뭐라 이름 붙일 수는 없었지만 이것이 그에게 중요한 뭔가를 의미한다는 걸 알 수 있었다. 그날 밤 전기가 나갔는데 발전기가 켜지지 않자 그녀는 운전사 아요가 등유 섞인 경유를 사 온 것이 아닌가 의심했다. 디케가 덥다고, 모기가 문다고 불평했다. 그녀는 창문을 열고 디케한테 셔츠를 벗으라고 했다. 두 사람은 침대에 나란히 누워서 두서없이 이런저런 얘기를 나눴고 그녀는 팔을 뻗어서 디케의 이마를 짚고 그가 잠들어서 부드럽고 고른 숨소리를 낼 때까지 그대로 있었다.

그날 아침, 하늘은 청회색 구름으로 뒤덮였고, 공기는 비 내릴 조짐으로 가득했다. 근처에서 새 떼가 빽 소리를 지르며 날아갔다. 곧 비가 내리고, 하늘에서 바다가 쏟아지고, 위성 방송 화면은 찌지직거리고, 전화는 먹통이 되고, 도로는 침수되고, 교통은 군데군데 정체될 것이었다. 작은 빗방울이 막 떨어지기 시작했을 때 그녀는 디케와 함께 베란다에 서 있었다.

"나 여기가 마음에 드는 것 같아." 그가 말했다.

그녀는 "너 나랑 같이 살아도 돼. 여기 네가 다닐 수 있는 좋은 사립 학교도 많아."라고 말하고 싶었지만 그러지 않았다.

그녀는 그를 공항에 데려다주고 그가 공항 검색대를 지나 손을 흔들고 모퉁이를 돌아 안 보이게 될 때까지 계속 바라보았다. 집에 돌아온 후 침실에서 거실로 나와 베란다로 갔다가 다시 돌아오는 발걸음이 공허하게 울렸다. 나중에 라니이누도가 그녀에게 말했다. "디케처럼 괜찮은 애가 왜 자살을 하고 싶어 했는지 이해가 안 가. 미국에서 살고 모든 걸 다 가진 애가 말이야. 어떻게 그럴 수 있지? 정말 외국인다운 행동이야."

"외국인다운 행동? 무슨 돼먹지 않은 소리를 하는 거야? 외국인다운 행동? 너 『모든 것이 산산이 부서지다』[67]도 안 읽었어?" 이페멜루는 라니이누도에게 디케 얘기를 하지 말걸 하고 후회하면서 그렇게 물었다. 그녀는 그 어느 때보다 라니이누도에게 화가 났지만 그녀가 좋은 뜻에서 한 말이라는 것도, 다른 많은 나이지리아인들 역시 그렇게 말하리라는 것도 알고 있었다. 그래서 그녀가 귀국 후에 다른 어느 누구한테도 디케의 자살 기도에 대해 말하지 않았던 것이다.

---

67 나이지리아의 소설가 치누아 아체베의 대표작. 19세기 말 서양에 의해 파괴되어 가는 전통 가치를 다룬 작품. 긍지 높은 이보족이었던 남자 주인공이 마지막에 자살한다.

51

그녀가 처음 은행에 갔을 때 무장 경비원들 앞을 지나서 삑삑 소리 나는 문으로 들어가는 것은 실로 두려운 일이었다. 그곳에서 그녀는 파란불이 들어올 때까지, 세워 놓은 관처럼 공기가 안 통하는 밀폐된 공간 안에 서 있었다. 은행들이 예전부터 이렇게 호사스러운 보안 장치를 갖췄던가? 미국을 떠나기 전에 뱅크오브아메리카에서 약간의 돈을 나이지리아로 송금하려 했더니 세 명의 다른 직원에게 똑같은 얘기를 해야 했고 그들 각각이 그녀에게 나이지리아는 고위험 국가라고 말했다. 고객님의 돈에 어떤 일이 일어나더라도 저희는 책임지지 않습니다. 이해하시겠어요? 마지막으로 만났던 여직원은 똑같은 말을 두 번 반복시켰다. 고객님, 죄송합니다. 잘 못 들었어요. 나이지리아가 고위험 국가라는 걸 고객님이 이해하셨는지 제가 알아야 하거든요. "이해했다고요!" 그녀가 말했다. 그들이 경고문을 읽고 또 읽어 주자 그녀는 공중을 꾸물꾸물 기어서 나이지리아로 가는 자신의 돈이 어떻게 될까 봐 두려워지기 시작했고 나이지리아 은행에 와서 싸구려 화환처럼 입구를 둘러싼 경비원들을 보자 더욱더 걱정이 됐다. 하지만 돈은 그녀의 계좌에 안전하게 있었다. 그리고 지금 은행으로 들어가면서 그녀는 고객 서비스 코너에 있는 오빈제를 보았다. 그는 그녀를 등지고 있었지만 키와 두상을 보고 그라는 걸 알았다. 그녀는 걱정으로 속이 울렁거려서 걸음을 멈추고는 마음이 안정될 때까지 그가 돌아보지 않길 바랐다. 그때 그가 돌아섰다. 하지만 오빈제가 아니었다. 목이 메었다. 머릿속이 유령으로 가득 찼다. 차로 돌아온 그녀는 에어컨을 켜고 그에게 전화하기로, 유령들에게서 벗어나기로 마음먹었다. 신호가 계속 가는데 그가 전화를 받지 않았다. 그는 이제 거물이었다. 모르는 번호에서 걸려 온 전화를 당연히 받을 리 없었다. 그녀는 문자를 보냈다. 천장, 나야. 거의 곧바로 그녀의 전화벨이 울렸다.

"여보세요? 이페멜루?" 그토록 오랫동안 듣지 못했던 그 목소리는 변한 것처럼 들리기도 했고, 변하지 않은 것처럼 들리기도 했다.

"천장! 잘 있었어?"

"돌아왔구나."

"응." 그녀의 손이 떨리고 있었다. 이메일을 먼저 보냈어야 했는데. 이제 그녀가 수다를 떨어야 했다. 그의 아내와 아이에 대해 물어보고 사실은 돌아온 지 좀 되었다는 말도 해야 했다.

"그래⋯⋯." 오빈제가 말꼬리를 길게 늘어뜨렸다. "잘 지냈어? 어디야? 언제 볼 수 있어?"

"지금은 어때?" 긴장할 때 종종 튀어나오는 무모함 때문에 그 말이 입 밖으로 튀어나온 것이었지만 어쩌면 지금 당장 그를 만나서 이 일을 해치워 버리는 것이 최선일지도 몰랐다. 좀 더 좋은 옷을 입었더라면 좋았을 텐데. 내가 제일 좋아하는, 날씬해 보이게 재단된 원피스였다면 좋았을 텐데 하고 그녀는 생각했다. 하지만 지금 입은, 무릎 길이 치마도 아주 나쁘진 않았고, 늘 자신감을 샘솟게 하는 하이힐도 신은 데다, 아프로 머리도 다행히 아직까진 (습기 때문에) 많이 주저앉지 않았다.

오빈제 쪽에서 침묵이 흐르자 ─ 뭔가 망설이나? ─ 그녀는 자신의 경솔함을 후회했다.

"사실 지금 회의에 좀 늦었거든." 그녀가 얼른 덧붙였다. "하지만 그냥 인사하고 싶었어. 그리고 조만간 만나자고……."

"이페멜루, 지금 어디야?"

그녀는 책을 사러 '재즈홀'에 가는 길이라 곧 도착할 거라고 말했다. 그리고 삼십 분 후 그녀가 서점 앞에 서 있을 때 까만 레인지로버가 와서 멈추더니 뒷좌석에서 오빈제가 내렸다.

파란 하늘이 무너지고 정적이 머물렀던 한순간, 두 사람 다 무엇을 해야 할지 모른 채 그는 그녀를 향해 걸어오고, 그녀는 햇빛에 눈을 찌푸린 채 서 있었다. 그가 그녀 앞에 도착하자 두 사람은 끌어안았다. 그녀는 그것을 친구끼리 하는 포옹으로, 전혀 이성 간의 감정이 없고 안전한 친구끼리의 포옹으로 만들기 위해 그의 등을 한 번, 두 번 두드렸지만 그는 그럴 생각이 없다고 말하려는 듯이 그녀를 굉장히 바짝 끌어당겼고 조금 너무 오랫동안 안고 있었다.

"오빈제 마두에웨시! 오랜만이야! 얘 좀 봐, 하나도 안 변했네!" 그녀는 정신이 없었고, 갑자기 튀어나온 새된 목소리에 짜증이 났다. 그는 부끄러운 기색도 없이 빤히 그녀를 쳐다보았지만 그녀는 그의 시선을 못 본 척했다. 손가락이 제멋대로 떨리는 것만으로도 충분히 낭패인데 굳이 그의 눈을 똑바로 볼 필요는 없었다. 두 사람이 뜨거운 태양 아래, 아월로워 길의 차들로부터 뿜어져 나오는 매연 속에 서 있는 그 상황에서.

"너 보니까 정말 좋다, 이페멜루." 그가 말했다. 그는 침착했다. 그녀는 그가 얼마나 침착한 사람인지 잊고 있었다. 그의 태도에는 여전히 십 대 시절의 흔적이 남아 있었다. 지나치게 아등바등하지 않는 사람, 여자애들은 사귀고 싶어 하고 남자애들은 되고 싶어 하는 사람.

"너 대머리구나?" 그녀가 말했다.

그가 웃으면서 자기 머리를 만졌다. "맞아. 민 머리에 가깝지만."

그는 자신이 대학 시절의 가냘픈 소년에서 더 살집 있는 근육질의 남자가 되기까지 있었던 일들을 쭉 들려줬다. 그 이야기를 다 들었기 때문인지 그녀의 기억 속 그보다 지금의 그가 더 작아 보였다. 하이힐을 신은 그녀가 그보다 키가 컸다. 그가 얼마나 절제된 매너를 가졌는지 잊은 적은 한 번도 없었지만 지금 무늬 없는 어두운색 청바지와 가죽 로퍼 차림으로, 굳이 그곳을 장악할 필요를 느끼지 않는다는 듯한 태도로 서점에 걸어 들어가는 그의 모습을 보니 그 사실이 새로이 상기됐다.

"앉자." 그가 말했다.

서점 안은 어둑하고 시원했으며, 약간 쓸쓸하고 여러 가지가 뒤섞인 분위기를 띠었다. 책, CD, 잡지가 낮은 책꽂이에 늘어놓여 있었다. 입구 옆에 선 남자가 머리에 쓴 커다란 헤드폰을 만지작거리면서 그들을 향해 고개를 까딱여 인사했다. 그들은 뒤편의 작은 카페에 마주 앉아 과일 주스를 주문했다. 오빈제가 휴대 전화 두 대를 탁자에 놓았다. 무음 상태인 두 대가 자주 번쩍였지만 그는 곁눈으로만 흘끗 보고 내버려 두었다. 그의 단단한 가슴을 보니 운동했음을 알 수 있었다. 몸에 딱 맞는 셔츠의 가슴 부분에 달린 주머니 두 개가 가로로 늘어나 있었다.

　"돌아온 지 꽤 됐구나." 그가 말했다. 그가 또다시 빤히 쳐다보자 그녀는 예전 기억이 떠올랐다. 예전에 그녀는 그가 자신의 마음을 읽을 수 있다고, 자신도 의식적으로는 깨닫지 못하는 점을 안다고 곧잘 느끼곤 했었다.

　"응." 그녀가 말했다.

　"그래, 뭘 사러 왔어?"

　"응?"

　"네가 사고 싶었던 책 말이야."

　"사실 그냥 여기서 너를 만나고 싶었어. 만약에 너를 다시 만난 게 내가 기억하고 싶은 일이 된다면 재즈홀에서 만난 모습으로 기억하고 싶었거든."

　"재즈홀에서 만난 모습으로 기억하고 싶었거든." 그가 그녀의 말을 따라 했다. 마치 그녀만 생각해 낼 수 있는 표현이라는 듯이 미소 지으면서. "너 솔직한 건 변하지 않았구나, 이페멜루. 정말 다행이야."

"나는 이미 이 시간을 기억하고 싶어질 거라고 생각하고 있어." 그녀의 긴장감이 사라져 갔다. 어색할 수밖에 없었던 순간은 이미 지나 있었다.

"혹시 지금 어디 가야 돼?" 그가 물었다. "좀 더 있을 수 있어?"

"응."

그가 휴대 전화를 둘 다 껐다. 라고스 같은 도시에서, 그 같은 사람에게는 드문, 온전히 그녀에게만 주의를 집중하겠다는 선언이었다. "디케는 어때? 우주 고모는 잘 지내시고?"

"다들 잘 있어. 디케도 이젠 괜찮아. 실은 날 만나러 여기 왔었어. 얼마 전에 갔지."

웨이트리스가 망고 오렌지 주스를 큰 컵에 담아 내왔다.

"돌아와서 가장 놀랐던 게 뭐야?" 그가 물었다.

"솔직히 전부 다야. 내가 어디 잘못된 줄 알았다니까."

"아, 지극히 정상이야." 그가 말했다. 그녀는 그가 자신의 기분을 풀어 주기 위해 늘 빨리 안심시키곤 했던 것을 떠올렸다. "나는 분명 너보다 훨씬 잠깐 나가 있었는데도 돌아와서 정말 놀랐어. 세상이 나를 기다려 줬어야 했는데 그러지 않았다는 생각이 계속 들었지."

"나는 라고스가 이렇게 물가가 비싼 곳이라는 걸 잊고 있었어. 나이지리아 부자들은 정말 믿기지 않을 만큼 돈을 많이 쓰는 것 같아."

"하지만 대부분은 도둑 아니면 거지야."

그녀가 웃었다. "도둑 아니면 거지라."

"정말이야. 그리고 그들은 돈을 많이 쓰기만 하는 게 아니라 많이 쓰는 걸 당연하게 여겨. 얼마 전에 어떤 남자를 만났는데 그 사람이 자기가 이십 년쯤 전에 위성 방송 안테나 사업 시작했던 얘기를 들려줬어. 그때는 위성 방송 안테나가 이 나라에 들어온 지 얼마 안 됐을 때라 대부분의 사람들이 모르는 것을 들여온 거였지. 그는 사업 계획을 세우고 충분한 이윤이 남을 만한 좋은 가격을 정했어. 그런데 자기 사업을 하고 있고 이 사업에도 투자할 예정이었던 친구가 그 가격을 보더니 두 배로 올리라는 거야. 그렇게 하지 않으면 나이지리아 부자들이 사지 않을 거라면서. 그래서 정말 두 배로 올렸더니 성공했지."

"말도 안 돼." 그녀가 말했다. "어쩌면 옛날부터 줄곧 이런 식이었는데 우리가 어려서 알 수 없었기 때문에 몰랐는지도 몰라. 예전에는 몰랐던 어른들의 나이지리아를 지금 보고 있는 것만 같아."

"맞아." 그녀는 자신이 "우리"라고 말한 데에 그가 기뻐하고 있음을 알 수 있었다. 그녀도 자기 입에서 그렇게 쉽게 "우리"가 나온 것이 기뻤다.

"이곳은 너무 계산적인 도시야." 그녀가 말했다. "우울할 정도로 계산적이지. 남녀 관계조차도 전부 계산적이야."

"어떤 관계는 그렇지."

"그래, 어떤 관계는." 그녀가 동의했다. 두 사람 다 아직 뭐라고 분명히 표현할 수 없는 것을 서로에게 말하고 있었다. 긴장감이 다시 손끝을 타고 기어오르는 것이 느껴지자 그녀는 농담을 하기 시작했다. "그리고 이것도 내가 잊고 있었던 건데 우리는 겉만 번지르르한 말을 잘해. 나는 내가 입에 발린 말을 하기 시작했을 때 정말 집에 돌아왔다는 걸 느꼈다고!"

오빈제가 웃었다. 그녀는 그의 조용한 웃음을 좋아했다. "나는 처음 돌아왔을 때 친구들이 전부 그렇게 금방 뚱뚱해지고 어마어마하게 술배가 나온 걸 보고 충격받았어. 난 생각했어. 무슨 일이 일어나고 있는 거지? 그리고 그들이 우리의 민주주의가 만들어 낸 새로운 중산층이란 것을 깨달았지. 그들에겐 직업이 있어서 훨씬 더 많은 맥주를 마시고 외식을 할 수 있는 돈이 있는데 너도 알다시피 우리에게 외식이란 닭고기랑 감자튀김이니까, 그래서 뚱뚱해진 거야."

이페멜루의 위장이 죄어 왔다. "뭐, 자세히 보면 네 친구들만 뚱뚱해진 게 아니라는 걸 알게 될 거야."

"오, 아니야, 이페멜루. 넌 뚱뚱하지 않아. 그런 데서는 굉장히 미국적이구나. 미국인들이 뚱뚱하다고 생각하는 건 그냥 보통 체형일 수도 있어. 내 얘기가 무슨 소리인지 알려면 내 친구들을 봐야 돼. 우체 오코예 기억나? 오쿠디바는? 걔들은 이제 셔츠 단추도 안 잠긴다고." 오빈제가 잠시 말을 멈췄다. "넌 체중이 좀 늘었지만 잘 어울려. 이 마카."

그에게서 아름답다는 말을 들으니 쑥스러웠다. 기분 좋은 쑥스러움이었다.

"옛날에는 내가 엉덩이가 없다고 놀렸잖아." 그녀가 말했다.

"그 말은 취소할게. 아까 문에서 너 먼저 들어가라고 한 데는 다 이유가 있었다고."

그들은 웃었다. 그리고 웃음소리가 잦아들자 낯선 친밀감 속에서 서로를 향해 미소 지으며 말없이 앉아 있었다. 그녀는 오빈제의 은수카 집 방바닥에 놓여 있던 매트리스에서 자기가 벌거벗은 채 일어설 때 그가 위를 올려다보며 "엉덩이 좀 흔들어 보라고 말하려고 했는데 이제 보니 흔들 게 없네."라고 하면 그녀가 장난으로 그의 정강이를 걷어차곤 했던 것을 기억했다. 그 선명한 기억, 그리고 뒤이은 폐부를 찌르는 듯한 갈망에 그녀는 다시 불안정해졌다.

"하지만 놀라운 걸로 치면, 천장." 그녀가 말했다. "네가 제일 놀랍지. 레인지로버를 타고 다니는 거물이라니. 돈이 생기고 나서 정말 많은 게 변했을 것 같아."

"응, 그런 것 같아."

"아, 정말?" 그녀가 말했다. "어떻게?"

"사람들이 나를 다르게 대해. 낯선 사람만이 아니라 친구들도 마찬가지야. 심지어 사촌인 은네오마 누나까지도. 사람들이 갑자기 나에게 아첨을 하기 시작해. 내가 그걸 기대한다고 생각하거든. 온갖 과장된 예의, 과장된 칭찬, 심지어 내가 받을 자격도 없는 과장된 존경까지. 전부 거짓이고 정말 천박해. 마치 너무 여러 가지 색을 칠한 형편없는 그림 같지. 하지만 어떤 때는 나조차 그걸 약간 믿을 때도 있고, 어떤 때는 내가 달리 보이기도 해. 하루는 고향 결혼식에 갔는데 내가 도착했을 때 사회자가 바보 같은 칭찬을 늘어놓기 시작하니까 내 걸음걸이가 달라진 걸 깨달았어. 다르게 걷고 싶지 않았지만 그러고 있더라고."

"뭐, 으스대면서 걷기라도 했어?" 그녀가 놀렸다. "나한테 보여 줘!"

"그러려면 네가 먼저 나를 찬양해야지." 그가 음료수를 홀짝였다. "나이지리아인들은 정말 비굴해질 수 있어. 우리는 자부심 있는 국민이지만 정말 비굴해질 수 있지. 우리가 거짓말쟁이가 되는 건 어렵지 않은 일이야."

"우리에겐 자부심은 있지만 품위는 없으니까."

"맞아." 그가 긍정하는 눈빛으로 그녀를 쳐다봤다. "그리고 계속 그런 과장된 아첨을 받다 보면 편집증에 걸리게 돼. 뭐가 참인지 진실인지 알 수 없게 돼 버리는 거지. 그러면 주위 사람도 편집증에 걸리는데 방식은 약간 달라. 친척들은 늘 나에게 말해. 먹는 장소를 조심해서 골라라. 심지어 여기 라고스에서도 친구들이 음식을 조심하라고 하지. 여자 집에서 먹지 말라고, 그 여자가 네 음식에 뭔가를 탈 거라고."

"그래서 그렇게 해?"

"뭘 그렇게 해?"

"음식을 조심하냐고."

"너희 집에서는 안 그럴 거야." 침묵. 그는 이제 대놓고 유혹하고 있었지만 그녀는 뭐라고 대꾸해야 할지 확신이 안 섰다.

"하지만 아니야." 그가 말을 계속했다. "내가 만약 누군가의 집에서 밥을 먹고 싶다면 그 사람은 내 음식에 **재즈**를 넣지 않을 사람일 거라고 생각하고 싶어."

"굉장히 절박하게 들린다."

"지금껏 내가 배운 사실 중 하나는 이 나라의 모든 사람들이 결핍의 사고방식을 가졌다는 거야. 우리는 부족하지 않은 것도 부족하다고 생각해. 그리고 그런 사고방식은 모든 사람에게 일종의 절박함을 가져다주지. 심지어 부자들에게까지도."

"너 같은 부자 말이구나." 그녀가 농담했다.

그는 침묵했다. 그는 말을 시작하기 전에 잠시 침묵할 때가 많았는데 그녀는 이것을 아름답다고 생각했다. 그가 마치 상대방을 굉장히 배려해서 자신이 할 말을 최선의 방식으로 나열하고 싶어 하는 것 같았기 때문이다. "나한테는 그런 절박함이 없다고 생각하고 싶어. 가끔은 내가 가진 돈이 정말 내 것이 아닌 것처럼, 남의 돈을 잠시 맡고 있는 것처럼 느껴지기도 해. 두바이에 부동산을 산 뒤에는, 나이지리아 밖에 산 건 그때가 처음이었는데, 거의 겁에 질리다시피 했어. 오쿠디바에게 말했더니 녀석은 나더러 미쳤다고, 인생이 내가 읽는 소설인 것처럼 굴지 좀 말라고 했어. 녀석은 내 재산에 이미 기가 눌려 있었지. 그러자 내 삶이 가식에 가식을 더한 것처럼 느껴졌고, 과거를 감상적으로 바라보게 됐어. 오쿠디바가 처음 살았던 수룰레레의 작은 아파트에 얹혀살 때, 나이지리아 전력 공사가 전기를 끊을 때마다 다리미를 가스레인지에 놓고 데우던 기억을 떠올리곤 했지. 그때 아래층 사람들이 전기가 다시 들어올 때마다 '주를 찬양하라!'라고 외치던 것, 그리고 발전기가 없어서 아무것도 할 수 없었던 시절에는 나조차도 전기가 다시 들어오는 순간이 뭔가 아름답다고 생각했던 것도 떠올랐어. 하지만 그건 바보 같은 감상이야. 왜냐하면 당연히 그때로 돌아가고 싶진 않으니까."

그녀는 그가 말하는 동안 자신이 그에게 반했다는 사실이 얼굴에 드러날까 봐 시선을 딴 데로 돌렸다. "물론 그러고 싶지 않겠지. 넌 네 인생을 좋아하니까." 그녀가 말했다.

"내 인생을 살 뿐이야."

"아, 우리는 정말 수수께끼 같은 존재야."

"너는 어때? 유명 인종 블로거, 프린스턴 연구비 수혜자이신 너는 어떻게 변했어?" 그가 팔꿈치로 탁자를 짚고 그녀 쪽으로 몸을 기울이며 미소 띤 얼굴로 물었다.

"내가 대학 다니면서 보모로 일할 때 하루는 내가 돌보는 애한테 이렇게 말하고 있는 거야. '넌 정말 능청꾸러기로구나!' 과연 '능청꾸러기'보다 더 미국적인 말이 있을까?"

오빈제는 웃고 있었다.

"그때 생각했지. 그래, 내가 조금은 변했나 보다." 그녀가 말했다.

"하지만 미국식 악센트는 안 쓰잖아."

"그러려고 노력했으니까."

"네 블로그를 읽고 깜짝 놀랐어. 너 같지가 않아서."

"그렇지만 나는 내가 그렇게 많이 변했다고 생각하지 않는데."

"오, 넌 변했어." 그의 말투에 담긴 확신이 그녀는 본능적으로 마음에 들지 않았다.

"어떻게?"

"몰라. 예전보다 자기 인식이 강해졌다고 할까. 말을 가려서 하게 된 것 같기도 하고."

"꼭 실망한 삼촌 같은 말투네."

"아니야." 또다시 침묵. 하지만 이번에는 하고 싶은 말을 참는 것 같았다. "하지만 네 블로그를 보니까 자랑스럽기도 했어. 난 생각했지. 애가 미국에 가서 배우더니 성공했구나."

그녀는 또 수줍음을 느꼈다. "성공한 건지는 모르겠어."

"네 미학관도 변했어." 그가 말했다.

"무슨 뜻이야?"

"너 미국에서 직접 고기 염장하고 그랬어?"

"뭐라고?"

"미국 상류층 사이에서 새로 유행하는 것에 관한 기사를 읽었거든. 방금 짠 우유를 먹고 싶어 하고 그런 거. 네가 머리에 꽃 꽂은 걸 보니까 어쩌면 너도 그런 데 심취했을지도 모른다는 생각이 들더라고."

그녀가 박장대소했다.

"하지만 정말, 네가 어떻게 변했는지 말해 봐." 그는 놀리는 투로 말했지만 그녀는 그의 질문에 약간 긴장했다. 그녀의 연약하고 부드러운 속마음에 너무 가까운 것 같았기 때문이다. 그래서 오히려 더 경쾌한 목소리로 말했다. "취향이 변한 것 같아. 얼마나 많은 게 추해 보이는지 믿을 수 없을 정도야. 이 도시에 있는 집 대부분을 참을 수가 없어. 나는 이제 원목 노출 서까래의 아름다움을 배워서 느낄 수 있는 사람이 됐다고." 그녀가 이렇게 말하며 눈알을 굴리자 그는 그녀의 자조에 미소 지었다. 그녀에게 그 미소는 몇 번이든 다시 타고 싶은 상처럼 느껴졌다.

"사실 일종의 우월감이긴 하지." 그녀가 덧붙였다.

"일종의 우월감이 아니라 그냥 우월감이야." 그가 말했다. "나도 예전에는 책에 대해 그랬어. 속으로 내 취향이 우월하다고 생각했지."

"문제는 내가 늘 속으로만 생각하는 게 아니라는 거야."

그가 웃었다. "아, 그건 우리 둘 다 아는 바야."

"네가 예전에 그랬다고? 무슨 일이 있었는데?"

"무슨 일이 있었냐 하면, 내가 어른이 됐지."

"어이쿠." 그녀가 말했다.

그는 아무 말도 하지 않았다. 약간 냉소적으로 치켜세운 그의 눈썹이 그녀도 어른이 돼야 한다고 말하고 있었다.

"요즘은 뭘 읽어?" 그녀가 물었다. "분명 출간된 미국 소설은 죄다 읽었겠지."

"요즘은 논픽션을 더 많이 읽어. 역사책이나 평전 같은 거. 주제도 미국뿐만 아니라 다른 모든 것에 관해서 읽고."

"뭐야, 애정이 식은 거야?"

"내가 미국을 돈으로 살 수 있다는 걸 깨달았을 때 그 광채가 사라졌어. 내가 가진 게 미국을 향한 열정뿐이었을 때는 비자를 주지 않더니 달라진 계좌 잔고를 보여 주니까 비자 받는 게 굉장히 쉽더라고. 몇 번 다녀왔어. 마이애미에 부동산을 사려고 알아보던 중이었거든."

그녀는 찌릿한 아픔을 느꼈다. 그가 미국에 왔었는데 자신이 몰랐다니.

"그래, 네 꿈의 나라에 대한 결론은 뭐야?"

"네가 처음 맨해튼에 갔을 때 나한테 보낸 편지에서 '근사했지만 천국은 아니었어.'라고 했던 게 기억나. 맨해튼에서 처음 택시를 탔을 때 그 생각을 했지."

그녀도 그 말을 썼던 걸 기억했다. 그와 연락을 끊기 얼마 전, 그를 몇 겹의 벽 너머로 밀어 내 버리기 전에. "미국의 가장 좋은 점은 숨 쉴 공간을 준다는 거야. 난 그게 좋아. 그리고 네가 네 꿈을 돈으로 산 것도 좋아. 거짓된 꿈이지만 어쨌든 네가 샀다는 게 중요해."

그는 그녀의 철학적인 얘기는 안중에 두지 않은 채 자기 유리잔을 내려다보았고 그녀는 방금 그의 눈에서 본 것이 분노인지, 그도 그녀가 완전히 연락을 끊었던 일을 떠올리고 있는지 궁금했다. 그가 "아직도 옛날 친구들이랑 친하게 지내?"라고 물었을 때는 그것이 그 오랜 세월 동안 연락을 끊고 지냈던 사람이 또 누구냐는 질문이라고 생각했다. 그녀는 그 얘기를 자기가 꺼내야 할지, 아니면 그가 꺼내길 기다려야 할지 고민했다. 그에게 빚이 있으니 그녀가 꺼내는 것이 옳았지만 무언의 공포, 섬세한 뭔가를 깨뜨릴지도 모른다는 공포가 그녀를 사로잡았다.

"라니이누도랑 프리예랑은. 나머지는 한때 친구였던 애들이지. 너랑 에메니케처럼 말이야. 네 이메일을 읽었을 때 에메니케가 그렇게 변했다는 사실이 놀랍지 않았어. 옛날부터 걔한테는 뭔가 이상한 점이 있었으니까."

그가 고개를 흔들더니 남은 음료수를 다 마셨다. 그는 아까부터 빨대를 옆에 빼 놓고 잔을 직접 입에 댄 채 홀짝이고 있었다.

"어느 날 런던에서 에메니케랑 같이 있는데 녀석이 자기랑 같이 일하는 나이지리아 남자가 Featherstonehaugh[68]를 발음할 줄 모른다고 비웃는 거야. 녀석은 그 남자가 했던 것처럼 철자 그대로 '페더스토노'라고 발음하고는 — 당연히 틀린 방법이었지. — 맞는 방법으로는 발음하지 않았어. 나도 그걸 어떻게 발음

---

[68] '팬쇼'라고 발음해야 한다.

해야 할지 몰랐는데 녀석은 내가 모른다는 걸 알면서도 끔찍했던 몇 분 동안 우리 둘이 그 남자를 비웃는 척했어. 사실은 당연히 그렇지 않았지. 녀석은 나까지 같이 비웃고 있었던 거야. 나는 그때를, 녀석이 한 번도 내 친구였던 적이 없었다는 사실을 깨달은 순간으로 기억해."

"얼간이네." 그녀가 말했다.

"얼간이. 아주 미국적인 단어야."

"그래?"

그는 당연한 걸 굳이 말할 필요 없다는 듯이 눈썹을 약간 추켜세웠다. "에메니케는 내가 추방된 후에 한 번도 연락을 하지 않았어. 그런데 작년에 누군가에게서 내가 요즘 잘나간다는 얘기를 들은 뒤부터 나한테 전화를 걸기 시작하더군." 오빈제는 "잘나간다"를 비아냥거림이 잔뜩 담긴 목소리로 말했다. "녀석은 우리가 같이 할 수 있는 사업이 없냐는 둥, 그런 말 같지도 않은 소리를 계속해 댔어. 그래서 어느 날 내가 말했지. 나는 네가 날 생각해 주는 척했을 때가 더 좋았다고. 그랬더니 그 후로는 전화 안 해."

"카요데는?"

"연락하고 지내. 미국 여자랑 애도 낳았다더라."

오빈제가 손목시계를 보더니 휴대 전화 두 개를 집어 들었다. "정말 가고 싶지 않지만 가야 해."

"응, 나도." 그녀는 이 순간을, 책 향기 가운데에 앉아서 오빈제를 다시 발견하는 순간을 더 늘이고 싶었다. 그들이 각자 차에 올라타기 전에 포옹하면서 서로에게 "정말 만나서 반가워."라고 속삭일 때 그녀는 그의 기사와 자신의 기사가 두 사람을 이상한 눈빛으로 쳐다보고 있으리라고 생각했다.

"내일 전화할게." 그는 이렇게 말했지만 그녀가 차 안에 제대로 앉기도 전에 그에게서 온 문자가 삑삑 울렸다. 내일 점심때 시간 있어? 시간은 있었다. 하지만 내일은 토요일이었으므로 그녀는 그가 왜 아내랑 아이와 함께 있으려 하지 않는지 물어야 마땅했고, 두 사람이 지금 정확히 뭘 하고 있는 건지에 관한 대화를 시작해야 마땅했지만, 그들 사이에는 함께했던 기나긴 시간과 끈끈한 연결 고리가 있었기에, 그의 문자는 꼭 두 사람 사이에 뭔가가 진행되고 있다는 혹은 대화가 필요하다는 의미일 필요가 없었으므로, 다음 날 그가 초인종을 눌렀을 때 그녀는 문을 열어 주었고 그는 들어와서 베란다에 있는 꽃, 화분에서 백조처럼 자라난 하얀 백합을 구경했다.

"오전 내내 「라고스의 작은 구원」을 읽었어. 솔직히 이 잡듯 샅샅이 읽었지." 그가 말했다.

그녀는 기뻤다. "어떻게 생각해?"

"월드 나이지리안 클럽에 관한 포스트가 좋았어. 약간 독선적이긴 했지만."

"그 말을 어떻게 받아들여야 할지 모르겠네."

"사실로 받아들여." 그가 한쪽 눈썹을 약간 치켜세우며 말했다. 그것은 새로운 기벽임이 분명했다. 그가 옛날에도 그랬던 기억은 없었다. "하지만 아주 훌륭한 블로그야. 용감하고 지적이지. 디자인이 굉장히 마음에 들더라고." 이번에도 그는 또다시 그녀를 안심시켰다.

그녀가 옆집 마당을 가리켰다. "알아보겠어?"

"아! 응."

"블로그에 딱 맞겠다 싶었어. 저렇게 아름다운 집이 이렇게 우아한 폐허 상태에 있다는 게 말이야. 게다가 지붕 위에는 공작도 있고."

"약간 법원처럼 생겼네. 난 항상 오래된 집이랑 거기 담긴 사연에 끌리더라." 그가 내구성이 있는지, 안전한지 확인하려는 듯 베란다의 가느다란 금속 난간을 잡아당기자 그녀는 기분이 좋았다. "누군가가 금방 저 집을 사서 허물고 너무 비싼 고급 아파트로 이루어진, 번쩍이는 단지를 세울 거야."

"너 같은 사람이 말이지."

"부동산업을 처음 시작했을 때는 낡은 집을 허무는 대신 개조할까 생각도 해 봤지만 말이 안 되는 얘기지. 나이지리아인은 낡았다는 이유로 집을 사진 않아. 완전히 개조한, 200년 된 제분소 곡창. 유럽인이 좋아할 만한 거지. 여기서는 절대 안 먹혀. 하지만 일리는 있어. 우리는 제3 세계 사람이고 제3 세계 사람은 미래 지향적이기 때문에 새것을 좋아해. 우리의 전성기는 아직 오지 않았으니까. 반면에 서양의 전성기는 이미 지났으니까 과거를 물신으로 만들어야 하는 거야."

"내가 이상한 거야, 아니면 너한테 강의하는 버릇이 생긴 거야?" 그녀가 물었다.

"말이 통하는 지적인 사람이랑 있는 게 신선해서 그래."

그녀는 시선을 돌리고, 이것이 그의 아내를 가리키는 말일까 고민하다가 그런 말을 한 그가 싫어졌다.

"네 블로그는 이미 구독자가 많아." 그가 말했다.

"나한테는 원대한 구상이 있어. 나이지리아를 여행하면서 각주(州)에서 사진이랑 사람들 이야기와 함께 특전(特電)을 올리는 거야. 하지만 일단은 천천히 진행하면서 블로그를 키우고 광고로 돈을 벌어야겠지."

"넌 투자자가 필요해."

"네 돈은 원치 않아." 그녀가 폐가의 무너진 지붕을 차분하게 바라보면서 약간 날카롭게 말했다. 그녀는 지적인 사람에 관한 그의 말에 짜증이 나 있었다. 그것이 지극히 당연하게 그의 아내에 관한 얘기였기 때문이다. 그녀는 그에게 왜 그런 말을 하는 거냐고 묻고 싶었다. 뒤돌아서 나한테 네 아내가 지적이지 않다는 말을 할 거면 애초에 왜 지적이지 않은 여자랑 결혼한 거야?

"저 공작새 좀 봐, 이페멜루." 그가 그녀의 짜증을 알아챈 듯 부드럽게 말했다.

그들이 바라보는 동안 공작은 나무 그늘에서 걸어 나와 지붕에서 자기가 제일 좋아하는 자리로 침울하게 날아오르더니 그곳에 서서 아래에 펼쳐진 쇠락한 왕국을 살펴보았다.

"몇 마리나 있어?" 그가 물었다.

"수컷 한 마리랑 암컷 두 마리. 예전부터 수컷의 짝짓기 춤을 보고 싶었는데 아직 한 번도 못 봤어. 쟤들이 아침마다 울음소리로 나를 깨워. 들어 본 적 있어? 뭔가 하기 싫어하는 애 울음소리 같아."

그때 공작이 가느다란 목을 이리저리 움직이더니 마치 그녀의 말을 듣기라도 한 듯 부리를 넓게 벌리고 목구멍에서 소리를 토해 내며 울었다.

"네 말이 맞네." 그가 그녀에게 다가오면서 말했다. "뭔가 아이 같은 데가 있어. 저 집을 보니까 내가 에누구에 산 집이 생각난다. 낡은 집이야. 전쟁 전에 지은 집인데 원래 허물려고 샀던 집이지만 놔두기로 결정했어. 굉장히 우아하고 편안하고, 넓은 베란다도 있고, 뒷마당에는 오래된 협죽도가 있지. 인테리어를 완전히 새로 하고 있어서 내부는 굉장히 현대적이 되겠지만 외부는 옛 모습 그대로 남길 거야. 이 얘기 듣고 웃으면 안 돼. 그 집을 봤을 때 시가 생각났어."

그가 "웃으면 안 돼."라고 말하는 투에 소년 같은 면이 있어서 그녀는 반은 놀리는 의미로, 반은 시를 생각나게 한 집이라는 얘기가 마음에 든다는 의미로 그에게 미소를 지어 보였다.

"언젠가 내가 모든 걸 두고 떠나게 되면 거기 가서 살 거야." 그가 말했다.

"사람들은 부자가 되면 정말 이상해지는구나."

"아니면 누구에게나 이상한 면이 있는데 단지 그걸 보여 줄 돈이 없는 게 아닐까? 너를 데려가서 그 집을 보여 주고 싶어."

그녀가 모호한 동의를 뜻하는 뭔가를 웅얼거렸다.

아까부터 계속해서 그의 전화가 울리고 있었다. 둔한 윙윙 소리가 주머니에서 끈질기게 들려왔다. 마침내 그가 전화기를 꺼내서 흘끗 보더니 말했다. "미안해, 이건 받아야겠어." 그녀는 고개를 끄덕이고 안으로 들어가면서 혹시 아내한테서 온 전화일까 생각했다.

거실에 있는 그녀에게 그의 목소리가 단편적으로 들렸다. 어조가 올라갔다 내려갔다 다시 올라갔고 이보어로 말하고 있었다.

그가 안으로 들어왔을 때에는 턱에 힘이 들어가 있었다.

"무슨 일이야?" 그녀가 물었다.

"우리 고향 출신 남자애야. 내가 학비를 내 주는데 이제는 저한테 무슨, 말도 안 되는 권리가 있다고 생각하는지 오늘 아침에, 휴대 전화가 필요하니까 금요일까지 보내 달라는 문자를 보낸 거야. 열다섯 살짜리가. 뻔뻔스럽게. 그러고는 나한테 전화를 하기 시작했어. 그래서 방금 야단치고 장학금도 취소한다고 말한 거야. 정신 좀 차리라고."

"친척이야?"

"아니."

그녀는 그가 더 말해 주길 기다렸다.

"이페멜루, 나는 부자들이 해야 할 일을 해. 내 고향과 어머니 고향 출신 학생 100명에게 장학금을 주고 있어." 그가 어색하게 무심한 투로 말했다. 이것은 그가 얘기하고 싶은 주제가 아니었다. 그는 그녀의 책꽂이 옆에 서 있었다. "거실이 정말 예쁘네."

"고마워."

"책은 다 갖고 돌아온 거야?"

"거의."

"아. 데릭 월컷이네."

"내가 정말 좋아하는 시인이야. 드디어 시를 좀 이해하게 됐거든."

"그레이엄 그린도 보이네."

"너희 어머니 때문에 읽기 시작했어. 『사건의 핵심』을 정말 좋아해."

"난 어머니가 돌아가신 후에 읽으려고 해 봤어. 좋아하고 싶었지. 내가 좋아할 수만 있었다면……." 그가 책을 어루만지면서 말 끝을 흐렸다.

애석해하는 그의 모습이 그녀를 감동시켰다. "진정한 문학 작품이야. 200년 후에도 읽힐, 인간의 이야기지." 그녀가 말했다.

"꼭 우리 어머니처럼 말하네." 그가 말했다.

그는 익숙함과 낯섦을 동시에 느꼈다. 갈라진 커튼 사이로 초승달 모양의 빛이 거실을 가로질러 떨어졌다. 그들은 책꽂이 옆에 서 있었고, 그녀는 자기가 마침내 처음으로 『사건의 핵심』을 읽었을 때 이야기를 하고 있었고, 그는 특유의 집중하는 태도로 그녀의 말을 꿀꺽꿀꺽 삼키듯 귀 기울이고 있었다. 그들은 책꽂이 옆에 서 있었고, 그의 어머니가 얼마나 자주 그에게 그 책을 읽으라고 했었는지 얘기하며 웃고 있었다. 그리고 그들은 책꽂이 옆에 서서 키스하고 있었다. 처음에는 입술과 입술이 포개지는 부드러운 키스였지만 그다음에는 그들의 혀가 맞닿았고 그녀는 뼈가 흐물흐물해지면서 그에게 기댔다. 그가 먼저 몸을 뗐다.

"난 콘돔 없어." 그녀가 뻔뻔하게, 일부러 더 뻔뻔하게 말했다.

"점심 먹는 데 콘돔이 필요한 줄은 몰랐는데."

그녀가 그를 장난스럽게 때렸다. 수백만 가지 불확실성이 그녀의 온몸을 침입했다. 그녀는 그의 얼굴을 보고 싶지 않았다. "우리 집에 와서 청소하고 요리해 주는 애가 있어서 냉동실에는 스튜가 잔뜩 있고 냉장실에는 졸로프 밥이 있어. 여기서 점심 먹어도 돼. 뭐 마실 거 줄까?" 그녀가 부엌 쪽으로 돌아섰다.

"미국에서 무슨 일이 있었어?" 그가 물었다. "왜 갑자기 연락을 끊었던 거야?"

이페멜루는 계속 부엌을 향해 걸어갔다.

"왜 갑자기 연락을 끊었던 거야?" 그가 다시 한번 조용히 말했다. "제발 무슨 일이 있었는지 말해 줘."

그녀는 작은 식탁을 사이에 두고 그의 맞은편에 앉아서 펜실베이니아주 아드모어의 썩은 눈빛을 한 테니스 코치에 대해 이야기하기 전에 두 사람이 마실 망고 주스 두 잔을 따랐다. 그녀는 아직도 생생하게 기억하는 그 남자의 사무실을, 스포츠 잡지 더미와 축축한 냄새까지 자세하게 묘사했지만 그가 자신을 침실로 데려간 부분에 이르러서는 간단히 이렇게만 말했다. "나는 옷을 벗고 그가 하라는 대로 했어. 거기가 젖었다는 걸 믿을 수 없었지. 그가 미웠어. 그리고 내가 미웠어. 내가 정말 미웠어. 마치 내가, 뭐랄까, 나를 배신한 것 같았지." 그녀가 잠시 말을 멈췄다. "그리고 너도."

한참 동안 그는 아무 말도 하지 않은 채 이야기를 흡수하듯 시선을 내리깔고 있었다.

"그 일에 대해 많이 생각하진 않아." 그녀가 덧붙였다. "기억은 하지만 곱씹지는 않아. 내가 곱씹도록 내버려 두지 않지. 지금 이렇게 얘기하는 것도 되게 낯설어. 우리 관계를 망친 이유라기엔 너무 바보같이 들리겠지만 그 일 때문이었어. 그리고 시간이 지나면 지날수록 어디서부터 바로잡아야 할지 모르겠더라고."

그는 여전히 말이 없었다. 그녀는 벽에 걸린 디케의 캐리커처 — 귀를 익살스럽게 뾰족하게 그린 — 액자를 쳐다보며 오빈제가 지금 어떤 기분일까 생각했다.

마침내 그가 말했다. "네가 얼마나 비참하고 외로웠을지 상상이 안 가. 나한테 말했어야지. 나한테 말했으면 정말 좋았을 텐데."

그의 말이 그녀의 귀에는 노래처럼 들렸고 그녀는 자신이 숨을 불규칙하게 쉬면서 공기를 벌컥벌컥 들이마시고 있음을 느꼈다. 그녀는 울지 않을 것이었다. 이렇게 오랜 시간이 흐른 뒤에 우는 것은 우스꽝스러운 일이었다. 하지만 그녀의 눈에 눈물이 차올랐고, 가슴이 돌을 얹은 듯 답답했고, 목구멍이 따가웠다. 눈물이 간지럽게 느껴졌다. 그녀는 아무런 소리도 내지 않았다. 그가 그녀의 손을 끌어당겨 탁자 위에서 양손을 꼭 쥐었고 그들 사이에 침묵이 점점 커져 갔다. 두 사람이 잘 아는, 오래된 침묵이었다. 그녀는 그 침묵 속에 있었고 이제 안전했다.

52

"탁구 치러 가자. 내가 빅토리아아일랜드에 있는 작은 회원제 클럽에 다니거든." 그가 말했다.

"나 안 친 지 오래됐는데."

그녀는 중등학교 시절에 전교 챔피언이었던 그를 항상 이기고 싶었던 것, 그리고 그가 놀리듯이 "전략을 쓰고 힘은 빼. 열정으로는 어떤 경기도 이길 수 없어. 사람들 말은 신경 쓰지 마."라고 말하곤 했던 것을 기억했다. 지금도 그는 뭔가 비슷한 말을 했다. "평계로는 경기를 이길 수 없어. 전략을 써야지."

오늘은 그가 직접 운전해서 온 모양이었다. 차에 타서 시동을 걸자 음악이 흘러나왔다. 브래킷의 「요리 요리」였다.

"아, 나 이 노래 좋아해." 그녀가 말했다.

그가 소리를 키웠고 그들은 함께 따라 불렀다. 그 노래의 생기와 흥겨운 리듬, 아무 사심 없는 단순함에 공기가 밝음으로 가득 찼다.

"아니 아니! 너 돌아온 지 얼마나 됐다고 벌써 이 노래를 그렇게 잘 부르는 거야?" 그가 물었다.

"내가 제일 먼저 한 일이 최신 유행가 따라잡기였거든. 요즘 음악은 다 신나더라."

"맞아. 요즘은 나이트클럽에서도 나이지리아 음악을 틀어."

그녀는 이 순간을 기억하게 될 것이다. 오빈제의 레인지로버 안에서 그의 옆에 앉아 교통 체증 속에서 「요리 요리」를 듣고 있을 때 ── 너의 사랑은 내 심장을 요리 요리 하게 해. 아무도 나처럼 너를 사랑할 순 없어. ── 그들 옆에는 번쩍이는 혼다 최신 모델이 있고, 앞에는 백 년은 된 것처럼 보이는 낡은 닷슨이 있었던 순간을.

탁구를 몇 판 친 후에 ── 치는 내내 그녀를 장난스럽게 놀리면서 그가 전부 이긴 ── 그들은 작은 식당에서 점심을 먹었다. 바에 앉아서 신문을 읽는 여자 외에 손님은 그들뿐이었다. 안 그래도 작은 검은 재킷이 터질 것 같아 보일 정도로 뚱뚱한 남자 지배인이 자꾸 그들 자리에 와서 "불편하신 점은 없으신가요, 사장님. 다시 뵙게 돼서 정말 기쁩니다, 사장님. 사업은 좀 어떠신가요, 사장님."이라고 말했다.

이페멜루가 몸을 앞으로 숙이면서 오빈제에게 물었다. "언제쯤 저 사람 입을 다물게 할 거야?"

"내가 너한테 무시당하고 있는 것처럼 보이지 않으면 저렇게 자주 오지도 않을 거야. 너는 그 전화기에 중독됐어."

"미안해. 블로그 좀 확인하느라고." 그녀는 마음이 편안하고 행복했다. "있잖아, 너도 내 블로그에 글 좀 써 줘."

"내가?"

"응, 내가 숙제를 내 줄게. 젊고 잘생긴 부자로 사는 위험에 대해서는 어때?"

"내가 개인적으로 공감할 수 있는 주제라면 기꺼이 쓸게."

"안전에 대해서는 어때? 나는 안전에 대해 뭔가 쓰고 싶어. 혹시 제3 메인랜드 대교에서 무슨 일 있었던 적 없어? 누가 그러는데, 나이트클럽에서 늦게 나와서 메인랜드로 돌아가던 길에 다리 위에서 타이어가 펑크 났는데 그냥 계속 달렸대. 다리 위에서 차를 세우는 게 너무 위험해서 말이야."

"이페멜루, 나는 레키에 살고 나이트클럽 안 다녀. 예전엔 몰라도 지금은."

"알았어." 그녀가 또 전화기를 흘끗댔다. "난 그냥 새롭고 생생한 내용을 자주 올리고 싶을 뿐이야."

"주의가 산만하네."

"툰데 라자크 알아?"

"모르는 사람도 있어? 왜?"

"그 사람을 인터뷰하고 싶어서. '내부인이 본 라고스'라는 연재 기사를 매주 쓰고 싶은데, 가장 흥미로운 사람부터 시작하려고."

"그 인간이 어디가 흥미로운데? 아버지 돈으로 먹고사는 라고스 바람둥이에, 차기네 집안이 경유 수입 독점권으로 돈을 벌어들인 건 대통령과의 연줄 덕분이라고 한 거?"

"게다가 음반 제작자 겸 체스 챔피언이기도 하잖아. 내 친구 제마예랑 아는 사인데 내가 자기 저녁 초대에 응해 줘야만 인터뷰를 하겠다고 이메일을 보냈대."

"네 사진을 어디서 봤나 보지." 그리고 오빈제가 벌떡 일어나면서 의자를 하도 세게 밀쳐 내는 바람에 그녀는 깜짝 놀랐다. "그 자식은 개새끼야."

"진정해." 그녀가 재미있어하며 말했다. 그의 질투에 그녀는 기뻤다. 아파트로 돌아가는 길에 그는 또다시 「요리 요리」를 틀었고 그녀가 몸을 흔들면서 팔로 춤을 추자 아주 즐거워했다.

"네가 마신 채프먼 칵테일은 무알코올인 줄 알았는데." 그가 말했다. "다른 노래를 틀고 싶어. 이 노래를 들으면 네가 생각나거든."

오비원의 「오비 무 오」가 시작돼서 노랫말이 차 안을 채워 가는 동안 그녀는 말없이 가만히 앉아 있었다. 이건 내가 한 번도 느껴 본 적 없는 감정이야……. 이 감정이 사라지게 두지 않을 거야. 오빈제는 남자 목소리와 여자 목소리가 이보어로 노래하는 부분을 따라 부르면서 마치 이 가사 — 그가 그녀를 아름답다고 하고, 그녀가 그를 아름답다고 하고, 두 사람이 서로를 진정한 친구라고 부르는 — 가 그들이 지금 서로에게 하는 말이라는 듯이 그녀를 흘끗흘끗 쳐다봤다. 느와니 오마, 느워케 오마, 오말리차 느와, 에지그보 오이 음 오.

그녀를 내려 주면서 몸을 구부려 뺨에 입 맞출 때도 그는 혹시라도 너무 가까이 다가가거나 그녀를 안기라도 할까 봐 머뭇거렸다. 서로에게 끌리는 힘에 자신이 굴복할까 봐 두려운 듯했다. "내일 만날 수 있어?"라고 그가 묻기에 그녀는 그렇다고 대답했다. 다음 날 찾아간 호숫가의 브라질 레스토랑에서는 이페멜루가 토할 것 같다고 말할 때까지 웨이터가 고기와 해산물이 잔뜩 꽂힌 꼬치를 끊임없이 가져다주었다. 그리고 그다음 날 그는 그녀에게 저녁 식사 같이 하겠냐고 묻고 나서 그녀를 이탈리아 레스토랑에 데려 갔다. 가격은 지나치게 비싼데 맛은 그저 그런 음식과 나비넥타이를 맨 채 느릿느릿 움직이는 애절한 웨이터들을 보니 그녀의 마음에 희미한 슬픔이 차올랐다.

돌아오는 길에 오발렌데를 지나가는데 복잡한 길가를 따라 탁자와 가판대가 죽 늘어서 있고 행상인들의 남포등에서 오렌지색 불꽃이 깜박거렸다.

이페멜루가 말했다. "잠깐 차 세우고 튀긴 플랜틴 사자!"

오빈제는 한참 앞에서 빈 자리를 발견하고 맥줏집 앞에 천천히 차를 갖다 댔다. 그가 벤치에 앉아서 술 마시는 남자들에게 편안하고 따뜻한 태도로 인사하자 그들이 그에게 소리쳤다. "치프! 어서 가쇼! 당신 차는 안전해요!"

튀긴 플랜틴 행상인은 튀긴 고구마도 같이 사라고 이페멜루를 설득하려 했다.

"아뇨, 플랜틴만 주세요."

"아카라[69]는 어때요, 이모? 지금 나 만들어요. 아주 신선해요."

"알았어요." 이페멜루가 말했다. "네 개 주세요."

"먹고 싶지도 않은 아카라는 왜 사?" 오빈제가 재미있어하며 물었다.

"왜냐하면 이게 진짜 사업이기 때문이야. 이 여자는 자기가 만

---

[69] 강두 반죽을 공 모양으로 빚어 야자유에 튀긴 다음 반으로 갈라 새우와 토마토 등으로 만든 매콤한 페이스트를 발라 먹는 나이지리아의 길거리 음식.

드는 걸 팔고 있어. 장소를 파는 것도 아니고, 기름의 출처를 파는 것도 아니고, 콩을 간 사람의 이름을 파는 것도 아니야. 단지 자기가 만드는 걸 팔고 있을 뿐이라고."

차로 돌아온 그녀는 기름이 잔뜩 묻은 플랜틴 봉지를 열고 완벽하게 튀겨진 자그마한 노란 조각을 입속에 집어넣었다. "이게 아까 레스토랑에서 내가 다 먹을 수도 없었던, 버터에 풍덩 빠진 그것보다 훨씬 나아. 그리고 이걸 먹고는 식중독에 걸릴 수도 없어. 튀길 때 세균이 다 죽었기 때문에." 그녀가 덧붙였다.

그는 미소 띤 채 그녀를 쳐다봤고 그녀는 자기가 말을 너무 많이 하나 생각했다. 그녀는 이 기억 또한 간직하게 될 것이다. 수백 개의 작은 불빛으로 밝혀진 밤의 오발렌데, 가까이에서 들리던 취객의 높아진 목소리, 그리고 차 옆을 지나가던 덩치 큰 여자의 흔들리는 엉덩이를.

그가 자신과 함께 점심 먹으러 갈 수 있냐고 묻기에 그녀는 어디선가 들은, 새로 생긴 저렴한 식당을 제안했다. 그리고 거기서 닭고기 샌드위치를 주문한 후 구석에서 담배 피우는 남자에 대해 불평했다. 그러자 오빈제가 "담배 갖고 불평하다니 정말 미국적이네."라고 말했는데 그 말이 비난조인지 아닌지 알 수가 없었다.

"샌드위치에 감자튀김도 따라 나오나요?" 이페멜루가 웨이터에게 물었다.

"네, 부인."

"진짜 감자도 있나요?"

"네?"

"여기 감자는 수입 냉동 감자예요, 아니면 생감자를 직접 썰어서 튀기나요?"

웨이터는 기분이 상한 듯했다. "수입 냉동 감자입니다."

웨이터가 가고 나자 이페멜루가 말했다. "저 냉동 감자는 끔찍한 맛이야."

"저 웨이터는 네가 진짜 감자를 달라고 했다는 게 믿어지지 않을 거야." 오빈제가 건조하게 말했다. "저 사람한테 진짜 감자는 후진 거니까. 여기가 우리의 새로운 중산층 세계라는 걸 잊지 마. 우리는 처음으로 되돌아가서 소 젖통에서 직접 우유를 받아 마시기는커녕 풍요의 첫 번째 단계도 아직 마치지 못했다고."

그가 그녀를 내려 줄 때마다 그가 그녀의 볼에 입 맞추고 나서 두 사람이 서로 몸을 기대고 있다가 다시 떼면 그녀가 "안녕."이라고 말하고 차에서 내리는 것이 반복되었다. 닷새째 되던 날 그의 차가 그녀의 아파트로 들어서는데 그녀가 물었다. "지금 주머니에 콘돔 있어?"

그는 한동안 말이 없었다. "아니, 주머니에 콘돔 없어."

"내가 며칠 전에 한 상자 사 뒀거든."

"이페멜루, 왜 이런 얘길 하는 거야?"

"너는 결혼해서 애가 있고 우리는 서로에게 몸이 달아 있잖아. 이런 순진한 데이트로 누굴 속이려는 거야? 그러니까 빨리 해치우는 편이 나아."

"그런 빈정거림으로 뭘 숨기려는 거야." 그가 말했다.

"아, 얼마나 고상하신 분이신지." 그녀는 화가 났다. 그를 다시 만난 지 채 일주일도 안 됐는데 벌써 화가 나고 분통이 터졌다. 그가 그녀를 내려 주고 그의 다른 삶, 진짜 삶으로 돌아갈 것이었기 때문이다. 그리고 그녀는 그 삶의 세세한 부분을 그릴 수 없고 그가 어떤 침대에서 잠을 자는지, 어떤 접시에 밥을 먹는지 알지 못했기 때문이다. 그녀는 과거를 돌아보기 시작한 후로 그와의 관계에 대해서도 생각했지만 빛바랜 이미지와 희미한 대사밖에 기억나지 않았다. 그런데 지금 그의 실체, 그의 손에 끼워진 은반지의 실체를 마주하고 보니 그에게 익숙해지는 것, 빠져 버리는 것이 두려웠다. 혹은 이미 빠졌다는 사실을 알기 때문에 두려움을 느끼는 것인지도 몰랐다.

"왜 돌아오자마자 나한테 전화 안 했어?" 그가 물었다.

"몰라. 일단 정착부터 하고 싶었어."

"내가 네 정착을 도와주고 싶었는데."

그녀는 아무 말도 하지 않았다.

"아직도 블레인이랑 사귀는 거야?"

"무슨 상관이야? 유부남인 네가?" 그녀가 지나치게 신랄하게 빈정거렸다. 그녀는 초연하고, 침착하고, 이성적이고 싶었다.

"안에 잠깐 들어가도 돼? 얘기 좀 하게."

"안 돼. 블로그 자료 조사해야 돼."

"이페멜루, 제발."

그녀가 한숨을 쉬었다. "알았어."

안에 들어가서 그는 소파에 앉고 그녀는 그에게서 최대한 멀리 떨어진 팔걸이의자에 앉았다. 그가 무슨 말을 하려는지는 몰라도 자기가 듣고 싶지 않은 말일 거란 생각에 그녀는 갑자기 토할 것 같은 공포를 느꼈다. 그래서 생뚱맞게 말했다. "제마예는 바람피우고 싶어 하는 남자들을 위한 유머러스한 안내서를 쓰고 싶어 해. 하루는 자기 남자 친구가 연락이 안 된 적이 있었는데 나중에 나타나서는 자기 전화기가 물에 빠졌었다고 하더라는 거야. 제마예의 말에 따르면, 전화기가 물에 빠졌다는 건 제일 흔해 빠진 얘기래. 그게 재밌었어. 난 한 번도 못 들어 본 얘기였거든. 그래서 그 안내서에 나올 규칙 1번은 '절대 전화기가 물에 빠졌다고 말하지 마라.'야."

"이건 바람같이 느껴지지 않는걸." 그가 조용히 말했다.

"너희 집사람이 너 여기 있는 거 알아?" 그녀는 그를 놀리고 있었다. "바람피우는 남자들 중에 몇 명이나 이건 바람같이 느껴지지 않는다고 말하는지 궁금하다. 내 말은, 바람같이 느껴진다고 말할 때가 있기는 하냐는 거지."

그때 그가 자리에서 일어났는데 움직임이 워낙 느릿해서 그녀는 처음에 그가 자기한테 다가오거나 아니면 화장실에 가고 싶은가 보다고 생각했지만 그는 현관문으로 걸어가더니 문을 열고 나가 버렸다. 그녀는 문을 빤히 쳐다보았다. 그리고 한참 동안 가만히 앉아 있다가 집중이 안 돼서 일어나서 왔다 갔다 하면서 그에게 전화를 해야 하나 말아야 하나 고민했다. 그녀는 전화하지 않기로 결심했다. 그의 행동, 그의 침묵, 그의 가식에 화가 났다. 몇 분 뒤 초인종이 울렸을 때에도 한편으로는 문을 열기가 망설여졌다.

하지만 그녀는 문을 열었고, 그들은 소파에 나란히 앉았다.

"그렇게 가 버려서 미안해." 그가 말했다. "네가 돌아온 후로는 줄곧 제정신이 아니었어. 그리고 네가 우리 사이를 흔해 빠진 관계처럼 말하는 것도 마음에 안 들었고. 사실이 아니니까. 그건 너도 알 거라고 생각해. 너는 나한테 상처 주려고 그런 말을 했겠지만 더 큰 이유는 너 자신이 혼란스럽기 때문이야. 우리가 다시 만나서 많은 얘기를 했어도 여전히 많은 얘기를 피하고 있는 게 너에게 힘들리란 건 알아."

"네 말, 무슨 암호 같아." 그녀가 말했다.

그는 스트레스를 받아서 턱에 힘이 들어가 있었고, 그녀는 그에게 키스하고 싶어 미칠 지경이었다. 그가 똑똑하고 자신만만한 건 사실이었지만 그에게는 마치 과거의 어딘가에서 가져온 듯한 순진한 구석, 자만 없는 자신감이 있었고 그녀는 그런 모습이 사랑스러웠다.

"내가 아무 말도 하지 않았던 이유는 때때로 너랑 같이 있는 것만으로도 정말 행복해서 망치고 싶지 않았기 때문이야." 그가 말했다. "그리고 다른 어떤 말보다 먼저 하고 싶은 말이 있었기 때문이기도 하고."

"난 네 생각 하면서 자위해." 그녀가 말했다.

그가 약간 평정을 잃은 시선으로 그녀를 빤히 쳐다보았다.

"우린 지금 연애 중인 미혼 남녀가 아니야, 천장." 그녀가 말했다. "우리가 서로에게 끌린다는 건 부인할 수 없으니까 거기에 대해 얘기해야 할지도 모르지."

"이게 섹스 얘기가 아닌 건 너도 알잖아." 그가 말했다. "섹스 얘기였던 적은 한 번도 없어."

"알아." 그리고 그녀가 그의 손을 잡았다. 그들 사이에 존재하는 욕망에는 무게도, 솔기도 없었다. 그녀가 몸을 숙이며 그에게 키스하자 그는 처음엔 반응이 느렸지만 나중에는 그녀의 블라우스를 밀어 올리고 브래지어 컵을 끌어 내려서 그녀의 가슴을 드러냈다. 그녀는 예전에 그가 자신을 얼마나 꼭 끌어안았었는지를 분명히 기억했지만 그들의 결합에는 새로운 면도 있었다. 그들의 몸이 기억하는 동시에 기억하지 못했기 때문이다. 그녀는 그의 가슴에 있는 흉터를 어루만지면서 다시 기억에 새겼다. 예전에는 늘 '사랑을 나누다'라는 표현은 약간 감상적이고 그보다는 '성교하다'가 더 정확하고 '섹스 하다'는 더 자극적이라고 생각했었다. 그런데 관계가 끝난 뒤에 둘 다 미소를 띠고, 때때로 소리 내어 웃으면서 그의 옆에 누워 있는데 평온이 온몸에 번져 가는 것이 느껴지면서 '사랑을 나누다'가 얼마나 적절한 표현인가 하는 생각이 들었다. 항상 무감각했던 부위인 손발톱에조차도 찌릿함이 느껴졌다. 그녀는 그에게 말하고 싶었다. "네 생각을 안 하고 지나간 주는 한 번도 없었어." 하지만 이 말이 사실인가? 물론 그녀의 삶을 이루는 여러 층 밑에 그를 숨겨 두었던 주도 있긴 했지만 지금 이 순간만큼은 그 말이 사실처럼 느껴졌다.

그녀가 상체를 일으켜 세우며 말했다. "다른 남자랑 할 때는 늘 천장을 봤었는데."

그가 아주 길고 느리게 미소를 지었다. "나는 오랫동안 어떻게 느껴 왔는지 알아? 내가 행복해질 순간을 기다리고 있는 것만 같은 느낌이었어."

그가 일어나서 화장실로 갔다. 그녀는 그의 작은 키, 다부지고 단단한 작은 몸이 매력적이라고 생각했다. 그녀는 그의 작은 키에서 생존력을 보았다. 그는 어떤 역경도 헤쳐 나갈 수 있을 것이고 쉽게 흔들리지 않을 것이었다. 그가 돌아오자 그녀는 배고프다고 말했고 그가 냉장고에서 오렌지를 찾아내어 껍질을 깐 뒤에 둘이 나란히 앉아서 오렌지를 먹은 다음 완전한 충만함 속에서 벌거벗은 채 서로 뒤엉켜 있다가 그녀가 잠들어 버리는 바람에 그가 언제 갔는지도 몰랐다. 깨어나 보니 컴컴하고 흐리고 비 오는 아침이었다. 전화벨이 울리고 있었다. 오빈제였다.

"몸은 좀 어때?" 그가 물었다.

"찌뿌둥해. 어제 무슨 일이 있었는지 모르겠네. 네가 나 유혹했어?"

"너희 집 현관문에 자동 잠금장치가 있어서 다행이야. 문 잠그라고 널 깨우기는 싫었거든."

"네가 나 유혹한 거 맞네."

그가 웃었다. "거기로 가도 돼?"

그녀는 그가 "거기로 가도 돼?"라고 할 때의 말투가 좋았다.

"그래. 비가 억수같이 퍼붓네."

"정말? 여기는 비 안 오는데. 난 지금 레키야."

그녀는 자신이 있는 곳에는 비가 오고, 겨우 몇 분 떨어진 그가 있는 곳에는 비가 오지 않는다는 사실에 바보처럼 흥분됐다. 그래서 기쁨으로 가득 차서 애태우며, 그들이 함께 비를 볼 수 있게 될 때까지 기다렸다.

53

　그렇게 해서 상투로 가득한, 그녀의 흥분되는 나날이 시작되었다. 그녀는 자신이 완전히 살아 있다고 느꼈고, 그가 현관에 도착할 때마다 심장이 빠르게 뛰었으며, 선물을 풀어 보듯 매일 아침을 맞이했다. 그리고 한껏 스스로를 의식하면서 웃거나 다리를 꼬거나 엉덩이를 살짝 흔들곤 했다. 또한 자기 잠옷 셔츠에서 그의 향수 냄새 — 약한 감귤류와 나무 향기 — 가 나도록 최대한 오래 빨지 않았고, 그가 세면대에 흘린 핸드크림 닦아 내는 것을 미뤘으며, 사랑을 나눈 뒤에는 마치 다음번까지 그의 정수를 보존하려는 것처럼 그의 머리가 놓였던 베개의 완만히 파인 자리를 손대지 않고 놔두었다. 그들은 곧잘 베란다에 서서 폐가 지붕 위의 공작을 바라보다가 서로 손을 잡곤 했는데 그때마다 그녀는 속으로 이 일을 함께 하게 될 다음번, 그다음 번을 생각하곤 했다. 이렇게 내일을 고대하는 것, 그것이 바로 사랑이었다. 내가 십 대 때도 이렇게 느꼈던가? 이런 감정은 어처구니없어 보였다. 그녀는 그가 문자에 바로 답장을 하지 않으면 조바심쳤다. 그녀의 마음은 그의 과거에 대한 질투로 어두워졌다. "너는 내 생애 최고의 사랑이야." 그는 그녀에게 이렇게 말했고 그녀는 그를 믿었지만 그래도 그가 잠깐이라도 사랑했던 여자들, 그의 생각 속에 한 자리를 차지했던 여자들에게 질투가 났다. 그녀는 그를 좋아하는 여자들도 질투했다. 그렇게 잘생기고 지금은 부자이기까지 한 그가 이곳 라고스에서 얼마나 많은 주목을 받을까 상상하면서. 처음으로 그를 제마예 — 딱 붙는 치마와 통굽 구두 차림으로 나온 호리호리한 제마예 — 에게 소개했을 때 그녀는 불편함을 억누르느라 혼났다. 제마예의 감탄하는 기민한 눈에서 라고스의 모든 굶주린 여자의 눈빛을 보았기 때문이다. 하지만 그것은 그녀의 상상에 의한 질투였을 뿐, 그는 거기에 전혀 기여한 바가 없었다. 그는 진심으로, 투명하게 그녀에게 헌신했다. 그녀는 그가 얼마나 진지하고 신중한 청자인가에 새삼 경탄했다. 그는 그녀가 그에게 한 말을 전부 기억했다. 그녀는 한 번도 이렇게 누군가가 자신의 말을 듣고 진심으로 귀 기울여 주는 경험을 해 본 적이 없었기 때문에 그가 새로이 소중해졌다. 통화 끝에 그가 작별 인사를 할 때마다 그녀는 심장이 덜컥 내려앉았다. 정말 어처구니없었다. 그들의 십 대 시절 사랑은 훨씬 덜 멜로드라마 같았다. 아니면 상황이 다르기 때문인지도 몰랐다. 지금 그들의 머리 위에는 그가 절대 얘기하지 않는 결혼이 어렴풋하게 나타나기 시작하고 있었다. 때때로 그가 "일요일에는 오후 늦게나 갈 수 있어." 또는 "오늘은 일찍 가야 해."라고 말할 때 전부 그의 아내 얘기임을 그녀도 알았지만 두 사람 다 거기에 대해 그 이상은 얘기하지 않았다. 그는 굳이 하려고 하지 않았고 그녀는 하고 싶지 않거나, 아니면 하고 싶지 않다고 자신을 타일렀다. 그녀는 그의 이런저런 행동이 놀라웠다. 그녀를 공공연히 점심 식사에, 저녁 식사에, 그리고 웨이터가 그녀를 "사모님"이라고 부르는 — 그녀가 그의 아내일 거라고 추측한 모양이었다. — 회원제 클럽에 데리고 다니는 것. 그가 자정 너머까지 그녀와 함께 있고, 사랑을 나눈 뒤에도 절대 샤워를 하지 않는 것. 그가 그녀의 손길과 체취가 남은 채로 집에 가는 것. 그것은 자신이 할 수 있는 데까지 최대한 이 관계를 존중하고 (당연히 숨기고 있지만) 숨기지 않는 척하기로 결심했기 때문이었다. 한번은 늦저녁의 어슴푸레한 빛 속에서 서로 부둥켜안고 침대에 누워 있는데 그가 모호하게 "오늘 밤은 자고 갈 수 있어. 자고 가고 싶어."라고 말한 적이 있었다. 그녀는 얼른 안 된다고만 하고 다른 말은 하지 않았다. 그녀는 그의 곁에서 눈뜨는 것에 익숙해지고 싶지 않았으므로 그가 왜 오늘 밤은 자고 갈 수 있는지 생각하지 않도록 마음을 다잡았다. 그렇게 그의 결혼이 아무런 얘기도, 질문도 없이 그들의 머리 위에 걸려 있던 어느 날 저녁이었다. 그녀가 외식하고 싶지 않다고 했더니 그가 열성적으로 말했다. "스파게티랑 양파 먹어. 내가 요리해 줄게."

"배만 안 아픈 거면 괜찮아."

그가 웃었다. "난 요리가 그리워. 집에서는 못하거든." 그리고 그 순간 그의 아내는 방 안의 어두운 유령 같은 존재가 되었다. 그가 "일요일에는 오후 늦게나 갈 수 있어." 또는 "오늘은 일찍 가야 해."라고 말할 때 그랬던 것과는 전혀 다른 방식으로, 구체적이고 위협적인 존재가 되었다. 그녀는 그에게 등을 돌리고 노트북을 열어 블로그를 확인하기 시작했다. 몸속 깊은 곳의 용광로에 불이 켜졌다. 그도 자신이 한 말의 갑작스러운 중요성을 느낀 게 분명했다. 불현듯 그녀에게 다가와 옆에 섰기 때문이다.

"코시는 처음부터 내가 요리하는 걸 싫어했어. 아내란 마땅히 어때야 한다는, 정말 기본적이고 일반적인 사고방식을 갖고 있어서 내가 요리를 하고 싶어 하면 자신을 힐난하는 거라고 생각했지. 내가 보기엔 바보 같은 생각이지만. 그래서 그만둔 거야. 평화롭게 살기 위해서. 오믈렛 정도 만드는 게 다야. 우리 둘 다, 내가 만든 오누그부 수프가 아내 것보다 맛없는 척해. 내 결혼 생활에는 하는 척하는 게 많아, 이페멜루." 그가 말을 멈췄다. "아내와 결혼했던 건 내 마음이 약해졌을 때였어. 그때 내 인생에 큰 사건이 많았거든."

그녀가 여전히 그를 등진 채 말했다. "오빈제, 제발 가서 스파게티나 만들어."

"나는 코시한테 굉장한 책임감을 느끼지만 그게 내가 느끼는 감정의 전부야. 네가 그 사실을 알아주었으면 좋겠어." 그는 그녀의 어깨를 잡고 부드럽게 돌려서 그녀가 자신과 마주 보게 했는데 마치 하고 싶은 말이 더 있지만 자기가 말할 수 있도록 도와 달라는 듯한 표정을 하고 있어서 그녀는 새로운 분노가 치솟는 것을 느꼈다. 그녀는 다시 노트북으로 몸을 돌렸다. 다 때려 부수고 불을 싸지르고 싶은 충동이 목구멍까지 차올랐다.

"내일 툰데 라자크랑 저녁 먹을 거야." 그녀가 말했다.

"왜?"

"그러고 싶으니까."

"저번에는 안 먹겠다며."

"네가 집에 가서 아내랑 침대에 누우면 무슨 일이 일어나는데? 무슨 일이 일어나냐고." 그녀는 이렇게 물으면서 자신이 울고 싶어 하는 것을 느꼈다. 그들 사이의 무언가가 깨지고 망가져 있었다.

"넌 가는 게 좋겠어." 그녀가 말했다.

"싫어."

"오빈제, 제발 가 줘."

그는 가기를 거부했다. 나중에 그녀는 그가 가 버리지 않은 것에 감사함을 느꼈다. 결국 그가 스파게티를 만들었지만 그녀는 목구멍이 바짝 마르고 식욕도 사라져서 음식을 뒤적거리기만 했다.

"나는 너한테 아무것도 요구하지 않을 거야. 나는 성인이고 이 관계를 시작할 때부터 네 처지를 이미 알고 있었으니까." 그녀가 말했다.

"그런 말 하지 마." 그가 말했다. "무서워. 내가 필요 없다는 말로 들려."

"네 얘기가 아니야."

"알아. 그게 이 관계에서 네가 약간의 존엄성을 느낄 수 있는 유일한 방법이란 것도 알고 있어."

그녀는 그를 쳐다봤다. 그의 이성적인 면마저도 짜증이 나기 시작했다.

"사랑해, 이페멜루. 우린 서로 사랑하잖아." 그가 말했다.

그의 눈에 눈물이 고여 있었다. 그녀도 울기 시작하자 울음이 멈추지 않았고 그들은 서로를 껴안았다. 나중에 둘이 함께 침대에 누워 있을 때 하도 사위가 조용해서 그의 배에서 나는 꾸르륵 소리가 엄청 크게 느껴졌다.

"내 배야, 네 배야?" 그가 장난스럽게 물었다.

"당연히 네 배지."

"우리가 처음 사랑을 나눴을 때 기억나? 네가 내 위에 서 있었잖아. 나는 네가 내 위에 서 있는 게 좋았어."

"이젠 못 그래. 내가 너무 뚱뚱해서 네가 깔려 죽을 거야."

"그만해."

마침내 그가 일어나서 느리고 머뭇거리는 동작으로 바지를 입었다. "내일은 못 와, 이페멜루. 딸을 데려다……."

그녀가 말허리를 잘랐다. "괜찮아."

"금요일에는 아부자에 가." 그가 말했다.

"응, 얘기했어." 그녀는 버림받을 것 같다는 느낌을 떨치려 애쓰고 있었다. 그가 떠나고 문이 찰칵하고 닫히는 소리가 들리자마자 그 느낌에 압도당할 것이 분명했다.

"같이 가자." 그가 말했다.

"뭐?"

"아부자에 같이 가자고. 일정은 회의 두 번뿐이니까 주말을 둘이 보낼 수 있어. 다른 곳에 가는 거, 얘기하는 거, 다 우리한테 좋을 거야. 그리고 너 아부자에는 한 번도 안 가 봤잖아. 네가 원하면 호텔 방도 두 개 잡을 테니까. 가겠다고 해. 제발."

"갈게." 그녀가 말했다.

이제껏 자신에게 허락한 적 없는 일이었지만 그가 간 후에 그녀는 페이스북에서 코시의 사진을 봤다. 코시의 미모는 깜짝 놀랄 정도였다. 그 광대뼈, 깨끗한 피부, 완벽하게 여성스러운 몸매까지. 그러다가 안 예뻐 보이는 각도에서 찍은 사진 한 장을 보았을 때 그녀는 그것을 한참 동안 뜯어보면서 작지만 심술궂은 즐거움을 발견했다.

그녀가 미용실에 있을 때 그에게서 문자가 왔다. 이페멜루, 미안해. 아부자에는 나 혼자 가야 할 것 같아. 여러 가지 생각할 시간이 필요해. 사랑해. 그녀는 손가락을 부들부들 떨면서 그 문자를 들여다보다가 딱 두 단어로 된 답장을 보냈다. 비겁한 새끼. 그리고 미용사에게 고개를 돌렸다. "그 빗으로 내 머리 드라이하려고요? 장난이죠? 당신들 생각이 있는 거예요, 없는 거예요?"

미용사는 어리둥절한 표정이었다. "이모, 죄송해요, 오. 하지만 지난번에도 이 빗 썼는데요."

이페멜루의 차가 집에 다다랐을 때에는 이미 오빈제의 레인지로버가 아파트 앞에 주차되어 있었다. 그는 2층까지 그녀를 따라 올라왔다.

"이페멜루, 제발 이해해 줬으면 좋겠어. 내 생각엔 우리 사이의 모든 게 조금 너무 빨랐던 것 같아. 그래서 멀리서 객관적으로 생각해 볼 시간을 갖고 싶어."

"조금 너무 빨랐다?" 그녀가 그의 말을 따라 했다. "정말 진부하네. 전혀 너답지 않아."

"내가 사랑하는 여자는 너야. 그 사실은 절대 변하지 않아. 하지만 난 내가 해야 하는 일에 대한 책임감을 느낀다고."

그녀는 움찔하며 그에게서 물러났다. 그의 쉰 목소리, 모호하고 의미 없는 말들. "내가 해야 하는 일에 대한 책임감"이 뭐란 말인가? 그녀를 계속 만나고 싶지만 이혼은 할 수 없다는 뜻인가? 아니면 더 이상 그녀를 만날 수 없다는 뜻인가? 그는 자기가 원할 때는 명확하게 표현하는 사람이었지만 지금은 애매한 말 뒤에 숨고 있었다.

"무슨 말을 하는 거야?" 그녀가 그에게 물었다. "나한테 무슨 말을 하려는 거냐고!"

그가 아무 말이 없자 그녀가 말했다. "지옥에나 가 버려."

그녀는 침실로 들어가서 문을 잠갔다. 그리고 침실 창문에서, 그의 레인지로버가 길모퉁이를 돌아 사라질 때까지 지켜보았다.

54

 아부자에는 멀리 보이는 지평선과 널찍한 도로, 그리고 특유의 질서가 있었다. 라고스에서 이곳에 온다는 것은 곧 이러한 질서에 의한 관행과 공간의 차이에 어안이 벙벙해지는 것을 뜻했다. 심지어 공기에서도 권력의 냄새가 났다. 이곳의 모든 사람은 상대방이 얼마나 '대단한 사람'일까 궁금해하며 다른 모든 사람을 평가했다. 어디를 가나 돈, 쉽게 번 돈, 쉽게 다른 것과 맞바꾼 돈 냄새가 났다. 그리고 질펀한 섹스의 기운이 흘렀다. 오빈제의 친구 치디는 장관이나 상원 의원에게 밉보이고 싶지 않기 때문에 아부자에서는 여자를 쫓아다니지 않는다고 했다. 이곳의 매력적인 젊은 여자는 모두 은연중에 거물의 애인으로 간주되었다. 치디는 말했다. 아부자는 라고스보다 이슬람교적 성향이 강해서 보수적이고 파티에서 야한 옷을 입은 여자도 볼 수 없지만 섹스는 오히려 더 쉽게 사고팔 수 있어. 오빈제가 코시를 두고 바람피우기 직전까지 갔던 곳 역시 아부자였다. 상대는 컬러 렌즈와 출렁이는 가발로 화려하게 치장하고 끈덕지게 그에게 같이 자자고 했던 여자들이 아니라 호텔 바의 옆자리에 앉아서 "당신도 지루한 거 알아요."라고 말했던, 카프탄을 입은 중년 여자였다. 무모한 모험에 굶주려 보였던 그녀는 어쩌면 그날 하룻밤만 탈출한, 억눌리고 불만스러운 주부였는지도 몰랐다.

욕정, 몸이 떨릴 정도로 원초적인 욕정이 한순간 그를 압도했지만 일이 끝난 뒤에 자신이 얼마나 더 지루해질까, 얼마나 여자를 호텔 방 밖으로 내보내고 싶을까를 생각하니 모든 것이 지나치게 수고롭게 느껴졌다.

그녀는 결국 흔한 아부자 남자 중 한 명을 만나게 될 터였다. 호텔과 잠깐씩 머무는 집들을 전전하며 겉만 번지르르하고 게으른 삶을 사는 남자, 계약을 따내거나 계약과 관련된 청탁을 받기 위해 연줄 있는 사람들에게 굽실대고 알랑대는 남자. 지난번 아부자에 왔을 때 오빈제가 잘 모르는 그런 남자 한 명이 바 저쪽 끝에 앉은 젊은 여자 둘을 한동안 쳐다보다가 그에게 지나가는 말처럼 "남는 콘돔 있어요?"라고 물어서 흠칫한 적이 있었다.

그리고 지금 프로테아 아소코로 호텔에서 하얀 식탁보를 씌운 테이블에 앉아 그의 땅을 사고 싶어 하는 사업가 에두스코를 기다리면서 그는 이페멜루가 곁에 있다고 상상하며 그녀라면 아부자를 어떻게 생각했을까 상상했다. 그녀는 아부자를, 아부자의 삭막함을 싫어했을 것이다. 아니, 아닐지도 모른다. 그녀는 예측하기 어려운 여자였다. 한번은 침울한 웨이터들이 주위를 서성이는, 빅토리아아일랜드의 레스토랑에서 저녁 식사를 하는데 그녀의 마음이 딴 데 가 있는 듯하고 시선은 그의 뒷벽을 향해 있어서 그녀에게 뭔가 언짢은 일이 있나 걱정한 적이 있었다. "무슨 생각해?" 그가 물었다.

"라고스의 모든 그림이 항상 똑바로 걸려 있지 않고 삐뚤어진 것처럼 보인다는 생각을 하고 있어." 그녀가 말했다. 그는 웃으면서, 그녀랑 있으면 다른 어떤 여자랑 있을 때와도 다르게 자신이 즐겁고 깨어 있고 살아 있다고 생각했다. 나중에 레스토랑에서 나올 때 그녀가 출입구 옆 도로의 물웅덩이를 재빨리 피하는 것을 보면서 그녀를 위해 라고스에 있는 모든 도로를 평평하게 만들고 싶은 열망을 느꼈다.

그는 마음속으로 잔뜩 걱정하고 있었다. 숙고할 거리가 있으니 이페멜루와 함께 아부자에 오지 않길 잘했다고 생각하다가도 다음 순간에는 금방 자책하는 마음으로 가득 찼다. 그가 그녀를 밀어 내 버린 것일지도 몰랐다. 그는 그녀에게 몇 번이나 전화하고, 대화 좀 하자는 문자를 보냈지만 그녀는 전부 무시했다. 하지만 그에게는 어쩌면 그 편이 나을지도 몰랐다. 막상 대화를 하게 되면 뭐라고 말해야 할지 몰랐기 때문이다.

에두스코가 도착한 게 분명했다. 레스토랑 입구에서 왕왕 울리는 큰 목소리가 바로 통화 중인 그의 목소리였다. 오빈제는 그를 잘 알지 못했지만 — 공통의 친구에게 소개받아 딱 한 번 거래한 적이 있을 뿐이었다. — 그 같은 사람을 존경했다. 어떤 '거물'도 모르는 사람, 연줄이 없는데도 자본주의의 단순한 논리를 거스르지 않는 방법으로 돈을 번 사람. 에두스코는 초등학교만 나와서 장사꾼 밑에 도제로 들어갔다. 그리고 오닛샤의 가판대 하나에서 시작해 지금은 전국에서 두 번째로 큰 운송업체의 주인이 되었다.

그는 불룩 나온 배를 내밀고 엉터리 영어로 크게 떠들면서 성큼성큼 걸어서 레스토랑 안으로 들어왔다. 자기 자신을 의심해 볼 생각 따위는 들지 않는 게 분명했다.

나중에 땅값을 흥정할 때 에두스코가 말했다. "이봐요, 형제. 그 값에는 절대 팔지 못할 거요. 아무도 안 살 테니까. **이페 에시카 키타.** 지금 불황에 타격 안 입은 사람이 없다고."

"조금만 더 써요, 형제. 지금 우리가 얘기하는 땅은 당신 고향 마을이 아니라 아부자 마이타마에 있잖아요." 오빈제가 말했다.

"배가 불렀구먼. 뭘 더 원하는 거요? 이봐요, 당신네 이보족은 이게 문제요. 형제간의 정이 없어. 그래서 내가 요루바족을 좋아하는 거요. 그 사람들은 서로 편의를 봐주거든. 요전번에 내가 우리 집에서 가까운 세무서에 갔는데 거기 있는 남자가 이보족이길래 이름표를 보고 이보어로 말을 걸었더니 대꾸조차 안 하지 뭐요! 하우사족 사내라면 다른 하우사족에게 하우사어로 얘기할 거요. 요루바족 남자는 어디서든 요루바족을 보면 요루바어로 얘기할 거고. 하지만 이보족 남자는 다른 이보족한테 영어로 말할 거요. 당신이 나한테 이보어로 말해서 깜짝 놀랐다니까."

"사실입니다." 오빈제가 말했다. "슬픈 일이죠. 패배한 민족으로서 물려받은 유산이니까요. 우리는 비아프라 전쟁[70]에서 지면서 부끄러워하는 법을 배웠죠."

---

70 1967~1970년 이보족이 비아프라 공화국의 분리 독립을 선언하고 중앙 정부와 벌였던 전쟁. 이보족 수백만 명이 전쟁과 기아로 사망한 끝에 결국 패배를 선언했다.

"그건 그냥 이기적인 거요!" 에두스코가 오빈제의 지적인 분석 같은 건 안중에도 없다는 듯 말했다. "요루바족은 자기 형제를 돕지만 당신네 이보족은? 이 **가아시콰**. 나한테 이 가격을 부르는 걸 봐요."

"좋아요, 에두스코. 내가 이 땅을 공짜로 드리면 어떻겠습니까? 지금 당장 땅문서를 가져와서 드리도록 하죠."

에두스코가 웃음을 터뜨렸다. 그가 자신을 좋아한다는 걸 오빈제는 알 수 있었다. 그는 에두스코가 자수성가한 이보족 — 자신만만한 노력가들, 거대한 사업체를 묘기하듯 운영하면서 방대한 대가족을 부양하는 남자들 — 모임에서 자신에 대해 얘기하는 장면을 상상했다. **오빈제 마 이페**, 하고 말하는 것을 상상했다. 오빈제는 돈만 많고 쓸모없는 몇몇 꼬맹이와는 달라. 이 친구는 바보가 아니라고.

오빈제는 거의 비어 가는 걸더 병을 바라보았다. 이페멜루가 없으니 모든 것이 광채를 잃었다는 사실이 신기했다. 제일 좋아하는 맥주의 맛조차도 다르게 느껴졌다. 그녀를 아부자에 데려왔어야 했다. 하고 있는 일이라고는 이미 아는 진실로부터 숨는 것이 전부인 지금, 생각할 시간이 필요하다고 주장한 것은 어리석은 짓이었다. 그녀는 그를 겁쟁이라고 불렀다. 무질서에 대한 그의 두려움, 자신이 원하지도 않는 것을 엉망으로 만드는 데 대한 두려움에는 정말로 비겁한 면이 있었다. 코시와의 삶, 그것은 한 번도 그를 아늑하게 감싸 준 적 없는 제2의 피부였다.

"좋아요, 에두스코." 갑자기 진이 빠진 오빈제가 말했다. "이 땅을 안 팔면 죽을 때 가져갈 것도 아니니까요."

에두스코는 깜짝 놀란 표정이었다. "그 말은 내가 제시한 가격에 동의한다는 거요?"

"그래요." 오빈제가 말했다.

에두스코가 가고 나서 오빈제는 이페멜루에게 계속 전화를 걸었지만 그녀는 받지 않았다. 어쩌면 그녀는 휴대 전화를 무음으로 해 놓고 즐겨 입는 분홍색 티셔츠를 입은 채 식탁에서 밥을 먹고 있는지도 몰랐다. 그 분홍색 셔츠는 목둘레에 작은 구멍이 있고 앞면에 큰 글씨로 "하트브레이커 카페"라고 쓰여 있는데 그녀의 젖꼭지가 단단해져서 볼록 튀어나오면 마치 그 단어에 따옴표가 달린 것처럼 보이곤 했다. 그녀의 분홍색 티셔츠를 생각하자 몸이 달아올랐다. 아니면 그녀는 **아바다**[71] 풀치마를 담요처럼 덮고 무늬 없는 검은색 팬티 외엔 아무것도 입지 않은 채 침대에서 책을 읽고 있는지도 몰랐다. 그녀는 항상 무늬 없는 검은색 팬티만 입었다. 여성스러운 속옷은 우습다고 생각했기 때문이다. 한번은 그가 그런 팬티 — 그가 그녀의 다리를 따라 끌어 내린 후에 던져 버렸던 — 를 바닥에서 주워서 사타구니 부분에 묻은, 희부옇고 딱딱한 것을 쳐다보자 그녀가 웃으면서 "왜, 냄새 맡고 싶어? 난 속옷 냄새 맡는 건 정말 이해가 안 가더라."라고 말한 적이 있었다. 아니면 그녀는 노트북을 펴 놓고 블로그를 쓰고 있는지도 몰랐다. 아니면 라니이누도와 외출했는지도 몰랐다. 아니면 디케와 통화 중인지도 몰랐다. 아니면 거실에서 어떤 남자와 그레이엄 그린 얘기를 하고 있는지도 몰랐다. 그녀가 다른 사람과 같이 있는

---

71 아프리카의 수지 가공 면직물. 다채로운 무늬가 돋아 나오게 짠 브로케이드다.

상상을 하자 불안감이 그의 마음을 휘저었다. 물론 그녀가 이렇게 금방 다른 사람을 만날 리는 없었다. 하지만 그녀에게는 예측할 수 없는 고집이 있어서 그에게 상처를 주기 위해서라면 그렇게 할 수도 있었다. 처음으로 동침한 날 그녀가 "다른 남자들이랑 할 때는 늘 천장을 봤는데."라고 말했을 때 그는 과연 다른 남자가 몇 명이나 있었을까 생각했다. 그녀에게 묻고 싶었지만 그러지 않았다. 그녀가 사실대로 말할까 봐, 그리고 그로 인해 자신이 영원히 고통받을까 봐 두려웠기 때문이다. 물론 그녀는 그가 자기를 사랑한다는 걸 알았다. 하지만 그는 그녀가 과연 이런 것도 알지 궁금했다. 그가 그 사랑에 사로잡혀 있고, 하루하루가 그녀에 의해 물들고 영향을 받으며, 자는 동안까지도 그녀에게 휘둘린다는 사실을. "킴벌리는 남편을 사랑하고, 그 남편은 자기 자신을 사랑해. 킴벌리가 그 남자를 떠나야 하지만 절대 그러지 않을 거야." 그녀는 미국에서 일했던 집의 여주인, **오비 오차**를 가진 여자에 대해 그렇게 말한 적이 있었다. 이페멜루의 말은 가벼웠고 아무런 그늘도 없었지만 그는 그 말에서 다른 신랄한 의미를 느꼈다.

그녀가 자신의 미국 생활에 대해 얘기할 때 그는 거의 절박하달 정도로 신경을 곤두세우고 들었다. 그는 그녀가 했던 모든 일의 일부가 되고 싶었고, 그녀가 느꼈던 모든 감정에 익숙해지고 싶었다. 한번은 그녀가 이렇게 말한 적이 있었다. "타 문화권 사람이랑 사귀는 것의 문제점은 너무 많은 시간을, 설명하는 데 허비한다는 거야. 전 남자 친구들과 사귈 때는 많은 시간을, 설명하면서 보냈어. 가끔은 우리가 같은 곳 출신이었다면 서로에게 할 말이 하나도 없지 않았을까 궁금하기도 했다니까." 그는 이 말을 들고 기뻤다. 그 덕에 자신과 그녀의 관계에 사소한 신기함의 결여와 깊이가 생겼기 때문이었다. 그들은 같은 곳 출신이었지만 여전히 서로에게 할 얘기가 많았다.

어느 날 미국 정치에 대해 얘기하던 중에 문득 그녀가 말했다. "나는 미국이 좋아. 여기 말고 내가 살 수 있는 유일한 곳이야. 하지만 예전에 블레인의 친구 패거리랑 아이 이야기를 하다가, 만약 내가 아이를 갖게 된다면 미국식으로 키우고 싶지는 않다는 걸 깨달았어. 나는 내 자식들이 어른한테 '안녕.'이라고 말하는 대신 '안녕하세요.'나 '좋은 아침이에요.'라고 말하길 원해. 또 누가 '잘 지내니?'라고 물었을 때 '응.'이라고 웅얼거리길 원치 않아. 누가 몇 살이냐고 물었을 때 손가락 다섯 개를 들어 보이길 원하지도 않고. 나는 내 자식들이 '네, 잘 지내요. 고맙습니다.' 또는 '다섯 살이에요.'라고 말하길 원해. 칭찬을 먹고 살고, 노력했다는 것만으로 별 스티커를 받길 바라고, 자기표현이라는 이름으로 어른한테 말대꾸하는 애를 원하지 않아. 이게 그렇게 끔찍하게 보수적이야? 블레인의 친구들은 그렇대. 그리고 자기들한테 '보수적'이란 말은 가장 심한 모욕이래."

그는 자신도 그 "친구 패거리"와 함께 있었으면 얼마나 좋았을까 생각하면서 웃었고 그 상상 속 아이, 예의 바르고 보수적인 그 아이가 자기 자식이길 원했다. 그가 그녀에게 "걔가 열여덟 살이 되면 머리를 보라색으로 물들일 거야."라고 말했더니 그녀는 "응, 하지만 그때쯤엔 내가 이미 내 집에서 쫓아냈겠지."라고 대꾸했다.

라고스로 돌아가기 위해 아부자 공항에 도착했을 때 그는 갑자기 국제선 청사로 가서 적도 기니의 말라보 같은 의외의 곳으로 가는 표를 살까 생각했다. 그리고 살짝 자기혐오를 느꼈다. 자신이 당연히 그러지 않을 것임을 알았기 때문이다. 그는 그 대신 자기가 해야 할 일을 할 것이었다. 그가 라고스행 비행기에 올라타고 있을 때 코시에게서 전화가 왔다.

"비행기 정시에 출발한대? 나이절 생일이라 같이 외출하기로 한 거 잊지 마." 그녀가 말했다.

"설마 잊었을까 봐."

그녀 쪽에서 침묵이 흘렀다. 그가 욱한 탓이었다.

"미안해." 그가 말했다. "머리가 좀 아파서."

"여보, **은도**. 당신 피곤한 거 알아." 그녀가 말했다. "이따가 봐."

그는 전화를 끊고 그들의 아기, 미끌미끌하고 꼬불꼬불한 머리카락을 가진 부치가 휴스턴의 우드랜즈 병원에서 태어나던 날 그가 아직 라텍스 장갑을 만지작거리고 있을 때 코시가 그를 쳐다보면서 사과하는 듯한 말투로 "여보, 다음에는 아들을 낳게 될 거야."라고 말했던 기억을 떠올렸다. 그는 흠칫했다. 그리고 그때 그녀가 자신을 모른다는 사실을 깨달았다. 그녀는 그를 전혀 알지 못했다. 그가 아이의 성별에 관심이 없다는 사실을 몰랐다. 그리고 그는 그들이 당연히 아들을 원해야 하기 때문에 아들을 원하고, 첫아이를 낳자마자 "다음에는 아들을 낳게 될 거야." 같은 말을 할 수 있는 그녀에게 희미한 경멸감을 느꼈다. 어쩌면 그는 곧 낳을 아기와 다른 모든 것에 대해 그녀와 더 많은 대화를 했어야 했는지도 몰랐다. 왜냐하면 그들이 서로 좋은 친구이고, 기분 좋은 신음 소리를 주고받고, 편안한 침묵을 공유하긴 해도 진정한 대화는 하지 않았기 때문이다. 하지만 그는 한 번도 시도하지 않았다. 그가 인생에 대해 가진 의문이 그녀의 것과는 완전히 다르다는 사실을 알았기 때문에.

그는 처음부터 이 사실을 알고 있었다. 어느 결혼식에서 친구가 그들을 소개해 줬을 때 나눈 첫 대화에서부터 느꼈다. 그때 그녀는 신부 들러리라서 꽃자주색 새틴 드레스를 입고 있었고 그는 훤히 드러난 그녀의 가슴골에서 눈을 뗄 수가 없었는데 누군가가 마이크를 잡고 얘기하면서 신부를 "정숙한 여성"이라고 묘사하자 코시가 열성적으로 고개를 주억거리며 그에게 속삭였다. "신부는 정말로 정숙한 여성이에요." 그녀가 조금의 비꼼도 없이 "정숙"이라는 단어를 사용할 수 있다는 사실에 그는 깜짝 놀랐다. 마치 주말 신문 여성 면에 실린 형편없는 기사에서 그 단어가 사용될 때와 같은 투였다. 장관 부인은 가정적이고 정숙한 여성이다. 그래도 그는 그녀를 원했고, 굉장한 외곬으로 쫓아다녔다. 그는 그녀처럼 그렇게 완벽한 경사를 그리는 광대뼈, 미소 지을 때 올라가면서 얼굴 전체를 그토록 생기 있게, 그토록 건축학적으로 보이게 만드는 광대뼈를 가진 여자를 본 적이 없었다. 당시 그는 갓 부자가 되어 갈피를 잡지 못할 때였다. 일주일 전만 해도 무일푼으로 사촌 누나 집에 얹혀살던 그가, 일주일 후에는 은행 계좌에 수백만 나이라가 있는 사람이 되어 있었다. 코시는 현실감의 기준이 되었다. 그가 그녀와 사귈 수 있다면, 그토록 특별하게 아름답지만 그렇게 평범하고 예측 가능하고 가정적이고 헌신적인 여자와 사귈 수 있다면, 그의 삶도 정말 자기 것이라 믿어지기 시작할지도 몰랐다. 그녀는 친구랑 같이 살던 아파트에서 그의 집으로 이사 오면서 그의 서랍장 위에 자기 향수병을 늘어놓았고 — 그래서 그가 감귤 향을 집 냄새로 생각하게 되었고 — 그의 BMW가 늘 그의 차였던 것처럼 편안히 옆자리에 앉았으며, 그가 늘 여행할 능력이 되었던 것처럼 가벼운 말투로 해외여행을 제안했고, 함께 샤워할 때면 거친 스펀지로 그의 몸을 발가락 사이까지 구석구석 닦아 주었다. 그가 다시 태어난 기분이 들 때까지, 그가 새로운 삶을 정말로 소유하게 될 때까지. 그녀는 그와 관심사를 공유하진 않았지만 — 그녀는 독서를 하지 않는, 상상력이 부족한 사람이었고 세상에 대해 궁금해하기보다는 현실에 만족했다. — 그는 그녀가 고마웠고, 그녀와 함께할 수 있는 걸 행운이라고 생각했다. 그러던 어느 날 그녀가 친척들이 그가 앞으로 어쩔 작정인지 묻는다고 말했다. "친척들이 그냥 자꾸 물어봐."라고 말하면서 그녀는 결혼 요구의 주체에서 자신을 배제하기 위해 "친척들"을 강조했다. 그는 그녀의 숨은 의도를 알아챘고 불쾌했다. 하지만 그래도 그녀와 결혼했다. 어차피 그들은 같이 살고 있었고, 그는 불행하지 않았으며, 시간이 흐르면 그녀에게도 무게감이 생길 거라고 생각했다. 하지만 사 년이 지난 지금 그녀는 몸무게만 늘었다. 엉덩이와 가슴이 커져서 그는 그녀의 외모가 전보다 더 아름답고 생기 넘치게 되었다고 생각했다. 마치 물을 잘 준 분재처럼.

나이절이 오빈제가 백인 총지배인을 소개해야 할 때마다 나이지리아를 방문하는 대신 아예 이주하기로 결심한 것이 오빈제는 기뻤다. 보수가 넉넉했으므로 예전 같으면 상상도 못했을 삶을 에식스에서 살 수 있었는데도 나이절은, 적어도 당분간은, 라고스에서 살고 싶어 했다. 그래서 오빈제는 나이절이 피망 수프와 나이트클럽과 쿠라모 해변의 판잣집에서 술 마시기에 진절머리가 나길 신나게 기다리기 시작했다. 하지만 나이절은 입주 가사 도우미랑 반려견과 함께 이코이의 아파트에만 틀어박혀 지냈다. 그는 이제 "라고스는 정말 정취가 넘치는 곳이야."라고 말하는 대신 교통 체증에 대해 전보다 더 불평하기 시작했다. 하지만 전 여자 친구 때문에 울상 짓기는 마침내 그만두었다. 얼굴은 예쁜데 태도는 가식적이었던 그 베누에 출신 여자는 나이절 대신 돈 많은 레바논 사업가를 따라 떠났다.

"그 자식은 진짜 대머리야." 그때 나이절이 오빈제에게 말했었다.

"친구야, 네 문제점은 너무 쉽게, 너무 많이 사랑한다는 거야. 그 여자가 더 큰 물건을 찾고 있는 사기꾼이라는 건 누구나 알 수 있었어." 오빈제가 그에게 말했다.

"그런 식으로 '더 큰 물건'이라고 하지 마!" 나이절이 말했다.

지금 그는 울리케를 만나고 있었다. 마르고 뼈가 앙상한 얼굴에, 젊은 남자 같은 몸을 가진 이 여자는 나이지리아 파견 근무 기간 동안 계속 부루퉁해 있기로 결심한 듯한 대사관 직원이었다. 그녀가 저녁 식사를 시작하기 전에 포크와 나이프를 냅킨으로 닦았다.

"당신 나라에서는 그렇게 안 하죠?" 오빈제가 차갑게 물었다. 나이절이 당황한 눈빛을 그에게 던졌다.

"사실은 해요." 울리케가 그의 눈을 똑바로 쳐다보며 말했다.

코시가 오빈제를 진정시키려는 듯이 탁자 밑으로 허벅지를 토닥거려서 그는 짜증이 났다. 나이절이 갑자기 오빈제가 지을 예정인 주택 얘기를 꺼내며 새 건축가의 설계가 얼마나 굉장한지 말하기 시작한 것도 짜증스러웠다. 오빈제와 울리케의 대화를 끝내려는 소심한 시도였다.

"내부 설계가 끝내줘서 뉴욕의 고급 아파트 사진이 생각나더라고." 나이절이 말했다.

"나이절, 그 설계는 채택 안 할 거야. 나이지리아인한테는 개방형 부엌이 먹힐 리 없으니까. 이번에는 임대하는 게 아니라 팔거기 때문에 나이지리아인을 대상으로 한다고. 개방형 부엌은 외국인을 위한 건데 외국인은 여기 부동산을 사지 않아." 그는 나이절에게 이미 여러 번, 나이지리아 요리는 찧고 빻는 게 많아서 양식 같은 눈요깃거리가 아니라고 말했었다. 땀이 튀고 매운 요리이기 때문에 나이지리아인은 과정이 아니라 결과물만 보이는 것을 선호한다고.

"일 얘기는 이제 그만!" 코시가 밝게 말했다. "울리케, 나이지리아 음식 먹어 본 적 있어요?"

오빈제가 자리에서 벌떡 일어나 화장실로 갔다. 그는 이페멜루에게 전화했고 그녀가 여전히 받지 않자 분노가 치솟는 걸 느꼈다. 그는 그녀를 원망했다. 자신을 스스로의 기분도 완전히 통제할 수 없는 사람으로 만들어 버린 데 대해 그녀를 원망했다.

나이절이 화장실에 들어왔다. "왜 그래, 친구?" 나이절의 볼은 술 마실 때면 늘 그렇듯 밝은 빨간색이었다. 오빈제는 손에 전화기를 쥔 채 세면대 옆에 서서, 기운 빠지는 무기력함이 또다시 온몸으로 퍼져 나가는 걸 느꼈다. 그는 나이절에게 말하고 싶었다.

나이절은 어쩌면 그가 완전히 신뢰하는 유일한 친구일지도 몰랐다. 하지만 나이절은 코시에게 반해 있었다. "네 아내는 완벽한 여자야, 친구." 예전에 나이절이 이렇게 말했을 때 그는 나이절의 눈에서 영원히 가질 수 없는 것을 향한, 남자의 부서진 연약한 갈망을 보았다. 나이절은 그의 말을 잘 들어 주겠지만 이해하지는 못할 것이었다.

"미안해. 울리케한테 무례하게 굴지 말았어야 했는데." 오빈제가 말했다. "그냥 피곤해서 그래. 말라리아에 걸렸나 봐."

그날 밤 코시가 봉헌식을 하려고 슬금슬금 그에게 다가왔다. 그녀가 그의 가슴을 애무하고 손을 밑으로 가져가서 그의 음경을 쥐는 것은 욕망의 표현이 아니라 신께 바치는 행위였다. 몇 달 전 그녀는 진지하게 "우리 아들을 가지려는 노력"을 시작하고 싶다고 말했다. 그녀가 '우리 둘째'라고 하지 않고 "우리 아들"이라고 말한 것은 이를테면 그녀가 교회에서 배운 것 중 하나였다. 말에는 힘이 있다. 자신의 기적은 스스로 구하라. 그는 첫째를 임신하려고 노력한 지 몇 달째 되던 때 그녀가 샐쭉하고 독선적인 태도로 말하기 시작했던 것을 기억했다. "정말 거칠게 살았던 친구들은 다들 임신했던데."

부치가 태어난 후 그는 코시네 교회에서 감사 예배를 드리는 데 동의했다. 홀을 가득 메운, 화려하게 차려입은 사람들은 코시의 친구들, 코시와 동류인 이들이었다. 그는 그들을 어리석은 짐승 무리라고 생각했다. 명품 양복을 입은 목사 앞에서 하나같이 순종적이고 고분고분한, 박수 치고 흔들리는 어리석은 짐승들.

"왜 그래, 여보?" 그녀의 손안에 있는 그의 물건이 계속 축 늘어져 있자 코시가 물었다. "당신 어디 안 좋아?"

"그냥 피곤해서 그래."

그녀의 머리카락은 까만 헤어네트에 싸여 있었고, 그녀의 얼굴은 그가 늘 좋아했던 페퍼민트 냄새를 풍기는 크림으로 덮여 있었다. 그는 그녀를 외면했다. 이페멜루에게 처음 키스한 날부터 계속 그래 왔다. 두 사람을 비교해선 안 됐지만 비교했다. 이페멜루는 그에게 요구했다. "안 돼, 아직 가지 마. 먼저 가면 죽여 버릴 거야." 또는 "안 돼, 자기야, 움직이지 마."라고 말하며 그의 가슴으로 파고들어 자기가 알아서 움직이다가 마침내 그녀가 등을 활처럼 구부리면서 날카로운 비명을 지르면 그는 그녀를 만족시켰다는 성취감을 느꼈다. 그녀는 그가 당연히 자기를 만족시켜야 한다고 생각했지만 코시는 그러지 않고 늘 그의 손길에 순응했다. 그는 때때로 목사가 그녀에게, 아내는 하고 싶지 않을 때도 남편이랑 섹스를 해야 한다고, 안 그러면 남편이 이세벨[72]에게서 위안을 찾을 거라고 말하는 상상을 하곤 했다.

"어디 아픈 게 아니어야 할 텐데." 그녀가 말했다.

"난 괜찮아." 평소 같았으면 그는 그녀를 안고 그녀가 잠들 때까지 천천히 등을 문질러 주었을 것이다. 하지만 지금은 차마 그렇게 할 수가 없었다. 지난 몇 주 동안 그는 몇 번이나 그녀에게 이페멜루 얘기를 꺼내려다 말곤 했다. 뭐라고 하겠는가? 뭐라고 하

---

72 ?~기원전 843경. 구약 성경에 나오는 이스라엘 왕국의 아합 왕의 아내. 이스라엘에 바알 숭배 사상을 들여왔고 많은 예언자들을 살해했다. '파렴치하고 부도덕한 여자'의 대명사로 쓰인다.

건 허접한 영화의 대사처럼 들릴 게 분명했다. 나 다른 여자랑 사랑에 빠졌어. 다른 사람이 생겼어. 당신을 떠날 거야. 영화나 책 속이 아닌 곳에서 누군가가 이런 말을 진지하게 할 수 있다는 사실이 이상하게 느껴졌다. 코시가 그의 몸에 팔을 두르기 시작했다. 그는 그녀의 팔을 풀어내면서 속이 더부룩하다는 식의 말을 중얼거리며 화장실로 갔다. 변기 수조 뚜껑 위에 그녀가 새로 가져다 놓은 포푸리, 보라색 그릇에 담긴 마른 꽃잎과 씨앗이 있었다. 라벤더향이 지나치게 강해서 숨이 막혔다. 그는 그릇을 집어 들어서 변기에 부어 버리자마자 곧바로 후회했다. 그녀가 좋은 뜻으로 한 일이었기 때문이다. 단지 너무 강한 라벤더 향은 그에게 별로라는 사실을 몰랐을 뿐이다.

재즈홀에서 이페멜루를 처음 만났을 때 그가 집에 와서 "이페멜루가 돌아왔길래 만나서 차 한잔했어."라고 말하자 코시는 "아, 당신 대학교 때 여자 친구."라고 무심하게 대꾸했었다. 너무 무심한 투여서 그는 완전히 진심이라고 믿지 않았다.

왜 아내에게 말했던 걸까? 어쩌면 그때 이미 자기 감정의 크기를 느껴서 그녀를 미리 준비시키고 단계적으로 말하고 싶었던 건지도 모른다. 하지만 그녀는 어떻게 그가 변한 걸 모를 수 있었을까? 어떻게 그것을 그의 얼굴에서 보지 않을 수 있었을까? 그가 그토록 오랜 시간을 서재에서 혼자 보내고, 그토록 자주 외출을 하고, 그토록 늦게 귀가했는데도. 그는 이기적이게도, 그런 행동이 그녀를 멀어지게 하고 화나게 하길 바랐다. 하지만 그녀는 그가 클럽이나 오쿠디바네 집에 있다 왔다고 할 때 늘 의심 없이 수긍하며 고개를 끄덕였다. 한번은 그가 아직도 메가텔의 새로운 소유주인 아랍인들과 어려운 거래를 추진 중이라고, 마치 그녀가 이미 아는 얘기인 것처럼 "그 거래"라고 가볍게 말했는데도 그녀는 희미하게 응원하는 소리만 낼 뿐이었다. 하지만 그는 사실 메가텔과 아무 관련도 없었다.

다음 날 아침 그가 불안한 상태로 잠에서 깼을 때 그의 마음은 크나큰 슬픔에 덮여 있었다. 코시는 이미 일어나서 목욕을 하고 화장대 앞에 앉아 있었다. 아주 신중하게 정리된 크림과 로션으로 가득한 그 화장대를 볼 때면 그는 때때로, 단지 그 모든 병이 어떻게 되나 보기 위해 화장대 밑에 손을 넣어서 엎어 버리는 상상을 하곤 했다.

"당신 나한테 달걀 요리 안 해 준 지 꽤 됐어, 제트." 그가 잠에서 깬 것을 보고 그녀가 키스하려고 다가오면서 말했다. 그래서 그는 그녀에게 달걀을 요리해 주고, 아래층 거실에서 부치랑 놀아 주고, 부치가 잠들고 나자 신문을 읽었지만 그러는 동안에도 그의 머리는 내내 슬픔에 덮여 있었다. 이페멜루는 여전히 그의 전화를 받지 않았다. 그는 위층으로 올라가서 침실로 갔다. 코시가 옷장을 정리 중이어서 바닥에 구두가 잔뜩 쌓여 있고 사이사이로 하이힐이 삐죽삐죽 튀어나와 있었다. 그가 문가에 서서 나직이 말했다. "나 행복하지 않아, 코시. 다른 사람을 사랑해. 이혼하고 싶어. 당신이랑 부치에겐 아무것도 부족하지 않게 할게."

"뭐라고?" 거울 앞에 있던 그녀가 뒤돌아서며 그를 멍하니 쳐다봤다.

"나 행복하지 않아." 이렇게 말하려던 것은 아니었지만 사실

뭐라고 말할지조차 계획하지 않았었다. "다른 사람을 사랑하고 있어. 당신이랑 부치에겐……."

그녀가 그의 말을 막으려고, 손바닥이 그를 향하도록 손을 들었다. 더 이상 말하지 마, 그녀의 손이 말했다. 더 이상 말하지 마. 그녀가 그 이상 알고 싶어 하지 않는다는 사실에 그는 짜증이 났다. 그녀의 손바닥은 창백했고 이리저리 교차하는 녹색 핏줄이 보일 정도로 속이 비쳤다. 그녀가 손을 내렸다. 그리고 천천히 무릎을 꿇었다. 무릎을 꿇는 것은 그녀에게 아주 쉬운 행위였다. 위층 텔레비전 방에서 가사 도우미와 보모, 그리고 누구든 그때 집에 머물고 있던 사람과 함께 기도할 때 자주 했기 때문이다. "부치, 쉿." 그녀가 기도하는 중간중간에 이렇게 말해도 부치는 계속 옹알거렸지만 마지막에는 항상 새된 소리로 "아멘!"이라고 외쳤다. 부치가 그토록 기쁘고 열정적으로 "아멘!"이라고 말할 때 오빈제는 아이가 나중에 '아멘'이라는 말만 들으면 세상에 대해 묻고 싶은 질문들을 삼켜 버리는 여자로 자랄까 봐 두려웠다. 그리고 지금 코시는 그의 앞에 무릎 꿇고 있었고, 그는 그녀가 뭘 하는 것인지 알고 싶지 않았다.

"오빈제, 우리는 가족이야." 코시가 말했다. "우리한테는 자식이 있어. 걔는 당신이 필요해. 나도 당신이 필요해. 우리는 이 가정을 지켜야 해."

그녀는 무릎을 꿇고 그에게 떠나지 말라고 빌고 있었고, 그는 차라리 그녀가 화를 냈으면 했다.

"코시, 나는 다른 여자를 사랑해. 이렇게 당신에게 상처 주긴 싫지만……."

"다른 여자는 상관없어, 오빈제." 코시가 다시 일어서며 말했다. 목소리는 굳건했고, 눈빛은 단호했다. "이 가족을 지키는 게 중요한 거야! 당신은 하느님 앞에서 맹세를 했어. 나도 하느님 앞에서 맹세를 했고. 나는 좋은 아내야. 우리는 결혼한 부부고. 당신은 옛 여자 친구가 돌아왔다고 해서 가정을 그냥 깨뜨려 버릴 수 있다고 생각해? 책임감 있는 아버지가 된다는 게 뭘 의미하는지 알아? 당신은 아래층에 있는 저 아이한테 책임이 있어! 당신이 오늘 하는 짓은 그 애의 인생을 망칠 수도 있고, 그 애가 죽는 날까지 나을 수 없는 상처를 줄 수도 있다고! 고작 당신 옛 여자 친구가 미국에서 돌아왔기 때문에? 당신 대학 시절을 생각나게 하는, 곡예 같은 섹스를 했다고?"

오빈제는 뒤로 물러났다. 그러니까 그녀는 알고 있었던 것이다. 그는 방을 나가서 서재로 들어가 문을 잠갔다. 그는 줄곧 알고 있었으면서 모르는 척했다는 이유로, 그리고 그 사실이 그의 뱃속에 남긴 모욕감이라는 찌꺼기를 이유로 코시를 혐오했다. 그는 비밀도 아닌 것을 이제껏 비밀로 지켜 왔던 것이다. 복잡한 죄책감, 코시를 떠나고 싶은 데 대한 죄책감뿐 아니라 애초에 그녀와 결혼한 것에 대한 죄책감이 그를 짓눌렀다. 그러지 말았어야 했다는 걸, 지금 자식까지 있는 상태에서 그녀를 떠나고 싶어질 줄 알았다면 그녀와 결혼할 수 없었을 것이다. 그녀는 이혼하지 않을 작정이었고, 그가 그녀에게 진 빚을 생각하면 최소한 그 정도는 해 줘야 마땅했다. 계속 결혼한 상태로 지낼 것을 생각하니 공포가 온몸을 꿰뚫고 지나갔다. 이페멜루가 없다면, 끝없이 기쁨 없는 지루한 미래만이 보일 뿐이었다. 하지만 그는 곧 자기가 어리석고 과장스럽다고 생각했다. 그는 딸을 생각해야 했다. 그러나 자기가 앉은 의자를 빙글 돌려서 책꽂이에 꽂힌 책을 찾기 시작했을 때 그는 이미 나는 듯한 기분을 느꼈다.

그가 서재에 틀어박혀 소파에서 잤기 때문에, 그 후로 그들이 서로 한마디도 하지 않았기 때문에, 다음 날 그는 코시가 그의 친구 아흐메드의 아이 세례식 파티에 가고 싶어 하지 않을 거라고 생각했다. 하지만 코시는 아침에 안방 침대 위에 그녀의 긴 파란색 레이스 치마와 그의 파란 세네갈 카프탄[73]을 꺼내 두고 그 사이에 부치의 프릴 달린 파란 벨벳 원피스를 놓았다. 세 식구를 위해 색깔 맞춰 옷을 꺼내 두는 것은 그녀가 지금껏 한 번도 한 적 없는 일이었다. 아래층에 내려가 보니 그녀가 그가 좋아하는 방식대로 두껍게 팬케이크를 구워서 아침상을 차려 놓았다. 식탁 매트에는 부치가 흘린 오벌틴[74] 얼룩이 있었다.

"헤제키아가 계속 전화했어." 코시가 생각에 잠긴 듯이 말했다. 돈이 필요할 때만 전화하는, 아우카에 사는 그의 사촌 얘기였다. "당신이랑 연락이 안 된다고 문자 보냈더라. 당신이 일부러 전화 안 받는 거 알면서 왜 모른 척하나 몰라."

스스로 현실 부정에 빠져 있는 그녀가 헤제키아의 모른 척에 대해 얘기하면서 그런 말을 하는 것은 이상했다. 그녀는 전날 밤에 아무 일도 없었던 것처럼, 깍둑썰기 한 파인애플을 그의 접시

---

73 남성용 카프탄.

74 맥아로 만든 초콜릿 맛 가루의 상품명. 물이나 우유에 타 먹는다.

에 놓고 있었다.

"하지만 뭔가를 해 줘야 해, 아주 작은 거라도. 안 그러면 당신을 계속 괴롭힐 거야." 그녀가 말했다.

'뭔가를 해 주라'는 것은 그에게 돈을 주라는 뜻이었다. 오빈제는 돈 얘기를 할 때마다 완곡어법과 간접적 언급, 삿대질이 아닌 몸짓에 의존하는 이보족의 성향에 갑자기 진절머리가 났다. 이사람에게 뭔가를 찾아 줘라. 저 사람에게 뭔가를 해 줘라. 짜증스럽고 비겁해 보였다. 특히 다른 모든 면에서는 지독하게 직설적인 부족이 그런다는 사실이 더 짜증 났다. 비겁한 새끼, 이페멜루는 그를 그렇게 불렀다. 따지고 보면, 그녀가 받지 않으리란 걸 알면서 문자와 전화만 하는 것도 비겁한 짓이었다. 설사 돌아가라는 말밖에 못 들을지언정 그녀의 아파트에 찾아가서 문을 두드릴 수도 있는 일이었다. 그리고 그가 코시에게 다시 한번 이혼해 달라고 말하지 않는 것, 코시의 현실 부정에 편하게 기대는 것 또한 비겁한 짓이었다. 그때 코시가 그의 접시에서 파인애플 한 조각을 집어 먹었다. 그녀는 흔들리지 않았고, 외곬이었고, 차분했다.

"아빠 손 잡아." 그날 오후 아흐메드의 파티가 열리고 있는 앞마당으로 걸어 들어가면서 코시가 부치에게 말했다. 그녀는 모든 것을 정상으로 되돌리고 싶어 했다.

그녀는 행복한 결혼 생활이 존재하게 만들고 싶어 했다. 지금 그녀의 손에는 아흐메드의 아기에게 줄, 은색 포장지로 싼 선물이 들려 있었다. 차 안에서 그녀가 그게 뭔지 말해 줬지만 그는 이미 잊어버린 뒤였다. 캐노피와 뷔페식으로 차린 탁자가 점점이 흩어져 있는 널찍한 앞마당은 녹색으로 잘 조경되어 있어 뒷마당에 수

영장이 있을 것으로 예상됐다. 밴드가 연주를 하고 어릿광대 둘이 뛰어다니고 아이들은 춤추면서 꺅꺅댔다.

"우리가 부치 생일 파티에 불렀던 밴드네." 코시가 속삭였다. 그녀는 부치의 생일을 축하하기 위해 성대한 파티를 열길 원했지만 그는 그날 온종일, 마치 그와 파티 사이에 공기 방울 하나가 끼여 있는 것처럼, 둥둥 떠다니는 기분이었다. 사회자가 "아기 아버지"라고 했을 때에도 그것이 자신을 가리키는 말이라는 사실에, 자신이 정말로 아기 아버지라는 사실에 이상하게 깜짝 놀랐다. 아버지라니.

아흐메드의 아내 시케가 그와 포옹한 뒤에 부치의 볼을 꼬집었고, 사람들이 이리저리 서성였고, 공기는 웃음을 가득 머금고 있었다. 그들은 안경 쓴 할머니의 품에서 잠든 아기를 보고 예쁘다고 감탄했다. 몇 년 전만 해도 주로 참석하는 행사가 결혼식이었는데 지금은 세례식이고 이제 곧 장례식이 되리라는 생각이 불현듯 떠올랐다. 그들은 죽을 것이었다. 행복하지도 않고 불행하지도 않은 삶을 터덜터덜 살아가다 결국 모두 죽을 것이었다. 그는 자신을 둘러싼 우울한 그림자를 떨쳐 내려 애썼다. 코시가 부치를 데리고 거실 입구 근처에 모여 있는 여자들과 아이들에게로 갔다. 아이들이 둥그렇게 서서 무슨 게임을 하고 있고 그 가운데에 빨간 입술을 한 어릿광대가 있었다. 오빈제는 딸을 바라보았다. 아이의 어색한 걸음걸이. 두꺼운 머리카락 위에 한, 실크 꽃이 달린 파란 머리띠. 애원하듯 코시를 올려다보는 시선. 어머니를 생각나게 하는 표정. 부치가 자신에 대해 응어리를 품도록, 자신이 응당 되어 줬어야 할 아버지상을 모른 채 자라날 거라 생각하니

참을 수가 없었다. 그가 중요하게 생각해야 할 것은 코시를 떠나느냐 마느냐가 아니라 부치를 얼마나 자주 보느냐였다. 어차피 그는 라고스에서 살 것이고, 가능한 한 아이를 자주 볼 것이다. 많은 사람이 아버지 없이 자란다. 자신도 그랬다. 물론 즐거운 어린 시절의 추억 속에 보존된, 이상화된 아버지의 영혼이 늘 그의 곁에서 위안이 되어 주긴 했지만. 이페멜루가 돌아온 후부터 그는 자신도 모르게, 가족을 떠났지만 행복한 결말을 맞이하려고 애썼던 남자의 이야기, 같이 사는 불행한 부모보다 갈라선 부모에게 더 만족하는 아이의 이야기를 찾기 시작했다. 하지만 대부분이 이혼에 부정적인 분노한 아이, 불행하더라도 부모가 같이 살길 원했던 아이의 이야기였다. 한번은 클럽에서 어떤 젊은 남자가 친구 몇 명한테 자기 부모님의 불행이 심각한 수준이었기 때문에 자기는 부모님이 이혼하자 마음이 놓였다고 말하는 것을 듣고 기분이 좋았던 적이 있었다. "부모님의 결혼이 우리 인생의 축복을 막고 있었어. 그리고 제일 안 좋았던 건 두 분이 싸우지도 않았다는 거였지."

그때 바 반대쪽 끝에 앉아 있던 오빈제가 갑자기 "좋아!"라고 외치는 바람에 모두가 그를 이상한 눈빛으로 쳐다봤었다.

그가 코시와 부치가 빨간 입술의 광대에게 얘기하는 모습을 계속 보고 있는데 오쿠디바가 도착했다. "제트!"

그들은 포옹하면서 서로의 등을 두드렸다.

"중국은 어땠어?" 오빈제가 물었다.

"중국인은 참. 정말 교활한 인간들이야. 너도 내 프로젝트의 전임자였던 얼간이들이 중국인하고 말도 안 되는 계약 잔뜩 해 놨던 거 알지? 우리가 그중 일부를 다시 검토하려고 했더니 중국인 오십 명이 회의장에 서류를 가지고 나타나서는 계속 '여기 사인해요, 여기 사인해요!' 이러는 거야. 녀석들은 협상으로 상대방의 진을 뺀 다음에 돈과 지갑까지 몽땅 뺏어 간다고." 오쿠디바가 웃었다. "자, 2층으로 가자. 아흐메드가 거기 돔 페리뇽[75]을 잔뜩 쟁여 놨다고 들었어."

2층에 올라가니 식당처럼 보이는 곳이 나왔는데 두꺼운 진홍색 커튼이 햇빛을 완벽히 차단했고 크리스털로 만든 웨딩 케이크처럼 생긴 환하고 정교한 샹들리에가 천장 가운데에 매달려 있었다. 남자들이 둘러앉은 커다란 떡갈나무 탁자 위에는 포도주 병과 술병, 밥과 고기와 샐러드가 담긴 접시가 빽빽하게 놓여 있었다. 아흐메드는 안팎을 들락날락하면서 웨이트리스에게 지시를 하고 대화를 엿듣다가 중간에 한두 마디씩 끼어들곤 했다.

"부자들은 부족(部族)에 대해 별로 신경 안 써. 하지만 하층으로 내려갈수록 부족이 점점 중요해지지." 오빈제와 오쿠디바가 들어갔을 때 아흐메드는 이렇게 말하고 있었다. 오빈제는 아흐메드의 냉소적인 성격이 좋았다. 아흐메드는 이동 통신 회사들이 들어오기 시작할 때 라고스에서 맞춤 옥상을 임대했고 지금은 기지국에 필요한 옥상을 전대해서, 그의 풍자적 표현에 따르면 "이 나라 유일의, 쉽고 깨끗하게 버는 돈"을 벌어들이고 있었다.

오빈제는 대부분 아는 사람인 손님들과 악수한 다음, 그의 앞에 와인글라스를 놓은 젊은 웨이트리스에게 콜라로 줄 수 없냐고 물었다. 알코올은 그를 더욱더 늪 속으로 가라앉게 할 터였다. 그는 주위에서 오가는 대화에 귀를 기울였다. 농담, 헐뜯기, 했던 얘기 또 하기. 그러고 나서 그들은, 그가 예상했듯 오늘도 예외 없이, 훔친 돈과 계약 불이행과 방치된 인프라에 대해 정부를 비판하기 시작했다.

"자 봐, 이 나라에서 청렴한 관리가 되기란 굉장히 어려운 일이야. 체제 자체가 훔치기에 적합하게 만들어져 있다고. 게다가 제일 안 좋은 건, 사람들이 네가 훔치길 바란다는 거야. 친척들도 네가 훔치길 바라고, 친구들도 네가 훔치길 바라지." 올루가 말했다. 마르고 구부정한 체형의 이 사내는 물려받은 부와 유명한 성(姓)을 가진 자가 으레 그렇듯 늘 으스댔다. 도시 전설에 따르면, 한번은 그가 장관 자리를 제안받았는데 "하지만 나는 아부자에서 살 수 없어. 거기는 물이 없잖아. 난 내 보트 없이는 못 살아."라고 대답했다고 한다. 올루는 얼마 전 코시의 대학 동창인 모레니케와 이혼했다. 그는 약간 과체중이었던 모레니케에게, 당신이 좋은 몸매를 유지해야 내가 계속 매력을 느낄 것 아니냐며 자주 살을 빼라고 종용했었다. 그런데 이혼 진행 중에 그녀가 집 컴퓨터에서 발견한 포르노 사진은 전부 팔과 배에 지방 덩어리가 달린 비만 여성들의 사진이었다. 결국 그녀는 올루에게 정신적인 문제가 있다고 결론지었고 코시도 거기에 동의했다.

"왜 꼭 모든 게 정신적인 문제여야 해? 그냥 성적 취향인 건데." 당시 오빈제는 코시에게 그렇게 말했다. 하지만 요즘은 자신도 모르게 호기심 어린 눈빛으로 올루를 흥미롭게 쳐다보곤 했다. 사람은 절대 겉만 봐선 모르는 거야.

"관리들이 훔치는 게 문제가 아니라 너무 많이 훔치는 게 문제야." 오쿠디바가 말했다. "주지사들을 봐. 그들은 자기 주를 두고 라고스에 와서 땅을 잔뜩 사들이고는 공직에서 물러나기 전까지 손대지 않아. 그래서 오늘날 땅값이 일반인은 엄두도 못 낼 만큼 오른 거지."

"맞아! 땅 투기꾼들이 가격만 천정부지로 올리고 있어. 그 투기꾼들은 죄다 정부 인사고 말이야. 이 나라에는 심각한 문제가 있다고." 아흐메드가 말했다.

"하지만 나이지리아만의 문제는 아니야. 세계 어디를 가도 땅 투기꾼은 있어." 에제가 말했다. 에제는 유전 소유자로, 그 방에서 제일 돈 많은 남자였고 많은 나이지리아 부자가 그렇듯 고민이 없는, 대책 없이 행복한 사내였다. 그는 미술품을 수집하면서 모든 사람에게 자기가 미술품을 수집한다고 말하고 다녔다. 그것을 보고 오빈제는 어머니의 친구인 문학 교수 치넬로 이모를 떠올렸다. 그녀는 하버드에 잠깐 다녀온 뒤에 어느 날 그의 집에서 함께 저녁 식사를 하다가 이렇게 말했다. "문제는 이 나라 부르주아지가 굉장히 시대에 뒤처졌다는 거야. 그들은 돈은 있지만 세련되어질 필요가 있어. 포도주에 대해 배워야 한다고." 그러자 그의 어머니가 부드럽게 대꾸했다. "세상에 가난한 삶의 방식은 참 다양한데 부유한 삶의 방식은 점점 한 가지가 되어 가는 것 같네." 나중에 치넬로 이모가 간 후에 그의 어머니가 말했다. "바보 같으니. 왜 나이지리아 부르주아지가 포도주에 대해 배워야 돼?" 치넬로 이모의 말 — 포도주에 대해 배워야 한다고 — 에 오빈제는 놀라기도 하고 한편으로는 실망하기도 했다. 치넬로 이모를 줄곧 좋아했었기 때문이다.

그는 누군가가 에제에게 그 비슷한 말 — 너는 미술품을 수집해야 돼. 미술에 대해 배워야 해. — 을 하는 것을 상상했다. 그래서 이 사내는 남에 의해 만들어진 흥미가 낮은 열의를 가지고 미술품을 좇기 시작했던 것이다. 오빈제는 에제가 자신의 수집품에 대해 어설프게 얘기하는 모습을 보고 들을 때마다 그에게, 그것들을 다 처분하고 자유로워지라고 말하고 싶은 유혹을 느꼈다.

"너 같은 사람한테는 땅값이 문제가 안 되니까 그렇지." 오쿠디바가 말했다.

에제가 웃었다. 우쭐하며 동의하는 웃음이었다. 의자 위에 그가 벗어서 걸쳐 둔 빨간 재킷이 있었다. 그는 스타일이라는 미명하에 아주 불안한 멋 부리기를 추구했다. 늘 원색을 입었고, 뻐드렁니처럼 커다랗고 눈에 띄는 버클을 했다.

탁자 반대편 끝에서는 메쿠스가 이렇게 말하고 있었다. "내 운전사는 자기가 WAEC를 통과했다더니만 요전번에 내가 목록을 받아 적으라고 시켰더니 하나도 못 쓰지 뭐야! '소년'이랑 '고양이' 철자도 모르더라고! 굉장하지!"

"운전사 얘기가 나와서 말인데, 얼마 전에 만난 내 친구는 자기 운전사가 경제적인 동성애자래. 자기한테 돈 주는 남자만 따라간다고. 집에는 아내랑 자식들이 있다더군." 아흐메드가 말했다.

"경제적인 동성애자라!" 누가 그 말을 따라 하자 좌중에서 웃음이 터졌다. 찰리 봄베이가 특히 즐거워 보였다. 흉터가 있는 거친 얼굴을 가진 그는 아스날 경기를 보면서 매콤한 고기를 먹고 맥주를 마시는 시끄러운 사내 무리 가운데 있을 때 가장 자기 자신다울 남자였다.

"제트! 오늘은 정말 조용한걸." 이제 샴페인을 다섯 잔째 마시고 있는 오쿠디바가 말했다. "아루 아디콰?"

오빈제가 어깨를 으쓱했다. "아무렇지도 않아. 그냥 피곤해서 그래."

"하지만 제트는 원래 늘 조용하잖아." 메쿠스가 말했다. "신사니까. 아니면 지금 우리랑 같이 있어서 그런가? 저 친구는 사랑 셰익스피어를 읽는다고. 진정한 영국인이지." 메쿠스가 자신의 안 웃긴 농담에 큰 소리로 웃었다. 대학교 때 그는 전자 제품을 잘 다뤄서 가망 없는 줄 알았던 CD플레이어도 고쳤다. 오빈제가 난생처음 본 PC도 그의 것이었다. 그는 졸업 후 미국에 갔다가 얼마 안 돼서 돌아왔는데 소문에 따르면 대형 신용 카드 사기로 굉장한 부자가 되어 굉장히 비밀스러워졌다고 했다. 그의 집에는 CCTV 카메라가 많았고 수위들이 자동 소총을 갖고 있었다. 그리고 요즘은 대화에서 미국이 슬쩍 언급되기만 해도, 자신을 따라다니는 수군거림을 완화하려는 듯이 "나는 지난번에 거기서 한 거래 이후로 영원히 미국에 입국할 수 없게 됐잖아."라고 말하곤 했다.

"그래, 제트는 진짜 신사지." 아흐메드가 말했다. "그거 알아? 시케가 나한테 제트 같은 사람 또 모르냐고, 처제한테 소개해 주려고 그런다고 한 거? 그래서 내가 말했지. 아니 아니, 당신 제붓감으로 나 같은 사람을 찾는 게 아니라 제트 같은 사람을 찾는다고? 이게 말이 돼, 오?"

"아니, 제트는 신사라서 조용한 게 아니야." 찰리 봄베이가 특유의 느릿한 말투로 말했다. 그의 영어는 이보식 악센트가 심해서 단어마다 음절이 몇 개씩 늘어나곤 했다. 그가 영역 표시를 하듯 자기 앞에 가져다 둔 코냑 병은 반쯤 비어 있었다. "자기가 돈을 얼마나 가지고 있는지 아무도 몰랐으면 해서 조용한 거라고!"

사람들이 웃었다. 오빈제는 늘 찰리 봄베이가 아내를 때릴 거라고 생각했다. 그럴 만한 근거는 없었다. 그는 찰리 봄베이의 사생활에 대해 전혀 아는 바가 없었고, 심지어 그의 아내를 본 적도 없었다. 하지만 찰리 봄베이를 볼 때마다 그가 두꺼운 가죽 허리띠로 아내를 때리는 모습이 상상됐다. 주지사의 선거 운동 자금을 댄 이후로 그 주 내에서 거의 모든 사업을 독점하는, 이 으스대는 권력자는 폭력성으로 가득해 보였다.

"제트는 신경 쓰지 마. 녀석은 레키 땅 절반의 소유주가 자기라는 사실을 우리가 모른다고 생각하니까." 에제가 말했다.

오빈제가 의무감에서 싱긋 웃었다. 그는 휴대 전화를 꺼내 재빨리 이페멜루에게 문자를 보냈다. 제발 말 좀 해.

"처음 뵙겠습니다. 저는 다포라고 해요." 오쿠디바 옆에 앉아 있던 남자가 오쿠디바 앞으로 손을 내밀어서 열성적으로 오빈제에게 악수를 청했다. 마치 오빈제가 방금 그 자리에서 솟아나기라도 한 것처럼. 오빈제는 성의 없이 그의 손을 잡았다. 찰리 봄베이가 그의 부에 대해 언급하자 갑자기 다포에게 그가 흥미로운 사람이 된 것이다.

"선생님도 석유 관련 사업을 하시나요?" 다포가 물었다.

"아뇨." 오빈제가 짧게 대답했다. 아까 다포가 하는 말을 언뜻언뜻 들으니, 그는 석유 컨설팅을 했고 아이들은 런던에 있었다. 다포는 아마도 아내와 아이들을 영국에 정착시켜 놓고 자기만 돈을 좇아 나이지리아로 돌아온 사람 중 한 명일 것이었다.

"석유 회사에 대해 계속 불평하는 나이지리아인은, 그 회사들이 없으면 이 나라 경제가 무너질 거란 사실을 모른다는 얘기를 하고 있었어요." 다포가 말했다.

"석유 회사들이 우리한테 은혜를 베풀어 주고 있다고 생각한다면 큰 오산이에요." 오빈제가 말했다. 오쿠디바가 깜짝 놀란 눈으로 그를 쳐다봤다. 차가운 말투가 평소의 그답지 않았기 때문이다. "나이지리아 정부는 기본적으로 현금으로 석유 산업에 돈을 대고 있는데 큰 석유 회사들은 어쨌거나 육지 시추에서 손을 뗄 계획이죠. 그들은 육지 시추는 중국인에게 맡기고 해양 시추에만 집중하고 싶어 해요. 말하자면 평행 경제 같은 거죠. 그들은 바다에 머물면서 최첨단 장비에만 투자하고 수천 킬로미터 깊이에서 석유를 퍼 올려요. 현지인은 쓰지 않고 미국 휴스턴이나 스코틀랜드에서 데려온 사람을 쓰죠. 그러니까 아뇨, 그들은 우리한테 해 주는 게 없어요."

"맞아!" 메쿠스가 말했다. "그리고 그들은 전부 쓰레기지. 수중 배관공이랑 심해 잠수부랑 수중에서 관리용 로봇을 수리할 줄 아는 사람들 말이야. 전부 인간쓰레기라고. 영국항공 라운지에서 볼 수 있어. 그자들은 한 달 동안 술 한 잔 못 마시고 굴착 장치에만 매달려 있었던 탓에 공항에 도착할 때쯤엔 이미 고주망태가 돼서 나중에 비행기 안에서 바보짓을 해. 승무원으로 일했던 사촌이 그러는데, 항공사들이 이자들에게 음주와 관련된 동의서에 서명을 안 하면 태워 주지 않겠다고 하는 수준에 이르렀다는군."

"하지만 제트는 영국항공을 안 타니 알 턱이 없지." 아흐메드가 말했다. 그는 예전에 오빈제가 영국항공을 절대 타지 않는 것을 비웃은 적이 있었다. 어쨌든 간에 거물들이 이용하는 항공사였기 때문이다.

"내가 별 볼 일 없는 경제인이었을 때 영국항공이 나를 설사 취급했거든." 오빈제가 말했다.

사람들이 웃었다. 오빈제는 휴대 전화가 진동하길 바라면서 계속 애태우고 있었다. 그가 자리에서 벌떡 일어났다.

"화장실에 가야겠어."

"쭉 가면 있어." 메쿠스가 말했다.

오쿠디바가 따라 나왔다.

"집에 갈 거야." 오빈제가 말했다. "코시랑 부치 찾는 것 좀 도와줘."

"제트, 오 기니? 무슨 일이야? 그냥 피곤한 것뿐이야?"

그들은 화려하게 장식된 난간이 달린 곡선형 계단 위에 서 있었다.

"이페멜루 돌아온 거 너도 알지." 오빈제가 말했다. 그녀의 이름을 말하는 것만으로도 가슴이 따뜻해졌다.

"알아." 오쿠디바의 대답은 그 이상을 안다는 뜻이었다.

"난 심각해. 이페멜루랑 결혼하고 싶어."

"아니 아니, 너 우리한테 말도 없이 이슬람교로 개종했어?"

"오쿠디바, 농담 아니야. 코시랑 결혼하지 말았어야 했어. 처음부터 알고 있었다고."

오쿠디바가 술기운을 털어 내려는 듯이 깊은숨을 들이마셨다 내뱉었다. "제트, 자기가 정말로 사랑하는 여자랑 결혼하지 않은 녀석은 많아. 그냥 결혼할 준비가 됐을 때 옆에 있던 여자랑 결혼한 거지. 그러니까 이 일은 잊어버려. 계속 만나는 건 괜찮지만 이런 식의 백인 같은 행동은 필요 없어. 네 아내가 다른 남자의 아이를 가졌거나 네가 아내를 두들겨 팬다면 그건 이혼 사유가 돼. 하지만 자다가 벌떡 일어나서 아내하고는 아무 문제도 없는데 다른 여자 때문에 떠나겠다고? **하바**. 우린 그런 식으로 행동하지 않아, 제발."

코시와 부치가 계단 밑에 서 있었다. 부치가 울고 있었다. "애가 넘어졌어." 코시가 말했다. "아빠가 자기를 안고 가야 한대."

오빈제가 계단을 내려가기 시작했다. "부치부치! 왜 그러니?" 그가 채 계단을 다 내려가기도 전에 부치는 이미 양팔을 앞으로 뻗고 그를 기다리고 있었다.

55

어느 날 이페멜루는 수공작이 깃털을 거대한 후광처럼 펼치고 춤추는 모습을 보았다. 암컷은 옆에 서서 땅바닥에 있는 뭔가를 쪼아 먹다가 수컷의 거대한 불꽃 같은 꽁지깃에는 눈길도 주지 않은 채 다른 곳으로 가 버렸다. 수컷은 갑자기 깃털의 무게 때문에, 혹은 거절의 무게 때문에 비틀거리는 듯했다. 이페멜루는 블로그에 올릴 사진 한 장을 찍었다. 오빈제가 어떻게 생각할지 궁금했다. 그녀는 그가 수컷이 춤추는 광경을 본 적 있냐고 물었던 것을 기억했다. 그에 대한 기억은 그렇게 쉽게 그녀의 머릿속에 침입했다. 그녀는 광고 회사에서 회의를 하다가도 오빈제에 대한 기억을 떠올리곤 했다. 그가 그녀의 턱에 난, 살 속으로 파고든 털을 족집게로 뽑아 주던 기억. 그녀의 얼굴은 베개 위에 있고, 그는 굉장히 가까이에서 굉장히 열심히 들여다보고 있었다. 하나하나의 기억이 눈멀 만큼 환한 광휘로 그녀를 멍하게 했다. 하나하나가 물리칠 수 없는 상실감을 가져다주었고, 하나하나가 그녀를 향해 돌진하는 커다란 짐과 같았다. 그것이 자신을 비껴가도록, 그녀가 스스로를 구하도록 몸을 숙여서 피할 수 있었다면 얼마나 좋았을까 생각했다. 사랑은 일종의 비통이었다. 소설가들이 고통이라는 말로 표현했던 것이 바로 이것이었다. 예전에는 곧잘 사랑 때문에 고통스러워한다는 게 약간 바보 같다고 생각했지만 지금은 이해했다. 그녀는 빅토리아아일랜드에서 그의 클럽이 있는 거리를 조심스럽게 피했고, 더 이상 팜스 몰에서 쇼핑하지 않으며, 그도 이코이에서 그녀가 사는 동네 주변과 재즈홀을 피해 다닐 거라고 생각했다. 아무 데서도 그와 우연히 마주친 적은 없었다.

처음에는 「요리 요리」와 「오비 무 오」를 계속해서 들었지만 어느 순간 멈췄다. 그 노래들이 마치 장송곡처럼 그녀의 추억에 마침표를 찍는 듯한 느낌을 주었기 때문이다. 그녀는 그의 성의 없는 문자와 전화, 맥없는 노력에 상처받았다. 그는 그녀를 사랑했다. 그건 그녀도 알았다. 하지만 그에게는 어떤 힘 같은 것이 부족했다. 의무감 때문에 뼈대가 물러진 것이다. 그녀가 라니이누도의 사무실에 다녀와서 정부의 노점상 철거에 대한 포스트를 올렸을 때 누군가가 익명으로 댓글을 달았다. 꼭 시 같네요. 그녀는 그것이 그임을 알았다. 그냥 알았다.

아침이다. 트럭, 정부의 트럭 한 대가 높은 사무실 건물 근처에, 노점상들 옆에 멈춰 서자 남자들이 쏟아져 내린다. 남자들이 때리고 부수고 무너뜨리고 짓밟는다. 그들은 노점상을 부숴서 납작한 나뭇조각으로 만든다. 그들은 자기 일을 하고 있다. "철거반"이라고 쓰인 잠바를 사무복처럼 입고서. 그들도 이런 노점상에서 식사를 한다. 만약 이런 노점상이 라고스에서 전부 사라진다면 그들은 다른 것을 사 먹을 돈이 없기 때문에 점심을 굶어야 할 것이다. 하지만 그들은 후려치고 짓밟고 때린다. 그중 한 명은 여자의 따귀를 때린다. 그녀가 자신의 냄비와 그릇을 들고 도망치지 않기 때문이다. 그녀는 그곳에 서서 그들에게 얘기를 하려고 한다. 그러다 나중에는 아까 맞은 따귀로 얼얼한 얼굴을 한 채 자신의 비스킷이 흙 속에 묻히는 것을 지켜본다. 그녀의 눈이 음산한 하늘을 향해 선 하나를 그린다. 그녀는 아직 앞으로 어떡해야 할지 모르지만 어쨌든 뭔가를 할 것이고, 마음을 가다듬고 기운을 차린 후 다른 어딘가로 가서 콩과 밥과 거의 곤죽에 가까운 스파게티, 콜라와 디저트와 비스킷을 팔 것이다.

저녁이다. 높은 사무실 건물 밖에서는 햇빛이 어스름해지고 직원용 버스가 기다린다. 납작한 슬리퍼를 신은 여자들이 시답잖은 이야기를 천천히 나누며 버스를 향해 걸어간다. 그들의 하이힐은 핸드백 안에 있다. 지퍼가 열린, 한 여자의 백에서 구두 굽이 뭉툭한 단검처럼 튀어나와 있다. 남자들은 더 빠른 속도로 버스를 향해 걸어간다. 그들이 지나가는 나무 밑은 몇 시간 전만 해도 노점상의 삶의 터전이었다. 그곳에서 운전사들과 배달부들은 점심을 사 먹었다. 하지만 지금 노점상은 사라지고 없다. 지워져서 아무것도 남지 않았다. 굴러다니는 비스킷 껍질 하나, 한때 물이 들어 있던 빈 병 하나, 노점상이 한때 거기 있었음을 보여 주는 것은 아무것도 없다.

라니이누도는 그녀에게 더 많이 외출하라고, 데이트하라고 자주 채근했다. "안 그래도 오빈제는 늘 조금 지나치게 차분하다는 느낌이었어." 라니이누도가 말했다. 그녀가 자기 기분을 나아지게 해 주려고 그런다는 것은 알았지만 그래도 이페멜루는 다른 사람들이 모두 자신처럼 오빈제를 완벽에 가까운 사람이라고 생각하지는 않는다는 사실이 여전히 놀라웠다.

그녀는 오빈제가 어떻게 생각할까 궁금해하며 블로그를 썼다. 자신이 참석했던 패션쇼에서 모델이 앙카라[76] 치마를 입고 오만한 나비처럼 파란색과 녹색을 생기 있게 휙휙 움직이며 돌았다는 이야기를 썼다. 그리고 빅토리아아일랜드의 길모퉁이에서 사과와 오렌지를 사려고 멈췄더니 "좋으신 이모님이네!"라고 발랄하게 외쳤던 여자에 대해서도 썼다. 그녀는 침실 창문에서 보이는 경치에 대해 썼다. 백로 한 마리가 더위에 지쳐서 담장 위에 축 늘어져 있던 것, 문지기가 어떤 행상인이 쟁반을 머리에 이도록 도와줬는데 그 행동이 하도 아름다워서 행상인이 가 버리고 난 뒤에도 한참 동안 계속 바라보았던 것에 대해 썼다. 라디오 아나운서들의 악센트가 너무 가식적이고 웃기다고 썼다. 독실한 체하는 마음을 가득 담아 진심 어린 충고를 하는 나이지리아 여자들의 성향에 대해 썼다. 지붕이 찌부러진 모자처럼 생긴, 아연판 판잣집이 다닥다닥 모여 있는 수몰 지역에 대해 썼다. 그곳에 사는 젊은 여자들은 딱 달라붙는 청바지 차림으로 멋을 부리고 다녔으며, 그들의 삶은 고집스럽게 희망으로 점철되어 있었다. 그들은 미용실을 열고 싶어 하고, 대학교에 가고 싶어 했다. 그들은 자신의 차례가 올 거라고 믿었다. 그녀는 우리, 에어컨이 있는 중산층의 삶을 사는

---

76 아프리카의 대중적인 수지 가공 면직물. 납염 기법으로 만든 화려한 무늬가 특징이다.

우리는 이 빈민가의 삶에서 겨우 한 발짝 떨어져 있다고 쓰고 오빈제가 동의할까 생각했다. 그의 부재로 인한 고통은 시간이 흘러도 줄어들지 않았다. 오히려 매일매일 깊어지는 것 같았고, 점점 선명해지는 기억 속에서 깨어나는 것 같았다. 그래도 그녀의 마음은 평화로웠다. 고향에 돌아와서, 블로그를 쓰고 있어서, 라고스를 다시 발견해서. 그녀는 마침내 자기 자신을 완전히 존재하게끔 만들었던 것이다.

그녀는 자신의 과거를 돌아보고 있었다. 그래서 블레인에게 전화해서 안부 인사를 하고, 늘 그가 자신에겐 너무 순수하고 과분한 사람이라고 생각했다는 이야기를 했다. 수화기 너머로 들리는 그의 말투는 마치 그녀가 전화해서 화난 것처럼 지나치게 딱딱했지만 그래도 마지막에는 "당신이 전화해 줘서 기뻐."라고 말했다. 커트에게 전화했더니 그의 목소리가 그녀의 연락에 흥분한 것처럼 들떠 보여서 그와 다시 합치는 것, 깊이와 고통이 없는 연애를 하는 것에 대해 상상해 보았다.

"혹시 당신이야? 나 블로그 운영하는 데 쓰라고 거금을 보낸 사람이?" 그녀가 물었다.

"아니." 그가 대답했지만 그녀는 그의 말을 믿어야 할지 말아야 할지 확신할 수가 없었다. "요즘도 블로그 해?"

"응."

"인종에 대해서?"

"아니, 그냥 삶에 대해서. 인종은 여기선 전혀 안 먹히거든. 내가 라고스 공항에 내렸을 때 더 이상 흑인이 아니게 된 것 같아."

"당근이지."

그녀는 그의 말투가 얼마나 미국적이었는지 완전히 잊고 있었다.

"누구를 만나도 당신 만날 때 같은 감정이 안 들어." 그가 말했다. 그 말을 들으니 기분이 좋았다. 그 뒤에도 그는 나이지리아 시간으로 밤늦게 전화를 했고, 예전에 둘이 함께 했던 일들에 대해 얘기했다. 이제는 추억들이 다 빛나 보였다. 그가 라고스를 방문하는 얘기를 모호하게 언급하자 그녀도 모호하게 동의한다는 표현을 했다.

어느 날 저녁 라니이누도랑 제마예와 함께 테라 쿨투레 극장에서 연극을 보려고 걸어가다가 우연히 프레드와 마주쳤다. 연극이 끝난 후 그들은 다 같이 레스토랑에 앉아서 스무디를 마셨다.

"괜찮은 남자네." 라니이누도가 이페멜루에게 속삭였다.

처음에 프레드는 지난번처럼 음악과 예술에 대해 이야기했다. 그의 마음은 깊은 인상을 남겨야 한다는 생각으로 잔뜩 긴장해 있었다.

"당신이 연기하지 않을 때는 어떤지 알고 싶네요." 이페멜루가 말했다.

그가 웃었다. "나랑 데이트하면 알게 될 거예요."

침묵이 흐르는 가운데 라니이누도와 제마예가 기대에 찬 눈빛으로 자신을 쳐다보자 이페멜루는 즐거웠다.

"데이트할게요." 그녀가 말했다.

그는 그녀를 나이트클럽에 데려갔고 그녀가 지나치게 시끄러운 음악과 담배 연기와 거의 벌거벗다시피 한 낯선 사람들의 몸이 너무 가까이 다가오는 게 지겹다고 말하자 멋쩍어하며 자신도 나이트클럽을 싫어한다고 말했다. 그는 그녀가 좋아할 거라고 생각했던 것이다. 그들은 처음엔 그녀의 아파트에서, 그다음에는 오니루에 있는 그의 집 — 보는 사람을 놀리는 듯한 그림들이 벽에 걸려 있는 — 에서 함께 영화를 보았다. 그들이 같은 영화를 좋아한다는 사실에 그녀는 놀랐다. 베냉 코토누에서 온, 그의 우아한 요리사는 그녀가 좋아하는 땅콩 스튜를 만들었다. 프레드는 그녀를 위해 기타를 연주하면서 허스키한 목소리로 노래를 부르고는 원래 전통 음악 밴드에서 보컬을 맡는 게 꿈이었다고 말했다. 그는 매력적이었다. 차차 매력이 커져 가는 타입이었다. 그녀는 그를 좋아했다. 그가 자주 손을 뻗어서 유리잔을 손가락으로 살짝 밀어 올리곤 하는 버릇이 사랑스럽다고 생각했다. 그리고 그들이 기분 좋고 따뜻하게 그녀의 침대에 벌거벗고 누워 있을 때 그녀는 이것과 달랐다면 좋았을 텐데 하고 생각했다. 내가 느끼고 싶은 것을 느낄 수만 있었다면 좋았을 텐데.

그리고 어느 나른한 일요일 저녁, 마지막으로 본 지 일곱 달 만에 오빈제가 현관문 앞에 서 있었다. 그녀는 그를 빤히 쳐다보았다.

"이페멜루." 그가 말했다.

그녀는 그를, 반질반질하게 깎은 머리와 아름답게 부드러운 얼굴을 보고 굉장히 놀랐다. 그의 눈빛은 다급하고 강렬했고, 그가 하도 거칠게 숨을 몰아쉬고 있어서 가슴이 위아래로 움직이는 게 보일 지경이었다. 그는 글자가 빽빽하게 적힌 긴 종이를 내밀고 있었다. "널 위해 이걸 썼어. 내가 너라면 알고 싶었을 내용이야. 지금껏 내 마음이 어땠는지. 전부 적었어."

그는 종이를 내밀고 있었고 여전히 가슴을 들썩이고 있었지만 그녀는 종이를 향해 손을 뻗지 않은 채 가만히 서 있었다.

"우리가 서로에게 되어 줄 수 없는 것들이 있다는 것, 그 사실을 받아들일 수 있었던 거 알아. 받아들이고 우리 인생을 시적인 비극으로 만들 수도 있었겠지. 혹은 반대로 그냥 저질러 버릴 수도 있었고. 난 지금 저지르고 싶어. 너와 함께하길 원해. 코시는 좋은 여자고 내 결혼 생활은 그냥 흘러가게 두기엔 만족스러웠지만 처음부터 그 사람이랑 결혼하지 말았어야 했어. 뭔가가 빠졌다는 걸 늘 알고 있었지. 나는 부치를 키우고 싶고, 매일 보고 싶어. 그래서 지난 몇 달 동안 연기를 했지만 언젠가는 그 애도 내가 연기하고 있다는 걸 알 만큼 자라겠지. 오늘, 집에서 나왔어. 일단은 파크뷰이스테이트에 있는 아파트에 있을 거고, 할 수만 있다면 매일 부치를 보고 싶어. 내가 너무 오래 걸렸다는 것도 알고, 네가 새로운 삶을 찾아 가고 있다는 것도 알아. 네가 마음이 복잡해서 시간이 필요하다고 해도 충분히 이해해."

그가 말을 멈추고 자세를 바꿨다. "이페멜루, 난 널 쫓아다닐 거야. 네가 나한테 기회를 줄 때까지 너를 쫓아다닐 거야."

그녀는 한참 동안 그를 빤히 쳐다봤다. 자신이 듣고 싶었던 말을 그가 하고 있는데도 그녀는 그를 계속 빤히 쳐다봤다.

"천장." 마침내 그녀가 말했다. "들어와."

감사의 말

초고를 읽어 주고, 이야기를 들려주고, 나에게 그 말이 꼭 필요했을 때 "지시에 이케."라고 말해 주고, 내게 필요한 공간과 시간을 존중해 주고, 사랑에서 비롯된 이상하고 아름다운 믿음이 한 번도 흔들리지 않았던 가족들에게 깊은 감사를 전한다. 제임스와 그레이스 아디치에, 이바라 에세게, 이제오마 마두카, 우체 소니 에두푸타, 축스 아디치에, 오비 마두카, 소니 에두푸타, 티누케 아디치에, 케네 아디치에, 오케이 아디치에, 은네카 아디치에 오케케, 오게 이케멜루, 우주 에고누.

사랑스러운 세 사람이 이 책에 정말 많은 시간과 지혜를 할애해 주었다. 오이 디 카 느완네 이케 아냐, 루이스 에도지엔, 치나쿠 에제 오녜멜루퀘.

지성과 놀라운 너그러움으로 원고를 (때로는 한 번 이상) 읽어 주고, 나의 등장인물들을 그들의 눈을 통해 보게 해 주고, 무엇이 좋고 무엇이 별로인지 말해 준 소중한 친구들에게 감사한다. 아슬

라크 시라 미흐레, 비냐방가 와이나이나, 치오마 오콜리에, 데이브 에거스, 무흐타르 바카레, 레이철 실버, 이페아초 느워콜로, 킴 느워수, 컬럼 매캔, 푼미 이얀다, (사랑스러운 꼼꼼이)마틴 케니언, 아다 에체테부, 탠디 뉴턴, 시미 도세쿤, 제이슨 카울리, 치나조 아냐, 사이먼 왓슨, 드웨인 베츠.

노프의 편집자 로빈 데서, 포스 이스테이트의 니컬러스 피어슨, 미나 프라이, 미셸 케인, 와일리 에이전시의 직원들, 특히 찰스 버컨, 재키 코, 에마 패터슨, 그리고 늘 안정감을 주는 친구이자 에이전트인 세라 샬판트, 마지막으로 빛이 가득한 작은 사무실을 내어 준 하버드 대학교의 래드클리프 고등 연구소에 감사한다.

옮긴이의 말

　『아메리카나』는 국내에서 세 번째로 출간되는 치마만다 응고지 아디치에의 책이다. 사실 모두가 거장임을 인정하는 작가의 신작 출간을 기다리는 것도 꽤나 흥분되는 일이지만, 남들이 잘 알지 못하는 젊은 작가 ─ 그리하여 '내가 발견한 흙 속의 진주' 또는 '나만이 아는 작가' 내지 '나만의 작가'라 착각하게 되는 ─ 를 발굴하여 그의 성장을 함께 지켜보는 것 또한 색다르고 두근거리는 경험이 아닐 수 없다. 필자에게는 아디치에가 그런 경우라 할 수 있는데, 독자로서 그녀를 처음 만났지만 전작『숨통』에 이어『아메리카나』의 번역까지 맡게 되면서 단순한 팬을 넘어 일종의 동지 같은 느낌마저 갖게 되었기 때문이다. 그런데 이 책을 번역하는 와중에 미국에서 출간되자마자 아마존 베스트셀러에 등극하는가 하면《뉴욕 타임스 북 리뷰》가 선정한 '2013년 최고의 책 열권'에 선정되고 뒤이어 '2013년 전미 서평가 협회상'까지 수상하는 것을 보면서 한편으로는 뿌듯하면서도 다른 한편으로는 초조함과 부담감이 느껴진 것 또한 사실이었다. 약 십 년 전부터 늘 '차세대 유망주'로 꼽히던 그녀가 이제는 대중성과 작품성이라는 두 마리 토끼를 다 잡은, 명실상부한 중견 작가의 반열에 당당히 오른 것이다.

『아메리카나』는 한마디로 요약하면 여자 주인공 이페멜루와 남자 주인공 오빈제의 약 이십 년에 걸친 만남과 사랑과 이별과 재회의 기록이다. 하지만 그렇다고 해서 이 작품이 연애 소설이냐고 묻는다면, 꼭 그렇지만은 않다. 거의 이십 년에 이르는 긴 세월을 다루는 만큼, 이 작품은 이페멜루와 오빈제가 삶의 역경과 부침을 겪으며 변해 가는 혹은 "마침내 자기 자신을 완전히 존재하게끔 만"드는 성장 소설이기도 하고, 또 한편으로는 나이지리아의 정치 경제, 인종, 종교, 이민, 페미니즘, 흑인 여성의 헤어스타일, 계급 갈등 등 수많은 사회 문제를 비판적인 시선으로 바라보는 사회 소설이기도 하다.

평소 '주류'로 태어난 사람은 아무리 마음이 열린 사람이라고 해도 '소수자'의 마음을 100퍼센트 이해할 수는 없다는 믿음을 가져 온 터라 스스로 서구가 아닌 제3 세계 국가에, 백인이 아닌 유색인으로, 남성이 아닌 여성으로 태어난 것이 어떤 면에서는 — 보다 정확히 말하면, 덜 편협한 시각을 갖게 될 '가능성'이 높다는 점에서 — 다행이라 생각해 왔고, 같은 이유에서 나와는 다른 조건을 타고난 사람이 어떻게 다른 세계관을 가지고 있고, 같은 문제를 어떻게 다른 시각에서 바라보는가를 배우기 위해 다양한 국가의 책이나 영화를 접하려고 노력하는 편이다. 그런 면에서 『아메리카나』는 여러 가지 발견과 생각할 거리를 던져 준 작품이었다.

　그중 하나가 앞서 언급한 여러 가지 사회 문제 중 '인종'이라는 문제다. 전작 『숨통』의 역자 후기에서 밝혔다시피 작가의 미국 생활 묘사, 특히 필라델피아, 프린스턴, 뉴헤이븐에 대한 묘사는 작가 본인의 유학 경험을 바탕으로 한다.(아디치에는 필라델피아에 있는 드렉셀 대학교에서 언론정보학을 공부했고, 2005~2006년에 호더 펠로로 선정되어 프린스턴 대학교 캠퍼스에서 생활했으며, 뉴헤이븐에 있는 예일 대학교에서 아프리카학으로 석사 학위를 받았고, 하버드 대학교 캠퍼스에서 『아메리카나』를 집필했다.) 그런데 같은 경험을 바탕으로 했으면서도 전작과 본작이 갖는 차이점은, 전작은 아프리카와 미국의 문화적 충돌 혹은 소위 아프리카 전문가라는 백인들의 문화적 우월감에 따른 독선(「점핑 멍키 힐」이라는 작품에 등장하는, 옥스퍼드 대학교에서 수학한 아프리카학자는, 자신의 경험을 바탕으로 단편 소설을 집필한 아프리카인에게 '이러이러한 것은 아프리카적이지 않다'고 말한다.)을 중점적으로 다룬 반면, 본작에서는 그것을 인종 문제라는 관점에서 바라본다는 데 있다.

　따라서 본작에서는 '아프리카인 대 미국인'이 아니라 '흑인 대 백인' 또는 '비미국인 흑인 대 미국인 흑인' 또는 '미국인 흑인 대 백인' 간의 갈등이 주요한 소재가 된다. 이러한 내용을 집약적으로 담은 것이 작중에서 이페멜루가 '인종 블로거'로서 인기를 끌게 해 준 「인종 단상 혹은 (과거에는 니그로로 알려졌던)미국인 흑인들에 대한 비미국인 흑인의 여러 가지 생각」이라는 블로그이므로 이 부분만 모아서 쭉 읽어 보아도 상당히 새로운 관점을 발견할 수 있으리라 생각된다. 필자가 놀랐던 것은, 이 작품을 번역하던 중에《뉴요커》에서 "왜 세계는 지금 아프리카 문학에 열광하는 가?"라는 기획 기사를 읽었는데(요즘 아프리카 작가들이 각종 문학상과 베스트셀러 순위를 휩쓰는 현상을 가리키는 것이다. 아쉽게도 우리나라에는 그 유행이 아직 도착하지 않은 듯하지만.) 그 원인으로 꼽혔던 것이 첫째는 아프리카 국가들이 과거 영국이나 프랑스의 식민지였기 때문에 아프리카 작가들이 제3 세계 출신임에도 영어와 프랑스어를 모국어처럼 자유자재로 구사한다는 점이었고, 둘째는 아프리카인들은 미국인 흑인들처럼 "화나 있지" 않기 때문이라는 것이었다. 이 '화남'의 여부가 과연 어디에서 유래하고, 현실에서 어떤 식으로 발현되고 있으며, 그 결과 비미국인 흑인과 미국인 흑인 간에 어떤 갈등을 초래하는지, 이 작품을 읽으면 어느 정도 이해할 수 있다.

이 인종 문제의 하위 개념으로 흥미롭게 등장하는 것이 바로 흑인 여성의 헤어스타일이다. 『아메리카나』에서는 이페멜루가 어린 시절 '어머니는 아름다운 머릿결을 가졌는데 왜 나는 그렇지 못할까.'라는 자괴감에서 시작하여, 프린스턴이라는 미국의 소위 '백인 동네'에서 흑인 머리 전문 미용실을 찾는 어려움, 백인 같은 머리를 동경한 나머지 독한 파마 약을 쓰다가 탈모가 된 끔찍한 경험, 파마를 하지 않고도 머리를 윤기 있고 아름답게 유지하는 방법 등등 굉장히 다양한 측면과 엄청난 분량으로 흑인 여성의 머리에 대해 다룬다. '이게 도대체 왜 그렇게 중요한가?'라는 의문을 가졌던 것은 비단 필자만이 아니어서, 『아메리카나』가 베스트셀러가 된 후 아디치에가 영국의 텔레비전 프로그램에 출연했을 때 이 질문에 대답하는 동영상을 직접 볼 수 있었다. 작가의 말에 따르면, 물론 가장 근본적인 이유는 흑인의 모발 자체가 무척 다루기 까다롭다는 데 있지만(남자들은 대부분 그냥 짧게 깎기 때문에 큰 문제가 되지 않는 듯하다.) 거기서 더 나아가 식민 통치의 잔재로 추측되는 '백인은 아름답고 흑인은 추하다'는 사고방식이 자꾸만 흑인 본연의 성향을 버리고 백인을 흉내 내려고 하는 행동을 초래하기 때문이다. 그래서 흑인 여자들은 다른 흑인 여자가 방에 걸어 들어오는 모습만 봐도 헤어스타일로 그 사람의 정치적 성향을 판단할 수 있다고 한다.

마지막으로 다뤄 볼 것은 페미니즘이라는 관점이다. 『아메리카나』에는 오빈제라는 주인공도 있지만 역시 여주인공인 이페멜루의 '연인'으로서 등장한다는 느낌을 지울 수 없을 정도로 이페멜루에게 비중이 쏠려 있고, 전작들에서도 작가는 주인공이 여성으로서 겪게 되는 현실적 어려움(제한적인 교육 및 사회 진출의 기회, 그에 따른 자아실현의 좌절, 원치 않는 남자와의 결혼)에 대해 깊이 있게 반복적으로 다루어 왔다. 특히 이번 작품의 주인공 이페멜루는 똑똑한가 하면 어리석기도 하고, 연약한가 하면 강인하기도 하며, 사랑에 무심한가 하면 목매기도 하는, 아주 입체적인 성격을 가진 여자다. 솔직히 어떤 부분을 읽을 때는 '제 눈에 들보는 못 보면서 남 눈에 티끌을 탓하'는 이페멜루가 짜증 날 때도 있었지만 곧 친구 라니이누도의 일침에 정신 차리는 것을 보면서 작가의 시각이 편향된 것은 아니었구나 하고 안심하기도 했다. 하지만 젊고 예쁜 여자들은 모두 거물의 정부가 되어 "자기가 절대 가질 수 없는 남자를 통해 자신의 인생을 규정짓고 의존적인 사고방식에 의해 불구가 되어 눈에는 절박함을 담은 채 손목에는 명품 핸드백을 걸고 다니"면서 사는 라고스에서 자랐고, 남들은 다 부러워했지만 실제로는 등록금도 못 낼 정도로 가난했던 유학 생활로 인해 매춘 근처까지 가 봤으며, 부자 백인 남자 친구와의 연애에 대해 툴툴거리면서도 결국은 그 남자 덕분에 직장과 미국 시민권까지 얻은, 파란만장한 삶을 살아온 이페멜루가 이런 정체성과 자존감의 혼란에 빠진 것은 어찌 보면 당연한 수순인지도 모른다. 그래서 그녀는 페미니즘의 선구자 혹은 투사라기보다는 평범한 여성의 관점에서 '여자로서 산다는 것은 무엇인가.'에 대해 생각해 볼 수 있는 계기를 제공하고 있다. 참고로 아디치에가 작년에 TED에서 "우리 모두는 페미니스트가 되어야 한다."라는 제목으로 했던 강의가 굉장히 화제가 되어 소책자로도 발간됐으므로 TED를 좋아하시는 분들은 한번 찾아보아도 좋겠다.

그리고 한 가지 반가운 소식이 있다. 아디치에의 전작을 영화화한 「태양은 노랗게 타오른다」가 추이텔 에지오포와 탠디 뉴턴이라는 유명 배우들을 주연으로 기용했음에도 나이지리아 영화라는 이유 때문에 국내 개봉을 못 해서 무척 아쉬웠는데 영화 「노예 12년」으로 아카데미 여우 조연상을 수상하면서 하루아침에 신데렐라가 된 루피타 뇽오가 본작의 영화화 판권을 사들여서 (「노예 12년」을 제작하기도 한) 브래드 피트의 영화사 플랜 B에서 제작할 예정이라고 한다. 얼마 전에는 영화 「셀마」에서 마틴 루서 킹 목사 역으로 호연을 보여 준 영국 배우 데이비드 오옐로워가 오빈제 역에 캐스팅되었다는 소식도 있었다. 이페멜루 역은 물론 루피타 뇽오가 맡을 예정이고 「블랙 팬서」에서 오코예 역을 맡았던 더나이 거리라가 각색을 담당했다. 당초 예정과 달리 극장 영화가 아니라 텔레비전 드라마로 제작되며 촬영에 임박했다고 한다. 부디 높은 완성도로 훌륭한 원작 소설과 원작자의 이름을 드높이는 데 기여했으면 하는 바람이다.

추신: 『아메리카나』는 2017년에 '원 북, 원 뉴욕'의 수상작으로 뽑혔다. '원 북, 원 뉴욕'은 매년 뉴욕 시에서 주관하는 행사로, 모든 뉴욕 시민이 동시에 같은 책을 읽자는 운동이며 일반인 투표로 수상작이 결정된다.

2019년 여름
황가한

옮긴이 황가한

서울대학교에서 불어불문학과 언론정보학을 복수전공한 후 출판사에서 편집자로 근무하였으며 이화여자대학교 통역번역대학원에서 한영번역학으로 석사 학위를 받았다. 옮긴 책으로 『엄마는 페미니스트』, 『보라색 히비스커스』, 『아메리카나』, 『숨통』, 『제로 K』, 『사랑 항목을 참조하라』, 『순수한 인생』, 『울지 마, 아이야』, 등이 있다.

아메리카나 2

1판 1쇄 펴냄	2015년 6월 22일
2판 1쇄 펴냄	2019년 6월 18일
2판 2쇄 펴냄	2022년 3월 30일

지은이	치마만다 응고지 아디치에
옮긴이	황가한
발행인	박근섭·박상준
펴낸곳	(주)민음사

출판등록	1966. 5. 19. 제16-490호
주소	(06027) 서울시 강남구 도산대로 1길 62(신사동)
	강남출판문화센터 5층
대표전화	02-515-2000 | 팩시밀리 02-515-2007
홈페이지	www.minumsa.com

한국어 판 © (주)민음사, 2015, 2019. Printed in Seoul, Korea

ISBN	978-89-374-4133-2 (04840)
	978-89-374-4187-5 (세트)